Вибачте, на мене чекають

Вибачте, на мене чекають

Аньєс Мартен-Люган

Переклала з французької *Ірина Славінська*

Львів
Видавництво Старого Лева
2021

УДК 821.133.1-3
М 29

© Éditions Michel Lafon, 2016, Désolée je suis attendue
Published by arrangement with Lester Literary Agency & Associates

Аньєс Мартен-Люган

М 29 Вибачте, на мене чекають [Текст] : роман / Аньєс Мартен-Люган; пер. з фр. Ірини Славінської. — Львів : Видавництво Старого Лева, 2021. — 392 с.

ISBN 978-617-679-895-8

Молода й амбітна перекладачка Яель живе лише роботою, кожен її крок виважений, кожна хвилина порахована. Вимогливий шеф її дуже цінує, клієнти обожнюють, а колеги побоюються — адже часу на відпочинок вона не дає ні собі, ні іншим. Рідні та друзі давно вже забули, коли її бачили без смартфона у руках, а з домашніх посиденьок Яель за першої ж нагоди втікає зі словами «на мене чекають». Де й поділася та зухвала й вільна дівчина, яка вміла цінувати смак життя? Чому вона не шукає щось більше, ніж інтрижку на одну ніч? Мабуть, вона просто забула, як це — коли на тебе чекає не лише робота...

УДК 821.133.1-3

© Аньєс Мартен-Люган, текст, 2016
© Ірина Славінська, переклад, 2021
© Оксана Йориш, обкладинка, 2021
© Видавництво Старого Лева,
  українське видання, 2021

ISBN 978-617-679-895-8 (укр.)
ISBN 978-2-7499-2387-1 (фр.)

Усі права застережено

Тобі, тільки тобі, завжди тобі

Професійна діяльність дає особливе задоволення, якщо вона обрана вільно, отже, дозволяє через сублімацію зробити корисними наявні схильності та збережені або конституційно посилені збудження потягів.

Зигмунд Фройд
«Невдоволення в культурі»

Слухай мій голос, слухай мою молитву.
Слухай, як б'ється моє серце, розслабся.
Прошу, не лякайся, коли я відчую бажання.
Я хочу, щоб ти довірилася, та відчуваю, що ти соромишся.
Я хочу, щоб ти була покірною, та відчуваю, що ти боїшся.

Серж Генсбур
«Бажання»

1

От уже чотири місяці я сиділа й у вус не дула: слава виробничій практиці! Згодом я вже краще зрозуміла, чому знайшла своє місце практики майже в останню хвилину. На відміну від однокурсників зі школи комерції, які були готові впахувати, як ненормальні, свою практику я не шукала, щоб гарувати заради шансу отримати першу штатну роботу з трудовою книжкою. Я віддала перевагу шляху найменших зусиль і добре знала, що саме люблю робити: маневрувати між моїми двома мовами — французькою та англійською — і давати людям змогу спілкуватися між собою. Я обожнювала розмовляти. Мене ніхто не перебалакає. Гортаючи список випускників минулих років, я натрапила на контакти агенції бізнес-перекладу, надіслала туди своє резюме, пройшла співбесіду з асистенткою шефа, тож проблему було вирішено. А якщо чесно, хто взагалі хотів би туди пхатися задля отримання диплома? Я, певно, була єдиною, кому все це подобалося, бо тут мене вчили хіба що ксероксом користуватися, ще й ні копійки не платили, хоча інші трохи грошенят отримували щомісяця. Переваги цієї роботи — незаперечні: жодної відповідальності, жодного обов'язкового ділового дрес-коду, жодної роботи допізна, зате можна було пити безкоштовну каву та зустрічатися зі всіма своїми на *happy hour*! В іншому житті, можливо, тут було би цікаво працювати, особливо для такої білінгви, як я.

Того дня я клювала носом. Ми всю ніч гуляли, тож у моєму активі було всього дві годинки сну вдома в сестри на гнилому розкладному дивані, пружини якого катували мою спину. Хоча на роботу я запізнилася більш ніж на годину, здається, мені вдалося проскочити непомітно та заховатися в коморі, що правила мені за офіс.

По обіді, поки я боролася зі сном, із диявольською посмішкою на вустах підійшла шефова секретарка, яка височіла на своїх непристойно високих підборах; ця фрустрована жіночка зараз ще й спихне на мене якусь неприємну роботу.

— Іди, подай каву в Бертранів офіс.
— Не можу, я зайнята. Хіба не видно?
— Справді?

Вона злостиво посміхнулася, тоді глянула на свої наманікюрені нігті, а потім, ніби нічого й не сталося, знову заговорила:

— У такому разі, щойно закінчиш свою важливу місію, візьмеш оті п'ять досьє, їх треба прошити, бо я на це не матиму часу.

От халепа! Я з тим біндером дуже туплю. Я нахилила голову й у відповідь посміхнулася так само тупо, як та секретарка.

— О'кей, я зроблю й віднесу ту каву, від того всім буде тільки краще, бо та, яку ти вариш, просто огидна. Не варто сперечатися з шефом.

Секретарка образилася, аж випросталась, як ломака. Вона уважно на мене дивилася, а я тим часом встала, показала їй язика та покривлялася.

За десять хвилин, зосереджено намагаючись не впасти на очах у всіх, я штовхнула сідницями двері шефового кабінету й зітхнула, і тут до мого носа долетів запах текіли; від мене досі смерділо вчорашнім перегаром.

Уже в кімнаті я, опустивши вії, непомітно розглядала чотирьох чоловіків у ділових костюмах із краватками, від їхніх серйозних і вимушених виразів облич мені захотілося сміятися. Перед кожним я поставила чашку. Таке враження, що я людина-невидимка, жоден із тих чоловіків не спромігся навіть на маленьке «дякую» у відповідь на мій бездоганний сервіс. Дві секунди я чекала на похвалу, водночас нашорошивши вуха: мене розбирала цікавість. Невже вони зайняті вирішенням проблеми глобального голоду, раз неспроможні на мінімальну ввічливість? На перший погляд, зовсім ні. А от шеф щойно налажав із англійськими омонімами. Теж мені перекладач! *Всьому їх треба вчити!* Як дурень з печі, я ступила три кроки, що відділяли мене від шефа, поклала руку йому на плече та з гордістю підказала на вухо правильне значення. Його пальці нервово постукали по дерев'яній поверхні стола.

— Ану геть звідси, практикантко! — прошепотів він крізь зуби й злостиво на мене подивився.

Я аж відскочила назад, подарувала всім присутнім незграбну усмішку та вибігла з кімнати, ніби мені припекло. Щойно двері кабінету за мною зачинилися, я оперлася на них, зітхаючи та сміючись водночас. Ну добре, тепер він бодай знає, що я існую. *Але Боже ж мій, ну що за дурепа!* Таки треба навчитися бодай іноді тримати язик за зубами.

Минуло два місяці, нарешті свобода. Ця проклята виробнича практика добігала кінця. Звичайно, деякі розмови, що їх я підслухала крізь двері — треба ж було чимось себе зайняти — таки збудили мій інтерес. Шеф і троє його перекладачів поруч із клієнтами — бомондом бізнес-середовища — мали вигляд мало чи не нафтових магнатів, їхня робота видавалася захопливою. З того, що я зрозуміла, випливало, що вони зустрічаються з купою цікавих людей із дуже різних середовищ. Це мені подобалося, майже збуджувало. Та нехай... ще кілька хвилин, і почнуться канікули. А ще я зможу нарешті поринути в підготовку до мого великого плану, про який поки нікому не розповідала. Мені хотілося присвятити цьому весь рік — перш ніж почати думати про будь-яке професійне майбутнє, планувала піти на всі чотири сторони з рюкзаком на плечах. Хотілося побачити світ, зустрічатися з новими людьми, насолоджуватися життям і, звичайно ж, розважатися. О шостій вечора я забрала у фрустрованої шефової секретарки підписані папери та звіт про практику і вже була готова йти. Останній погляд на комору, де я працювала, та вагання, чи не прихопити з собою кілька ручок і блокнотів.

— Практикантко, до мене в кабінет!

Я аж підстрибнула. Чого від мене хоче цей *big boss*? Ясно тільки одне: я точно не отримаю чек за свою добру та вірну службу. Після того скандалу я ходила попід стіночкою щоразу, як наші з шефом шляхи перетиналися, щоби мене знову не насварили. Невже він мене з'їсть і не подавиться? Коли я зайшла в його кабінет, велике цабе щось жваво друкувало на клавіатурі. Я заклякла перед його робочим столом, не дуже розуміючи, де подітися, перебираючи пальцями, вперше почуваючись абсолютно сміховинною та недоречною в моїх чудових кросівках і з рудою, ніби розпатланою зачіскою.

— Не стовбичте тут мені перед очима! — сказав він, не підводячи погляду.

Я опустила сідниці на краєчок крісла навпроти шефа. Він продовжив, так само на мене не дивлячись.

— Як мені сказали, сьогодні ваш останній день у нас, і на цьому ви завершуєте навчання.

— *Yep*, месьє.

Він смикнувся, почувши це «месьє». У нього що, проблеми зі сприйняттям власного віку? Це мене насмішило! От уже ця криза середнього віку!

— Чекаю на вас тут у понеділок о дев'ятій.

І вперше він завдав собі клопоту на мене глянути.

— Навіщо? — відповіла я мимовільно.

Він недовірливо заламав брову:

— Сумніваюся, що ви вже десь знайшли якусь іншу роботу. Чи я помиляюся?

Він пропонує мені роботу, без жартів! Нічого не розумію. Я аж затрусилася в тому кріслі. *Чому я?* Я нічого такого тут не зробила за ці шість місяців, окрім тієї видатної дурниці!

— А тепер можете іти.

— Е... гм... добре... дякую, — зрештою сказала я і вичавила з себе розгублену усмішку.

Я встала з краєчка крісла — мені здалося, це відбувалося ніби в сповільненій зйомці — потім попрямувала до дверей, але шеф мене затримав у мить, коли я вже поклала долоню на ручку:

— Яель!

Ти ба, він знає, як мене звати.

— Так?

Я озирнулася та зі здивуванням виявила, що він уже зручно відкинувся на спинку свого крісла.

— Три речі: дві поради та одне запитання. Спершу поради: більше не робіть так, як того разу, а ще почніть нарешті працювати.

Кошмар, мені зробили зауваження з попередженням, просто як у школі!

— Обіцяю! — відповіла я, намагаючись вдати покаянний вираз обличчя.

— І запитання: де ви навчилися так вільно говорити англійською?

Я випросталася, ніби маленький бійцівський півень, вишкірилася хижою посмішкою:

— Я така з народження!

Він підняв брову. *Він що, тупий?* Цим старим усе треба пояснювати.

— Моя мати англійка. Батько вирішив поїхати доучуватися на архітектора в Англії...

— Досить, позбавте мене історій про хом'ячка й бабусю, я цього вже наслухався. Про вашу нову посаду більше дізнаєтеся наступного тижня. Гарних вихідних! Не забудьте, що в понеділок мусите бути на роботі вчасно! Відсьогодні жодних запізнень я більше не терпітиму. І, будь ласка, одягніть щось пристойніше...

Втративши до мене будь-який інтерес, він знову повернувся до екрана. Перш ніж піти, я залізла в свою комору та забрала сумку. Ніби на автоматі, майже сама не своя, я сіла в метро та приземлилася на сидіння. Що це на мене щойно звалилося? Мене взяли на роботу, на посаду, про яку я нічого не знала, взагалі нічого задля цього не зробила, та ще й без мого бажання. Мені не хотілося працювати. До того ж тут жахлива атмосфера, в цій конторі ніхто ніколи не сміявся. Той Бертран навіть не поцікавився моєю думкою. З іншого боку, я ж нічого не підписувала, ніхто не силує мене туди повертатися в понеділок. Він же не поїде по мене додому, щоби за всяку ціну змусити працювати. Кінець моїм планам поподорожувати... Хіба що я скористаюся цією нагодою, щоби заробити трохи грошенят і за кілька місяців після того, як звільнюся, мати змогу швендяти з рюкзаком на плечах трохи довше. Хто мені завадить? *Ніхто*. Батьки не платитимуть за мою подорож, про це годі й говорити, вони й так достатньо забашляли за моє навчання, я більше не хочу жити їхнім коштом. Я вирішила в понеділок таки прийти в офіс до шефа, щоби бодай дізнатися, скільки він планує мені платити. Насправді та робота просто як сніг на голову! Я різко встала, коли метро зупинилося на станції «Сен-Поль», і вийшла з вагона, розштовхуючи інших пасажирів. Йшла ескалатором, перестрибуючи через чотири сходинки, так само підстрибом дійшла до нашої штаб-квартири, «El Pais». Незабаром після початку навчання в універі ми там отаборилися. Перша перевага закладу — він поруч із факультетом, де я могла блискавично з'являтися, щоби показатися на заняттях і підтримувати легенду про старанне навчання. До того ж цей гендель нічого такого із себе не вдавав, і це нам підходило: ми приколювалися, що він крутий і модний. Він був такий ніби трохи неприбраний, необлаштований, з хиткими барними стільцями і телевізором над шинквасом. Добру атмосферу створювало хіба що топове музичне устаткування. Нам тут було добре. Власник і його бармен нас полюбили; наші історії, наші повні дріб'язку гаманці, наші погоні за останнім автобусом — усе це їх смішило. Цей бар був ніби продовженням наших квартир, а наша зграя стала ніби складовою інтер'єру цього закладу. Я притулилася до вітрини і крізь скло почала кривлятися, а потім радісно штовхнула перед собою вхідні двері:

— *Fiesta* на всі вихідні! — вигукнула я, піднявши руки вгору.

— Теж мені несподіванка, — зауважила Аліса з висоти свого табурета.

Сміючись, мов божевільна, я кинулася сестрі на шию. Вона трималася за шинквас, щоби ми обидві не попадали на кахляну підлогу.

— Я знайшла роботу! — закричала я їй просто на вухо.

Вона мене відштовхнула та дивилася, вирячивши очі, як той вовк у Текса Ейвері.

— А ти що, шукала роботу?

— Ні! Але я її все одно знайшла!

— Звучить багатонадійно!

Усі кинулися мене обіймати. Наша зграйка зібралася разом протягом кількох останніх років. Усе почалося з Аліси, яка втріскалась у Седріка: вона вчилася на історичному, він на філософському, вони ніби створені були для того, щоби зустрітися — такі тихі, сором'язливі та спокійні. Я ж після школи, яку закінчила за рік після сестри, розраховувала на комфорт школи комерції, де три чверті курсів читали англійською.

На першому курсі я зустріла Адріана, який тут приземлився після попередніх років безуспішного навчання. То не була історія кохання, натомість були вечірки, багато сміху, безсонні ночі та прогуляні пари. Але дуже скоро він взявся за голову; просто за рогом на нього чекала любов у особі Жанни — продавчині та матері-одиначки. Адріан прийняв усе: пірсинг у язику, сильний характер та Емму, її однорічну доньку, водночас він не втратив ні краплі свого почуття гумору (грубуватого), ані нестримної пристрасті до вечірок. Так само кількість наших вечірок не зменшилася після появи Марка. Аліса й Седрік познайомились із ним в універі. Він вчився на історії мистецтв, чи то пак був туди зарахований. Насправді він там з'являвся, коли хотів, навчався, спустивши рукава, жодних конспектів. У кожному разі, якщо йому були потрібні конспекти, то, за словами моєї сестри, в Марка там була ціла армія дівчат, готових убитися, лиш би приватно давати йому додаткові уроки. Від вигляду замріяного та розв'язного нероби з нотками чогось такого загадкового вони просто падали й втрачали голову. Він не розповідав про свої перемоги, та, здається, його взагалі не обходив ефект, який він справляв на дівчат, як я помітила, бо ми постійно гуляли разом, тільки вдвох. От тільки цього вечора він не прийшов.

— А де Марк? — запитала я, звільнившись із обіймів друзів.

— Не знаю, де його носить! Він зазвичай приходить першим, — відповів Адріан.

Я дістала з кишені мобільний — дуже ним пишалася, це мій перший!

— Зараз його наберу.

Марк жив у дідуся відтоді, як почав навчатися в Парижі, облишивши провінційне життя своїх батьків у Турені. Звичайно, ніхто не зняв слухавки. Його дідусь точно десь завіявся, й сліду не було, як і в усі ті незліченні рази, коли ми заходили до них додому — і з ним хіба що перетиналися. Ото вже був оригінал, завжди готовий кудись податися; в нього золота лихоманка, так він сам казав із хитрим виразом обличчя. Коли ми запитували в Марка, що це його дідусь виробляє, той знизував плечима та відповідав, що його *Abuelo* — він саме так його називав — мисливець за скарбами. Це незмінно викликало сміх і жарти, а потім ми міняли тему розмови. У ті рідкісні хвилини, коли ми бачилися з тим дідусем, він завжди знаходив добре слово для кожного, водночас очі його дивилися на нас дуже пронизливо. Іноді мені здавалося, що він мене знає і бачить наскрізь, хоча за весь час знайомства ми не обмінялися й десятком слів.

— Та він скоро прийде, — сказала сестра, повернувши мене з небес на землю. — Краще розкажи про роботу! Що це за історія?

Не зводячи очей з дверей бару, я в загальних рисах описала, як мене викликали в кабінет до *big boss*.

— Яель, у тебе серйозні проблеми! — оголосила мені Жанна.

Я здивовано повернулася до неї з пивом у руках. Вона хитро всміхалася.

— Що?

Я ковтнула пива, взагалі не розуміючи, на що вона натякає.

— Тобі треба прибарахлитися! Інших варіантів нема! Прощавайте, джинси з кросівками. Тепер це вже серйозно!

Я аж пиво виплюнула назад у келих, ще й на шинквас трохи пролилося. Аліса заплескала в долоні та зареготала разом із Жанною, яка негайно продовжила:

— Супер, то завтра ми тебе одягнемо, як лялечку!

Який жах!

— Ні! — закричала я. — Не хочу перевдягатися!

— Та ніхто тобі й не пропонує, — відповіла мені Жанна. — Я знайду тобі діловий костюм і взуття в крамниці. Ото буде діло!

Я закопилила губу.

— Я ніколи, ніколи не взую підборів.

Усі засміялися, побачивши мій вираз обличчя — насуплені брови та скривлений рот.

— І що це тут відбувається?

У мить, коли почула серйозний голос Марка, який щоразу звучав так, ніби оголошує про якусь катастрофу, я одразу ж забула про всі гардеробні проблеми і повернулася до нього — знову розслаблена й усміхнена. Він безтурботно зайшов, потиснув руку бармену, поклав на шинквас пакет тютюну для самокруток. Потім підійшов до мене ззаду, рукою понад моїм плечем вихопив собі моє пиво, відпив великий ковток, потім підморгнув мені.

— Ну, то хто мені розкаже? Що святкуємо? — наполягав він.

— Я знайшла роботу, — відповіла я з широкою усмішкою.

Він направду здивувався і дуже уважно на мене подивився.

— І це що, добрі новини? Ти дійсно хочеш працювати?

— Ні, я не хочу працювати, але мені так люб'язно запропонували роботу, що я не змогла відмовитися, — відказала я, вибухнувши щирим сміхом.

— Ти неймовірна!

Він нахилився до мене з висоти своїх метра вісімдесяти п'яти, щоб хитро зазирнути мені в очі.

— То що, гуляємо до упаду сьогодні?

— *Yes!*

— Усім ставлю випивку на честь Яель! — оголосив він з осяйним виглядом.

І тут вечірка почалася по-справжньому. Далі були тільки вибухи сміху, жарти, нереалістичні плани та чарка за чаркою. Звичайно, Адріан не міг не згадати про мій не надто поважний стан минулого тижня під час вечірки в клубі.

— А як ти летіла з того подіуму, це залишиться в анналах назавжди!

— Ну а що поробиш, якщо я від тих пісень стаю істеричною?

Я підкупила діджея, щоби він поставив дві мої улюблені пісні — «Murders on the dance floor» і «I am outta love». Я підморгувала та обіцяла потім разом із ним випити і таки досягла свого. Моє шоу тривало сім хвилин, от тільки я аж надто закрутилася, як на таку кількість алкоголю в моїй крові, тому в голові запаморочилося, і я впала. Марк мене зловив, перш ніж я долетіла до підлоги та розбила голову.

— Мені дуже сподобалася ця гра в рятівника служби надзвичайних ситуацій, — заявив Марк.

— Ще б пак, ти чудово з цим впорався, — відповіла Жанна. — До речі, єдиний з усіх присутніх.

— Чекай, не мав же я ляпасів їй надавати! — зауважив він, звівши руки догори.

— Так, то була вже моя робота, — додала моя сестра. — Я стільки років цього чекала.

— Ах ти, гівно мале! — я накинулася на неї.

Того вечора ми були єдиними клієнтами в «El Pais», тому нам дістався невеличкий бонус — власник пригостив тапасами. Ми накинулися на них, ніби ті орки, дякуючи з набитим ротом. А потім Адріан розпочав змагання з метання дротиків. Як завжди, я була в одній команді з Марком. Я грала з ним у парі відтоді, як відмовилася грати в команді з іншими дівчатами, бо вони нездари. Перемога була нашою. Поки Жанна та Аліса сварилися кожна зі своїм коханим, я стрибнула Маркові на спину, і він тріумфально носив мене баром. Я схопила його за шию, а підборіддя поклала на плече. Він доніс мене аж до шинквасу.

— Я хочу пити, жінко, — сказав Марк.

Я цьомнула його в щоку та, не злазячи з його спини, взяла гальбу й дала йому попити, а потім і собі випила.

— Агов, малі, — гукнув нам бармен. — У вас останній автобус за три хвилини.

Я зістрибнула з Маркової спини менш ніж за дві секунди. Хлопець мене підхопив, перш ніж я втратила рівновагу.

— Катастрофа! Консьєржка! — вигукнула Жанна. Консьєржка з її будинку погоджувалася няньчити її доньку Емму в обмін на знижки в магазині, де Жанна працювала.

Почалася загальна паніка, наші пальта літали баром, усі почали порпатися в кишенях, щоб заплатити.

— Біжіть уже, я це на вас запишу, потім заплатите, — гукнув бармен.

Я зайшла за бар і розцілувала його в обидві щоки.

— Ти просто щастя!

— Яель, що ти там втикаєш! — закричав Седрік.

Звичайно, намагатися вийти всім шістьом крізь одні двері — то була марна спроба. У мить, коли ми таки прорвалися та опинилися на вулиці, автобус проїхав просто у нас під носом.

— От бляха, — заволав Адріан. — Доганяйте!

Жанна вже побігла — на неї чекала донька. Бігла у своїх балетках на повній швидкості, ніби алкоголь надавав їй крила. Вона наздогнала автобус на наступній зупинці та вмовила водія почекати. Марк заліз останнім, під час нашого дикого забігу він не випускав із зубів сигарету.

— Добродію! — зробив зауваження водій.

— О, точно, перепрошую.

Він почав порпатися в кишенях, поки не дістав звідти проїзний.

— За проїзд я заплатив, пане, — гордо сказав.

— Та ви знущаєтеся!

— Зовсім ні, — щиро здивовано відповів він.

— Марку, сигарета! — крикнула я.

— От блін! Пане, перепрошую.

Усі зареготали, Марк викинув недопалок назовні, автобус нарешті зміг рушити. Дорога від Сен-Поля до Леон-Блюма мала бути жахливою для всіх інших пасажирів — з огляду на те, як ми шуміли. Моє життя в цю мить було досконалим, я не хотіла нічого іншого, окрім можливості завжди бути з цими п'ятьма людьми, яких я любила. Обіцяла собі ніколи з ними не розлучатися, хай там що. На проспекті Ледрю-Ролен перед своїм будинком Жанна обтрусилася, немов собака, то була її техніка протверезіння перед зустріччю з консьєржкою. Ми тихенько пройшли через внутрішній дворик та рядочком чекали біля ліфта, де Жанна повернулася до нас з малою Еммою, загорнутою в ковдру.

— Я піднімуся першою, сама, бо ви мені її ще розбудите.

Ніхто з нас п'ятьох не заперечував. Вона поїхала.

— Пішли пішки, — запропонував Седрік.

Підйом на п'ятий поверх був жвавим, кожен із нас бодай раз оступався та притискався до стіни, щоби встояти на ногах.

Вечір продовжився у вітальні їхньої крихітної двокімнатної квартири — аж до ранку. Емма міцно спала у своїй кімнаті. Аліса першою подала знак, що пора додому.

— Пішли, — промурчала вона, притиснувшись до Седріка. — Я вже не можу.

— Я теж, спати хочу, — додала Жанна. — А ще нам треба бути у формі, завтра будемо робити рестайлінг Яель!

— О ні, тільки не треба цим псувати свято! — благала я.

— Я відведу тебе додому, а потім сяду на метро, — запропонував Марк.

— Якщо хочеш.

Він різко встав, всі повставали слідом за ним, хоча ніхто вже й не тримався на ногах. Адріан упав на канапу, весь аж зігнувся від сміху. Марк підняв його, обійняв і поплескав по спині на прощання. Потім він підійшов до Жанни, яка саме крізь щілинку дверей заглядала, як там спить донька. Марк поклав руку їй на плече та й собі зазирнув у дитячу кімнату, потім цьомнув подругу в щоку. Це всіх насмішило: Марк, як вип'є, стає більш тактильним, ніж зазвичай. У відповідь на наш регіт він похитав головою і першим вийшов на сходи. Згодом Аліса, Седрік і я й собі поволі спустилися. Наші двоє голубочків ледь ішли, підтримуючи одне одного — повернення додому мало бути епічним. На щастя, вони жили всього за три квартали звідси. На тротуарі сидів Марк із самокруткою в зубах. Він обійняв мою сестру та її коханого і тримав їх в обіймах довгенько та не відпускав, тож я потягнула його за руку.

— Марку, досить! Ти побачишся з ними завтра! Відпусти їх уже додому!

— Щасливої дороги! — сказав він і уважно на них подивився.

— Думаю, ми впораємося, — відповів Седрік. — Завтра наберу. Па-па!

До мене йти було недалеко, я жила на верхньому поверсі в будинку на вулиці Рокет, неподалік від станції метро «Вольтер». Вулиці тихо прокидалися, ми проминали пекарні, і запах круасанів і гарячого хліба дражнив мої ніздрі, в животі забурчало.

— Було круто, — сказав Марк, розірвавши мовчання наших кількох хвилин ходи.

— Треба ввечері повторити! Правда? — запропонувала я, ледь штовхнувши його ліктем у бік.

Він знизав плечима.

— Подумати тільки, у тебе тепер є робота! Та ти чемпіонка!

— А хто тобі сказав, що я пройду випробувальний термін? За три місяці про це поговоримо!

Він якось незрозуміло на мене подивився. На ходу скрутив ще одну сигарету та з силою затягнувся, щойно її прикурив. Потому ми мовчали.

— Ось ти й припливла в свою тиху гавань...

Я підвела на нього очі, довгі секунди ми дивилися одне на одного. Мені здалося, що він намагається мені багато про що сказати, але не сміє.

— Піднімешся до мене на каву? — запропонувала я, посмикавши його за замшеву куртку. — А ще в мене твій квиток на Бена Гарпера, зайди забери, це ж уже у вівторок.

— О... точно, це ж буде концерт...

— Ти забув? — я насупилася.

Він ніби збентежився на якусь коротку мить. Потім усміхнувся.

— Ні... Але залиш мій квиток у себе, бо я його ще загублю!

Я розслаблено засміялася, потім взяла його під руку й потягнула за собою до входу в будинок. Відчула опір.

— Мені пора, — сказав він. — Тільки не смійся, але я пообіцяв дідусеві разом із ним поснідати.

Я вибухнула сміхом.

Він дійсно такий один — свого предка він вважав героєм, і мені це дуже подобалося. Мені би хотілося ближче познайомитися з його *Abuelo*. Марк викинув недопалок на тротуар, взяв мене в свої обійми. Так, я теж мала право на його ласку наприкінці вечірки, хоча мені дісталося тієї ласки трохи більше, ніж іншим. Він міцно мене обійняв, обличчям притиснувшись до моєї шиї.

— Бережи себе, Яель, — пробурмотів.

— Та мені ж тільки на сьомий поверх піднятися, — відповіла я якомога тихіше. — Якщо хочеш пересвідчитися, що зі мною нічого не станеться, то моя пропозиція зайти на каву в силі, я навіть можу набрати твого дідуся та спитати дозволу...

— Не спокушай... Не сьогодні...

Я засміялася, так само його обіймаючи. Потім він поцілував мене в щоку, відпустив і відійшов на кілька кроків.

— Напиши, які плани на вечір, — сказала я.

— Іди вже спати!

Він уважно на мене подивився, усміхнувся, зітхнув і пішов. Я піднялася на свій сьомий поверх, почувалася щасливою. Не роздягаючись, упала на ліжко та заснула, щойно голова торкнулася подушки.

2

Десять років по тому...

У килимового покриття була одна перевага: він заглушав звуки цокання моїх підборів, поки я ходила туди-сюди, тому мій головний біль, спровокований сестрою, не посилювався. Я відповідала їй односкладно, щоб заощадити сили, вона ж продовжувала верещати, явно не усвідомлюючи, як багато мого часу це забирало. На мене чекали на зборах, а Аліса, яка не думала, що о сьомій тридцять вечора я ще можу бути на роботі, от уже п'ять хвилин не замовкала, наполягаючи, щоби я до них заїхала. І здихатися її неможливо!

— Яель, ну я тебе прошу, приїзди, повечеряємо разом, діти скучили. Ми вже кілька тижнів тебе не бачили.

Я закотила очі та стиснула зуби.

— Скільки разів тобі пояснювати? У мене...

— У тебе робота, — перебила вона мене з розпачем у голосі. — Так, я в курсі. У тебе на язику тільки одне це слово!

Перша новина. Якби вона знала, що в мене робота, то не дзвонила би з розмовами про своїх дітей! Я перестала ходити та стиснула долоню в кулак.

— Саме так. І зараз через тебе я вже запізнююсь! На мене чекають. Потім поговоримо.

Я натиснула кнопку на слухавці, перш ніж сестра встигла щось відповісти. Почала глибоко дихати, щоби заспокоїтись та віднайти такі потрібні мені зосередженість і сконцентрованість. Щойно серцебиття бодай трохи втишилося, я пішла до залу, де тривала зустріч, штовхнула перед собою двері, намагаючись зберігати максимально нейтральний вираз обличчя.

— Вибачте, мене затримали.

Мені відповіли кивком голови, а ж сіла на своє місце поруч зі щасливим британським майбутнім покупцем якогось загубленого в сільських полях заводу. Його французькі адвокати, як і він сам, тішилися тим, як приборкали майбутнього ексвласника того заводу. Мене це не стосувалося. Я сіла зліва від британця, ледь позаду нього, закинула ногу на ногу, нахилилася, щоби бути якомога ближче до його обличчя. З цієї самої миті слова адвокатів обох сторін потрапляли в мої вуха французькою мовою, щоби виходити через рот уже англійською, пошепки. Якщо чесно, я взагалі не уявляла, про що я розповідала, сенс слів для мене був другорядним, місія — передати інформацію, і тільки це. Ситуація та ставки на кону не мають значення, я маю бути спроможна перекласти все — якими би не були справи, що для них винаймали агенцію.

За дві години відбулося парафування та підписання угоди. Втомлені, але розслаблені та задоволені усмішки квітнули на всіх обличчях довкола мене. Голова в мене просто розколювалася, проте я мала піти з ними до бару готелю, де відбувалися переговори, щоби випити за їхній успіх. Коли один із адвокатів простягнув мені келих шампанського та грайливо підморгнув, я кинула на нього найхолодніший зі своїх поглядів; я тут тільки для роботи. А він собі що думав? Я не продаюся. Під тим претекстом, що ми багато годин проводимо за одним столом, деякі вирішують, що до функціоналу перекладачки входять також і пестощі. *От бідолашний!* Мій робочий день добігав кінця, вони вже могли чудово порозумітися й без моєї допомоги; у всіх англійська мова була на достатньому для обопільних привітань рівні. Я суто з ввічливості пригубила шампанське, попросила бармена викликати таксі, відставила келих і попрямувала до групи задоволених собою чоловіків. Потиснула їм руки та пішла до виходу. Шон, британський клієнт, наздогнав мене, коли я вже була в дверях готелю. Я зробила глибокий вдих, перш ніж повернутися до нього. Як завжди, я залишалася професійною до кінця.

— Яель, ваша допомога сьогодні протягом усього дня була безцінною. У наступні тижні мені можуть знову знадобитися ваші послуги, — тихо сказав він.

Ще цього мені бракувало! Та я себе стримала й закусила вудила. Шон — постійний клієнт, із ним працюю тільки я, він сам про це попросив, без варіантів. Він убив собі в голову, що ми особливо добре розуміємо одне одного і в нас є щось спільне, а все через те, що я, на своє нещастя, якось обмовилася, що моя мама — англійка, як і він.

— Зв'яжіться з Бертраном, і ми адаптуємо наш графік робіт до ваших потреб.

Він усміхнувся та ледь похитав головою, вдаючи, що нічого не розуміє. Засунув одну руку в кишеню, уважно на мене подивився, не знімаючи свого чарівливого виразу обличчя.

— Яель... я хотів сказати... так буде простіше і для вас, і для мене... Ми можемо й без нього домовитися, ваша платня від цього тільки виросте.

Цю фразу я знала напам'ять; щоразу, коли я для нього перекладала, він заводив своєї. От тільки сьогодні він вперше заговорив про гроші. Я встромила в нього впевнений погляд.

— Зв'яжіться з Бертраном, — відповіла сухо.

Він хихотнув. Повідомлення дійшло. Нарешті!

— Ваша вірність шефу дійсно непорушна.

Я незворушно височіла на підборах, випрямила спину та ступила до нього на один крок ближче:

— Від цього залежить якість наданих вам наших послуг, Шоне. Я негайно повідомлю шефа про ваше прохання.

— Мені би знадобилися такі співробітники, як ви.

Та він ніколи від мене не відчепиться! Я була у своїй справі найкращою, а це — зворотний бік цієї медалі.

— Я зайнята, і ви це знаєте. На все добре!

У цю мить під'їхало таксі, я востаннє холодно подивилася на замовника, сіла в машину й назвала водієві адресу. Пристебнувши ремінь безпеки, я не стала витрачати час на розглядання вечірнього Парижа — я й так напам'ять знала дорогу від «Pullman Montparnasse» додому. Витягла з сумки телефон. Аліса продовжила штурмувати мене повідомленнями, благаючи зайти бодай на чай наступної неділі по обіді. Ну добре, зроблю добру справу, виконаю свій обов'язок — і мене хоч на кілька тижнів залишать у спокої. Надіслала відповідь і нарешті змогла зосередитися на робочих мейлах; Бертран за ці кілька годин надіслав їх мені зо два десятки, у них ішлося про подробиці організації ділових поїздок наших клієнтів, уточнення щодо квартир і нових перемовин — мені це подобалося.

У мене на роботі не бувало затишшя. Я постійно була на зв'язку та в зоні досяжності, вміла перемикатися та легко переходити від перекладу до агресивного укладання угоди, а вже наступної години давати раду найменшим деталям паризьких відряджень наших клієнтів. Навіть тоді, коли мала час спокійно посидіти за робочим столом, цю паузу я використовувала не на обідній перекус і бутерброди, а на те, щоби знову поринути в роботу — розпитувала, як справи в клієнтів, дізнавалася, чи не потребують вони наших послуг знову. Почувши голос водія, який саме назвав суму за цю поїздку, я зрозуміла, що ми приїхали — вулиця Камброн у п'ятнадцятому окрузі.

Спершу в моїй квартирі все було найбільш типовим; кривий паркет, облізла ліпнина на стелі, старий мармуровий камін — усе це годилося хіба що пил збирати. Щойно я сюди вперше увійшла, вже в перші ж хвилини побачила її потенціал і зрозуміла, що тут почуватимуся, як удома — звичайно, після ремонту. Я все тут вичистила; тепер на стінах гіпсокартон, все пофарбоване чисто-білим кольором, паркет оновили та полакували — тепер його легко доглядати, — а також не стало каміна, тепер на тому місці стоїть велика шафа. Моє житло мало бути практичним, добре організованим і чистим. У вітальні — диван, більше схожий на лаву. Я відмовилася від подушок, оскільки неможливо працювати лежачи. Перед канапою — журнальний столик із плексигласу, його прозорість мене заспокоювала, а також візуально він ніби взагалі не займав місця. Я підключила кабельне та музичний центр, приїхав майстер і все налаштував, але я нічого не дивилась і не слухала, крім новин. Музику, здається, я за весь час після переїзду так ні разу й не вмикала, інструкція до музичного центру, якої я так і не прочитала, лежить у спеціальній течці, тій самій, де й усі гарантії. Біля входу — тільки один столик, туди я клала ключі, а також один вішак, туди я вішала пальто, цього цілком вистачало. У спальні було тільки ліжко з незмінно білою постіллю, а також нічний столик із зарядкою для телефону. На кухню з вбудованою технікою я таки купила комплект усілякого начиння — розпакувала, але так жодного разу і не скористалася. Коли ввечері я приходила додому, то сідала на дивані та роззиралася довкола себе, мені було добре в цьому білому оточенні, було чисто, немов у лікарні, порядок мене заспокоював.

Того вечора я одним оком дивилася новини, а іншим поглядала в мій «MacBook Air», їла суп місо та збиралася з'їсти на десерт яблуко. Новини особливо цікавими не були, але я взяла собі за обов'язок бути в курсі всього, щоби реагувати на запити деяких клієнтів, майстрів оборудок. Уже пізно, а завтра в мене такий день, що часу краще не марнувати. Але я таки знайшла п'ятнадцять хвилин, щоби насварити асистентку. Ця ідіотка посіяла хаос у моєму кабінеті — поклала теку на неправильну поличку! Хоча я вже декілька місяців їй повторюю, що вона не має права нічого торкатися. Поклала дві тарілки та столове начиння в посудомийку, запустила її. Мені видавалося огидним залишати брудний посуд; до того ж він смердів. Налила собі велику склянку холодної мінеральної води, з нею пішла до спальні. Постіль і рушники вже поміняла домогосподарка, вона мала це робити двічі на тиждень. У гардеробі я скинула свої «лабутени», поставила їх на правильне місце та приготувала костюм на завтра, а також зібрала сумку в басейн. Одяг, який я носила сьогодні, полетів у бак для брудної білизни. Пішла в душ — гола, хоча волосся досі заколоте. Від контакту з холодними кахлями і крижаною водою мені стало краще, я довгенько постояла під струменями, ретельно миючись.

Коли я стала чиста, суха та посвіжіла, почистила зуби електричною зубною щіткою. Насамкінець, як і щовечора, я скористалася зубною ниткою, щоби дістати між зубів найменші крихти. Коли я була вже задоволена результатом, перейшла до волосся. Нарешті його розпустила, волосся впало на спину, далі почала його розчісувати, поки не стало зовсім гладеньким. Одягнула чисту піжаму та лягла в ліжко. Сидячи на краєчку, відкрила шухляду нічного столика, дістала упаковку снодійного, випила, запила водою, поставила на мобільному будильник на шосту тридцять. Розставивши все на місця, залізла під туго заправлену ковдру — мені подобалося так спати. Нарешті можна вимкнути світло. Я дивилася на стелю, залишалося ще пів години, поки подіє снодійне, тому я скористалася нагодою подумки проглянути графік на завтра.

Розплющила очі о 6:28, як і щоранку. Звук будильника пролунав за дві хвилини, я встала з ліжка. Як і щоранку, зав'язала волосся та одягнула спортивний костюм. З сумкою на плечі пройшла квартирою, взяла ключі, замкнула двері та спустилася сходами. Як і щоранку, спершу пробіжка до басейну, як і щоранку, я була там першою відвідувачкою, чи то пак єдиною. Заброньована за мною шафка вже на мене чекала. За кілька хвилин я перевдягнулася, поклала телефон у спеціальний *waterproof* футляр, який негайно повісила на руку. Волосся заховала під огидною, але необхідною шапочкою, почепила окуляри та затискач для носа. Вихід до води в мене був не таким, як у інших користувачів басейну, котрі приходили пізніше. Завдяки купюрі, яку щомісяця давала агенту з надання послуг, я могла заходити через службовий вхід; я жахалася прохідного душу для ніг — там усе просто кишить мікробами. О 7:10 я пірнула в порожній і тихий басейн. Наступні сорок хвилин я безперервно плавала «кролем», звертаючи увагу тільки на кількість вібрацій на телефоні. О 7:50 телефон завібрував сильніше, я допливла до кінця доріжки та вийшла з води. Знову пройшла крізь секретні двері та повернулася до своєї шафки, щоби перевдягнутися. Потім знову пробіжка: повернулася додому, бігла аж до самих дверей, навіть сходами. Ранковий випуск новин супроводжував весь мій вранішній церемоніал. Після душу одягнула чорну спідницю-олівець і топ кремового кольору, які дбайливо обрала напередодні. Ретельно розчесала волосся та зібрала у строгий високий хвіст. Щоби бути певною, що протягом дня з зачіски не вибиватиметься жодне пасмо, зверху я все побризкала лаком. Потім — макіяж: спершу денний крем, тональний крем і «Terracotta», щоб обличчя весь день залишалося матовим. Я терпіти не могла жодного блиску на шкірі, це мало неохайний вигляд. Трохи темних тіней на повіки, потім один помах олівцем і тушшю для вій, щоби підкреслити мої зелені очі. Останній штрих — матовий прозорий бальзам для губ. Нечупара, якою я була колись у іншому житті, мусила наважитися на заняття з професіоналами, тому тепер знала, як тримати своє тіло у формі та підкреслювати його найкращі сторони. Насамкінець парфуми — два пшики, ні більше, ні менше — на вигин шиї, це «Un jardin sur le toit», незмінний аромат от уже протягом багатьох років. Одягнула піджак, пішла на кухню. Там я навстоячки, спершись на стіл, з'їла енергетичний злаковий батончик і випила чашечку еспресо, а потім вийшла. Таксі чекало на виході з будинку. Просто ідеальний таймінг, похвалила я себе, сідаючи на заднє сидіння і вже тримаючи в руках телефон.

Агенція Бертрана розташовувалася в багатоповерхівці на Міроменіль. Тут майже нічого більше не залишилося від османівського стилю. Коли Бертран п'ять років тому вклав гроші в ці три сотні квадратних метрів, то наказав усе знести. Жодних передпокоїв, суцільний *open space* без навіть натяку на бодай якісь перегородки між співробітниками. Ширший прохід вирізняв хіба що різні підрозділи. Робочі столи було організовано так, що там сиділи по двоє. Можливість усамітнення тут була більш ніж відносною, це варто визнати; шеф зі свого кабінету — тільки там були стіни, хоча й скляні — міг постійно приглядати за нами. Якщо говорити про мене, то моє робоче місце розташовувалося найближче до шефового, а останнє підвищення дало мені змогу отримати власний кабінет у одноосібне користування, — звідти я могла наглядати за роботою асистентки. Наш робочий простір повторював американські стартапи, де Бертран чимало часу пропрацював наприкінці 1990-х і на початку 2000-х. У нас була *kitchen* із зеленим чаєм, овочевим соком і різними видами кави.

Щодня о дванадцятій на обід нам доставляли суші, салати та супи — все органічне; Бертран усіх нас по черзі загітував і перетворив на вірян здорового харчування та бездоганної гігієни життя. Наші робочі умови були світлими, зручними, оптимізованими, щоби ми якомога краще почувалися в офісі. А й справді, Бертран мав рацію — саме в цьому місці ми проводимо найбільше часу. Він не скупився інвестувати в обладнання та високі технології. Ми були аж занадто добре забезпечені комп'ютерами, планшетами та смартфонами останніх моделей, які давали нам змогу тримати зв'язок із агенцією двадцять чотири години на добу сім днів на тиждень.

За десять років маленьке бюро перекладів, де я проходила виробничу практику, дуже змінилося; прибутки виросли втричі, в штаті на повній ставці було п'ятнадцятеро осіб, більшість французи, нас було розподілено на дві великі групи, кожна зі своєю місією — ті, хто *говорять*, і ті, хто *пишуть*. Саме останні були нашими головними годувальниками, майже попри власну волю, бо з офісу вони не виходили ніколи. Вправність і точність їхніх перекладацьких умінь давали змогу втримувати постійних клієнтів і також здобути нових, так само, як і цінні правки наших двох юристів щодо формулювань у контрактах. Нас робили сильними наші репутація та досконалість, тому мені та Бертрану залишалося завдати тільки останнього удару. Окрім нашого вміння вміло оперувати мовами, ми пакетом пропонували ще й власні компетенції супроводу та організації подорожей для іноземних клієнтів. Моя роль у агенції була центральною, я вже була не просто перекладачкою, тепер моєю місією було здобувати нові замовлення, отримувати контракти, робити так, щоби про нас знали, та «мережуватися», як ми це називали. Мої бізнес-компетенції та англомовна культура також давали змогу вести перемовини щодо будь-якого сектора економіки. *Подякуймо школі комерції!* Успадкована від матері англійська відкривала двері в цілий світ. Мій портфель клієнтів був найбільшим, там були і науковець-агорафоб, який виходив із лабораторії тільки двічі на рік, щоби взяти участь у конференції, і багатий бізнесмен, який щомісяця прилітав із іншого кінця світу приватним літаком, щоби переконатися, що його гроші множаться. Також, коли в Бертрана не було часу, а чи коли він вважав, що без мого білінгвізму не обійтися, він доручав мені своїх найжирніших клієнтів. У таких випадках ми працювали в парі. Ця тісна співпраця надавала мені право на повагу та острах із боку колег — і це мені ідеально підходило. Я обожнювала приходити разом із клієнтом на якусь економічну конференцію та чути, як за моєю спиною шепочуться; так, мені заздрили, мене боялися, моєї уваги шукали. З-поміж усіх працівників у агенції я працювала найдовше; *turn-over* тут був постійний. Я марно намагалася збагнути їхні причини покинути корабель, мене буквально збивала з пантелику думка, що вони віддають перевагу не професійному життю, а вільному часу, спілкуванню з дітьми та ще не знаю чому. Як узагалі можна відмовлятися від такої роботи! З роками наша активність тільки зростала, клієнтських контактів ставало все більше, ми постійно міркували, як розвивати послуги, які надаємо. Ми більше не обмежувалися англомовним світом. Троє з нас працювали з Азією, двоє інших — зі Східною Європою, ми і з Німеччиною працювали. Коли Бертран знайшов нових клієнтів — заможних промисловців із Руру — наші зарплати стрибнули вгору.

Я сиділа перед екраном, біля мене стояла кава, подана асистенткою, коли прийшов Бертран, він був у навушниках і з кимось розмовляв. Йому п'ятдесят, спортивний, підтягнутий, квадратні щелепи, ледь сиві скроні, як завжди, бездоганний у своєму незмінному чорному костюмі. За ці десять років він не змінився — на відміну від мене. Його сталево-синій погляд пролетів над *open space*, полюючи на найменші ознаки розслабленості й недбальства, а потім зупинився на мені. Кивнув, запрошуючи зайти до нього в кабінет. Він ходив туди-сюди офісом і ще розмовляв, поки я сідала.

— Як усе минуло вчора? — запитав, щойно договорив, а сам уже дивився у свій екран.

Оце так запитання!

— Просто чудово, — відповіла я спокійним тоном.

Чомусь я була впевнена, що поцілила. Він відкинувся на спинку крісла та сплів пальці, сперши на них підборіддя, мав сконцентрований, але задоволений вигляд.

— Він знову пропонував тобі роботу?

Я обмежилася кивком. Губи Бертрана скривились у злій посмішці.

— Це лиш на користь нашим справам.

Знову випростався та почав дебрифінг про мою наступну місію, щоби переконатися, що з мого боку все готове. Я мала спокусити американців, які заробили на сланцевому газі та мріяли інвестувати гроші у Франції, зокрема в паризьку нерухомість. Моя роль — бути посередницею між агентами з нерухомості та тими американцями, таким чином здійснивши їхнє найдорожче бажання.

— Я на тебе розраховую, — сказав він і пронизав мене суворим впевненим поглядом. — Віддай усе, що маєш. Якщо вдасться підписати цей контракт щодо нерухомості, ми зможемо опікуватися всіма їхніми справами у Франції. До речі, в них там є не тільки сланцевий газ.

І ще притиснув поглядом:

— Сама додумай, що станеться у разі поразки...

У моїх венах пульсував адреналін.

— Усе під контролем, — відповіла я, не давши себе зачепити.

— Меншого я від тебе й не чекаю.

Завібрував його телефон: кінець розмови.

Я замовила водія на розкішній машині, щоби заїхати по клієнтів у готель. В їхньому графіку на сьогодні я запланувала шість зустрічей. Возила їх від однієї агенції нерухомості до іншої все пообіддя. Наші найпрестижніші партнери з відповідного сектора презентували свої каталоги, ще й розгортаючи біля наших ніг червоний килим. Усе було ідеально. Здається, вони мені повністю довіряли, дозволяли водити себе з місця на місце, щедро описували свої потреби, бажання та вимоги. Без упину я щось нотувала в блокнот, із яким ніколи не розставалася.

Після останньої зустрічі я запросила їх на вечерю. Забронювала столик у ресторані з мішленівськими зірками та відправила авто *бізнес-класу* по їхніх дружин, які щойно прилетіли. Під час вечері я перестрибувала між діловими та більш легкими темами. Ніколи не забувайте спокушати ще й їхніх дружин, оскільки часто вони супроводжують чоловіків під час подорожей і для свого задоволення, і для ведення власних справ. Нам необхідно зуміти їх зайняти, справити враження, що вони дуже важливі, а також не забувати про їхні графіки. Дружина, яка почувається покинутою своїм чоловіком-бізнесменом, могла зірвати навіть історично важливу оборудку. Якось я завдяки цим знанням в останній момент врятувала контракт найдавнішого Бертранового клієнта. До речі, мене за це тоді підвищили. Під час розмови з дружинами я згадувала, що ми можемо супроводжувати їх під час шопінгу, а ще познайомити з найкращими в Парижі екскурсоводами, якщо це знадобиться для наступної подорожі. Іноді ми пропонували дійсно королівський консьєрж-сервіс. Цей невеликий надлишок у наших стараннях мав справжній успіх, особливо в жінок, які часто також вели власний бізнес, тож ми вибудовували з ними привілейовані стосунки, що не обмежувалися самими лиш контрактами. Саме ця включеність у особисте життя наших клієнтів вирізняла нас із-поміж усіх конкурентів.

Я повернулася додому майже опівночі, але таки знайшла час відповісти на мейл Бертрана, який хвилювався — хоча й більше для виду — за успіх моєї місії.

«Бертране,
Контракти лежатимуть на столі в залі засідань завтра о третій пообіді. Наші нові клієнти бажають зустрітися з вами з нагоди підписання.

До завтра,
щиро ваша
Яель»

Наступну хвилину я не зводила очей з екрана, звичайно, там майже одразу з'явилася відповідь:

«Прийнято, буду».

Перед тим як піти в душ, якийсь час я присвятила тому, щоби переписати мої рукописні нотатки в досьє нових клієнтів; там була і та інформація, яку вони самі повідомили, і та, яку я сама помітила, спостерігаючи за їхніми звичками та вподобаннями. Щоразу одне й те саме — вони говорять, говорять, звіряються, але навіть не здогадуються, що я все записую, реєструю, щоби ще більше заплутати їх у тенета майбутньої співпраці, щоби стати для них особливо незамінною. Кожен із працівників нашої агенції мав доступ до цього документа в нашій базі даних, щоби не припускатися помилок.

Наступного дня, рівно о 15:00, перевіривши, що все на місці, я запросила наших нових клієнтів до зали засідань. Кожен сів на своє місце, а я почала читати контракт, який підготував колега з юридичного відділу, зупинялася на кожному пункті, щоби пояснити, які саме послуги буде надано, і якою саме буде їхня вартість. Бертран прибув саме в ту мить, коли я простягнула їм ручку. Він потиснув їм руки, не забувши по-американськи поплескати їх по плечах, справляючи враження, що всі вони між собою вже давно знайомі. Наші клієнти безупинно мене розхвалювали, я ж залишалася незворушною, як і щоразу, коли це траплялося, — ніколи не можна демонструвати самовдоволення.

— Ви в руках нашої найкращої працівниці, — стримано зауважив Бертран. — Я знав, що робив, коли ввірив вас у її турботливі руки.

Поки говорив цю тираду, ні разу на мене не глянув. Клієнти так само, до речі. Я була непомітною деталлю; так, непомітною, але й незамінною. Щойно двері ліфта зачинилися за спинами наших задоволених нових клієнтів, Бертран повернувся до мене, тримаючи руки в кишенях.

— Мої вітання, Яель! Продовжуй у тому ж дусі! — сказав він розслаблено.

Вперше за два дні я дозволила собі усміхнутися.

3

Відтоді як у них народилися діти, моя сестра Аліса й Седрік — звичайно ж, вони одружилися — вирішили поховати себе в передмісті, у будиночку з гойдалкою та гіркою в саду. Щоби туди доїхати й уникнути громадського транспорту, я брала авто на прокат. Мені ставало сумно щоразу, коли я заїжджала на цю вулицю з будиночками, повними сімейного щастя, де сусіди бачать усе, що у вас відбувається. Звичайно, якщо робити паркани на висоті зросту дитини, інтимності не існує! Хоча рішення туди переїхати було прийняте саме заради дітей: вони покинули тридцять п'ять квадратних метрів у Парижі та віднайшли садок і спокій. Це було немислимо, я майже сердилася. У мене аж волосся настовбурчувалося від самої думки про те, що якісь милі сусіди можуть втручатися в моє життя. Та про мої мрії тут не йшлося, до уваги варто було брати тільки їхнє щастя, і вони його тут знайшли.

Вже підходячи до їхнього будинку, я зупинилася. Чому тут стоїть машина Адріана та Жанни? А ще чому біля вхідних дверей висять повітряні кульки? В яку пастку мене заманили? Я навіть подзвонити не встигла, одразу вийшла Аліса, вона усміхалася просто на всі тридцять два, очі блищали, вона кинулася мені на шию. Можна подумати, що вона кілька років мене не бачила. Не треба перебільшувати! Сестра огорнула мене своїми обіймами, її біляве волосся лоскотало мені ніс. Вона мало мене не роздавила, обійми тривали, як мені здалося, багато дуже довгих секунд, Аліса притискала мене до свого тендітного, по-материнськи округлого тіла. Моя сестра, сама того не усвідомлюючи, випромінювала просто гіперчуттєвість. І це попри те, що вона, як на мій смак, недостатньо ретельно про себе дбала, бо всю себе присвятила дітям і роботі вчителькою початкових класів. Аліса та цілий світ дітей! То була дійсно дуже довга історія любові.

— Ох, а я боялася, що ти не приїдеш! — з полегшенням зітхнула вона.

Я вирвалась із її задушливих обіймів.

— Досить уже! Я ж пообіцяла! А це що таке? — запитала я, вказавши на кульки. — Ви поміняли декор?

Її плечі опустилися. Я точно щось не те сказала.

— О, тільки не кажи, що ти забула... Ну, хай буде... Не страшно. Ти ж тут... скажемо, що це такий подарунок.

— Про що я забула?

— Яя! — зазвучав збуджений голос хлопчика.

Аліса посунулася, щоби дати пройти сину, який кулею біг мені назустріч.

— Маріусе, я ж тобі не раз казала, ти вже занадто дорослий, щоби так мене називати, — нагадала я.

Через це ідіотське прізвисько я почувалася незручно, воно нагадувало мені, якою дитиною я тоді була. Племінник кинувся на мене, я ж незграбно поплескувала його по плечах.

— Яя, а ти бачила кульки? Це було мені на день народження, вчора ми святкували разом із моїми друзями! Було круто!

Я аж похолола та повернулася до збайдужілої Аліси. Вона делікатно похитала головою, мовляв, не хвилюйся. Я швидко подумки порахувала.

— З Днем народження! Тобі вже сім, ти вже зовсім дорослий.

Сестра вчинила диверсію та оголосила всім про мій приїзд. Мені одразу ж захотілося дати задній хід — щойно побачила всіх у вітальні, а ще в голові загупало, поволі, але впевнено. Адріан, Жанна та їхня дванадцятирічна донька Емма також приїхали на свято. Ми вже два місяці не бачилися. Як і щоразу, мені здалося, що я бачу поруч із друзями якусь іншу дівчинку — їхня донька так швидко росте. В такому віці діти постійно ростуть. У кожному разі, вона була сором'язливішою за батьків, принаймні звук її голосу було чути дуже рідко. Седрік по-братськи мене поцілував і підморгнув, мовляв, не варто перейматися. Лея, молодша сестра Маріуса, обмежилася скромним цьомом у щічку; я її вражала, хоча так і не зрозуміла чим.

Ну от, вся банда в зборі... майже в зборі, когось таки бракувало. Між нами — п'ятьма залишенцями — зв'язки ніколи не уривалися. Принаймні між тими двома родинами. Моє життя так сильно відрізнялося від їхнього... я жила сама з собою та ще й з роботою, максимально намагаючись уникати зборів нашої «родини», щоби не витрачати зайвих часу та енергії. Адріан витягнув мене з цієї задуми:

— Ось наша повертанка! — вигукнув він і аж ляснув себе по боках. — Що, наважилася виїхати за межі кільцевої?

Я різко видихнула. Ото таке в мене буде свято!

— Не починай!

Він вибухнув сміхом:

— Наша ділова жінка, здається, в чудовому настрої, — не припиняв він.

— Адріане, дай їй спокій! — втрутилася Жанна. — Він такий прикрий буває.

Жанна завжди виправляла наслідки жахливого почуття гумору свого милого й любого, знаходила для нього виправдання, навіть якщо він переходив будь-які межі. Вона була чемпіонкою згладжування гострих кутів та порятунку від небажаних наслідків. Я даремно колись так любила Адріана, тепер я не розуміла, як Жанна взагалі його терпить!

— Але це не завадило тобі вийти за мене заміж!

Вона вибухнула сміхом і собі підійшла мене обійняти. Не буду випробовувати долю, тому краще уникну цієї сутички на тему моєї роботи. Пішла до Аліси на кухню. Посеред цього організованого хаосу я почувалася незграбою. Постійно боялася, що найменший рух викличе катастрофу. Вона саме розставляла свічки на домашньому торті, він був красивіший за різдвяну ялинку — все це вона робила своїми вмілими пальчиками зразкової матері.

— Алісо, мені так прикро, що я забула...

— Він такий радий, що ти приїхала, що навіть не помітить. І знаєш, я так і думала, тому трохи його до цього підготувала...

Аліса підійшла та взяла моє обличчя в долоні, спрямувавши на мене ніжний погляд блакитних очей. Вона усміхнулася своєю секретною усмішкою, так само усміхалася мама, коли ми з сестрою бешкетували, а в неї не виходило на нас розсердитися. Та я знала, що сестра образилася, це було помітно, хоча ми ніколи не сварилися, то був пакт про ненапад ще з тих часів, коли ми були підлітками. От тільки протягом останнього часу я відчувала, як між нами наростає напруга, і її я ніяк не могла приглушити.

— Я теж дуже рада. Мені тебе бракує, сестричко, — сказала вона.

Я відійшла.

— Та слухай, ну годі. Ми ж бачилися минулого місяця! І взагалі я сюди приїхала не для того, щоб ти знову заводила своєї слізливої.

Сестра мала розчарований вигляд.

— Якось мені варто буде познайомитися з твоїм шефом, нехай пояснить, що він зробив із нашою Яя — лагідною любителькою свят.

Ця репліка таки змусила мене всміхнутися. Сестра... відмінності між нами з роками та плином життя лиш посилювалися, проте вона незмінно залишалася моєю точкою опори, моїм якорем. Я не могла уявити світу та життя без неї. Мені було необхідно знати, що вона десь поруч, навіть якщо ми подовгу не бачилися. У мене на неї не вистачало часу, проте сестра мала бути тут, біля мене. Ми завжди були нерозлийвода, наша невелика різниця у віці взагалі не мала значення; ми все робили разом... чи майже все. Її шлюб із Седріком нічого не змінив; цей чорнявий високий худий чоловік був мені за брата, а ще він робив мою сестру щасливою. Чим більше часу минало, тим зачудованіше він на неї дивився, ніби вона — восьме диво світу. На мою думку, саме це було важливим.

— Ви скоро? — перебив він нас. — Малий уже не дочекається.

Аліса взяла в руки торт і пішла до кімнати переді мною, співаючи «Happy Birthday» з виразним британським акцентом.

Я пішла за нею та стала, спершись на стіну вітальні, щоби краще всіх бачити: Маріус в оточенні обох батьків, Лея на руках у тата, наші друзі сидять навпроти та голосно співають. Малий задув свічки та почав розгортати подарунки. Поки це тривало, я відчула, як завібрував телефон у кишені джинсів: то нападали нові мейли. Такий збіг обставин: сестра дала мені тарілку з тортом у мить, коли я саме збиралася дістати телефон і подивитися, що там. Коли я побачила розміри того шматка шоколадного торта, то скривилася і вже збиралася відмовитися. Та Аліса мене випередила:

— Послухай, май совість. Я відрізала тобі геть маленький шматочок, ну хоч вдай, що тобі приємно, будь ласка!

Сперечатися не випадало, бо з її погляду раптом зникла вся ніжність. Я простягнула руку та взяла тарілку, намагаючись не кривитися та не показувати огиду, яка підступала.

— Дякую...

У цю мить задзвонив телефон, Аліса зняла слухавку; це були наші батьки, вони нізащо на світі не забули би привітати свого онука з днем народження. Я скористалася нагодою — трохи поколупала ложечкою свій шматок торта й відставила тарілку десь у куток. Коли тато вийшов на пенсію та облишив роботу архітектора, вони з мамою швидко продали паризьку квартиру, де ми виросли, і скористалися падінням цін на нерухомість у Португалії — купили будинок із видом на море за кілька кілометрів від Лісабона. Сестра з телефоном біля вуха запропонувала передати мені слухавку, щоб я поговорила з батьками, та я відмовилася, жваво помахавши головою — тим гірше для моєї мігрені — сестра у відповідь багатозначно й сердито на мене глянула. Краще я ввечері напишу їм мейл та уникну енного запрошення приїхати до них на вихідні; як і моя сестра, вони не розуміли, як багато я працюю. Їх нервували мої життєві пріоритети, а мене нервувало, що ніхто навіть не намагається зрозуміти важливості моєї роботи.

Наступна година — то була просто мука; можна подумати, що в них немає інших тем для розмови, крім дітей! Гуртки після школи, всі прогулянки, а де що болить, а як вони говорять — знову й знову... І якщо дискусія на мить зупинялася, то тільки для того, щоби попросити ці милі біляві голівки трохи стишити звук і не заважати дорослим про них говорити. Моя голова та вуха вже цього не витримували. Я сиділа на краєчку дивана, за спиною — дитячі іграшки, і я таки здалася та дістала телефон. Припущення було правильним. Бертран надіслав чимало мейлів, що видавалися важливими; він хотів, щоби я його супроводжувала цілий завтрашній день. Надіслав мені досьє клієнта, щоби я швидше з ним ознайомилася. Я аж передчасно відчула втому; тепер не встигну вчасно закінчити решту досьє, і це я ще не згадую про інші, давно заплановані та призначені зустрічі. Мені в спадок дісталася тупа асистентка, неспроможна дати раду розпорядку дня та пошуку рішень, які би влаштували всі сторони. Все за нею доводилося переробляти.

— Яя, а в тебе на телефоні є ігри? — запитав Маріус і потягнув вимащені шоколадом руки до мого шостого айфона.

Я підняла руку вгору, щоби віддалити телефон від племінника та запобігти катастрофі — встигла вчасно.

— Ні, у мене немає часу на ігри.

— Але...

Мені треба вийти подихати! Я підвелася, вийшло дещо різкіше, ніж я хотіла. Маріус гепнувся на моє порожнє місце на канапі. *Ні, так не годиться...*

— Мені пора, — оголосила всім.

— Уже? — радше для виду обурилася Аліса.

Фух! Вона не намагатиметься мене затримати. Вже зрозуміла, що битву програно.

— У мене...

— Робота! — хором вигукнули Седрік із Адріаном.

Усі вибухнули сміхом, крім мене. Навіть Аліса захихотіла. Я всіх поцілувала на прощання та попрямувала до виходу, сестра пішла мене провести, на руках вона тримала доньку.

— Коли ми знову по-сестринськи сходимо на каву тільки вдвох?

— Не знаю, коли зможу...

Вона засмучено зітхнула.

— Ок. Ну гаразд, дзвони.

Ми кілька довгих секунд дивилися одна одній просто у вічі, потім я пішла.

Вже за годину я пірнула в басейн, де плавала трошки довше, ніж зазвичай: я скористалася заброньованою тільки для себе доріжкою для плавання, щоби провітрити голову. Я знову й знову згадувала сумний погляд сестри. Вона ніяк не розуміла, що я більше не можу присвячувати їй стільки ж часу, як раніше. Я марно намагалася їй це пояснити, але ніяк не виходило. Власна кар'єра для неї не мала значення. Аліса завжди мріяла бути вчителькою, вона нею стала, це її тішило. Вона працювала сумлінно, тут жодних сумнівів. Але вона не хотіла нічого іншого. Чому і як Аліса вдовольнялася такою малістю? Зі мною все було інакше; в агенції я зрозуміла, що можу багато чого досягти, дуже багато чого, і ніщо не змусить мене збочити з цієї траєкторії. Мені хотілося бути найкращою, довести, що живу роботою, гостроти додавало бажання перевершити саму себе. Я поставила на цю карту все. Для мене не було нічого неможливого, нічого заскладного. Я всьому давала раду — і втомі, і стресу, і паперам, і відрядженням, і мені ніхто не допомагав. Я господиня свого життя, я сама всього досягла. Проте мені було прикро, що забула про день народження Маріуса. Як я взагалі могла про це забути? Треба було поставити нагадування на телефон.

Уже вдома я вирішила виправити свою помилку та записала в календарі на наступний рік і всі наступні роки дні народження Маріуса та Леї. Після душу я поставила на тацю ноутбук і тарілку з овочами та соєвим йогуртом, сіла на канапі. Ми стільки часу марнуємо на їжу! От би наука винайшла якісь пігулки, що замінили би трапези! Перед тим як взятися до роботи, я написала короткий мейл батькам і замовила «Nintendo DS» останньої моделі з уже інстальованими п'ятьма відеоіграми, топ продажів. Маріус отримає подарунок одразу після школи вже завтра — завдяки додатку експрес-доставки. Моя забудькуватість уже в минулому. Тепер я можу повернутися до звичного плину життя. Спершу написала Бертрану та запевнила, що завтра буду повністю в його розпорядженні. Лягла я десь о пів на першу, не без щоденного снодійного, але з відчуттям виконаного обов'язку. Я любила спокійні неділі, бо могла добре підготуватися до робочого тижня. Терпіти не могла, коли в недільний вечір мене хтось відволікає — окрім, звичайно ж, відряджень — у неділю я любила тренуватися, розкладати речі, перевіряти, чи все в порядку, чи все на місцях, а також завчасно готуватися до несподіванок. От тільки мій організм довше, ніж зазвичай, опирався сну; думки полонило почуття провини перед родиною та стрес від думок про завтрашній день, через це пігулки діяли повільніше. Ще ніколи Бертран не запрошував супроводжувати його в подібних справах. Наскільки я пам'ятаю, ніхто з агенції ніколи навіть не наближався до цього досьє. Чому я? До того ж — чому саме тепер?

Зустріч, як це траплялося зазвичай, було призначено в розкішному готелі. Поруч із шефом я йшла через хол, плечі назад, підборіддя гордо підняте вгору, погляд прямий. Ніхто й ніщо жодним чином не могли похитнути мою впевненість. На нас чекали, я була готова до цього раунду. Стимулювання, адреналін і стрес були головними складовими моєї рівноваги. Мені подобалося працювати в парі з Бертраном, це додавало відчуття небезпеки, змушувало перевершувати саму себе, значення мала тільки місія. Коли я пригадувала, що і як думала про нього, коли ми щойно познайомилися, мені ставало соромно. Мені здавалося, що він — нездара, який страждає від кризи середнього віку, хоча насправді Бертран був талановитим, дуже талановитим, він мав гостре чуття своєї справи. Жвавий, добра інтуїція, вміє працювати в умовах цейтноту. Володіє мистецтвом спокушати та переконувати. Діє інстинктивно, має неймовірну здатність адаптуватися. Кожен день спільної праці робив мене ще ефективнішою. Я не перегинала палицю, проте намагалася стати для нього незамінною; найважливішою для мене була нагода вразити його моїми здібностями. Коли мені вдавалося поцілити в «десяточку», я любила відчувати на собі його задоволений погляд. Наше професійне однодумство давало змогу розуміти одне одного з першого погляду та непомітно обмінюватися інформацією — через це інші нам заздрили. Я почувалася живою, коли відчувала, як стискає шлунок, коли від хвилювання за головну справу дня пропадав апетит, коли розум був у стані тривоги — це мене стимулювало.

На початку кар'єри це мене паралізувало, натомість сьогодні це додавало сил. Так само, як і рух крові у венах, тиск і стрес були незамінними для мого життя. Я робила все, щоби не втрачати ні крихти цієї всемогутності та перемоги над власним тілом.

Того ж вечора нам у конференц-залу доставили традиційні суші. Кожен писав свій звіт про цей день. Ми закінчили десь о першій. Я навіть не помітила, як минув час. Вже хотіла взятися за ті досьє, які не мала часу доробити протягом дня. Так би й сталося, якби не втрутився Бертран.

— Уже пізно. Чудова робота, Яель. Я на таксі підвезу тебе додому, — запропонував він, підводячись.

— Дякую, — відповіла я, заледве відірвавши носа від екрана смартфону.

Він уже був біля дверей. Я пішла за ним. *Навіщо він хоче їхати в одному таксі зі мною?* Такого раніше не траплялося.

— Чекай.

Він повернувся в свій кабінет і повернувся за декілька хвилин, тримаючи в руках кілька тек. Цей чоловік не припиняв працювати. Його спрага до перемог і успіху була непотамовною. Чи мені колись вдасться сягнути його рівня? Це видавалося направду неможливим.

Їхали мовчки, кожен схилився над своїм телефоном. Бертранів задзвонив. Я швидко зрозуміла, що то задоволений клієнт. Машина зупинилися біля мого будинку, Бертран знаками показав, щоб я не виходила. Він договорив і відкинувся на підголівник.

— Бачиш, саме за такі дні я люблю свою роботу. Немає нічого кращого, ніж ці дзвінки в будь-який час доби, коли хвалять якість нашої праці.

Я дозволила собі щиро всміхнутися. У глибині душі я тріумфувала, знаючи, що й собі доклалася до цього успіху.

— Я повністю з вами згодна, — впевнено відповіла. — Добре, я вже піду, а ви рушайте додому. До завтра!

— Чекай, — сказав він, випростався і владно на мене подивився.

Я збентежено зачинила вже відкриті дверцята авто. *Чого він від мене хоче?* Бертран щось задумав, можливо, він оголосить мені щось важливе. Машинально я почала прокручувати в пам'яті весь цей день, щоби пригадати, чи часом десь не припустилася помилки.

— Яель, ти з того ж тіста, що й я, — амбітна, пристрасна, готова на все заради перемоги. Я ж не помиляюся?

— Ні, звичайно, не помиляєтесь.

— Ти живеш роботою. Як і я?

Я кивнула. Продовжуючи запитувати себе, до чого це все. Я не розуміла сенсу цієї розмови, такого я не любила.

— Я мрію, щоб у мене з'явився партнер... Я довго думав... спостерігав за всіма в агенції, проглядав ваші досьє... Моєю партнеркою можеш стати тільки ти.

Боже! Напевно, це мені сниться?

— Кращої правої руки я не знайду, — продовжив він. — За ці десять років ти дуже виросла, ніщо й ніколи не збивало тебе з правильного шляху. Ти — боєць, ніколи не заспокоюєшся, бо тобі всього мало і ти хочеш більшого. Ти войовнича, в тебе переможний кожен удар. Я думаю в майбутньому розвиватися, тобто розвивати *нас*. Якщо бути відвертим до кінця, в майбутньому хочу відкрити агенцію в Лондоні чи Нью-Йорку. Саме тому мені потрібен партнер. І це має бути найкращий партнер. Найкраща — це ти. Мені важливо, щоби ти про це знала.

Я ковтнула слину, вперше не знаючи до ладу, що йому відповісти. Ззовні цього не було видно, та всередині я аж танцювала від радості та гордості. Я мала рацію, залишаючись у постійній бойовій готовності та незмінно прагнучи тільки *top* рівня. Я — найкраща, він нарешті це визнав. І я щойно перемогла.

— Я ще повернуся до цієї розмови в слушний момент. Тримай це в полі своєї уваги.

— Дуже добре.

— На добраніч.

Востаннє кивнула йому, вийшла з машини, намагаючись зберігати спокій. Таксі рушило, щойно я зайшла у внутрішній дворик будинку. Не знаю, як я дійшла до квартири, як сіла на диван, коліна трусилися, сумку я кинула на паркет абияк. Мій шеф щойно спокусив мене мріями про те, про що я вже й так давно марила, не наважуючись у це повірити. Нарешті! Це все насправді! Коли я згадувала, як починала працювати в агенції десять років тому, то розуміла, що в той час і подумати не могла б, що доросту до такого. Хоча все тоді так погано починалося…

Всю решту вихідних після нашого безумного свята того вечора, коли мене взяли на роботу, ми не могли знайти Марка. Як зазвичай, щоби дізнатися, прийде він чи ні, ми намагалися зв'язатися з ним через дідуся, та ніхто не знімав слухавки. Мені це видалося дивним, але друзі переконали, що не варто хвилюватися, він уже не вперше отак пропадає без жодних ознак життя. Я була сама не своя, тим часом почалася робота. Шеф вирішив самостійно вивчити мене як перекладачку. Спершу моя робота обмежувалася тим, що я сідала в куточку та слухала, як він перекладає, мені було суворо заборонено розтуляти рота. А коли я не сиділа набравши води в рота, то мала робили телефонні продзвони та сортувати теки. Ну дуже захоплива робота! Щоб самій не мати враження, ніби я тут нічого не роблю, я вирішила навести лад у досьє на клієнтів, у той час це дало мені змогу побачити весь розмах поля діяльності агенції та (хоча тоді я сама цього ще не розуміла) запам'ятати інформацію про клієнтів. У вівторок ввечері, тобто лише після двох робочих днів, мені було вже досить усієї цієї агенції, тож я вирішила розпочати італійський страйк і робити достатній мінімум роботи, не провокуючи Бертранового гніву, намагалася сидіти тихо, щоби мене й видно не було, та заробити трохи грошей. Єдине, що мене мотивувало, то був концерт Бена Гарпера в Берсі, я знала, що Марк нізащо в світі його не пропустить. О сімнадцятій тридцять я заховалася під столом і перевзулася, зняла ті кошмарні туфлі та засунула ноги з натертими мозолями у свої старі кросівки, тихенько вийшла з офісу. Я почала хвилюватися близько сьомої вечора. Марка досі не було, хоча ми домовлялися разом підійти якомога ближче до сцени у фан-зоні, але вже все. О восьмій почався концерт, а я досі стояла сама на вулиці. Я довго ходила туди-сюди, а потім сіла на сходах Берсі, натягнула навушники, увімкнула плеєр і почала слухати «Alone» Бена Гарпера, одну пісню всі півтори години, поки тривав концерт. Коли перші глядачі почали виходити, я всюди шукала Марка, переконуючи себе, що йому якось вдалося зайти без квитка і що він, певно, намагався знайти мене всередині. Звичайно ж, я його не побачила. Відтоді мене охопили паніка й тривога, вони обійняли все моє життя. Друзі так само хвилювалися. Так, тепер уже були підстави для занепокоєння, вже можна. Все це було ненормально. Щось трапилося. Ми почали чатувати там, де він часто бував. Хтось із нас був у нього в універі, хтось інший — у «El Pais», третій тинявся біля дому його дідуся, а четвертий намагався додзвонитися знайомим, із якими ми бодай раз колись його зустрічали. Я не могла всидіти на своєму місці в агенції, бо друзі мене звільнили від тих чергувань. Тиждень минув без новин, нам так само не вдалося зв'язатися з Марковим дідусем, тож Адріан і Седрік пішли в поліцію, але там пояснили, що про зниклих безвісти має повідомляти родина. Та хлопці натрапили на дружніх фліків, котрі погодилися пробити інформацію та повідомили, що жодних оголошень у розшук щодо Марка не подавали. Я не могла спати, не могла їсти, думала тільки про нього. Разом із усіма друзями ми вже не сміялися та не жартували, говорили тільки про нього, не розуміючи, що сталося. Наступні три тижні щодня пообіді я більш чи менш непомітно — як пощастить — виходила з офісу, не звертаючи уваги на злі та загрозливі слова Бертранової асистентки, йшла в універ і роздавала там фотографії Марка, там же був і мій номер телефону. Я стояла там допізна, щоками текли сльози. Якось увечері я сиділа на сходах біля головного входу та ридала, опустивши голову на коліна, йшов дощ, приїхали Аліса, Седрік, Адріан і Жанна. Я відчула, що мене хтось погладив по волоссю, але навіть не ворухнулася у відповідь.

— Яель, — сказала мені сестра ніжним голосом. — Ходімо з нами, ти захворієш, якщо будеш отак сидіти.

Мені вже й так усе боліло, я замерзла, та це не мало значення.

— Ні... Я хочу тут залишитися... він прийде... він має прийти...

— Це не допоможе, та й пізно вже... Ми зробили все, що могли...

— Ні! — закричала я й різко підвелася. — Ми його не кинемо!

Я з криками їх відштовхнула.

— Мені потрібен Марк, я хочу його побачити!

Аліса та Жанна плакали, обійнявши одна одну. Седрік та Адріан схопили мене та обійняли, я кілька хвилин намагалася вирватися, стукаючи їх кулаками в груди, не припиняючи кричати, та вони не відпускали, і я таки здалася, тепер я ридала, схопивши їх за курточки. Той вечір ми провели в Аліси та Седріка. Жанна попросила консьєржку, і та погодилася глядіти її доньку всю ніч. Хлопці напилися так, як ніколи раніше не напивалися, вперше в житті я побачила, як вони плачуть, а потім я поклала голову на коліна сестрі й заснула — так само в сльозах. Два дні по тому Бертран викликав мене в свій офіс, щойно я прийшла на роботу. Напередодні я спробувала востаннє відшукати Марка та пропустила ділову зустріч — першу, яку мала провести самостійно. Я впала на один зі стільців напроти шефа, немите волосся було казна-як зачесане, джинси — брудні, светр я позичила в Седріка, а на ногах — кросівки.

— Ви нічого не хочете мені сказати, Яель? — запитав він крижаним тоном.

— Ні, — відповіла я, не припиняючи гризти нігті.

— Через вас я втратив клієнта, але вам це байдуже.

У моїх очах стояли сльози, та я намагалася не відводити погляд. Його очі дивилися холодно, він уважно мене розглядав з глибини свого крісла, він був байдужий до мого смутку. От сучий син!

— Ви розумна дівчина. Ви можете самі собі стріляти в ногу, але своєї думки я не зміню. Ви талановита, я в цьому впевнений, і саме тому вас не звільню. Відтоді як ви взялися за голову, я зрозумів, як багато ви можете дати агенції. Але це станеться тільки тоді, коли ви виявлятимете мінімум поваги до своєї роботи та до себе самої. Єдина порада: не жертвуйте майбутнім заради марноти.

Я почала щось бурмотіти, та він не залишив мені шансів бодай щось пояснити.

— Нічого не хочу знати, мені це не цікаво. А тепер ідіть додому та вмийтеся, побачимося завтра.

Дивно, але він на мене не сердився та не сварився. Наступного дня я вперше прийшла на роботу вчасно.

*

Я підвелася з канапи, мені не хотілося поринати ще глибше в ті болісні спогади, пішла на кухню, налила собі склянку холодної мінеральної води, пішла з нею до спальні. За ті десять років, що минули, моя гардеробна суттєво змінилася; так, десь там у глибині досі валялися мої старі кросівки — я так і не наважилася їх викинути, сама не знаю, чому — мої перші страшненькі туфлі поступилися місцем десятку «лабутенів», у мене була висока зарплата, і це якщо не рахувати різноманітних премій. Варто визнати, що мені почав смакувати адреналін успіху, роботи, мені подобалося працювати в оточенні владних людей. Я страшно любила свою роботу. От уже кілька років Бертран не називав мене практиканткою, а тепер він хоче, щоби я стала його партнеркою, правою рукою.

За пів години я лягла під ковдру, вирішила не пити снодійне, ніч минала, а мені не хотілося ризикувати та назавтра прокинутися заспаною. До того ж я була надто збуджена на пропозицією Бертрана, хотілося її обдумати. У голові постійно крутилася одна з його фраз: «Яель, ти з того ж тіста, що й я, — амбітна, пристрасна, готова на все заради перемоги». Я так захоплювалася ним і його кар'єрою! Той факт, що він поставив мене на один рівень із собою, підносив мене просто на сьоме небо. Він усім пожертвував заради успіху, навіть родиною. Бертран був одружений, двоє дітей, обом уже років по двадцять, він бачив їх тільки раз чи два на рік на святкових сімейних вечерях. Коли він отримав можливість поїхати працювати до США, його дружина, якщо я правильно все розумію, відмовилася їхати з ним разом із дітьми, тому він прийняв радикальне рішення та розлучився з нею, тобто і з нею, і зі своїми дітьми. Його амбіції з сімейним життям були несумісні, тому він вирішив більше нічого не вдавати, «я намагався жити так, як всі, та від того вийшло тільки на зле». Я повністю поділяла його бачення речей; робота — то єдине справжнє джерело щастя, тільки успіх приносить відчуття повноти, все інше — то лиш тривоги й бентеги. Я любила тиск, Бертран мене спокушав пропозицією стати партнеркою у фірмі, і це мене повністю задовольняло. Я ще більше розчинюся в роботі, я була в захваті від цієї думки. Не всім у тридцять п'ять років пропонують таку нагоду. Це *головна пропозиція всього мого життя.*

Весь наступний місяць я піднімалася на вершечок вимогливості до самої себе та до інших. Моя старанність сягнула до небес! До того я була маленькою акулкою, тепер я перетворилася на дорослу вічно голодну акулу з гострими зубами. Я підписувала контракт за контрактом, стежачи за нашим рахунком. Я була однією з найнебезпечніших і найбільш кровожерливих акул. Мене боялися, і мені це дуже подобалося. Я всіх здивувала, підписавши апетитний контракт: супровід десятка запрошених на три наукові колоквіуми, організовані фармацевтичною установою. Ми матимемо справу з потужними виробниками, але також і з професорами медицини з найпрестижніших американських університетів, їхні інтереси діаметрально протилежні, тобто буде гаряче. Я користалася найменшою помилкою колег, щоби перебрати до рук їхні справи. Друзів тут у мене не було, та мені було абсолютно байдуже: тим краще, я тут не для цього. Я хотіла всього й одразу. Особливо сильно я хотіла довести Бертрану, що можу працювати на всіх фронтах: перекладати, приводити нових клієнтів, управляти, жваво брати участь у пізніх нарадах. Вухо ніби прилипло до телефона, я лізла в справи всіх колег, окрім справ Бертрана. Щоразу, коли він щось мені доручав, я тріумфувала. Єдині перерви, які я собі дозволяла, то були перерви для зустрічей із банками; я вирішила, що обов'язково маю бути готова діяти в «слушний момент», як він тоді сказав. Скільки я можу викласти, щоби отримати частку в агенції? Просто чудовий пакет: із моєю зарплатою та квартирою, власницею якої я стала, банкіри й без моєї допомоги самі намагалися мене звабити пропозиціями.

Я взяла за обов'язок гризти енергетичні батончики та поглинати протеїнові супи, щоби добре тримати удар; їжа мене цікавила найменше. Тіло таки невдало зроблене, воно не еволюціонує достатньо швидко! Домогосподарку я відправила поповнювати мої запаси. Інвестувала в кілька упаковок «Гуронсану», бо вже не мала можливості приймати снодійне — надто пізно лягала, надто рано вставала, до того ж зберегла звичку підзаряджати батарейки плаванням у басейні щоранку о сьомій. Мені вдавалося заснути хіба на якихось чотири години. Мені цього вистачало, втома мене не брала, я сама господиня свого тіла. Адреналін від цього життєвого виклику тік моїми венами, це краще, сильніше та потужніше за наркотики та секс.

Проте мені довелося прийняти Алісине запрошення на вечерю. Я все прорахувала: якщо бодай раз на місяць зустрічатися з нею чи всіма нашими, я матиму подобу спокою. Вечеря була найменш поганим варіантом, бо можна було відмовитися від нудотних солодощів, до того ж діти рано лягали, тож і мігрені я уникну. Крім того, йдеться лише про кілька годин муки, будильник на телефоні нагадував кожного 20-го числа кожного місяця, що пора подати ознаки життя. Для цього доводилося раз на місяць іти з офісу трохи раніше, навіть зарано. Жах!

Того дня я пішла о сьомій тридцять, так і не побачивши Бертрана, бо той пішов на зустріч — мені це дуже не подобалося, таке враження, ніби я прогулюю. Я завела авто, увімкнула гарнітуру, щоби бути готовою в будь-який момент зняти слухавку. Ніби насміхаючись над правилами дорожнього руху, всю дорогу я читала мейли. Вже на трасі від монотонності їзди я позіхнула, то було перше позіхання, що розпочало безкінечну серію позіхань, аж до сліз в очах. Попри те що від холоду аж тремтіла, я таки повідчиняла вікна, щоби відшмагати себе холодним повітрям. Відчула полегкість, коли запаркувалася біля будинку Аліси та Седріка. От уже край світу! Дорога видалася мені безкінечною. Хоч бутерброди роби в дорогу!

Сестра зрозуміла, що краще стріляти одразу з кількох гармат, тому Адріан і Жанна також були тут. Маріус відчинив двері, за ними ховалася Лея. Обоє в піжамах, волосся розчесане та ще мокре після душу. Маріус взяв мене за руку та повів до вітальні, де дорослі пили аперитив — шансів вирватися на свободу не було. Аліса підвелася, підійшла до мене та сказала дітям:

— Ну ось ви й побачили Яель, а тепер пора спати!

Потім вона повернулася до мене й насупила брови:

— Ти як?

— Дуже добре! А чому ти питаєш?

— Просто так, — відповіла вона й поцілувала.

Навіть не сподівайтеся, що я на це купилася! Тільки б цей вечір не перетворився на суд Інквізиції; Аліса поки тримається, але чи це надовго? Я з усіма розцілувалася та сіла на канапі.

— Вип'єш чогось? — запитав Седрік.

— Один ковточок, будь ласка.

Уже за дві хвилини мені в руки всунули налитий по вінця келих білого вина, в який я лиш вмочила губи. Поклала телефон на журнальний столик, щоб був під рукою та на виду, так я ніби нічим не ризикувала.

— А де ваша донька? — запитала я в Жанни та Адріана. Вона вже вийшла з того віку, коли так рано вкладаються спати.

— Ми залишили її з нянею. Це ж вечірка для дорослих, — відповіла Жанна з задоволеним виразом полегшення на обличчі.

Алілуя! Невже вона наситилася цими дитячими вечірками? До кімнати повернулася Аліса та сіла поруч зі мною.

— І що у вас хорошого? — голосно запитала я.

Сама не знаю, чому, але мені хотілося почути, як у них справи. Зі мною таке бувало, до того ж це позбавляло необхідності розповідати про себе. Седрік почав першим, він усіх насмішив розповідями про те, як намагається зацікавити філософією учнів випускного класу. Чоловік моєї сестри був просто втіленням доброї надії, для нього не існувало безнадійних учнів. Він не тріумфував навіть тоді, коли всі його учні отримували задовільні оцінки з філософії на випускних іспитах. Лаври перемоги його не цікавили. Жанна натомість втомилася шукати додатковий персонал на час знижок; тепер у своєму магазині вона була менеджеркою, і їй не вдавалося знайти студенток, які би погодилися на біль у ногах протягом усього місяця розпродажів. І хоча мене ця історія дуже вразила, Жанна звучала оптимістично, вона була вірною собі та ставилася до цього по-філософськи.

Роки, здається, геть не вплинули на Жанну. Її *look* не змінився ні на йоту, її каре кольору воронячого крила було так само досконалим, так само незмінним був пірсинг і гардероб на вістрі моди, її одяг просто еволюціював від сезону до сезону. Далі заговорив Адріан, він, як завжди, блазнював.

— Я в нашій конторі воюю за те, щоби фото найкращих комерсантів місяця висіло в холі, як в Америці.

— Ага, і як у «МакДональдсі», — зауважила його дружина.

Усі зареготали, і навіть я. Адріан зробив усе, щоби так і не закінчити універ і не отримати диплом про вищу освіту. Один лиш Бог знає, як йому вдалося, бо для цього треба було дійсно постаратися. Всі викладачі негайно роздивилися у ньому задатки виняткового агента з продажів, тому дивилися крізь пальці на всі прогули, на всі забуті та не здані письмові роботи, а також на всі дурниці, що їх він влаштовував у студентському самоврядуванні. Та ніхто нічим не зміг допомогти того дня, коли Адріан проспав держіспити. Проте навіть це не завадило йому завиграшки знайти роботу всього на кілька днів пізніше, ніж я. Він був продавцем у великого виробника вікон, і він ті вікна дійсно продавав — цілими блоками. Роки залишили на ньому певний відбиток: широкі плечі регбіста трохи опустилися, а в чорній кучмі почало з'являтися сиве волосся.

Аліса запросила нас до столу та скористалася нагодою розповісти й свою історію:

— Я відмовилася подавати ту заяву на підвищення, — оголосила вона, почавши подавати рибу.

— Що?! — обурилася я. — Та ніхто не відмовляється від підвищення! Ти ж не можеш все життя залишатися вчителькою початкових класів!

Я розсердилася та повернулася до інших:

— Та скажіть уже їй, що це дурість!

Усі зітхнули.

— А можу я поцікавитися, що поганого в роботі вчителькою початкових класів? — сухо запитала мене Аліса. — Та ти вже задовбала. Мені подобається навчати дітей, все інше мене не цікавить. Я хочу зосередитися на головному! То дай вже мені спокій!

Я похитала головою, зневірена браком амбіцій в сестри. Вона простягнула руку по мою тарілку.

— Будь ласка, зовсім маленький шматочок, — сказала я крізь зуби.

— Тобі треба їсти! — роздратувалася Аліса. — Це вже казна-що! Ти в дзеркало на себе дивилася?

Я стиснула зуби. Це почало діставати. *Чому я тут?*

— А й справді, — втрутився Адріан. — Раніше в тебе була маленька срака, зате великі цицьки, але тепер там взагалі вже нічого не залишилося. Тобі пора повернути стару Яю, *sexy girl*.

Я так швидко повернула голову в його бік, що на якусь мить злякалася, чи не звернула собі шию. Дивилася на нього, аж вирячивши очі.

— Та ти просто хворий! А ти чого сидиш і мовчиш? — звернулася я вже до Жанни.

— Так а що мені зробити? Сама з ним розбирайся. Ти раніше вміла сама захищатися. До того ж він має рацію... Ти у відпустку часом не збираєшся? Бо вже бліда як смерть.

— У відпустку? Ще чого!

Моє обличчя перерізала хижа посмішка. Відпустка, оце собі придумали! А моєї думки вони запитати не забули? Який сенс у неробстві? Жодного, самі лиш тривоги!

— Про відпустку не може бути й мови! Якщо пощастить, я скоро можу стати співвласницею агенції, де працюю, — тріумфально оголосила я всім.

— Не може бути, — якимось аж замогильним голосом сказала Аліса. — Тільки цього не вистачало...

Решта четверо мовчали.

— Як приємно бачити, що ви за мене раді! — вибухнула я.

Ну от, усе, як завжди. Я мала розуміти їхні дрібні клопоти, слухати, як вони розмовляють про своїх дітей, натомість вони взагалі для мене не старалися. Вони так ніколи й не спробували зрозуміти, в чому полягає моя робота.

— Та ні, та ні, ми дійсно дуже раді, — поспішив відповісти мій зять.

— Просто в тебе тепер буде ще більше роботи, — продовжила його думку Жанна.

— Тим краще, саме цього я й хотіла, — крізь зуби процідила я, не зводячи очей з сестри.

Вона опустила голову й колупалася виделкою в тарілці.

— Змінімо тему, гаразд? Немає сенсу сперечатися, ми ніколи тут не дійдемо згоди.

Тож Аліса вирішила, що цього вечора не варто чубитися та битися лобами, як барани. Я навіть трохи подзьобала той шматок риби, щоби продемонструвати, що для мене ця тема також закрита. У мене не було зайвої енергії, щоби марнувати її ще й на ці дурниці. Під час вечері я більше не сказала ні слова.

Коли подавали десерт, задзвонив телефон, я аж підскочила зі свого місця і кинулася до журнального столика, де він лежав.

— Так, Бертране?

— Ти мені потрібна. Посилаю по тебе таксі.

Перемога! Тепер я можу звідси вибратися!

— Я наразі не вдома, — відповіла я, походжаючи кімнатою.

— То де ти?

— В гостях у сестри, в передмісті.

— Негайно кажи адресу, ми не можемо втрачати ні хвилини.

Я продиктувала. Він попросив почекати, поки викличе таксі. Потім передзвонив:

— Машина буде за п'ятнадцять хвилин. Ти їдеш в аеропорт зустрічати Шона.

Знову він! Коли він знову почне пропонувати мені роботу, доведеться стримуватися, щоби не кинути йому в лице Бертрановою пропозицією партнерства. Навіщо він знову приїхав у Париж? Він що, купує чи продає ще якусь фірму? Шон збудував свою кар'єру на роботі з проблемними підприємствами у всьому світі. Тільки він міг їх так винюхувати. Він робив це разом із цілим військом радників — прибирав до рук, шукав рішення та знову запускав роботу підприємства, а згодом усе це перепродавав і клав у свою кишеню максимум грошей.

— Набери, коли виїдеш, я все поясню, — додав Бертран.

— Добре.

Поклала слухавку, взяла сумочку. Довкола мене час ніби зупинився: Адріан так і завмер із виделкою в руці та роззявленим ротом, усі на мене здивовано витріщалися.

— Я можу скористатися вашою ванною кімнатою?
— Звичайно, — відповіла сестра. — Але що відбувається?
— Треба зустріти клієнта в аеропорту.
— То ти тепер в ескорті працюєш?
— Досить, Адріане, твої гнилі жарти та грубість мене вже дістали. Ти ніколи не був особливо ввічливим, але все має свої межі!

Ось і інший приклад; я вже декілька років намагалася їм пояснити, в чому полягає моя робота. Вони навіть не намагалися запам'ятати те, що я розповідала. Я так більше не можу. Навіть не глянувши на них, пішла у ванну й одразу ж пошкодувала, що тут немає порядку й чистоти, які панують у моїй ванній кімнаті та в тій, що на роботі. В умивальнику лежали дитячі стаканчики для полоскання зубів, на стінках умивальника залишилися сліди зубної пасти та мила. Та й дзеркало було в білих плямах від висохлих крапель води. Нічого, обійдуся й так.

Дістала свою «тривожну валізку» — косметичку. Знову напудрилася своєю «Terracotta» — а й справді, сьогодні я бліда. Потім трохи підвела очі олівцем. До мене зайшла Аліса та сіла на краєчок ванни. Я трохи відійшла від дзеркала, щоби краще себе роздивитися, та дійшла висновку, що вже більше схожа на людину. Розпустила хвостик, сестра взяла з моїх рук щітку й почала сама розчісувати мені волосся.

— Алісо, часу немає.
— А чому ти його більше ніколи не розпускаєш?
— Виходить недостатньо серйозний вигляд.

— Я не думаю, що це взагалі законно. Таку шевелюру не можна ховати, — сказала вона з усмішкою, певно, щоби помиритися.

Я успадкувала мідно-руде волосся матері. На мій смак, цей колір був надто яскравим, щоби вселяти довіру, тому я постійно його збирала в хвостик або ґульку. В Аліси волосся було радше білявим. Я би хотіла мати таке ж, вона ж вмирала від бажання бути рудою, як я. Сестра швидко мене розчесала та зробила хвостик, як я люблю. Я подякувала та бризнула парфумами на згин шиї. Прийшла смс, таксі прибуло. Я блискавкою пройшла через вітальню, з усіма попрощалася здалеку та попрямувала на вихід. Аліса продовжувала йти за мною. Я пригальмувала й обійняла її.

— Вибач за оте, — перепросила вона.

— Не страшно.

— Я просто хвилююся за тебе. Така роль старшої сестри.

— Оті твої зайві півтора року віку насправді не дають тобі звання старшої сестри, — подражнила її я. — До того ж у мене все пречудово, хвилюватися немає причин, навпаки — мрія всього мого життя от-от здійсниться.

— Якщо ти так кажеш...

— Усе, я побігла, скоро побачимось!

Відчинила двері та сіла в таксі не озираючись, зітхнула з полегшенням, у руці вже тримала телефон, щоби набрати Бертрана. Він одразу ж взяв слухавку.

— Слухаю вас, — негайно почала розмову.

— Сам не знаю, що сталося! Інформація до нас не дійшла, не знаю чому. Це неприпустимо. Ми обоє були недбалі.

— Мені дуже прикро.

— Ми обоє винні. Обом треба бути уважнішими. Мені подзвонив його асистент, і я одразу ж передзвонив тобі, асистент хотів переконатися, що ми його зустрінемо в аеропорту.

— Справді? Шон мені нічого про це не казав.

— Він пообіді вирішив взяти участь у аукціоні, що відбудеться завтра, тому одразу ж стрибнув у літак. Негайно заброню йому помешкання, завтра приїдеш по нього о 9:30, перекладатимеш йому весь день.

Я не змогла стриматися й зітхнула. Як я дам усьому цьому раду? В мене на завтра заплановано десять зустрічей, одна з них — із відповідальним за зв'язки з громадськістю престижної марки виробів зі шкіри, я кілька місяців добивалася цієї зустрічі, з його допомогою мені хотілося розвинути наші послуги супроводу.

— Щось не так, Яель?

Я аж підскочила.

— Ні-ні, зовсім ні, — відповіла я, намагаючись звучати бадьоро.

— До завтра.

Він поклав слухавку. Часу я не гаяла: подзвонила в один із готелів, де Шон любив зупинятися, а також у службу таксі, щоб замовити авто на ранок, не забула я й написати асистентці, в мейлі я попросила поїхати в передмістя та забрати автівку, яку я взяла напрокат, картку я залишу на її столі вранці, ще до її приїзду в офіс — оце мало бути епічно. Я схрестила пальці в надії, що вона зможе виконати таке доручення. *Це зовсім не складно!* Час, який пішов на дорогу в аеропорт, я використала на те, щоби осмислити власну помилку; я трохи розслабилася та послабила оборону, раніше пішла з офісу, щоби потрапити на вечерю до сестри, і ось — відгребла по повній. Результат усіх цих перегонів: я щось випустила з уваги. Це сталося вперше та востаннє.

Від торохкотіння авто я аж задрімала. Підстрибнула, щойно таксі прибуло, кинула оком на годинник. Пунктуальна. Побризкала рот освіжувачем подиху та попросила водія не вимикати лічильник і почекати. Перевірила час прибуття літаків і пішла до правильного виходу. З переможним виразом обличчя я височіла на своїх підборах. За чверть години вийшов наш англійський клієнт.

Було вже по третій ранку, коли я лягла. Сон був неспокійним. Розплющивши очі о шостій двадцять вісім, відчула нудоту, що підступала, тіло не слухалося; мені це не подобалося. Я явно не поспала достатню кількість годин. Звичні дії повернули думкам ясність. Мені зазвичай не дуже хотілося їсти вранці, але цього разу взагалі шматок у горло не ліз. Тож я обмежилася еспресо та двома таблетками «Гуронсану». Перед виходом з дому востаннє глянула у дзеркало: попри макіяж, було видно темні кола під очима.

Вже в Друо я перевірила, чи є наші імена в списку учасників, і ми сіли поруч одне з одним у залі продажів, я була готова перекладати йому на вушко, тут пасувало триматися якомога стриманіше. Я знайшла час погортати каталог, щоби ознайомитись із лотами, він вказав на ті, які його особливо цікавлять — тут вистачить роботи на цілий день. Він пояснив, чому не скористався послугами посередника, його потішала можливість взяти участь в аукціоні особисто. Поки все не почалося, оскільки я мусила про все подбати, надіслала мейл асистентці та попросила забронювати нам столик на обід. Так минув ранок, а я й не помітила. Довелося мобілізувати всю спроможність сконцентруватися; я більше не думала, натомість слухала, записувала, передавала, встановлювала комунікацію між клієнтом та аукціоністом, залишаючись при цьому невидимою. В нього має скластися враження, ніби він сам усе розуміє.

О дванадцятій сорок п'ять я штовхнула двері ресторану, де ми мали обідати. Який сюрприз! За одним зі столиків сидів Бертран, він чекав на нас.

— Ваш шеф усе пильнує, — прошепотів Шон. — Він боїться, що я вас вкраду.

Цей чоловік мене дратував. Та в мене не було іншого вибору, аніж взяти все це на себе. Один лиш Бог знає, що з кожним разом це ставало все важче. У відповідь я усміхнулася найкращою зі своїх усмішок.

— Ви помиляєтеся. Просто *ми* знаємо, як про вас подбати.

Бертран привітався з ним, потім потис мені руку, поглядом запитавши, як справи. Я його заспокоїла та дала зрозуміти, що все було просто бездоганно аж до цієї миті. Причина Бертранової присутності була очевидною; він хвилювався, що наш *bug* напередодні поставить під сумнів подальшу співпрацю. Під час обіду ми говорили тільки про справи. Мені досі бракувало апетиту, тому я обмежилася смаженими у воку овочами з меню гарячих закусок, проштовхнути їжу мені допомогли декілька великих склянок газованої води.

— Я вирішив трохи довше насолодитися своїм візитом до Парижа, — повідомив нам Шон, коли офіціант подав каву. — Яель, я на вас розраховую, вже запланував численні зустрічі з мисливцями за головами, без вас мені не впоратися. Ви й самі переконалися цього ранку, я не можу без вас обійтися.

О ні! Він зруйнував усі мої плани, та в мене не було вибору, я ж не можу його кинути. Весь цей нічний «тетріс» із розкладом і зміною графіка виявився марним, тепер усе доведеться почати спочатку. Я помітила, що у венах на скронях калатала кров і що от-от підступить нудота.

— Можете на мене покластися, — відповіла я, намагаючись контролювати голос. — Перепрошую.

Підвелася та попрямувала до туалету. Замкнулася та сіла на унітаз із телефоном у руці. Оскільки не було відомо, як довго сьогодні триватиме робота, пора діяти. Спершу подзвонила асистентці. Ця дурепа не відповіла, в неї, бачте, обідня перерва. Хоча я вже давно їй повторюю, що вона завжди має брати слухавку — будь-коли та будь-де, навіть у туалеті, вона має відповідати на мої дзвінки! Глибоко видихнула, пообіцявши собі вже скоро розставити тут всі крапки над «і». Вона ще й клієнтів могла переплутати! Довіряти я можу тільки собі. Зробила десяток телефонних дзвінків, надіслала численні мейли. Залишилося тільки дочекатися відповідей. Перш ніж вийти зі схованки, я промочила скроні холодною водою та вирішила поправити макіяж і припудрити носик. Потім випила таблетку аспірину; мігрень набирала обертів. Голову ніби взяли в лещата, одне око вже почало боліти, шлунок смикало від нудоти. Я ще можу це контролювати. Змушувала себе дихати спокійно та повільно, щоби тримати біль на відстані. Коли я повернулася за стіл, виявилося, що Бертран уже розплатився, вони на мене чекали. Тобто мене не було аж так довго. Відчиняючи переді мною двері, шеф мене трохи затримав і з похмурим виглядом сказав:

— Пообіді я піду з вами.

У мене було погане передчуття. Мені аж пекло запитати «навіщо?». У Бертрана ж так багато роботи, та і я тут, йому не варто марнувати на це свій час. Хіба що це такий тест. *Так, це точно так і є, так і є. Тільки це й може бути причиною!*

Пообіді робота розпочалася доволі добре, попри пульсування мігрені. Наш клієнт, здається, тішився торгам, щоразу він брав новий лот, його витрати просто не мали меж. Я регулярно заплющувала очі та робила глибокий вдих. У залі стало дуже жарко та задушливо, я відчула, що стала вся мокра. Кинула погляд на Шона та Бертрана, певно, вони дуже мучились у своїх костюмах із краватками. На мій превеликий подив — нічого подібного, що один, що другий аж пашіли свіжістю. Тобто я тут єдина почуваюся так, ніби мене поклали в піч. Гамір бентежив і заважав сконцентруватися. Аукціон ішов швидко, жодних пауз, жодної втрати часу, неможливо бодай на мить перевести подих. Усе так швидко відбувається. Аж занадто. Щось упало, і це мене відволікло, я почала роззиратися, щоб зрозуміти, звідки звук. На якусь мить я ніби провалилася в чорну діру, втратила опору під ногами та відключилася. До реальності мене повернуло хвилювання клієнта та суворий тон Бертрана:

— Яель! Що сталося?

Я почала кліпати очима та побачила його суворий вираз обличчя.

— Ми тобі не заважаємо? Ти щойно пропустила цілий лот!
— О боже... Вибачте! Пробачте.

Спиною стікав піт. Я не почула. Вперше за всю свою перекладацьку кар'єру я дійсно не слухала, це провал.

— Через вас я проґавив свій головний лот, — сердито сказав Шон. — Ну що, пишається своєю роботою?

Він гнівався та геть втратив свою британську флегматичність. Він так голосно це сказав, що чимало присутніх озирнулися, певно, щоби побачити, хто це так облажався. Я вся згорбилася, була присоромлена й ображена.

— Не знаю, що вам сказати. Мені дуже прикро...

— Прошу, позбавте мене від цих своїх вибачень і негайно зберіться. І щоби такого більше не повторювалося!

Повернувся до мене спиною, вирішив більше не витрачати часу через мою некомпетентність.

— Більше не ризикуємо, — сухо втрутився Бертран. — Яель, далі я продовжу.

Та це просто якийсь кошмар.

— Але...

— Будь ласка, — сердито перебив він. — Іди подихай свіжим повітрям. Завтра вранці побачимось у агенції. Твою роботу на сьогодні закінчено.

Він говорив тихо, на відміну від Шона, але його слова не залишили мені жодних шансів. Я знала, що ми з Бертраном не маємо права на жодну помилку, тому я намагалася бути бездоганною. Та було достатньо лиш на секунду відволіктися. Я підвелася, поступилася йому місцем і пішла, тихо видихнувши «до побачення». Жоден із двох чоловіків мені не відповів, у їхніх очах мене більше не існувало. Сперлася на стіну, щоби здаля спостерігати. Потім поїхала з Друо. Якби я залишилася і мене би помітив Бертран, він би ще більше розгнівався.

4

І що мені робити з цим пообіднім часом, який залишився до кінця робочого дня? Про повернення в офіс і мови не може бути, як я поясню колегам свою присутність? Так само мені зовсім не хочеться доброзичливості Аліси. Страшно від думки, що я опинюся геть сама вдома. Вирішила пройтися. Натомість мені здалося, що я радше тиняюся вулицями. Треба щось придумати, щоби виправити цю поразку. Це мене бентежило, аж дух забивало, рятуйся, хто може. Перехожі лякали, я всіляко намагалася нікого не торкатися, ні з ким не зустрічатися поглядом. Раптом відчула, що щиколотки стали навдивовижу тендітними. Я стискала в руці телефон: не пропустити жодної вібрації. Все закінчиться дзвінком Бертрана. Інакше й бути не може. Ще тільки 17:15. Що взагалі можна робити в такий час, окрім роботи? Це ж розпал робочого дня. Усвідомила, що безперервно обходжу один і той самий квартал, я не надто далеко відійшла від місця, де відбувався аукціон: маю бути готова туди прибігти, раптом що...

Я тинялася вже більше двох годин, аж раптом відчула на собі краплі дощу. *Цього тільки бракувало!* У мене з собою не було парасольки, і я стояла посеред вулиці з таким відчуттям, ніби загубилась у власному місті. Злива посилилася: треба десь заховатися. Штовхнула перші-ліпші двері, що трапилися. В яку це крамничку я потрапила? Навіть не певна, чи це дійсно крамничка, більше нагадує якесь безіменне звалище. Почала сумніватися, чи не варто вийти та перевірити табличку на дверях, бо раптом сюди стороннім вхід заборонено. Хоча ні, я точно бачила вітрину та вивіску поруч із входом. Волію залишатися в теплі та не мокнути під дощем, якщо я комусь заважаю — тим гірше для них. Якщо виженуть, піду деінде. Як подумати, це місце нагадує антикварну крамничку. Очі щипало від пилу. В ніс били запахи старої шкіри, воску, дерева та ганчір'я. На перший погляд було важко розрізнити окремі предмети та меблі, з огляду на те, як тут усе безладно валялося. Це місце явно потерпало від браку вільного простору. Не розвернешся. Прохід між усіма цими меблями геть мікроскопічний, звідси враження, ніби ви потрапили в лабіринт. Зате було одразу помітно, що все це — дуже й дуже далеко від Людовіка XV з ампіром. Тут панував декор часів повоєнного «славного тридцятиріччя»*. Можна було знайти будь-що: дивани, полички, журнальні столики, буфет із ДСП, у кутку стояло кілька розпарованих із різних гарнітурів крісел моделі «Тюльпан», оббивку на яких, з огляду на їхній стан, не завадило би поміняти, також тут валялося чимало речей, призначення яких лишалося доволі туманним. Погода

---

* Славне тридцятиріччя, *Les Trente Glorieuses* — термін, створений французьким економістом Жаном Фурастьє 1979 року в однойменній книзі, де він пише про економічне зростання Франції в період 1946–1975 років та перехід країни від повоєнного відновлення до суспільства споживання. Це час «бебі-буму», високої зайнятості та росту виробництва. — *Прим. пер.*

була така, що добрий господар і собаку надвір не вижене, натомість тут, у крамничці, було доволі світло завдяки запаленим вінтажним лампам, що стояли чи не в кожному кутку. Через відсутність прямого освітлення панувала ніжна тепла атмосфера, що, можливо, мала заспокійливі якості. *Якби це на мене діяло.* Я пройшла трохи вперед і зупинилася перед етажеркою з дерева й металу, на ній стояв програвач, старі «полароїди» й навіть камера «Super 8». Також мій погляд привернула вітрина з колекцією старих географічних карт Поля Відаля де ла Бланша, такі самі, як ті, що висіли в кабінеті географії в нашій школі. В ту ж мить я нашорошила вуха; ця музика... *Black trombone, monotone, le trombone, c'est joli. Tourbillonne gramaphone...* Це Серж Генсбур. Від мимовільної емоції я раптом затамувала подих... згадала батька, який цією музикою діставав мене з сестрою, коли ми були малими. Досі чую, як він казав у часи нашої епохи бой-бендів: «Дівчата, оце — справжня музика, я таки візьмуся за вашу просвіту!». Натомість ми з Алісою починали насміхатися над його віком, а потім усі вибухали сміхом. Цей спогад розвіявся, коли на голос Генсбура наклався інший голос, чоловічий: «Black trombone, monotone, autochtone de la nuit, Dieu pardonne la mignonne qui fredonne dans mon lit... Black trombone, monotone, elle se donne a demi, nue frissonne». Я почала роззиратися, намагаючись визначити, звідки лунає цей голос. Неможливо зрозуміти, той чоловік, певно, мав бути десь у глибині крамнички, і його не видно за картатою ширмою. А цей тип таки затято співає, здається, він у собі цілком упевнений. До речі, фальшивить! Попри все, його було радше приємно слухати; його голос досконало гармоніював із нотами, тембр дуже теплий. Я майже усміхалася, особливо коли він почав імітувати звуки труби.

Я воліла піти так само непомітно, як і зайшла — попри те, що ризикувала намокнути під дощем.

— Яель? — почула за спиною.

Цей голос... Я так і завмерла, поклавши долоню на дверну ручку. Від мігрені в мене якісь галюцинації, без варіантів. Різко озирнулася; руки опустилися, горло стиснулося, пальці зібралися в кулак, почало калатати серце, я ніби одним махом відстрибнула на десять років назад. Переді мною стояв повертанець, здається, так само приголомшений, як і я.

— Яель... це точно ти?

Він попрямував до мене. Майже не змінився, якщо не рахувати окуляри в роговій оправі, які з'явилися на його ледь помітній горбинці на носі, що його він колись давно поламав, дуркуючи з Адріаном; крові тоді було багато, ми з дівчатами встигли погратися в медсестер дорогою в лікарню швидкої допомоги. Ланка, якої бракувало в нашій компанії, постала просто перед моїми очима.

— Привіт, Марку, — сказала я здавленим голосом.

Уже давно ніхто не вимовляв вголос цього імені. Я перша.

— Ми думали, ти помер, — іронічно просичала я.

Моє зауваження його вразило, він зняв окуляри, провів пальцями в короткому волоссі; в нього було все те ж каштанове волосся, що вигорало на сонці. Він мав цілковито розгублений вигляд, дивився в нікуди, йому перехопило подих. *Так йому й треба!* Краще йому озброїтися відвагою, якщо він хоче мати зі мною справу. Він протер пальцями очі, розтулив рота, але не мовив ані звуку, натомість жестикулював руками. Явно намагався добрати слова. На мене нехай не розраховує, я не намагатимусь полегшити стан справ.

— Яель... якби я знав...

— Тобі більше нічого сказати? — зі́сно гаркнула я.

Здається, наш дорогий Марк весь аж зіщулився. Тільки на це він і заслуговує.

— Так... Вибач... Що ти тут робиш?

Не треба було про це питати.

— Зайшла заховатися від дощу.

— То я дякую дощу за те, що прислав тебе сюди, — сказав він і широко всміхнувся.

Отак йому зненацька полегшало! Здається, він вирішив, що я тут жартую. Він стер цей задоволений вираз обличчя, щойно помітив, що я його радості не поділяю. Чому все це мало статися саме сьогодні? Мені вже несила! Можна подумати, мало клопотів мені звалилося на голову! Все, зараз зроблю прискорену перемотку, уявлю, ніби цих останніх п'яти хвилин ніколи й не було.

— То я піду, — сухо сказала йому.

Він ступив до мене й простягнув руку.

— Ні... Зажди... Ти не можеш отак швидко піти! Мені цікаво, як твої справи... дізнатися, як там усі наші...

Та він що, знущається? Забув, що накоїв? Я стиснула кулаки, щоби трохи стримати гнів.

— Вже дещо запізно, ні? Хіба не ти зник із нашого життя і взагалі не озивався? Ми думали, що сталося найгірше! Найгірше, Марку! Чуєш?

Мені треба було випустити пару, тому він мені трапився саме вчасно. Марк уважно й усе більш і більш присоромлено на мене дивився.

— Прошу... дай мені все пояснити... а потім сама вирішиш, чи розповідати мені, як ви всі поживаєте.

У нього були все ті ж карі очі та погляд побитого цуцика, з'явилося хіба що трохи мімічних зморщок — із ними він мав більш зрілий вигляд. Я відвела очі, мені не хотілося вгадувати, чи був він щасливим, а чи сумував протягом усіх цих десяти років. Та мені не хотілося сумувати на самоті, тиняючись вулицями або, що ще гірше, сидячи у своїй порожній квартирі, то я краще ще трохи тут побуду. У глибині душі мені дуже хотілося дізнатися, чому він отак пішов, і слова нікому не сказавши та нічого не пояснивши. Мені так давно хотілося все з'ясувати — що з ним і що між нами! Я схрестила руки на грудях, стояла, була готова на нього накинутися й покусати.

— Слухаю.

— Не стій так, ходи присядь.

Він пішов углиб крамнички, петляючи між меблями, я пішла за ним, уважно стежачи за тим, щоби нічого не торкатися. Ми зайшли за картату ширму, за нею я побачила справжній хаос. Починаючи з секретера на коліщатах, що не зачинявся через височенну гору паперів, на якій височів калькулятор «Texas Instrument» — такий самий був у мене в старшій школі. Він прибрав стосики журналів, здається, 80-х років, які лежали на двох шкіряних кріслах «Le Corbusier» з подекуди потрісканою оббивкою, крісла стояли поруч із овальним журнальним столиком із вбудованою попільничкою на ніжці, столик був не надто чистий і доволі хиткий.

— Будь як вдома.

Я саме збиралася сісти, коли з'явився новий відвідувач:

— Марку, ти де?

— *Abuelo!* Я тут!

Я впізнала Маркового дідуся в ту саму мить, коли він увійшов. За ці десять років він постарів, тепер навіть ходив із паличкою. Проте він зберіг свій хитрий доброзичливий вигляд і вміння бачити всіх наскрізь, це відчувалося. Востаннє, коли ми з ним бачилися, я зневірено втекла з його квартири в сімнадцятому окрузі Парижа.

— Бачу, онучку, що часу ти не гаяв! — сказав він, усміхнувся собі у вуса, грайливо підморгнувши Маркові.

Підійшов до мене, дивлячись на мене знизу вгору. Завдяки шпилькам я могла дивитися на нього згори вниз, і це дуже тішило.

— Мадемуазель... ваше обличчя мені знайоме...

— Це ж Яель, — втрутився Марк. — Пам'ятаєш?

— Яель! Маленька Яель! Ти стала шикарною жінкою, — похвалив він мене та ледь вклонився.

Потім заговорив тихіше, ніби в нас із ним якийсь секрет, як у старих добрих друзів.

— Бачиш, а ти його таки відшукала, — він насмілився це сказати, ще й підморгнув.

— Та не дуже й шукала, — негайно відрубала у відповідь.

Він ще й думає, що це смішно! Та в цій родині вони всі ненормальні!

— Ого, характер, ти подиви! От якби я був років на двадцять молодший...

— Досить, *Abuelo*, — прошепотів Марк, кладучи руку дідусеві на плече. — Ми саме збиралися поговорити.

Вони обмінялися змовницькими поглядами, мені видавалося, що все це не просто так.

— Чудово... Але ж ти не прийматимеш свою гостю отак! Вибачте його, він розгубив усі манери! Все, геть звідси! Я зачиняю крамничку! Ідіть до Луї, вам там буде добре.

Марк запитально на мене подивився, я кивнула та попрямувала до виходу. Справжня засада. Кілька хвилин я почекала на вулиці, досі дощило. Вийшов Марк, розкрив парасольку, простягнув мені. Сам він одягнув потерту коричневу замшеву курточку, підняв комір, щоби захиститися від крапель дощу.

— Вибач за *Abuelo*, він не міг не...

Чому це взагалі має мене цікавити?

— Не страшно.

— Ти не проти трохи пройтися?

Якби ти знав... Я вже дві години тут ходжу — може, трохи довше, а може, й трохи менше.

— Веди, — відповіла я, сама була не рада.

Він довго на мене дивився, потім пішов. Я йшла поруч, мовчки та тримаючись на віддалі — за метр від нього. Марк так само не розтуляв рота, натомість на ходу скрутив собі сигарету. Він мав такий же вигляд, як і в часи нашого студентства: курточка, самокрутки, багато жестикулював, своїм низьким, добре поставленим голосом він завжди ніби оголошував про якусь катастрофу, навіть коли намагався пожартувати. Та я була незворушна.

Я скористалася прогулянкою, щоби перевірити електронну пошту: там були всілякі поточні справи, але жодного повідомлення від Бертрана. Хоча було вже по восьмій вечора. Десь за чверть години Марк штовхнув двері ресторанчика, більше схожого на бістро, меню там було цілком пересічне, заклад старомодний і цілковито порожній. Від запахів з кухні мені почало крутити шлунок — то була суміш часнику, пересмаженої олії та рагу, що булькає на плиті. Є люди, яким таке подобається, всі ці червоні картаті скатертини та традиційна французька кухня зі стравами на кшталт телячої голови «тет де во». *Я не з таких людей.* Як я могла забути, що в Марка завжди чудовий апетит. У цьому закладі він точно був частим гостем; постукав у двері кухні, звідти вийшов опасистий чоловік, вони обійнялися, поплескавши один одного по плечах.

— Привіт, Луї!

— Привіт, Марку! Ти без дідуся сьогодні?

— Без, але я не один.

Луї — а того чоловіка звали Луї — нахилив голову та помітив мене. Витер руби об фартух і підійшов потиснути мені руку. Коли він відпустив мою долоню, я стримувалася, щоб не полізти в сумочку по антисептик.

— Приготуєш нам щось? Не поспішай, ми нікуди не квапимося.

Марку, говори тільки за себе.

— То я вам зараз зварганю щось смачненьке, а ви мені, мадемуазель, розкажете потім, чи смакувало!

Який жах! Я категорично відмовляюся навіть спробувати проковтнути шматок, який вийде з його кухні, ще й обмацаний цими огидними руками!

— О, на мене не розраховуйте! Я не голодна!

— От тільки мені цього не розказуйте! Та вас зараз просто вітром здує! Скажіть мені, що би вас потішило?

Нечемно було би відмовлятися.

— Можливо, у вас є якісь свіжі овочі або салат. Але тільки овочі, нічого не додавайте...

— О, вам сподобається! Марку, будь як вдома. Налийте собі щось випити.

Він пішов на кухню, ми залишилися самі. Марк зайшов за шинквас, мені ж махнув рукою, мовляв, вибирай столик; вибір був аж завеликий. Я обрала столик біля широкого вікна. Ніжки дерев'яного стільця рипіли від тертя об кахлі, знову нагадавши про мігрень. Я сіла і не наважувалася покласти руки на стіл, боялася, що скатертина запорошена чи липка. Помацала тканину й полегшено зітхнула, здається, тканина таки чиста, тож я поклала на неї телефон. Марк сів навпроти, налив у келихи червоного вина. Підняв келих, дивлячись мені просто у вічі.

— Ти така напружена, що, думаю, відмовишся випити за зустріч.

Я кинула на нього вбивчий погляд. Маркові пора би вже швидше зрозуміти, що він втратив право мене дражнити в той самий день, коли пішов.

— І правильно думаєш, до речі.

Автоматично я випила ковток вина. Марк так само.

— Мені забракло відваги з вами всіма попрощатися, — зненацька сказав.

— Тобто?

— Мене вигнали з універу, тобто *Abuelo* вирішив, що мене вигнали з універу... Можливо, ти вже не пам'ятаєш... я жив у дідуся, коли був студентом.

Звичайно ж, я все пам'ятаю. Як ти міг подумати, що я забула? Ми ж весь час проводили разом.

— І як це пов'язано з твоїм зникненням?

— Коли стало ясно, що я знову не здав сесію, він заручився згодою моїх батьків і зробив доволі просту пропозицію. Він хотів, щоби я пробудився та припинив оце рослинне життя, він хотів, щоби я чимось наповнював прожиті дні та свою молодість. Тож він купив мені квиток, щоб я поїхав і подорожував, десь підробляв, зустрічав нових людей, побачив нові країни та повернувся, коли зрозумію, чого хочу від життя. Коли він вперше про це заговорив, я подумав, що це такий жарт і що в мене є вибір. Після другої розмови він купив мені квиток в один кінець, виліт за три дні. Мене просто загнали в глухий кут.

Мене заскочили зненацька, я розізлилася. То всі ці казочки його дідуся — правда? Марк же не кретин!

— Чому ти нам нічого не сказав? — запитала я, стукнувши кулаком по столу.

— Яель, гляньмо правді у вічі. Згадай, якими ми були. Хіба ти з нашими друзями не зробила би все, що було у ваших силах, щоби я не поїхав?

Подивився мені в очі, я відвела погляд.

Звичайно, я би боролася, як дурна, щоби він нікуди не їхав чи щоб нікуди не їхав без мене, бо я й так збиралася поїхати. Як він міг так вчинити з нами, так вчинити зі мною? Ми ж про все одне одному розповідали, всім одне з одним ділилися.

— Погана відмазка, — відповіла я. — Ти мав із нами попрощатися. Ми би все зрозуміли, ми би допомогли...

Потім я вибухнула гнівом та почала говорити гучніше, з мене виходила злість:

— Ти думаєш, ми не звернули уваги на твоє зникнення? Та ми всюди тебе шукали, як ті ідіоти! Від страху вмирали! Ми всі думки передумали! Ти хоч уявляєш, скільки болю нам завдав? Не можу повірити, що ти отак просто нічого не сказав, що ти отак просто відсунув нас і викинув із власного життя. Ти нас просто викреслив, але ж ми всі шестеро жили, як одна сім'я. Наша дружба — то було навіки!

Договорила, забракло повітря. Він зітхнув, пощипав себе за перенісся, подивився на мене. Він був пригнічений і беззахисний.

— Якби я так вчинив, то втік би й назавжди втратив довіру мого *Abuelo*. Я не міг так його зрадити. Я обрав його, а не вас. Мені було страшно вам про це сказати...

Чи усвідомлював він, що кожне його слово було ножем, встромленим мені в самісіньке серце? Він розповідає про довіру. *А наша довіра?* Він її розтоптав.

— Такого не пробачають, я це розумію... та мені ставало страшно вже від самої думки про від'їзд і про те, що я вас залишу... Мені не хотілося бути схожим на лузера, якого вирішили спекатися рідні батьки й дідусь. Вони й самі не знали, що далі зі мною робити. Яель, я був нічого не вартий, я і не хотів, щоби про це дізналися й ви...

Він на кілька секунд опустив очі. Коли знову на мене поглянув, то сумовито усміхався.

— До того ж у нас була просто шалена вечірка в мій останній вечір із вами, пам'ятаєш, тебе саме щойно взяли на роботу.

— Дійсно...

— Я постійно про це думав, я мало не розколовся, мало не розповів вам про все, та мені не хотілося зіпсувати твоє свято, затьмарити твою радість, мені просто хотілося до кінця насолоджуватися вашою компанією.

Раптом у моїй свідомості постав дуже чіткий образ. Я вже десять років забороняла собі про це згадувати — так сильно боліло.

— Тобто тоді, коли ти мене пішки проводжав додому о сьомій ранку...

— Так, я знав, що більше тебе не побачу, — визнав він і подивився мені прямо в очі.

— Перед тим, як мене обійняти, ти попросив мене зберегти твій квиток на концерт, куди ми разом планували піти...

— Так, то був концерт Бена Гарпера... Дуже добре це пам'ятаю... Але потім я втік, поїхав в аеропорт.

Я обхопила голову руками та уважно розглядала клітинки на скатертині.

— То вже після від'їзду ти міг би бодай озватися?

— І що би я вам сказав? Що я депресую, що я невдаха і що не знаю, куди себе прикласти? А ще я боявся ваших докорів.

Коли *Abuelo* розповів, що зустрів тебе, мені в той самий вечір стало ясно, що вже пізно до вас озиватися, що я лиш погіршу цю ситуацію.

— Не розказуй... Це ти собі придумав таке виправдання, щоб остаточно спалити мости між нами, щоби знищити нашу дружбу.

— Як ти взагалі таке можеш мені казати?

— Марку, заткнися!

Я глибоко зітхнула й відкинулася на спинку стільця, несподівано відчула втому і вже й сама не знала, що сказати, мене заполонили спогади про ту останню зустріч із його дідусем.

Наступного дня після того, як друзі забрали мене з-під університету, я не пішла на роботу, натомість весь день просиділа під дверима будинку, де жив цей старий, я вирішила дочекатися його повернення додому. Майже о дев'ятій вечора я побачила, що він повертається, насвистуючи. Зупинився просто переді мною з ніжною усмішкою на вустах, і я помітила, що на ньому — одна з Маркових замшевих курток. Запросив мене зайти. Пам'ятаю, як піднімалася за ним сходами та думала, що він, як на свій вік, у чудовій формі, дідусеві вистачало сил дертися сходами аж на четвертий поверх. Він ні на мить не припиняв свистіти, і це дуже мене розсердило. Вже в квартирі я залишилася стояти біля вхідних дверей, схрестивши руки на грудях, натомість дід пішов далі коридором у теплих тонах — вохра, червоне дерево — та в світлі бібліотечних ламп. Я заговорила першою:

— Де він?

— Ходи присядь, маленька Яель!

— Ні!

Він зі сміхом озирнувся.

— Оце так характер!

— Рада, що змогла вас насмішити, але де він?

Він підійшов і торкнувся мене своєю зморшкуватою рукою, я відсахнулася. Він насупився.

— З ним усе в порядку, не хвилюйся...

На якусь мить я полегшено зітхнула.

— Добре. Але де він?

Він запалив сигарилу й похитав головою, не зводячи з мене очей.

— Я знав, що одного дня до мене прийде хтось із вас п'ятьох. О... я сподівався, що це будеш саме ти...

— Та пофіг! Я хочу його побачити!

— Марк поїхав, щоби щось поміняти в своєму житті, щоби пошукати собі пригод... Він уже далеко...

— Але де він? І чому? — я кричала й гупала ногами.

— Більше нічого не можу сказати... мій онук — дурень... Я просив його з вами поговорити... але нехай... свій вибір він зробив...

Він міцно схопив мене за плечі, моїми щоками котилися сльози.

— Повір, це було непросте рішення, але йому було потрібно поїхати, це було необхідно... Це для його ж блага. А тепер повертайся до свого життя, Яель! І друзі твої теж...

— То він не повернеться? — запитала я надламаним голосом.

Abuelo знизав плечима, в його погляді я побачила спалах смутку. Він ще сильніше стиснув мої плечі.

— Не чекай на нього, — тихо сказав він.

Я вирвалася з його обіймів і побігла вниз, не зачинивши за собою двері тієї квартири. Він гукав мене, поки я бігла сходами, але я затуляла собі вуха, не хотіла чути, що він говорить. Прибігла до Аліси з Седріком і про все їм розповіла. В той час я почувалася без Марка такою самотньою, мене розривало від туги та відчуття, ніби мене зрадили. А потім ми з друзями, не змовляючись, почали менше про нього згадувати. Життя тривало, і нас засмоктало в рутину. Та ніхто не забув про Марка. Він просто перетворився на табуйовану тему. Я намагалася уникати всіх тих рідкісних ситуацій, у яких могло бути згадане його ім'я.

І ось цей вечір, випадок і дощ знову схрестили наші шляхи. Марк тут, переді мною, намагається попрохати вибачення за те, що наробив.

— І що? Ти мандрував? — я поставила це запитання, щоби вирватися з кола спогадів.

Він розповів, що рік прожив у Канаді, той рік був спустошливим: самотність його пожирала та заважала зблизитись із іншими людьми. У Франції він був неспроможний взяти себе в руки, і в іншій країні жодні чари не розвіяли цієї проблеми. Запас грошей, із якими він вирушив у мандри, танув, як роса на сонці. Він проїхав на поїзді всю Канаду зі сходу на захід, трохи підробляв, переважно нелегально. Вивчив англійську — на цю ремарку я всміхнулася, — а також навчився самостійно про себе дбати. Ті самотні дванадцять місяців стали для нього «копняком під зад», він цього потребував, він подорослішав, «це краще за армію», як він сказав. У Ванкувері він зустрів таку собі Жюльєт, яка не тільки стала бальзамом для його серця, а ще й потягнула за собою в подорож французькими заморськими територіями й департаментами. Тепер мандрівка набула відтінку відпустки, навіть попри те, що Марк час від часу працював посудомийником, щоб заробити кілька євро. Він розповів, що з тією дівчиною вони постійно їздили та переїздили, тому не було ні рутини, ні монотонності. Щомиті могла початися нова пригода. А далі сталося так, що він пішов гуляти й надибав меблевий ринок, де й провів цілий день: етніка його не цікавила, натомість він розмовляв із столярами та меблярами, з усіма майстрами, яких зустрічав. На цьому ринку він почувався мов риба у воді, раптом він усвідомив, що знається на цьому. Наступні дні він постійно про це думав. І таки визнав причини такої одержимості: *Abuelo* передав йому свою пристрасть шукача скарбів. Тепер він знав, чого хоче від життя: працювати в антикварній крамничці разом із дідусем. Ніби десь задзвонив дзвоник — час повертатися додому.

— І коли це сталося?

Марк помовчав, почухав голову, зробив глибокий вдих.

— П'ять років тому, — відповів, відводячи погляд.

— П'ять років! І тобі взагалі не хотілося дати нам про це знати?! — заволала я.

Не може бути! Він стільки років прожив тут, зовсім поруч, але навіть пальцем не поворухнув, щоби з нами зв'язатися. Чому я взагалі марную на це свій час? Мені є за що взятися, я не мушу слухати ці дурниці вічного підлітка! Це просто на голову не налазить. Яку ще тупу відмазку він придумає?

— Ти хіба не знав, що за ці десять років люди винайшли таку геніальну штуку, як соціальні мережі? — іронічно кинула я. — Адріан навіть відшукав своїх однокласників з початкової школи!

— Це не моє...

— Не твоє?! — обурилася я. — Марку, та ти знущаєшся! Коли хочеш — робиш. Я думаю, ти дійсно не хотів із нами бачитися... Я тепер замислилася, чи ми взагалі колись мали для тебе значення.

— Я забороняю тобі таке говорити! Без вас моє життя було пеклом...

— Твоє пекло — ніщо, як порівняти з нашим пеклом, — я кричала. — Марку, ти нас зрадив. Ми всі впали на дно прірви через тебе. Адріан втратив свою легку вдачу, Седрік не склав іспити на отримання викладацького сертифікату — все через тебе, ми більше ніколи не ходили в «El Pais», бо коли ми туди приходили, хтось обов'язково починав ридати! Досить, чи мені ще прикладів додати?

У його очах стояли сльози, він сидів, схопивши голову в руки. В минулому, а чи бодай не в такому гніві, це могло би мене розчулити. Та не цього разу, тепер мені хотілося надавати йому ляпасів.

— А тепер відповідай! Як ти міг п'ять років прожити в Парижі й не намагатися дізнатися, що з нами стало?

Він знову на мене подивився, сліз більше не було.

— Важко пояснити... Я так довго жив іншим життям, яке взагалі не було пов'язане з вами. Я віддав перевагу спогадам, а не реальній зустрічі. От уяви, якби ми зустрілися, я був би зайвим — ніби волосинка в тарілці супу... Ми ж розбіглися та втратили одне одного з виду, Яель... У всіх нове власне життя — і в мене насамперед... Я ж не один повернувся, зі мною поїхала Жюльєт, ми з нею одружилися щойно перед поверненням у Париж.

— То ти одружений!

Це було останнє, що я взагалі могла уявити. Сама не розумію чому, але я ще більше напружилася, якщо це взагалі було можливо. Марк дивився у вікно, торкаючись безіменного пальця — там був білий слід від обручки.

— Це ненадовго, — зітхнув він. — Чекаю на дату судового засідання щодо розлучення.

— Свідчень на твою користь, як я розумію, там не звучатиме, — я саркастично пирхнула.

— А це мені по заслузі, — з гіркотою погодився він.

Між нами запала мовчанка. Марк маленькими ковтками пив вино. Потім тишу урвали — відчинилися двері кухні, до зали увійшов кухар.

— І що це за настрій такий?

— Поринули в спогади, — відповів йому Марк.

— Гм, ваші спогади якісь не надто веселі.

Я подивилася на свою тарілку. Так, мені дійсно подали зелену спаржеву квасолю, я би навіть сказала, що то були оберемки спаржевої квасолі... от тільки кожен обгорнули чималим шматком сала.

— Ти сам себе перевершив! — похвалив його Марк, коли побачив свою страву.

Мене почало нудити від самого лиш погляду на його тарілку: то був телячий язик, який плавав у соусі. З усіх сил я намагалася приховати нудоту.

— Усе просто чудово, дякую, — оголосила я якомога нейтральнішим тоном, борючись із огидою.

— Годиться? — гордо перепитав він.

Я кивнула та злегка усміхнулася — сподіваюся, вийшло переконливо. «Шеф-кухар» побажав нам смачного та зник. Краєм виделки я намагалася зняти побільше сала, щоби витягнути зелений стручок. Марк і собі накинувся на свою страву з ножем і виделкою.

— Яель?

— Так? — відповіла я, швидко на нього поглянувши.

Він ледь міг всидіти на своєму стільці.

— Що таке?

Треба взяти себе в руки та опанувати власну злість.

— То як ти? І як інші? Я просто вмираю від цікавості.

Я зітхнула, завчасно втомлена через потребу розповідати про життя інших і вигадувати щось про своє.

— За два роки після твого від'їзду Аліса з Седріком одружилися, після них побралися й Адріан із Жанною.

— Адріан у костюмі нареченого, я би хотів це побачити!

Я сердито на нього подивилася.

— Вибач, я не мав цього казати.

Кілька секунд я помовчала, щоби заспокоїтись.

— Знаєш, для тебе на тому весіллі було окреме місце за столом для найближчих гостей, — повідомила я, мимоволі сумно усміхнувшись.

— Що?

— Седрік зробив так само. В нас за столом стояв порожній стілець...

Він стиснув кулаки та одним ковтком допив вино.

— В Аліси — двоє дітей, — продовжила я. — Маріусові виповнилося сім років, а Леї — три. Адріан офіційно всиновив Емму.

Я ще довго продовжувала змальовувати портрети кожного, Маркові ніде було й слова вставити. Він уважно слухав, як дитина, якій розповідають якусь надзвичайну історію, час від часу усміхався, я бачила, як сильно його збентежило те, що він пропустив стільки подій. Наші тарілки ніби самі собою зникли зі столу, Луї навіть не намагався якось втручатися, хіба що запропонував кави, певно, він зрозумів, що десерту я не буду, я направду не фанатка традиційних безе з англійським кремом. До кави нам подали маленькі шоколадки, свою я одразу з'їла, навіть не роздумуючи, попри свій незаперечний брак апетиту.

— А ти як, Яель?

Я опустила очі. Знову згадала про свою сьогоднішню поразку, під час вечері я проглядала мейли в телефоні. Нічого. Це не нормально.

— А в мене нічого особливого... Я досі працюю в тій самій фірмі.

— Не може бути! Неймовірно! А що ти там робиш? Коли я поїхав, то ти ще не знала, яку роботу тобі доручать.

— Перекладаю, крім усього іншого.

— Щось ти загадкова... А як із усім іншим? Як твоє життя? Ти щаслива? Мені цікаво... Розкажи, як ти живеш, — він сказав це веселим тоном і з усмішкою на вустах.

Життя моє його цікавить. Я взагалі не сумнівалася, що він зрозуміє про мою роботу не більше, ніж усі інші. До того ж уже пізно...

— Вибач, Марку, але мені вже пора, завтра дуже важкий день.

Я полізла в сумочку по гаманець, але він мене зупинив, простягнувши руку.

— Не треба, я завтра зайду й розрахуюся.
— Дякую.
— І де ти тепер живеш?
— В п'ятнадцятому окрузі.
— Ти на метро? Може, я тебе відвезу, якщо хочеш, я на машині.
— Не варто, я зараз викличу таксі. Воно приїде за п'ять хвилин. Коли я іншим розкажу, що тебе знайшла...

Я сказала це й спостерігала за його реакцією.

Чи хочеться йому відновити наші зв'язки? Чи все це було пусте? Він мав приголомшений вигляд, почав розмахувати руками.

— Правда? Ти їм дійсно розкажеш?

Я сама багато дала б за те, щоби перемотати час назад, змінити минуле та ніколи не переживати цього вечора, але я не могла так вчинити з іншими. Я не була аж такою нечутливою, щоби позбавити їх Маркового товариства. А ще я знала, що вони легко все пробачать. Це так на них схоже...

— А хіба я могла би таке від них приховати? Вони здуріють від радості. Продиктуй мені свій номер.

Він усміхнувся так, ніби дістав зірку з неба. Почав порпатись у кишенях куртки, дістав потертий шкіряний гаманець, який мало не лускав від різноманітних папірців. Схвильовано відкрив і дістав звідти якийсь стікер.

— Ти що, не знаєш свого номера напам'ять?

Я закотила очі. Ну точно викапаний Марк!

— Не знаю. Гаразд, маєш, куди записати?

Я одразу ж зберегла його номер у контактах на смартфоні та підвелася. Він також встав і покликав Луї.

— Ми пішли! До завтра!

— Побачимося, малий! Мадемуазель, ласкаво просимо, заходьте до нас іще!

Ага, а більше нічого не хочете?

— Дякую.

Я відповіла з абсолютною впевненістю, що в цьому місці більше ноги моєї не буде. Тим краще для мене! Таксі вже чекало біля виходу з ресторану. Я повернулася до Марка.

— Я зателефоную.

— Тоді бувай!

Він ступив на крок вперед і поцілував мене в щоку. Я стоїчно не поцілувала його у відповідь. Потім я залізла в таксі, Марк зачинив за мною дверцята. Машина негайно рушила. По цьому поверненні в минуле залишився гіркий присмак. Я сумнівалася, чи Марк зрозумів, що все змінилося, особливо після того, що він із нами зробив; ми також подорослішали, ми більше не банда безтурботних студентів. Але, як я й сказала, наші до стелі від щастя стрибатимуть. Я ж усе це минуле закреслила, його більше не існує. Нехай святкують повернення нашого вундеркінда, в мене є інші, більш важливі справи. Радіомовчанка Бертрана мене тривожила, невже він аж так на мене розсердився? Відмовляюся в це вірити.

Цей просто незбагненний день закінчився, я навіть додому повернулася доволі рано. Достатньо рано, щоби проковтнути снодійне та міцно проспати сім годин, без снів. Проте прокинулась я тривожно, чи то пак переполошено, я знову й знову думала про вчорашній провал. Інтенсивність тривоги я стишила плаванням. Рівно о дев'ятій я сиділа за столом у своєму офісі, була готова до роботи, щоби загладити свою провину.

Бертран прийшов менш ніж за десять хвилин і кивнув, щоб я йшла за ним у його офіс. Він тримався так, що я почала боятися найгіршого — Бертран порпався в своїх теках, на мене навіть не дивився.

— Вчора ввечері приїхала дружина Шона. Сьогодні ти її супроводжуєш на шопінг, — оголосив він, ніби нічого й не сталося.

Я аж остовпіла.

— Що? Я думала, в нього на сьогодні заплановано купу зустрічей і що я йому потрібна.

Він холодно на мене подивився.

— Цим опікуюся я. А ти краще потурбуйся про його дружину. Ти ж не думаєш, що я готовий перетворитися на *personal shopper*!

Мої руки затремтіли, заховала їх за спину.

— То що, ти відпочила?

— Невже він аж так на мене розгнівався?

Бертран глибоко зітхнув, я не зрозуміла чому.

— Ні, це я сам так вирішив... Так ти матимеш додатковий день *off*, — продовжив він, його голос ледь пом'якшав. — А завтра на свіжу голову повернешся до роботи.

— Мені прикро за вчорашнє.

Він махнув рукою, ніби змітаючи зі столу мої вибачення, а потім повернувся до своїх течок і досьє.

— Не хвилюйся, це вже в минулому.

Насправді ні, навіть навпаки.

Він дуже ясно нагадав і дав зрозуміти, що я залишаюсь у його підпорядкуванні, що шеф тут — він і що це я вчора припустилася помилки. Залишалося лиш одне — змиритися.

Наступні два тижні я продовжувала опікуватися переважно рутинними завданнями та дорученнями типу *baby-sitting*. Проте кількість викликів у офіс Бертрана поволі повернулася до норми. Я усвідомила, що ледь уникла катастрофи та проявила власну слабкість, тому знову подвоїла зусилля та старанність. Велику новину про повернення Марка я щоразу відкладала на завтра.

Цей суботній день я вирішила провести на роботі. Бертран забіг у агенцію між дев'ятою та десятою ранку, а потім поїхав на змагання з гольфу, де ми були спонсорами.

Пообіді подзвонила сестра.

— Передмістя знову годує Париж! — весело почала вона.

— Можу запитати, як саме?

— На вихідних обіцяють чудову погоду, а діти давно просилися піднятися на Ейфелеву вежу, то ми вирішили приїхати на пікнік на Марсове поле. Адріан, Жанна та Емма також прийдуть. Ти до нас приєднаєшся?

До кінця місяця було ще далеко, тож це була нагода зустрітися зараз і не приїздити в гості потім.

— Я буду.

— Будеш? Точно будеш? — вона дуже здивувалася й кричала в телефонну слухавку.

— Я ж кажу, що буду. Не змушуй мене передумувати...

— Супер! Ми всі зберемося, діти дуже зрадіють.

Мене пересмикнуло на її словах «ми всі зберемося», я відчула, що настав слушний момент, і вирішила не відступати.

— Якщо я розкажу тобі дещо, ти не повіриш!

— Що?

— Готова?

— Так! Що сталося?

— Я знайшла Марка.

Вона замовкла й мовчала доволі довго.

— Не смішно! — почала кричати. — Твій цинізм таки мусить мати якісь межі!

— Я серйозно, чесне слово... Я навіть записала його номер.

— Коли? Як він? Де він? Седріку!!! Марк повернувся! Яель його знайшла!!!

Далі я почула якусь штовханину.

— Вона правду каже? — Седрік відібрав телефон у дружини й кричав мені в слухавку.

— Так, — знову підтвердила я, закотивши очі.

— Мені треба подзвонити Адріану!

— Це знову я, — сказала сестра. — Боже, я готуватиму найсмачніший у моєму житті пікнік!

— Алісо, спокійно. Я його наберу та запропоную прийти. А там сам нехай вирішує, можливо, він зайнятий. Все, бувай, у мене ще робота.

— Добре-добре, йди працюй... А ні, чекай, не клади слухавку!

— Що таке?

— Ти як?

— Усе в порядку.

Я одразу ж поклала слухавку. Мій спокійний день в офісі переривали численні телефонні дзвінки. Ніхто й не подумав, що хтось може в суботу працювати! Знову дзвонила Аліса. А також Седрік. Потім подзвонив дуже збуджений Адріан, а після нього Жанна, яка була на роботі в своєму магазині та цікавилася, чи її чоловік, бува, «не обкурився бамбуком». Кожного з них я по черзі заспокоїла, в загальних рисах кожному по черзі описала всю історію про Марка.

Уже вдома, по десятій вечора, я пригадала, що за всіма цими дурницями забула попередити головного гостя. Марк відповів не одразу, а після численних гудків.

— Привіт, це Яель. Вибач, що так пізно.

— Без проблем. Ти в порядку? — обережно запитав він.

— Так. Ми всі завтра йдемо на пікнік на Марсовому полі, не хочеш до нас приєднатися?

— Звичайно! А вони в курсі?..

— Думаю, станом на цю годину в курсі вже вся земна куля.

— А якщо я їх не впізнаю?

— Мене ж ти впізнав! Якщо хочеш, можемо зустрітися перед тим.

— Ти не проти?

— Не проти. Біля Військової школи о першій.
— Я буду. Дуже дякую...
— До завтра.

Я вже втомилася від цього завтрашнього дня. Та мені все це на користь — загальна увага буде прикута до Марка, мене ж облишать у спокої, тому я зможу втекти раніше.

5

Марк не поспішав, він спокійно запізнився на чверть години, прийшов, рукою притримуючи закинуту на плече куртку, а окуляри в роговій оправі замінив на темні окуляри «Persol 714». Я механічно поцілувала його в щоку. Вже була готова рушати, та він затримав мене, взявши за передпліччя.

— Що, вже йдемо?

— Ти запізнився, за цей час мені вже п'ять разів подзвонили та втричі більше написали, всі цікавляться, що ми собі думаємо.

— І давно ти стала пунктуальною? Чекай... Це ж не так і легко.

Він зробив глибокий вдих, на губах проступила дещо панічна посмішка. Потім докурив свою самокрутку, останню затяжку робив так довго, що я вже чекала, коли ж загориться фільтр. Марк дійсно був ні в сих ні в тих.

— Все буде добре, не хвилюйся.

— Дякую.

— Пішли.

Ми заледве пройшли газоном двадцять метрів, аж раптом почули дикі радісні крики.

— Бляха, не може бути, — пробурмотів Марк.

Седрік зазвичай був не надто розкутим, але цього разу разом із Адріаном вони були просто як діти. Першим прибіг мій зять — схопив Марка та підняв, такої сили за ним я раніше не помічала. Коли добіг Адріан, то кинувся обіймати обох. Усі троє попадали на землю, голосно сміючись. До дівчат і дітей я дійшла вже сама. Аліса, затуляючи рота рукою, уважно на них дивилася, її очі були повні сліз. Жанна, здається, саме пояснювала доньці, хто цей чоловік, у неї тремтів голос. Потім хлопці до нас приєдналися, вони йшли, плескаючи один одного по спині та животу, обіймаючись за шиї. Жанна підійшла першою. Марк усміхнувся й тепло її розцілував. Потім побачив Алісу, яка чекала своєї черги. Моя сестра з-поміж усіх нас завжди була найбільш ніжною, тихою та материнською. Думаю, для неї Марк був ніби рідним братом, якого ми ніколи не мали. Він ступив кілька кроків, які їх розділяли.

— Не плач, Алісо.

— От дурень! — відповіла вона й кинулася його обіймати.

— Познайом мене зі своїми дітьми, — попросив він після довгих обіймів.

Вона з ентузіазмом почала їх знайомити. Я ніби з дуба впала; Маріус і Лея радісно розмовляли з «дядечком Марком». Діти знали про його існування, я й не здогадувалася про це. *Просто жарт року!* Думаю, друзі часто про нього розмовляли. Тим часом Адріан дістав із термосумки пиво та почав усім роздавати. Я відмовилася.

— Та не вимахуйся сьогодні, Яель! Це ж свято!

Він всучив мені в руки пляшку та зник.

— Ти так само не вмієш користуватися відкривачкою? — запитав Марк. Я й не чула, як він підійшов.

— Не вмію.

Він узяв запальничку та відкрив моє пиво.

— Як у старі часи, — зауважила я.

Ми цокнулися та обмінялися усмішками.

— Ласкаво просимо! З поверненням у наше коло!

Адріан взяв на себе тост, тепер ми всі могли повсідатися на траві. Я сіла скраю. Аліса порозкладала всі солоні закуски, приготовлені з цієї нагоди, та сіла біля мене, поплескала мене по нозі. Я мовчала весь час, поки тривав пікнік, саме так я й планувала — вся увага була направлена на Марка, і це на краще: мені дали спокій.

Трохи згодом хлопці почали грати в футбол із Маріусом, малий був просто щасливий і чудово ладнав із «дядечком Марком». Усі четверо бігали, старші давали малому забивати голи, все видавалося таким природним. Я мовчки спостерігала, поклавши підборіддя на коліна, закрившись від усіх, здавалося, ніби я в якомусь кіно. Щойно хтось ніби закреслив усі десять попередніх років. Те ж саме відбувалося б, навіть якби Марк ніколи отак не зникав у невідомому напрямку. Я не сумнівалася, що майбутнє це підтвердить — усе так само, як і було раніше. За якусь мить повернулося все наше порозуміння. А я... не дуже розуміла, де моє місце. Хоча це мені видавалося простим.

Коли хлопці закінчили грати в футбол, Марк підійшов і сів біля мене, так само він робив колись.

— Щось ти сьогодні небалакуча, — сказав він і скоса на мене подивився. — Ти що, досі сердишся?

Я зірвала травинку й крутила її в пальцях.

— Я просто дивлюся.

— У старі часи ти би пішла разом із нами грати в футбол.

— Я вже давно ні в що не граю.

— Не вірю, — відповів він і ледь штурхнув мене плечем.

— А даремно.

У ту ж мить задзвонив мій телефон. Це Бертран.

— Так, — коротко відповіла я, швидко підвівшись, щоби хоч так віддалитися від навколишнього галасу.

— Ти потрібна мені негайно. Призи вручатимуть о шістнадцятій, тут є потрібні люди, нам треба показати себе у всій красі.

— Приїду якомога швидше.

Поклавши слухавку, я почала приводити одяг до ладу. На щастя, якщо не рахувати джинсів, я була одягнута так само, як одягнулася би на роботу. Вдягла піджак, взяла сумку. Залишилося тільки викликати таксі.

— Що ти робиш? — запитала Аліса.

— Треба на роботу, Бертран на мене чекає.

— Не сьогодні! Не в неділю! — Аліса почала бурчати. — То він тобі ніколи не дає вихідних?

Я випросталася і підняла долоню.

— Будь ласка, — ці слова я цідила крізь зуби. — Не треба мені читати мораль. Не зараз!

— А ти не можеш йому сказати, що в тебе саме тепер возз'єднання родини? — уточнив Седрік.

От дурень, ну чесне слово!

— Ні, — вигукнула я й стиснула кулаки.

Дайте мені спокій! Дайте мені жити й працювати так, як я хочу! Якщо вони це негайно не припинять, нерви мої не витримають. Та вони не врубаються. Вони взагалі не уявляють, як і чим я живу.

— Ось що я вам скажу, — Адріан підвівся. — Та вона нас дістала цією своєю роботою! Ні родина, ні діти, взагалі ніщо їй не заважає відповідати на ці телефонні дзвінки — хоч у неділю, хоч ввечері, хоч посеред ночі. Коли вона вже припинить нас цим діставати?

Ось він виплюнув своє останнє речення. То була остання крапля.

— Годі, з мене досить! — я тицяла в нього пальцем і кричала. — Припиніть засуджувати моє життя та мій життєвий вибір! Мені дуже шкода, що ви не любите свою роботу, ви й самі не знаєте, що втрачаєте. Але дайте мені спокій!

Я згадала про присутність Марка, заплющила очі, повернулася до нього. Здавалося, він цілковито розгублений через те, що щойно сталося. Яке огидне видовище ми щойно йому продемонстрували? Він, певно, щойно усвідомив, що таки не все таке ж, як було раніше.

— Вибач, на мене чекають... — сказала я йому тихо-тихо. — Я не хотіла псувати свято, але в мене є й робочі обов'язки.

— Е... Не хвилюйся... Я на тебе не серджуся, — відповів він, здається, щиро.

Я відвела погляд і побачила інший — сердитий погляд Адріана.

— От бачиш! — сказала йому. — Марк не накинувся на мене з докорами.

— Рано радієш! Коли він зрозуміє, що ти вже не та, якою була колись, то вже так не усміхатиметься!

Я ступила три кроки, що нас відділяли, зі швидкістю блискавки, тепер я над ним височіла з висоти своїх підборів.

— А ти, звичайно ж, не змінився, як і твій тупий гумор! Марк це також швидко зрозуміє! Ну ж бо, тішся! Кажи все, ану, навалюй, ти ж так давно стримувався!

— О, тут ти можеш на мене розраховувати, — відповів він. — Ти стала такою сучкою, Яель!

Я підняла руку. Дати ляпаса не встигла, бо Жанна встигла вчасно стати між мною та Адріаном.

— Ану заспокойтесь!

Я не думала, що вона втрутиться, її слова швидко мене осадили; руку я опустила, було так тихо, що чути, як муха летить. Я почувалася, ніби в пастці, — на мене дивилися їхні п'ять пар очей, не рахуючи дітей. Я відступила на крок назад.

— Я пішла, і так уже достатньо часу змарнувала на ці ваші дурниці.

Розвернулась і пішла, відштовхнувши Алісу, яка підійшла й благально сказала:

— Будь ласка, не йди отак.

— Я стомилася, — відповіла я й подивилася їй просто у вічі. — Так стомилася від ваших претензій.

Але то була моя сестра, я любила її понад усе на світі — попри все, — та навіть уявити не могла, щоби ми посварилися, тому я її обійняла й поцілувала. Потім побігла до найближчої вулиці, де можна було би стопнути таксі. Щоб не зламатися, я з усіх сил намагалася забути те, що сталося щойно.

Того ж вечора, вже після снодійного, я слухала на автовідповідачі повідомлення від друзів. Адріан: *«Ну, ти ж знаєш, що я буваю різким. Я просто думав, що ми влаштуємо гулянку, як у СТАРІ ЧАСИ, але вже РАЗОМ ІЗ Марком, мене дуже розсердило, що ти дулася цілий день і що ти втекла від нас на роботу. Нам тебе дуже бракує».* Седрік: *«Подзвони сестрі, як матимеш час, я не можу її заспокоїти, а ще я... дуже за тебе хвилююся».* Жанна: *«Мій чоловік — дурень, у нього проблема з активними жінками! Але... якби ти могла йому сказати, що ви не розсварилися на все життя, то йому було би приємно... і це би його заспокоїло».* І насамкінець Марк: *«Яель, я просто хотів тобі подякувати за те, що запросила мене сьогодні. Мені також хотілося дізнатися, як твої справи... Сподіваюся, твій вечір на роботі минув добре, а ще... надіюся, наступного разу в нас буде трохи більше часу, щоби поспілкуватися».* Їхні повідомлення, як я гадала, мали мене заспокоїти, але сталося не так, як гадалося — через них снодійне не подіяло.

Наступного ранку я не встигла навіть всістися за своїм робочим столом — Бертран одразу ж покликав до себе.

— Вчора ти чудово попрацювала, — сказав він. — Я вже отримав декілька запитів на прайс на наші послуги, а також декілька пропозицій про співпрацю. Частково це й твоя заслуга. Багато хто вимагає, щоби ти особисто вела їхнє досьє.

Я стримувалася, щоби не виявляти внутрішнього тріумфу.

— Дякую, — обмежилася такою відповіддю.

— Наступні два тижні будуть складними. Треба не випускати з уваги вчорашніх справ, а до того ж цього ранку ми здобули дуже жирний контракт про супровід під час переговорів. Один із наших найкращих клієнтів інвестує в закордонну фірму.

Чудові новини! Тепер я дійсно буду на коні! Повертаюся до справ! Сидячи в кріслі, я розправила плечі.

— Чудово.

— Роботи вистачить на двох. Не хочу ризикувати, тому ти особисто поїдеш до них по папери, жодних кур'єрів.

— Уже виїжджаю, найкраще почати роботу якомога швидше. Хто наш клієнт?

— Габріель.

Я зблідла: цього чоловіка я ненавиділа, але ще більше ненавиділа з ним працювати. Його два головні заняття — управління об'єктами культурної спадщини та інвестиції в різні підприємства. Він розкидав гроші наліво й направо, ніби фантики, а також поводився як покидьок, бо вважав, що все йому дозволене. Та він був талановитий, дуже талановитий. Я його дуже не любила, та й він мене також не особливо полюбляв, хоча вимагав, щоби з ним працювала саме я. Ось іще один приклад зворотного боку медалі: у тому, що ти найкраща, бувають і недоліки! Та я відкину ці сумніви, бо цей контракт — нагода постати перед Бертраном у всій красі. Можливо, він знову заговорить про партнерство.

О 9:45 я вже була в районі Мадлен і дзвонила в домофон на другому поверсі багатоповерхівки, де розташовувались офіси. Двері відчинилися автоматично. Мусила трохи зачекати в передпокої, весь цей час робітники ласо на мене поглядали. Таке враження, що їх усіх найняли за критерієм вміння пожирати очима жінок, які тут бувають. Потім я таки почула його низький голос, все тіло напружилося, кулаки стиснулися, почалися мої муки:

— А ось і найбільш усміхнена перекладачка на світі! Мене врятовано!

— Та годі, — прозвучав жіночий голос.

Я впізнала його дружину, ми вже не раз перетиналися. Вона була просто приголомшлива — делікатна усмішка, хитрий погляд світлих очей, дуже вміло укладене волосся, що проте мало такий вигляд, ніби вона його просто нашвидкуруч заколола. Вона була би розкішною навіть у лахмітті, але носила вона геть не лахміття. Вона була талановитою дизайнеркою, її графік був постійно завантажений замовленнями, тож, щоби потрапити на зустріч із нею та її талановитими руками, доводилося чекати й по декілька місяців. Ця жінка була втіленням шику й елегантності. Як вона взагалі витримувала поруч із собою такого довбня?

— Вітаю вас, Яель. Не знаю, чи ви мене пам'ятаєте. Я — Іріса, дружина Габріеля, — вона люб'язно представилася.

— Рада знову з вами зустрітися,Ірісо.

До неї я відчувала справжню симпатію. Якби в мене на це був час і якби вона не була заміжня за цим огидним типом, мені було би приємно з нею подружитися.

— Вам треба якось обов'язково завітати до мене в Ательє, я буду дійсно дуже рада вас бачити. Маю чимало образів, які могла би вам запропонувати, — до речі, таких самих гарних, як і той, що на вас сьогодні.

— Ірісо, любове моя, ця дівчина — машина. Твої витвори достойні яскравого світла, а на ній усе стає блідим і тьмяним!

Вона різко на нього озирнулася та з висоти своїх дванадцятисантиметрових підборів просто розстріляла поглядом.

— Годі, досить! — сказав він, піднявши руки та скрививши рота в подобі посмішки. — Ходімо попрацюємо, моя люба Яель.

Від цієї вдаваної ввічливості мені захотілося блювати. Подумати тільки, він вважав це дотепним! *Несосвітенний дурень!*

— Не дозволяйте йому нахабнішати, — додала Іріса, показуючи на чоловіка. — А я чекаю на вас у своєму Ательє.

— Дякую за пропозицію.

— Це не пропозиція, а наказ, Яель.

Вона не жартувала. Певно, в бізнесі вона була би страшною суперницею. Іріса була просто втіленням залізної руки в ніжних оксамитових рукавичках. Потім вона повернулася до Габріеля:

— Ми побачимося в обід? Мені попросити Жака щось нам забронювати?

— Тільки цього й чекаю, — сказав він і обійняв її за талію.

Такі речі зазвичай залишали мене незворушною, проте цього разу, варто визнати, любов між цими двома була явною, електричною. Вони відверто цілувалися — так, ніби прощалися перед довгою розлукою. І від того мені аж стало незручно. Іріса від нього відірвалася — було видно, що попри власну волю, — та попрямувала до виходу.

— Тримай себе в руках! — кинула вона йому на прощання та захихотіла, її сміх звучав, мов кришталевий дзвіночок.

Габріель не спускав із дружини очей, аж поки двері за нею зачинилися. Голосно зітхнув — цей звук розбудив би навіть мертвого.

— Ах... Моя дружина... Ви мали би взяти з неї приклад, Яель.

На це я вирішила промовчати.

— Ходімо в мій офіс, негайно! — несподівано серйозно наказав він.

Я пішла за ним і сіла на стільці просто навпроти. Він відкинувся на спинку крісла та почав уважно на мене дивитися, підперши рукою щоку. Якщо він думав, що це мене вразить, то помилився. Я закинула ногу на ногу та не відводила погляд.

— Мене не дуже тішить той факт, що я працюватиму з вами, — повідомив він.

— То скажіть про це Бертрану.

— Але ж ви найкраща. Це знаємо і він, і я.

Ось тобі, просто в пику!

— То в такому разі мусимо одне одного терпіти.

— Ви холодна, механічна, похмура та закрита. Скільки я вас знаю, жодного разу не бачив, як ви усміхаєтесь. Таке враження, ніби ви ніколи в житті не кінчали.

— Як... Як ви смієте? — вигукнула я і рвучко підвелася.

Він продовжував дивитися на мене з таким самим задоволеним ідіотським виразом обличчя.

— Хоча, якщо ви й кохаєтеся так само, як робот, то ваш чоловік точно має з цим добрячий клопіт!

Тримай себе в руках, Яель.

— Якщо я вам потрібна, то поводьтеся коректно. Ми тут для розмови про ваші перемовини, а не про моє особисте життя.

З його обличчя зник провокативний вираз, він зміряв мене поглядом з ніг до голови. Я стиснула кулаки, щоби приховати тремтіння рук.

— Ви мене засмучуєте, Яель. Чесно.

На якусь мить я в це повірила, і це мене збентежило.

— Прийміть тільки одну мою пораду: додайте в своє життя трохи пристрасті, розслабтеся, трохи поживіть, і все піде на краще. Так ви станете ще кращою. А тепер забирайте документи. Якщо будуть питання щодо досьє — звертайтесь.

Він простягнув мені папери та підвівся, щоби провести до виходу.

— Завжди так приємно з вами побалакати, Яель.

І зачинив двері. Кілька довгих секунд я паралізовано стояла на сходах, не розуміючи, чим таке заслужила. Стрималася, хоча хотілося носаком копнути стіну, щоби випустити пару. Треба буде не пожаліти грошей і купити боксерську грушу. Вчора на мене накинулися друзі. Сьогодні — цей огидний чувак, який щойно сказав, що я фригідна, та поговорив зі мною про пристрасть. Так, я відчувала пристрасть — до своєї роботи, і мені цього вистачало. Що ще мені потрібно? Маю два тижні, щоби довести, що маю рацію. Наприкінці нашої спільної роботи Габріель попросить у мене вибачення, а я доведу свою правоту. Так само й друзі — нарешті вони зрозуміють, як багато для мене значить агенція.

Протягом наступних десяти днів я так мало спала, що, здається, могла би ночувати в офісі. В агенції я ніколи не залишалася на самоті, оскільки Бертран, звичайно ж, працював у такому ж ритмі. Він запропонував делегувати іншому колезі роботу з моїми поточними клієнтами, та я відмовилася, бо знаю, як дати раду подібним періодам *rush*, а відпочити завжди встигну. Розмовляли ми мало, хіба що про справу Габріеля, де працювали в тандемі. Ми розібрали та вивчили найменші подробиці його досьє, включно з текстом дрібним шрифтом внизу сторінок контракту; треба все знати, все розуміти, нічого не випустити з уваги. Габріель регулярно бував у агенції на прохання Бертрана чи власного шефа, щоби переконатися в нашому поступі. Між нами тривала холодна війна; під час зустрічей, що збирали нас втрьох, ми взагалі не розмовляли, якщо не рахувати слів, сказаних щодо цієї справи, тобто зі свого боку він більше не робив жодних сумнівних зауважень, а я ж залишалася гіперзосередженою.

Суботнього вечора десь близько десятої, поки я працювала в своєму офісі, зайшов Бертран.

— Пішли вечеряти.

Не випускаючи з рук планшет, я пішла в нашу *kitchen*, де сіла на один із барних стільців за стіл у центрі, навпроти

Бертрана. Певний час я спостерігала за шефом. Непроникне обличчя, погляд зосереджений на екрані. Він мав втомлений вигляд, без сумніву, так само, як і я. Він мав відчути, що я на нього дивлюся, підвів очі, подивився просто на мене. В його погляді я прочитала впевненість. Мені не хотілося, щоби він помітив у мені бодай краплю втоми, тому опустила голову. Через весь стіл він посунув до мене тарілку. Щоб наїстися, мені вистачило чотирьох суші. Я викинула одноразовий посуд, витерла за собою стіл і зібралася повернутися до роботи в кабінет.

— Повертайся додому, — раптом наказав мені Бертран.

Від здивування я аж підскочила. Шеф уважно за мною спостерігав. Невже він справді думав, що я під цим тиском не встою?

— Ні, я ще трохи попрацюю.

— Вже пізно, ми тут весь день працювали, до того ж, думаю, ти й завтра прийдеш на роботу? — сказав він, ледь усміхнувшись.

— Точно.

— Іди поспи, а завтра рано не приходь. Я викличу тобі таксі.

Що це з ним? Я працювала частину ночі, поспала зо п'ять годин. Майже рекорд, якщо порівняти з попередніми ночами, тому я навіть встигла відновити сили. Пила каву та слухала на автовідповідачі повідомлення від Аліси, які вона залишила протягом тижня. Нічого нового на світі, усі в порядку, та й Марк, здається, дуже швидко повернувся в наше коло. Сьогодні вони смажать барбекю в гостях у Жанни та Адріана, мене теж запрошено, якщо я захочу прийти. Добре, думаю, без мене вони обійдуться, так точно буде краще, не хочу знову псувати їм настрій.

О дев'ятій я відчинила двері агенції — було тихо й порожньо. Бертрана ще не було. Можливо, його сьогодні й не буде? За п'ятнадцять хвилин двері знову відчинилися, це мене потішило. Як я взагалі могла подумати, що він допізна спатиме вдома?

— Сніданок! — оголосив він.

На мій робочий стіл приземлився пакунок із круасанами. Я відірвалася від екрана, все це дуже мене збентежило. Не змогла себе стримати й відкинулася на спинку крісла. Бертран був у спортивному костюмі, весь спітнілий — він щойно повернувся з ранкової пробіжки та не мав жодних слідів утоми.

— Я ж просив тебе поспати, — з докором сказав він, усміхаючись.

— Навіщо? Щоби не побачити вас у цьому вигляді? — не роздумуючи, відповіла я.

— То що, я тепер втратив усю свою респектабельність? — він вибухнув сміхом.

Я жваво підвелася, попередньою дотепною відповіддю я аж сама себе здивувала.

— Зовсім ні! Піду зроблю кави.

— Дякую.

Я саме налила каву в дві чашки, коли Бертран повернувся з душу. Я завжди підозрювала, що час від часу він ночує в агенції, ось і докази.

— Я так і знав, що ти вже будеш тут, коли я повернуся з пробіжки, — сказав він, сівши навпроти. — Так приємно, коли є хтось, на кого можна розраховувати. Дякую тобі.

— Не дякуйте мені, це ж моя робота, і я її люблю.

Він довго на мене дивився, потім кивнув.

— То до роботи!

Настав вирішальний час. Нарешті ми тут, і я готова стати до бою. Я все організувала так, щоби під час перемовин не виникало жодних непорозумінь. Але о 9:30, за пів години до початку, коли я проходила повз робочий стіл асистентки, мене роздратувала одна деталь.

— А це що таке? — сухо запитала я, показуючи на конверт.

Асистентка подивилася на мене, вона явно панікувала.

— Ем... Е...

— Ви мали цей конверт відправити кур'єром якомога швидше. Ви що, не читали мій мейл?

— Але... Яель... я... Ви мені написали о двадцять другій годині вчора... я була вже не на роботі...

— Це не виправдання! — я нервувалася. — *Терміново!* Це слово для вас взагалі бодай щось означає? Мені якою мовою це повторити, щоби до вас нарешті дійшло?

— Кур'єр буде за кілька хвилин, — сказала вона, голос тремтів.

— Це вже запізно! О ні... та бути не може, — я продовжувала й побачила, що вона от-от заплаче.

— Яель, — мене перервав керівник служби перекладів.

Я повернулася до нього, схрестивши на грудях руки. *А він чого хоче від мене?* Бували дні, коли я не розуміла, що він тут взагалі робить, окрім як б'є байдики та ходить туди-сюди в *open space*.

— Що таке? — різко запитала.

— Думаю, вона вже все зрозуміла, — сказав він, показуючи на асистентку.

— Це не твоя справа, — сухо відповіла я. — Її начальниця — я.

Потім повернулася до цієї плакси:

— Пора перестати бути такою розманіженою. Беріться вже нарешті до роботи! Швидко!

Я повернулася до себе в кабінет, масуючи скроні. Сподіваюся, ці придурки не стимулювали початок мігрені! Я озирнулась через плече і похмуро на них подивилася; він її заспокоював, плескаючи по спині. Теж мені, велике діло, можна подумати, їй щойно повідомили про невиліковну хворобу.

О десятій ми вже сиділи за столом і були готові до початку перемовин. З одного боку — Габріель із двома колегами та трьома адвокатами, поруч із ним сиділи я та Бертран. З іншого боку — друга сторона разом із перекладачами та радниками, вони теж добре підготувалися, а також були наполегливі та зовсім не хотіли поступатися. Бертран взяв на себе переклад французькою для нашого клієнта, натомість я одна говорила англійською та зверталася безпосередньо до наших співрозмовників. Ввечері другого дня перемовин на горизонті забриніла згода, всіх це дуже потішило. Щойно ми залишилися тільки втрьох у конференц-залі, Габріель запросив у ресторан мене та Бертрана. Шеф погодився та повернувся до мене.

— Дуже дякую за запрошення, але волію проглянути на завтра ще декілька пунктів.

— Дивіться не перестарайтеся, — зневажливо кинув Габріель.

— Подивимося, чи я перестаралася, потім — коли підпишемо угоду, якою ви будете задоволені.

Різкість сказаних слів і агресія, що струменіла з мого тіла, здивували й мене саму.

— Розслабтеся, Яель! Якщо я пропоную разом повечеряти, то це значить саме те, що я задоволений. Ви двоє працюєте просто бездоганно. Подаруйте собі паузу.

— Вибору в тебе немає, — наполіг Бертран.

Та вечеря була справжньою мукою, мене не покидало відчуття змарнованого часу. Я могла би попрацювати в офісі, підготуватися до останнього дня перемовин, а чи спробувати надолужити роботу з іншими досьє. Замість усього цього я мусила слухати пусті розмови про все на світі. Таке враження, що вони спеціально розмовляють про все, що завгодно, крім нашої справи. Чому вони такі легковажні? Як їм вдається відсторонитися від роботи? А ще — звідки в них цей апетит? Я колупалася в тарілці виделкою, шматок не ліз у горло. В якусь мить вони обоє розслаблено вибухнули сміхом, я не зрозуміла чому. Я почала уважніше їх слухати, Бертран розпитував Габріеля про блискучі успіхи його дружини.

— До речі, Яель, ви так і не сходили в Ательє до Іріси? Бертране, дайте їй вихідний, нехай розслабиться й піде причепуритися в Ательє моєї дружини!

— Та їй не потрібен мій дозвіл! Це насправді чудова ідея! Мій шеф здурів...

— Подякуйте їй від мого імені, але в мене немає часу.

Бертран розчаровано похитав головою, я ще більше насупилася.

— Щось ви невеселі, — підсумував Габріель.

Як їм вдалося забути про важливість досьє? Коли подали десерт, мене кинуло в жар, долоні спітніли, хоча пучки пальців, навпаки, похололи. Найменший дзенькіт тарілок і столових приборів відлунював у голові. Я стиснула зуби та замовкла аж до кінця вечері. Нарешті свобода — довше я би не протрималася. Бертран викликав нам таксі, а Габріель пересувався винятково на мотоциклі.

Мені вдалося стримувати нудоту аж до повернення додому. Ніч видалася жахливою; після дуже скромної вечері я блювала жовчю, більше нічого в шлунку не залишилося. Я почувалася такою слабкою, що, коли все заспокоїлося, продовжувала сидіти на підлозі, тримаючись руками за кришку унітаза. Я бачила, як спливають хвилини та години. Мені вдалося доповзти до ліжка та задрімати тільки о 5:30. Коли задзвонив будильник, знову почалася мігрень. Мені знадобилося чимало хвилин, щоби змогти сісти в ліжку, а коли я нарешті змогла встати на ноги, перед очима все загрозливо закрутилося. Тримаючись руками за стіни, я змогла дійти до ванної кімнати, там схопилася за умивальник, щоб не впасти. Подивилася в дзеркало: віддзеркалення мене налякало, я була не просто блідою, а подібною на мертвяка, на обличчі проступили темні плями. З огляду на це довелося відмовитися від плавання, хоча зазвичай це був єдиний спосіб розслабитися та зарядитися на цілий день. Збиралася я довго, більше години — почувалася аж так погано, до того ж довелося попрацювати, щоби повернути собі презентабельний вигляд. Усе марно, попри товстий шар тонального крему — жодного покращення, обличчя досі було безбарвним. Одягаючи спідницю-олівець, я помітила, що вона на мені висить. Коли це я встигла так схуднути? Взувши шпильки, я відчула, що не можу в них стояти. Та вибору я не мала, й мови не було про те, щоби я здалася так близько до цілі. Перед виходом з дому я проковтнула коктейль із аспірином і «Гуронсаном», схрестивши пальці — тільки б не виблювати. Коли я називала таксисту адресу агенції, то не впізнала власного голосу, цей голос мучив мене, відлунюючи в голові. Всю дорогу я їхала з заплющеними очима, старанно дихаючи якомога більш глибоко та повільно. Всі залишки сили я використовувала на те, щоби вивільнити навколо себе простір. Але всю енергію пожирала боротьба з дрижаками та холодним потом.

Заходячи в конференц-залу, я мусила схопитися за двері, бо запаморочилося в голові.

— Щось не так? — запитав Бертран, я й не помітила, що він ішов позаду.

— Ні, зовсім ні, чесне слово, все в порядку, — мені вдалося йому відповісти майже згаслим голосом.

— Не думаю, — холодно констатував він. — Сьогодні я можу працювати сам...

— У жодному разі!

— Ти нічого від мене не приховуєш?

— Ні, абсолютно точно ні.

Він похитав головою, не вірив жодному сказаному слову. Зі мною дійсно все було не в порядку. Я сіла зліва від Габріеля, Бертран — справа. Я поклала руки на стіл, вони одразу ж почали тремтіти, я сховала їх під столом, поклавши на коліна, щойно помітила, що шеф не зводить очей з моїх долонь. Мене обійняв гнів; тіло мене зрадило в найбільш критичний момент. Я мобілізувала всі свої сили для концентрації та забула про все, що не стосувалося цієї угоди: ніби оглухла й перестала чути неритмічне серцебиття, стиснула кулаки, випрямила спину та дивилася просто в очі другій стороні перемовин. Попри всі ці зусилля, я ніяк не могла увійти в робочий стан; компульсивно шукала потрібні нотатки в блокноті, щось сама собі бурмотіла, переходила на французьку, постійно перебирала руками, часто кліпала очима, щоби вони не злипалися. Бертран багато разів виправляв мене. Під час обіду шеф встав з-за столу та пішов, я самостійно мала забезпечити розмову між Габрієлем і його майбутнім партнером — вони залишилися в кімнаті, асистентки принесли нам їжу. Перед наступною сесією багато хто пішов розім'яти ноги, тож я скористалася нагодою заховатися в туалеті, де мене ніхто не бачив. Мене більше не нудило, і я відчула полегшення, можливо, те, що я подзьобала в обід, таки залишиться в шлунку. Ще всього жменька годин, і я зможу відпочити. Ця думка мене вразила: я мала бажання, а може, навіть і потребу відпочити. От тільки й мови бути не може про те, щоби заслабнути просто зараз. Пообіцяла собі, що повернуся додому раніше, щойно випаде така нагода, там я проковтну снодійне та матиму трохи більше годин сну. Я нині так нервуюся тільки через те, що вранці полінувалась і не пішла в басейн. Коли вийшла з туалету, то в нашому *open space* побачила Бертрана, він про щось жваво говорив із моєю асистенткою, вони обоє на мене дивилися.

— Я вам потрібна? — запитала.

Та дурепа опустила очі. Так, я, може, сьогодні й заслабка, то й що.

— Ні, повертайся в конференц-залу, я підійду, — відповів Бертран і ніби одразу ж забув про моє існування.

Я пішла до зали, озираючись на них, мене охопило погане передчуття. Якусь деталь я не помітила. Бертран дуже скоро повернувся та сів на своє місце, подавши знак, що ми переходимо до останньої частини перемовин. Слово взяв Габрієль, я саме збиралася почати перекладати його англійською для наших співрозмовників, але Бертран мене перебив, я й рота розтулити не встигла. Горло стиснулося, я непомітно поглядала на шефа; він дивився на мене у відповідь, ті погляди були багатозначними та говорили, що він бере на себе всю роботу пообіді.

У ту саму мить я перестала чути, жодного звуку, всі обличчя ніби заволокло якимось туманом, так, ніби я сплю, ніби уві сні всі контури непевні та зникають у серпанку. Єдине, що я гостро усвідомлювала, — це сльози, що іноді наповнювали очі, всі залишки волі я направила на те, щоби сльози не покотилися щоками. Помітила, що керівник відділу перекладів агенції увійшов у кімнату та роздав примірники майбутнього контракту всім сторонам, щоби вони мали нагоду уважно все перечитати перед підписанням, що заплановане на наступний тиждень. Усі підвелися та потиснули руки, Бертран одним лиш поглядом наказав іти в його офіс. Я почекала, поки всі вийдуть, потім пройшлася нашим *open space*, о такій порі — ввечері в п'ятницю — він був безлюдним. Чекаючи на шефове повернення, я стояла посеред його кабінету, опустивши руки.

— То що, Яель, трохи заслабли? — запитав Габріель, він прийшов сам.

Я мовчки на нього дивилася зі сльозами в очах.

— От бачите, я мав рацію, коли радив трохи розслабитися. Якщо будете продовжувати в такому ж дусі, то скоро геть згорите на роботі...

Він простягнув мені руку, я мляво її потиснула.

— Ну то я пішов додому до дружини, — сказав він. — Це найкращий момент дня! Побачимося наступного тижня.

І зник. Я дійсно не могла зрозуміти цього чоловіка; він щойно отримав винятковий контракт, завдяки якому може заробити мільйони, але натомість говорить про свою дружину.

Можна подумати, що вона була головною ціллю цього робочого дня. І він ще говорить, що я можу згоріти... Маячня! Треба перш за все попросити вибачення у Бертрана. А потім після ночі довшого сну все буде в порядку, я повернуся в нормальний ритм.

— Сідай, — наказав Бертран, повернувшись у кабінет.

Я аж підстрибнула, негайно сіла та одразу затремтіла. Він впевненим кроком пройшовся кімнатою, його обличчя було напружене, він послабив краватку на шиї та грубо кинув теку з досьє на етажерку.

Я злякалася, з ним таке вперше. Я почала нервово перебирати пальцями.

— Що я можу зробити, щоби виправити ситуацію? — майже беззвучно запитала я.

— Взагалі тут не з'являтися протягом трьох наступних тижнів.

Я різко підняла голову. Він суворо на мене дивився.

— Що? Тільки не це, Бертране! Ви не можете так зі мною вчинити!

— Я твій шеф! Тому маю на це повне право. Я сьогодні пообіді все перевірив, за останні чотири роки ти жодного разу не брала відпустки чи відгулів. Ти вже до ручки себе довела! — після цих слів він стукнув кулаком по столу.

— Я просто трохи заслабла, чимось отруїлася. Я трохи переведу подих і буду в нормі у понеділок! Нічого такого не сталося!

Він стиснув зуби та глибоко зітхнув, весь цей час він не спускав з мене очей.

— Не сперечайся, — обрубав він.

Я різко підвелася та ледь встояла на ногах — перед очима знову все попливло.

— Прошу! — кричала я, ніби не звертаючи уваги на це запаморочення. — Не розчаровуйтесь у мені, не позбавляйте мене вашої довіри!

— Це не питання довіри, Яель. Ти дійшла до червоної лінії. Я уважно спостерігав за тобою протягом цих тижнів. Щодня ти поверталася до агенції ще більш втомленою, ніж була напередодні. Маєш вигляд зомбі, тебе ніби з могили викопали, на це страшно дивитися. Так, ти працюєш з охотою. Але якою ціною? Ти сама цього не бачиш, але ти агресивно поводишся з колегами, вони вже й самі не знають, як із тобою розмовляти, вони тебе уникають, вони на тебе скаржаться. Хтось із них взагалі більше не хоче з тобою працювати.

Я спантеличено на нього дивилася, не розуміючи, коли ситуація встигла так погіршитися і як я могла цього не помічати.

— Тепер я шкодую, що заговорив тоді про партнерство.

У мене земля пішла з-під ніг. Я втрачала все, за що боролася протягом останніх місяців. Уся в сльозах я впала на стілець, схопивши голову в руки. Я відчула зовсім поруч із собою присутність Бертрана; він сів навпочіпки поруч зі мною та взяв мене за зап'ястки, щоби я на нього подивилася.

— Ти не змогла впоратися зі стресом, не змогла подбати про себе, щоби тримати удар. У результаті цих перегонів я муситиму певний час обходитися без тебе, і це мене не влаштовує. Вибору в мене немає, я не хочу марнувати час. Зараз ти хвора, а я не хочу постійно пильнувати, як ти супроводжуєш клієнтів, не хочу розгрібати за тобою помилки. Від цього самого моменту ти береш три тижні відпустки. Забери свої речі та їдь додому.

Він підвівся та повернувся за свій робочий стіл.

— Я буду на роботі з понеділка, — оголосила я.

Він суворо на мене подивився.

— Не змушуй мене приймати більш радикальні рішення.

Мені раптом забракло повітря, я затулила рукою рот. Це якийсь кошмар. Це поразка, я програла, залишається лише підкоритися шефу, який воліє обійтися без мене. Зігнувши спину, згорбивши плечі, я попрямувала до виходу.

— Відпочинь, Яель, — почула я, зачиняючи двері його кабінету.

Я не хотіла відпочивати, я хотіла працювати ще і ще. Взяла сумочку, озирнулася на агенцію так, немов востаннє. Ці триста квадратних метрів були для мене ріднішими, ніж власна квартира, тільки тут я почувалася добре, почувалася на своєму місці, спокійною та впевненою в собі. Ще двадцять хвилин я нерухомо стояла на тротуарі перед офісною будівлею. Було вже по двадцятій тридцять, і що мені залишалося, крім сподівання, що я прокинуся, і цей нічний кошмар закінчиться?

— Мадемуазель, вам потрібна допомога? — запитав якийсь перехожий.

Його хвилювання підказало, що моїми щоками досі течуть сльози. Як давно я отак ридала? А чи бодай просто плакала?

— Ні, — злостиво відповіла я, щоб він відстав.

Відчула, як у сумочці завібрував телефон. Швидко витрусила на тротуар усе, що було в сумочці, стала навколішки. Йому дуже прикро, іншої причини дзвонити немає.

— Бертране! — заридала я в слухавку.

— Яель! — у слухавці я почула життєрадісний голос Аліси.

— О, це ти, — пробурмотіла я.

— Господи, Яель, що сталося?

— Я облажалась на роботі! — я почала кричати. — І Бертран відправив мене у відпустку, я така розгублена, не знаю, що й робити.

Я почала ходити вулицею туди-сюди, не припиняючи схлипувати.

— Ох, ти мене налякала, — в слухавці я почула, як вона видихнула. — Заспокойся. Зараз ти викличеш таксі та приїдеш до нас, ми тут всі разом. Тобі ж від цього полегшає, правда?

— Не хочу нікого бачити, я поїду додому.

— Попереджаю, якщо за годину тебе тут не буде, ми самі до тебе приїдемо!

Здається, сперечатися мені не випадало.

— У мене немає машини, і я не почуваюся в силах їхати аж за місто до вас додому.

— Ну то тобі пощастило, бо ми в гостях у Марка. Здається, він залишив тобі повідомлення на автовідповідачі, але ти не передзвонила.

І що в усій цій історії взагалі робить Марк? *Марк те, Марк це!* Вони тільки про нього й говорять! Тепер я пригадала, він дійсно намагався мені додзвонитися. Я зупинилася.

— Чекай, я зараз передам йому слухавку. Марку!

— Ні, не треба, — відповіла я, але запізно.

— Яель?

— Добрий вечір.

— То ти таки приїдеш?

— Думаю, що не варто, я щось не в формі.

— Навпаки, це ще одна причина приїхати. Я живу над антикварною крамничкою. Пам'ятаєш адресу?

— Так.

— Тоді до зустрічі!

Він поклав слухавку. Наступної миті я отримала смс від сестри: «Хлопці готові заїхати й тебе забрати». «Уже виїжджаю»: силувано та попри свою волю відповіла я. Коли за справи бралася Аліса, вибору не залишалося, можна було тільки підкоритися. Правда, мені хотілося в гості так само, як хотілося б на шибеницю. Але нехай, де б я не була, думатиму тільки про мило з мотузкою.

За двадцять хвилин таксі зупинилося біля крамнички.

— Зараз я відчиню! — закричав Марк із вікна на другому поверсі.

Йому вистачило кілька секунд, щоби спуститися вниз, я бачила, як у напівтемряві рухається його силует, потім він відчинив мені двері, широко усміхаючись.

— Ти ж не залишишся тут, на вулиці?

Я зібралася з духом і переступила поріг. Він точно побачив мою мурзату мармизу, але промовчав. Хоча тут було би про що сказати. У таксі мені не вистачило сил на те, щоби поправити макіяж, всі зусилля я зосередила на тому, щоби просто припинити плакати, я не хотіла, щоби друзі мене такою бачили. Марк розмахував руками та тримався все більш і більш стиснуто — з усього випливало, що він не знав, як себе поводити.

— Аліса сказала, що в тебе якісь проблеми на роботі?

— Все ще гірше! Шеф мене відправив у відпустку.

Він аж розслабив плечі та здивовано на мене подивився.

— Серйозно? Тільки це? Думаю, ти оговтаєшся. Відпустка — це не так уже й погано.

А потім вибухнув сміхом:

— Ви тільки подумайте, вона скаржиться на те, що в неї відпустка!

Ну все, ось він і розслабився! Я засмучено підвела очі вгору. Як я могла бодай на секунду повірити, що він мене зрозуміє?

— Не зважай, ти не зрозумієш.

— У мене таке враження, що тебе ніхто не зрозуміє. Якось ти мені все поясниш, — відповів він, ледь усміхаючись. — Пішли, я проведу.

Він схопив мою руку та повів за собою углиб крамнички, я жваво виривалася. Я поки ще в змозі йти без сторонньої допомоги. Самостійно я пройшла заледве десять кроків, а потім об щось стукнулася.

— Ай!

— Хочеш, я увімкну світло?

— Ти б краще тут поприбирав! Такого бардака я ще ніколи не бачила.

— Саме в цьому й полягає шарм цього місця. Тут тобі не «Ikea». Ходи сюди за мною.

Він поклав руку мені на спину та повів до дверей у глибині, за тими дверима були сходи. Я не пручалася. Вже на порозі, перед тим, як увійти, я завагалася, бо відчула, як знову розгулялися нерви. Я вже пошкодувала, що сюди приїхала; зараз я би все віддала за те, щоби просто десь закопатися в землю та лежати й ні з ким не розмовляти. Я чула вибухи сміху, музику. Маркова рука внизу моєї спини ледь підштовхнула — несильно, але впевнено, — щоби я вже заходила. Квартира видалася мені доволі великою, з коридору я потрапила до вітальні з двома вікнами, що виходили на вулицю, — одразу ж здалося, ніби я опинилася в якомусь серіалі 60-х. Наприклад, оця лампа «Arco». Велика оливково-зелена шкіряна канапа з палісандровим оздобленням займала чимало простору, поруч із нею стояв журнальний столик «Le Corbusier», навпроти — крісло й софа з меланжевою оббивкою гірчичного кольору. Чи міг би хтось уявити, що Марк житиме в такому місці? Звичайно, тут було забагато речей, як на мій смак, але відчувалося, що Марк подбав про меблі та декор своєї квартири. Це взагалі не відповідало тому образу Марка, який я зберігала. Як і всі ми, він змінився. Я встигла з усіма привітатися, сісти на канапу й взяти з Маркових рук келих червоного вина. А потім усі заговорили:

— Випиймо за відпустку Яель? — сказав Адріан, підвівшись. — Це чудо, свідками якого ми щойно стали.

— Та ти король блазнів! Для мене це — кошмар!

Голос зірвався, я опустила голову, стисла кулаки.

— Я можу втратити роботу, — сумно оголосила я.

— Може їй хтось пояснити різницю між відпусткою та звільненням? — Адріан схопив себе обома руками за голову та волав.

— Він тебе не звільнив, — сказав Седрік. — Він попросив тебе три тижні перепочити, а це взагалі не про звільнення. Можливо, твій шеф не такий уже й придурок.

Я спопеляла його поглядом. Всі вони дивилися на мене так, ніби я прилетіла з іншої планети, натомість знову ніхто навіть не намагався зробити зусилля та зрозуміти мене, вони не вловили серйозності ситуації. Аліса сіла поруч та обпела мене руками. *Алісо, посунься. Не чіпай. Я задихаюся.*

— Розумію, що тобі сумно, але відпустка буде тобі на користь.

— Ні! Ні! Ти взагалі нічого не розумієш! — відрубала я, голос звучав високо й надламано. — І що, по-твоєму, я маю робити всі ці три тижні?

— Наприклад, поїхали з нами!

— *Yes!* — вигукнув Адріан.

— О, так, — це вже Жанна плескає в долоні. — Це буде супер! Поїдемо у відпустку всі разом!

— Ви про що? — запитала я, відірвавшись нарешті від Аліси.

— Ми їдемо в неділю, ти мала би пам'ятати, я тобі про це казала.

Взагалі не пригадую.

— У вас усіх що, відпустки?

— Яель, взагалі-то 31 липня чимало людей у відпустках! — повідомив Седрік.

Він мені нагадав, що ми саме в зеніті літа.

— Ти б себе бачила! — сказав мені Марк. — Ти що, не в курсі, що це час канікул? Раніше ти тільки про літні канікули й думала!

Седрік із міркувань безпеки знаками попросив Марка заткнутися. Я опустила голову й перебирала пальцями рук, цей забутий факт мене вразив.

Я не сприймала літа, спеки, сонця, канікул... Літо для мене не існувало — хіба що могло якось впливати на перебіг моєї роботи.

— Ні, не думала, — визнала я. — Та я, в кожному разі, не впишуся.

— Та навіть я поїду, — повідомив мені Марк.

Я підняла голову, наші погляди зустрілися. Спільні літні канікули, як колись, разом із ним, от тільки все змінилося. Ця думка мені видалася дивною та бентежною. Марк ледь усміхнувся.

— До того ж, Яель, ми всі їдемо ніби й до тебе додому, — ніжно додала Жанна, тому я відвела погляд від Марка та подивилась на неї.

— Нічого не розумію, куди це ви всі поїдете?

Аліса підвелася і знову сіла біля мене, тепер уже навпочіпки, взяла мою руку в свої долоні:

— А як ти думаєш? Куди би ми всі мали поїхати?

Мій рот сам розтулився, з нього без жодних роздумів пролунали далекі-далекі слова:

— У «Квіточку»...

Сестра щасливо кивнула. Так називався літній будиночок наших батьків у Провансі в горах Люберон, в містечку Лурмарен. Ця назва була спогадом про гуманітарну місію, з якою мої батьки їздили до Ефіопії — до речі, саме тоді вони зачали Алісу. Батьки просто закохалися в цю країну, її мешканців і столицю Аддис-Абеба, назва якої в перекладі означала «Маленька Квіточка». Відтоді вони залишалися активними членами благодійної асоціації, що здійснювала там гуманітарні проєкти. Цю ділянку в Провансі батько успадкував від своїх батьків, їх я вже майже не пам'ятаю. Літній будинок батько збудував буквально власними руками протягом усього нашого дитинства. Тут він поєднав сучасні та старі матеріали; великі вікна контрастували з масивним камінням. Таке поєднання було гармонійним і приємним для ока. Поки тривало будівництво, ми з мамою та Алісою жили спочатку в трейлері, потім — у хижці. Я вже кілька років туди не поверталася. Вже більше чотирьох років насправді... то були мої останні канікули, як сьогодні нагадав Бертран. Але ж мені так подобається це місце, колись я почувалася там як удома.

— Не ламайся, ми беремо тебе з собою! — зрадів Адріан.

— Вирушаємо вранці в неділю, — повідомив Седрік. — Ми заїдемо по тебе о шостій.

— А найкраще буде, якщо ти завтра ввечері заночуєш у нас, — заявила Аліса.

— Стоп! Стоп! Стоп! А своє слово я можу сказати чи ні?

Я відірвалася від дивана. Все пішло занадто швидко. Повернулася до друзів, їхні п'ять пар очей уважно на мене дивилися.

— Я впевнена, що Бертран мені подзвонить на вихідних, тому не можу поїхати з Парижа.

— Можеш, у тебе відпустка.

Спершу треба їх усіх заспокоїти. Поїду з ними на три дні, а потім ніщо не завадить мені повернутися.

— Дайте мені два дні, потім я приїду до вас поїздом.

Аліса аж скрикнула від радості та кинулася мені на шию. Мені знадобилося кілька секунд, щоби й собі обійняти її, мене зворушила ця ситуація, а також те, як Марк на мене дивився. Такого погляду я ще не бачила — водночас серйозного та проникливого. Потім я виплуталася з обіймів, мені було незручно.

6

Всі вихідні минули в двох простих діях: я плавала в басейні, а коли не плавала — працювала з дому на комп'ютері, попри бажання, а чи навіть життєву потребу поїхати в агенцію. Щойно я закінчувала роботу з досьє — надсилала його Бертрану, але на жоден із мейлів відповіді не було. Все це змушувало думати, що Бертран не подзвонить, тобто я помилилася та більше не мала вибору; мені треба поїхати розвіятися, щоб не здуріти, усамітнено сидячи в квартирі. Водночас я так само божеволіла від того, що взагалі доведеться щось таке зробити.

Я щойно поклала слухавку після розмови з Алісою, вона з родиною вже приїхала та була на сьомому небі від щастя через мій приїзд уже завтра. Зазвичай у неділю я готувала собі одяг на тиждень наперед, залежно від того, які зустрічі заплановано. А тепер я цілковито розгублена сиділа на ліжку перед гардеробом, бо не могла визначитись із вмістом валізи. Я була озброєна одягом для зустрічей із клієнтами під час фінансових конференцій, перемовин, одним словом, для того, щоби бути перекладачкою в діловому середовищі, щоби бути обличчям агенції; мій гардероб складався винятково з ділових костюмів, чорних і сірих штанів і десятка спідниць-олівців. Звичайно, в мене було кілька пар джинсів для псевдо-*garden-parties*, куди мене могли запросити для *baby-sitting* декого з клієнтів, які брали з собою перекладачку для більшого ефекту. У шафі для взуття були тільки шпильки. Дивлячись на ці пари ідеально виструнчених туфель, я раптом пригадала сеанс тортур, який мене змусила пережити Жанна, коли вчила мене ходити на підборах, це тривало кілька місяців. Я скидалася на індичку, коли зробила свої перші кроки в цьому взутті, не минало й дня без того, щоби я мінімум тричі не підвернула щиколотку, і це при тому, що ті перші підбори мали максимум п'ять сантиметрів висоти. Але потім усе вийшло. Настільки, що відтоді висота підборів подвоїлася.

Я похитала головою, щоби звільнитися від цих спогадів та повернутися до проблеми з валізою. Ну добре, візьму з собою комплект щоденної робочої уніформи. Все одно є тільки це, а голою я не поїду. Зате в мене є купальник і спортивний одяг. От тільки я вже відчувала тривогу від думки про те, що доведеться ділити басейн із іншими, особливо з дітьми, вони не дадуть мені спокійно поплавати.

Після енної безсонної ночі я встала з ліжка на світанку, щоби скористатися кількома годинами, що лишилися до від'їзду, і поприбирати в квартирі. Бо навіть у моєї прибиральниці відпустка. Ніхто не гарує в серпні! Крім мене... Все в квартирі має блищати, а кожна річ — стояти на своєму місці, коли я повернуся додому за кілька днів. Я навіть думати не наважувалася, що моє перебування там може тривати більше неповного тижня. Я терла, дезінфікувала хлором і пилососила з четвертої тридцять і до сьомої ранку; я чистила те, що й так було чистим. Потім я почала збиратися і насолоджувалася окремою ванною кімнатою; велелюдне співжиття мене лякало. Від самої думки про це я починала сердитися. Один раз не рахується, тому я цього разу не поспішала. Подумати тільки — доведеться ділити душ і туалет із іншими. Коли я митимусь, мене може відволікти будь-хто зі співмешканців! Справді, як я зможу це пережити? Чому я на це погодилась?!

Я перетнула фоє вокзалу, почуваючись, мов інопланетянка. Чому так бентежно не вдавати з себе *Miss Camping*? Я не ношу ні шортів, ні шльопок. На мені робочий одяг вихідного дня, валіза *cabine size*, сумка з моїм макбуком, а у вухах — гарнітура, про всяк випадок... На щастя, мені вдалося купити місця в першому класі, там я була ізольована від усіх. Але, щойно поїзд рушив, я мусила тікати зі свого місця; нашій залізниці пора облаштувати купе без дітей, жодного шансу зосередитися на роботі. Тому я пішла у вагон-ресторан, замовила каву та знайшла куточок, де можна було сісти, увімкнула комп'ютер і зібралася увімкнути *hot spot* на телефоні. Але стався якийсь баг із мережею, пропав 4G. Ну ось, минуло заледве тридцять хвилин, як ми виїхали з Парижа, а в мене вже відчуття, що загубилася в пампасах. А якщо мені писатиме Бертран, а якщо колеги протягом цього ранку намагатимуться зв'язатися зі мною щодо котрогось із досьє?.. У мене на сьогодні було заплановано багато зустрічей, хто ними опікуватиметься?

Поїзд прибув на вокзал Авіньйона вчасно, Седрік мав мене зустріти. Вихід із поїзда нагадував якийсь гармидер; пасажири штовхалися, штурхалися валізами та рюкзаками: жодних манер. Я всіх пропустила та вийшла останньою. Вже на вулиці я відчула скутість, стала задихатися, мене паралізувало від спеки. За якісь дві секунди я вся спітніла, одразу з'явилося відчуття, наче я брудна. Побачила вказівник, де вихід, і попрямувала платформою. Мій порив одразу ж зупинили: підбор застряг між двома якимись дошками. Оце придумали! Немає нічого кращого за бетон! Що ж, початок не надто добрий. Я дійшла до ліфта навшпиньки, щоби знову ніде не застрягнути. Зять чекав на вулиці біля свого «Renault Espace». Муки продовжуються: Седрік був у шортах з багатьма кишенями, у кольоровій футболці в стилі «спеціально для відпустки» та в еспадрильях, він усміхався на всі тридцять два. Він даремно був таким гостинним, бо я мала тільки одне бажання — стрибнути в найближчий поїзд на Париж. Але який сенс? Бертран та інші працівники агенції взагалі не подавали ознак життя відтоді, як я знову підключилася до мережі. Невже вони всі вже про мене забули? Я в глухому куті. Седрік цьомнув мене в щоку та схопив мою валізу.

— Як ти доїхала?

— Жахливо, там не було інтернету, зате була купа дітей.

Він намагався взяти ще й мою сумку з ноутбуком, але я її тримала біля себе з виглядом «навіть не намагайся». Він ледь стримався, щоб не засміятися.

— Сідай в авто, — співуче сказав він, зачиняючи багажник.

Салон нагадував поле бою, я одразу ж побачила сліди вчорашнього дорожнього перекусу: кульки з фольги від бутербродів, випатрані пакети чіпсів, використану паперову серветку в пасажирських дверцятах. Я сіла, як змогла, зануривши ноги в пластикові пакетики та іграшки, які моя сестра не прибрала після подорожі. За п'ятнадцять хвилин дороги я спітніла ще більше, ніж на вокзалі, здається, я вся стікала потом.

— Седріку, будь ласка, ти міг би увімкнути кондиціонер?

Він їхав із відчиненими вікнами, та крізь ті вікна в салон потрапляло лише гаряче повітря.

— Вибач, але ні. Кондиціонер забагато працював учора, тому поки я хочу користуватися ним заощадливо, бо ще поламається перед поверненням додому, а ремонт тут коштуватиме дуже дорого. Але знаєш, якщо ти знімеш піджак і туфлі — то стане легше.

Піджак? Чому б і ні. Але про туфлі й мови бути не може, я не хочу ризикувати й босоніж наступити на якийсь шматок шинки. Я наділа сонячні окуляри та повернулася обличчям до дороги — дивилася й нічого не бачила. Седрік зрештою порушив це мовчання:

— Ти як?

Я зітхнула, подивившись на екран телефона — ні дзвінків, ні мейлів.

— Не знаю, — чесно відповіла.

— Від канікул тобі стане тільки краще.

Я похитала головою.

— Знаю, що ти так не думаєш, але просто повір мені.

— Я не сумніваюся в твоїй щирості, але тут я не почуваюся на своєму місці.

Седрік розповів, що вони їхали двома машинами, разом із Адріаном та Жанною. Все було дуже добре до моменту, коли Адріан увімкнув радіо та почув про традиційні корки в долині Рони. Він поїхав першим та повів усіх до з'їзду з автостради, щоб виїхати на іншу дорогу та об'їхати корки. І це перетворилося на кошмар, бо та дорога привела до села, де саме тривав ярмарок, і рух був перекритий. Жанна кричала та плакала, а Седрік повернув контроль у свої руки і знову примусив Адріана їхати за ним. Я відчувала, що Седрік усе це розказує, щоби я посміялася та увійшла у «відпустковий» стан свідомості. Правда, він даремно так старався! Седрік, однак, не зупинявся, він продовжував говорити та розповів, що Марк приїде тільки завтра.

— Чому? — запитала я, щоби довести, що я таки його слухаю.

— Сьогодні від офіційно розлучився.

— Справді?

— Ти не знала?

— Він згадував про це того дня, коли ми вперше зустрілися. Але я не знала, що суд сьогодні.

Седрік так глибоко зітхнув, що я аж повернулася до нього, він мав цілковито розчарований вигляд.

— Що? — запитала я.

— Нічого, Яель. Нічого...

Десь за годину ми проїхали Лурмарен, а потім піднялися трохи вгору над містечком. Ця дорога не змінилася, я такою ж пам'ятаю її з дитинства, думаю, що я би сюди дійшла навіть із заплющеними очима — попри те, що вже декілька років про це місце навіть не згадувала. Автівка з'їхала з головної дороги та звернула на приватний шлях, який вів до будинку — ця дорога була більш хаотичною, ніж траса. Седрік поставив машину на ручник і пішов відчиняти ворота. Коли ми заїхали в сад, Седрік посигналив — це було гірше, ніж клаксони у весільному кортежі. Наслідки не забарилися, вся зграя зібралася довкола машини, всі — в купальниках. Аліса відчинила дверцята з мого боку та потягнула мене за руку, щоби я виходила швидше.

— Я така рада, що ти тут! — з цими словами вона мене поцілувала та міцно обійняла.

Теж мені подвиг! Не треба перебільшувати! Я незграбно поплескала її по спині, з усіх сил намагаючись не закочувати очі надто помітно.

— Може, я кину її у воду, щоб настрій став відповідний? — хихотнув Адріан.

Замість привітання я злостиво на нього подивилася.

— Навіть не намагайся!

— Я спробую його стримати, але це ненадовго, — з цими словами Жанна мене поцілувала. — Ну ж бо, іди швидше перевдягайся! Цей одяг не підходить!

Троє дітей і собі підійшли та по черзі мене поцілували, вони пахли хлорованою водою басейну.

— Яя, ти навчиш мене плавати? — запитав Маріус.

— Побачимо.

Седрік відніс мою валізу додому, мені в ніс вдарили пахощі лаванди та троянди, які так любила наша матір. Якщо не рахувати колір стін, які знову пофарбували, щоб трохи освіжити, тут нічого не змінилося. Стіни світлих природних відтінків, підлога зі старих кахлів, батько шукав саме такі кілька місяців. Попри всю любов до цих країв, батьки ніколи не використовували прованський декор. Тут не було жовтих кольорів, не було вишитих на скатертині чорних оливок, так само не було порцелянових фігурок цикад. Батько одразу ж придумав будинок із численними прозорими дверима-вікнами, «так завжди буде більше світла», він це казав навіть влітку, коли всі віконниці вдень залишалися зачиненими, щоби було не так жарко! Широкі вхідні двері вели до тієї частини дому, де ми прожили найсвітліші з часів; це вітальня-їдальня з мезоніном, що вела до тераси. Поруч — окрема кухня. Коридорчик вів до спалень і ванної кімнати. Все було зроблене та облаштоване з метою максимального комфорту — хоча, на мій смак, аж занадто в сільському стилі — тут завжди всього вистачало, водночас дім зберіг стиль дачі, суто літнього будиночка; саме тому тут траплявся й трохи надщерблений посуд, у вітальні стояла коробка для іграшок Алісиних дітей, у бібліотеці — старі материні книжки та путівники регіоном. Поруч із басейном і на терасі неможливо було би побачити меблі «Fermob» у стилі Люксембурзького саду, натомість тут стояли прості білі пластикові шезлонги з розпарованими матрацами, що мали такий вигляд, ніби от-от розваляться. А на кожній стіні висіли такі-сякі картини, які матір купила на місцевому ринку! Одним словом, тут було все, що я обожнювала...

— Де я буду спати?

— У твоїй кімнаті, звичайно! — Аліса відповіла, здивувавшись, що я про таке взагалі питаю.

Моя кімната... Давно я в ній не була. Батьки часто про неї нагадували — так, ніби це могло змусити мене приїхати.

— Не буду приховувати той факт, що інші в ній уже ночували, але ти вже тут, і це твоє місце, — продовжила вона.

Щоби потрапити до кімнати, треба було пройти через кухню та пральню, моя кімната була єдиною, вікна якої виходили і на терасу, і на басейн. А ще тут була окрема ванна кімната. Я врятована! П'ять років тому тато вирішив добудувати ще одну ванну кімнату в домі. Пам'ятаю, я тоді боролася за те, щоби та кімната з ванною дісталася мені, і з цим ніхто нічого не міг зробити; я приїздила все рідше, і вся родина вирішила, що я мушу мати максимум комфорту в тих рідкісних випадках, коли таки сюди доїжджала. Аліса пояснила, хто де ночує; вона з Седріком — у своїй звичній кімнаті, Адріан і Жанна — в кімнаті батьків, а діти — всі втрьох у гостьовій кімнаті. Маркові натомість дістанеться мезонін у вітальні, якщо точніше, то він туди повернеться, бо саме там він ночував, коли ми приїздили сюди студентами.

— Залишу тебе, влаштовуйся, — сказала сестра. — Рада, що ти тут. Приєднаєшся до нас? Ми біля басейну.

— Я скоро.

Вона поцілувала мене в щоку та вийшла з моєї кімнати через великі двері-вікно. Я боролася зі зневірою та вирішила не завалюватися в ліжко, думаю, спинка біля узголів'я досі так само рипіла. Повісила піджак на вішак, переклала речі з валізи в комод та вирішила не перевдягатися — це майже не допоможе. Потім, щоби не витрачати часу, я пішла шукати *box* — спершу біля входу, потім у вітальні, навіть у буфеті в їдальні... шукала й не могла знайти. Повернулася на терасу, де нудотно пахло барбекю.

— Алісо, а де тато поставив *box*?

— Яку *box*? — гукнула вона з басейну.

Добрий початок, нічого не скажеш. Я тут заледве годину, а всі вони мене вже дістали, особливо сестра!

— Ну, *box*, роутер, інтернет. Спілкування з зовнішнім світом, може, ти про таке колись чула.

— Нема, — сухо відповіла вона.

— Це ненадовго, — нажахано відповіла я.

Не роздумуючи, я зателефонувала батькам.

— Моя дорога Яель! Аліса сказала, що ти приїхала в нашу «Квіточку». І як тобі дім?

— Дуже гарно, тату!

— Піди подивися на хижку, мені цікава твоя думка...

— Потім подивлюся, — перебила його я. — А ти що, не провів інтернет?

— А хто, по-твоєму, ним тут користуватиметься?

Я. Як завжди, перед татом я здулась.

— Хочеш поговорити з мамою?

— Ні, я їй потім зателефоную. Цілую!

— Ми раді, що ти приїхала додому.

Чому вони мені постійно це повторюють? Це вже реально бісить.

Щойно поклала слухавку, вирішила розбити табір у вітальні, якщо точніше — за обіднім столом. Я подумала і не дам ситуації погіршитися, треба взяти долю в свої руки. Запустила на телефоні *hot spot* та молила Бога, щоби мережа не тупила. Почала почуватися краще, коли змогла підключитися до сервера агенції — аж дихати стало легше. Жодного нового мейла. Нічого не розумію. Хіба що Бертран зреагував швидко: він запросто міг налаштувала переадресацію моєї пошти собі в скриньку — така реакція доводила б його рішучість і впевненість у своєму рішенні. Я вирішила йому написати:

Бертране,

Знову прошу Вас вибачити той мій напад утоми наприкінці минулого тижня, це більше не повториться.

Чи могли би Ви знову активувати мою електронну скриньку? Я би воліла залишатися в курсі стосовно роботи колег із моїми досьє під час поїздки до Лурмарена. Дякую заздалегідь.

Як відбулося підписання контракту з нашим клієнтом цього ранку? Чи він задоволений нашими послугами?

В очікуванні на новини.

Щиро Ваша
Яель.

Потім я накинулася на Габріеля. Щоби швидше повернутися в агенцію, я була готова навіть упасти в ноги цьому огидному типу! Бертрана я поставила в копію.

Вітаю, Габріелю,

Сподіваюся, Ви задоволені підписаним контрактом. Щиро бажаю Вам успіхів із новою інвестицією.

Мені би хотілося попросити вибачення за своє нездужання в п'ятницю. Сподіваюся, вже дуже скоро ми продовжимо спільну роботу. Наразі я не в Парижі. Проте я буду в зоні досяжності, якщо Ви матимете потребу в моїх послугах.

Передайте мої найкращі побажання дружині, я обов'язково планую навідатися до неї в Ательє.

Щиро Ваша
Яель.

Не залишалося нічого, крім очікування. Я відірвалася від екрана та помітила рух навколо себе — справжній мурашник. То один, то інша проходили повз мене з посудом та їжею в руках. *Коли це припиниться? Та тут на солдатський полк вистачить!*

— Обід! — оголосив Седрік.

— Тобі теж варто поїсти, — сказала Жанна та поплескала по столу.

Апетиту взагалі не було, але я, силувано волочачи ноги, таки вийшла на терасу, де накрили стіл. Діти не переодягались і сиділи в купальниках, а поважні матері накладали їм їжу. Адріан і Седрік також повсідалися за стіл — обоє в плавках і з голим торсом — і, певно, чекали, поки дружини їм також подадуть обід. Замість їжі Жанна кинула на них гнівний погляд. Адріан виструнчився і побіг у дім, звідки повернувся з двома футболками.

— Так набагато краще, — похвалила вона.

— А от ми би взагалі не заперечували, якби ви їли з голими цицьками, — відповів їй чоловік.

— Тут діти! — хором закричали дівчата.

— А ти чого там стоїш у куточку? — покликав мене Седрік.

Я стала на поріг тераси та попрямувала до свого місця за столом.

— Ти пам'ятаєш концепт? Ми поставили на стіл усе, що є, і ти сама собі обираєш, що хочеш. А справжня їжа буде на вечерю. Смачного!

Я взяла помідор, порізала на шматочки та полила краплинкою оливкової олії; нічого іншого з'їсти я би не змогла, апетит усе не повертався. Шлунок досі ніби вузлом зав'язали. За столом такий галас, що в мене знову почалася мігрень. Я мовчала: нічого сказати. Натомість спостерігала: усміхнені, прикрашені першою засмагою, говорять про те, що гратимуть у петанк, щойно приїде Марк. Я уникла десерту, бо пішла помити тарілку, на кухні випила «Доліпран».

— Все в порядку? Все добре? — запитала Аліса, яка пішла за мною.

Просто чарівно! А ще дуже дякую за головний біль! Я силувано всміхнулася й кивнула.

— Ти вже скоро зможеш спокійно поплавати, бо дітям заборонено купатися після обіду.

— Дякую за інформацію. Та спершу я трохи попрацюю.

— Що? — вона аж випросталася.

— Нічого не кажи.

Я знову повернулася за стіл і відкрила комп'ютер, щоби оновити поштову скриньку. Нічого. Можливо, Бертран затримався на обідній перерві...

Частину пообіднього часу я так і просиділа в їдальні, ні з ким не хотілося розмовляти. Чула сміх на терасі та голоси тих, хто гралися в басейні. Я востаннє — а потім ще раз — оновила мейл та вирішила вийти показатися друзям. Зняла туфлі й одразу ж забула свої штучні метр сімдесят п'ять. Насправді я була низенька. Від прохолодних кахлів мерзли стопи, стоячи отак босоніж мені здалося, що я — канатоходець у стані рівноваги і що знову не знаю, що робити зі своїм справжнім життям. Дівчата засмагали, поглядаючи на малих і гортаючи глянцеві журнали, хлопці дуркували у воді разом із дітьми. Мені забракло відваги вийти за хвіртку до басейну, тому я просто об неї сперлася. Стиснулося горло; така мука бачити, як вони розважаються, які вони розслаблені всі разом, бо сама я не в змозі долучитися до цього щастя, вже не знаю, що це таке, як це відчувати. *І взагалі — чому я тут?* У голові це запитання крутилося постійно, з самої миті, коли я вийшла з поїзда. Що я взагалі тут роблю, поки моє життя продовжується без моєї участі в Парижі?

— Яель!

Адріан... Я й не бачила, як він підійшов.

— Пішли, обіцяю на тебе не бризкати.

Боковим зором я помітила, що на нас усі дивляться.

— О'кей.

Він відчинив хвіртку, я спустилася на дві сходинки нижче та опинилася поруч із басейном. Адріан відійшов і бомбочкою стрибнув у басейн, усі на це вибухнули сміхом — всі, крім мене, я натомість дивилася на нього злостиво. Мені було страшно послизнутися, тому я дуже обережно пішла до дівчат, Аліса встала та поступилася мені місцем на шезлонгу. Жанна помітила, що я боса.

— О, ти нарешті вирішила роззутися. Нічого не скажу, в тебе дуже красиві туфлі, але як тобі взагалі вдається в них ходити?

— Це питання звички, — відповіла я й знизала плечима.
— Чому ти не перевдягаєшся? — запитала Аліса. — Одягни шорти та майку, буде зручніше!
— У мене нема, — пробурмотіла я.
— Неможливо! В тебе ж гардероб від одягу скоро лусне!
— У мене там тільки робочі шмотки. Мені вже давно не був потрібен якийсь інший одяг.

За годину я відмовилася від спільної прогулянки в Лурмарен, щоби спокійно побути одній вдома та поплавати. Діти захотіли морозива, тож нарешті матиму хоч трохи спокою! Не марнуючи часу, одягнула купальник та почепила окуляри для плавання, натомість без шапочки вирішила обійтися. Перед тим, як почати заплив, я повитягала з басейну дитячі іграшки, надувне коло та два надувних матраци. Спокій води ніби звільнив мою голову, нерви розрядилися завдяки швидкому плаванню, фізичними зусиллями я намагалася себе виснажити, тільки це могло заповнити порожнечу та допомогти забути про плин часу. Кожна хвилина, яку я тут провела, тягнулася довго, як година. Литку почало судомити, це мене засмутило, бо я відчувала потребу ще трохи спустити пару, але довелося підплисти до бортиків і просто полежати на воді. За моєю спиною зазвучали оплески, я озирнулася, знімаючи окуляри. Всі вони стояли біля басейну. Цікаво, як довго вони тут?
— Та ти просто як моторний човен! — гукнув Седрік.
— Думаю, це як розрядка, — додала Жанна.
Я щиро всім усміхнулася, вилізла з води та пішла перевірити телефон, який лежав у водонепроникному чохлі. Від Бертрана досі немає відповіді. Усмішка випарувалася.
— Піду в душ.

Я вийшла з кімнати тільки тоді, як почула шум на кухні; але допомагати було вже пізно — вечерю вже приготували, на стіл накрили. Я зробила два ковтки розе, яке мені налив Седрік, з'їла три виделки домашнього рататуя від Аліси. Мені б хотілося смакувати їжу, та це неможливо. Тільки в моїх спогадах цей рататуй був смачнезним, зробленим із переповнених сонцем овочів. Я втратила смак: нічого не любила, ніщо мене не вабило. Я не могла витримувати це сидіння за столом, тому взяла на себе посуд і розрядила нерви прибиранням на кухні. Всього два дні «канікул» минули, а тут уже, як на мене, просто свинарник. Але мене швидко зупинили Аліса та Жанна, які нагадали, що діти вже вклалися в ліжечка, тому, поки вони сплять, не рекомендовано пилососити. А я взагалі про це не подумала. Наслідок не забарився: я пішла спати, хоча й знала, що вночі очей не заплющу. А я не помилялася: постійно крутилася під ковдрою, спершу мені було жарко, потім холодно, повна темрява бентежила, не відпускала тривога. В задушливій тиші я чула навіть снування комах, це було страшно — аж до сиріт на спині. Щойно заплющувала очі, вже й сама не знала, де я і чому я тут. Три тижні в такому ритмі я не витримаю — ні розмов, ні роботи, ні нормального інтернету, ні перемовин, ні перекладу, натомість постійні верески дітей, жарти хлопців, радість моєї сестри, їхнє щастя, їхня розслабленість, їхнє життя... Я різко підвелася й сіла на ліжку, серце калатало, м'язи затерпли. Моє місце не тут, моє місце в агенції. Я не випадково не була відпустці от уже чотири роки, я просто втратила здатність терпіти неробство, бути в стані бездіяльності. Все вирішено: я повернуся до Парижа якомога швидше. Наприкінці тижня повертаюся додому. Ніхто мене не зупинить. Я не здамся без бою.

Наступного дня ранок я проводила якомога непомітніше. Заховалася за екраном, перевіряла розклад руху поїздів, шукала сервіси оренди машин, щоби самостійно доїхати до вокзалу та нікого ні про що не просити. Мене поглинув цей новий проєкт втечі, тому я майже не відволікалася на галас дітей і хлопців. От тільки пообіді я зрозуміла, що цей план реалізувати вдасться не одразу.

— Бери свою картку, ми йдемо на шопінг! — радісно оголосила мені Жанна.

Тобто?

— Не хочу! Дай мені спокій!

— Тобі чомусь здається, що ти маєш вибір! Кросівки взяла з собою?

— Так.

— Тоді взувайся, ми пішки спустимося в місто.

За чверть години ми пішли, залишивши дітей і хлопців вдома. Я мовчала всю дорогу, слухаючи їхні пояснення про мету цього шопінгу: треба мене перевдягнути. Просто неприпустимо, якщо я ходитиму в тісному діловому одязі всі канікули. Та в них просто якась манія, вічно хочуть мене перевдягнути! Ні! Насправді сьогодні вони планували мене насамперед роздягнути! Дівчата мали туманне уявлення про стан мого банківського рахунку, натомість вони виходили з припущення, що я отримаю насолоду від крамничок у Лурмарені, хоча я раніше не помічала, щоби там продавали щось добре. По дорозі Аліса та Жанна йшли по обидва боки від мене, кожна тримала мене попід руку. Таке враження, наче вони боялися, що я втечу. Попри дуже спокусливу думку про втечу, вирватися я не намагалася; набагато більше мені хотілося зробити дівчатам приємно, і ця думка навіть мене саму здивувала. Вони добре знали, куди йти. А я ж, якби захотіла, не стрималася б і просто пішла би потинятися вуличками міста. Аліса з усіма віталася, вона всіх тут знала. Чи то пак, вона нікого зі знайомих часів нашого дитинства не втратила з виду.

— Ми тут вчора ходили на розвідку, — повідомила мені Жанна.

— А ось і вона, — гукнула Аліса та показала на одну з продавчинь.

Можу собі уявити! Певно, то якась колишня парижанка, яка вирішила зробити дауншифтінг! То я зараз навчу її, що таке справжня парижанка!

— Я на вас чекала! Яель! Так приємно, що ти тут! — вона нас зустріла дуже і дуже співочою місцевою вимовою.

О, то я помилялася. Продавчиня поцілувала мене в щоку та повела вглиб крамнички. Ця жінка була дуже ніжною та дуже усміхненою, на ній була проста синя сукня, прикрашена срібним кулоном. Я в пастці!

— Іди в кабінку! — наказала мені Жанна. — Все інше ми візьмемо на себе.

Майже дві години я не опиралася та міряла все: сукні, спідниці, шорти, майки... До цього свята долучився ще один продавець, який приніс босоніжки й сандалі. Через те, що я постійно то одягалася, то роздягалася, я вся спітніла, хотілося пити — я поскаржилася на це сестрі, коли вийшла з кабінки. Я саме вирядилася в тонку обтислу квітчасту сукню на тонких бретельках.

— Алісо, маєш пляшку води?

— Маю щось краще.

Вона про щось пошушукалася з продавчинею, потім вони обидві вийшли з крамниці. Жанна стала за мною.

— Поки твоя сестра робить те, що робить, скажи мені, що ти думаєш про цю сукню?

Я дивилася на відображення в дзеркалі; там моє лице, моє тіло, але... я вже дуже давно носила тільки чорне, темно-синє та сіре. В тій уніформі я відчувала владу та впевненість. Теперже я почувалася тендітною, вразливою, повністю відкритою, не дуже впевненою в собі. Аж неможливо випростатись і тримати спину.

Дівчата мимоволі відправили мене в підлітковий вік; чарівний час, коли не знаєш, що робити з власним тілом, коли хочеться від усіх заховатися, коли почуваєшся незграбною. Повернулася Аліса, за нею йшов офіціант із тацею, на якій стояли келихи та пляшка білого.

— Але я просила тільки води, — пробурчала я.

— Зараз п'ята тридцять, час пити аперитив. До того ж повторю ще раз, у тебе немає вибору!

— Ваші чоловіки погано на вас впливають!

Вони вибухнули сміхом, я теж, а потім випила свій келих, сама того не помітивши. Вино було дуже добрим, його свіжий смак із фруктовими нотками навіяв на мене спогади, я впізнала це вино — це шато-фонвер. Раніше, коли я ще сюди приїжджала, то завжди разом із татом їздила туди поповнювати наші винні запаси. Ця хвиля доброго настрою розвіялася зі швидкістю світла, коли сестра потрусила якоюсь малесенькою штучкою просто перед моїм обличчям, а я лиш запитально тицьнула в неї пальцем. Замість відповіді вона усміхнулася мені, мов садистка.

— Якщо чесно, твій купальник — то просто щось із чимось, — пояснила Жанна.

— Що? А що з ним не так?

Вона скривилася, намагаючись не реготати.

— Він гідний східнонімецької плавчині, це я тобі дослівно цитую слова Адріана.

Думаю, я мала нагадувати коропа — широко роззявлений рот, беззвучно хапаю повітря. Її слова зачепили мене за живе, тож я схопила з рук сестри ті кілька квадратних сантиметрів тканини та зачинилась у примірляльні.

— Все добре, розмір підійшов, беремо, — сказала я, не розтуляючи штору кабінки.

— А в цьому ти підеш назад, — сказала Аліса, просунувши мені крізь ту штору шорти та кольорову блузу.

Сеанс тортур закінчився. Пішла на касу, навіть не глянувши на суму. Якщо чесно, це було би смішно — через такі покупки я точно не голодуватиму наприкінці місяця. Я сміялася також через те, що останні дві години ніби провела в тілі якоїсь незнайомки, і ця незнайомка добре провела час, варто це визнати. Попри це, чверть години розрядки добігли свого кінця. Перш ніж вийти з крамнички, я скористалася тим, що дівчата стояли до мене спиною, щоби перевірити на телефоні електронну пошту. Знову нічого. Незмінно нічого. Коли припиниться це пекло? Я сутулилась не тільки через новий одяг. На зворотному шляху я говорила все менше — думала про Париж, про агенцію, про Бертрана, який і без мене дає раду, — натомість дівчата, трохи веселі від білого вина, постійно теревенили. Ми йшли дорогою, якою ніхто не ходив, крім мешканців кількох сусідніх будинків, аж раптом щось задирчало.

— О, дивись, у сусіда досі той самий трактор, як і в часи нашого дитинства, — сказала я Алісі.

— Серйозно? — здивовано відповіла вона.

Ми відійшли на узбіччя, щоби роздивитися, що там позаду, аж тут нам хтось посигналив. Авто, яке наближалося, було взагалі не схоже на трактор — це був сірий «Porsche», що зупинився біля нас. З відчиненого вікна висунулася голова Марка.

— О, і що це ви, гуляєте?

Він вийшов з машини під хихотіння дівчат.

— То це твоя тачка? — запитала його Жанна, цілуючи в щічку.

Він попереминався з ноги на ногу, розмахуючи руками.

— Ні... тобто так, спершу вона належала *Abuelo*, а він віддав її мені, коли перестав водити.

— Тобі личить, — сказала Аліса, й собі вітаючись із Марком і цілуючи його в щічку.

Я поцілувала Марка мовчки.

— Все в порядку? — обережно запитав він.

— Все в повному порядку.

— Якщо ви не проти потіснитися, то я можу довезти вас до самого дому.

— Іди, Жанно, — сказала Аліса. — А ми ще погуляємо.

— Ура! — втішилася Жанна.

Вона оббігла машину. Марк схопив усі наші пакунки з покупками, потім передав їх своїй пасажирці, а сам взявся за кермо. Мотор знову заревів, авто зникло в хмарі пилу. Аліса взяла мене під руку.

— Тепер ми тільки вдвох!

Наступні чверть години будуть непростими. *Добре... треба, то треба...*

— Що ти хочеш мені сказати?

Вона зітхнула.

— Спробуй хоч трохи побути з нами на одній хвилі.

— Я з усіх сил стараюся.

— А я в цьому не впевнена... Знаєш, усім важко тебе такою бачити — ти відсторонена, не розмовляєш із нами, тобі ніби нічого не подобається. Ми безсилі та взагалі не знаємо, чим ще тебе можна порадувати.

Тільки не це... Аліса дійсно за мене тривожилася, хоча й не повинна б.

— Ти помиляєшся. Сьогодні пообіді ми чудово провели час.

Вона відпустила мою руку та прискорила крок, мої слова явно її не переконали.

— Та невже? Ти закрилася, щойно ми вийшли з крамниці. Ти посилаєш Адріана, варто йому хоч раз пожартувати, Седрік постійно над тобою трясеться, на дітей навіть і не глянеш, хоча вони так раділи новині, що ти приїжджаєш. На Марка ти й не зважаєш. Добрий прийом ти йому влаштувала, хоча він з усіх сил борсається, щоби ми його пробачили. А ще не забудь, що він тільки вчора розлучився, тому нам треба щонайменше спробувати його трохи розрадити. Тобі бодай час від часу траплялося подумати про інших? Наше життя тебе хоч трохи цікавить, а чи воно тебе взагалі не обходить?

— Звичайно, цікавить!

— Я не ідіотка!

То була ідеальна мить, щоби перейти до виконання мого плану.

— Ти маєш рацію, я вам зіпсую всю відпустку. Краще мені повернутися в Париж.

У ту мить мені здалося, що сестра зараз вчепиться мені в горло, тобто мить я вибрала не слушну. Ситуація погіршувалася, я вся зіщулилася, низько опустила голову й нервово потирала долоні.

— Про це не може бути й мови! Ти так і не зрозуміла, про що я тобі кажу!

Дуже рідко траплялося бачити Алісу аж такою знервованою, і це краяло мені серце. Вона ніколи раніше не кричала на мене. Вона зупинилась і уважно оглянула мене з ніг до голови, її щоки палали, і це було вірним знаком, що вона от-от вибухне.

— Ти просто досконала в тому, що стосується роботи, але в питанні людських стосунків ти нульова! Ми ж тебе всі любимо! Відклади цей блядський телефон і живи.

Я була заскочена цими словами, Аліса ж розчаровано піднесла руку до лоба.

— От, через тебе я аж матюкатися почала! А ти ж знаєш, що я ненавиджу бути в такому стані. Якщо ти бодай трохи дбаєш про ментальне здоров'я своєї старшої сестри, і я наполягаю на слові «старшої», то зроби висновки. А тепер пішли!

О так, тепер переді мною точно була старша сестра, жодних сумнівів тут уже бути не могло. А я — просто мала гівнючка. Сестра пішла вперед, я слідом за нею, в голові прокручуючи знову і знову всю цю сцену та усвідомлюючи, який клопіт мали всі друзі через таку мою поведінку. І що тепер робити? Аліса мала рацію, я розучилася нормально поводитися з іншими людьми, крім Бертрана, колег і клієнтів. До того ж колег я вважала величиною, якою можна знехтувати, вони відповідали взаємністю та щиро мене ненавиділи. Приїзд у «Квіточку» підкреслив мою неспроможність долучатися до спільного свята — так, ніби я не мала легітимного права долучатися до вибухів сміху друзів, ніби мені поміж них було не місце, ніби вони жили в більше не доступному для мене світі. У кожному разі, щойно я намагалася долучитися, все йшло не так. Моя племінниця Лея цю гіпотезу тільки підтверджувала — вона від мене тікала. Моя закритість лякала дітей. Зате Адріан і Седрік кинули Марка одягнутим у басейн у ту саму мить, коли він вийшов з авто: дверцята так і залишилися відчиненими. Всі реготали, я ж силувано змогла лиш трохи всміхнутися. Спостерігаючи за друзями, я думала, що Марк повернувся в наші життя саме вчасно — тепер він зайняв там місце, яке вже кілька років через мене залишалося порожнім. От тільки цього взагалі не було достатньо моїй сестрі. Вона хотіла, щоби це місце обіймала я особисто.

— Готуйте аперитив, — наказала Жанна хлопцям. — А ми поки дамо раду дітям.

Аліса не забула спершу на мене поглянути, а потім повела в дім Маріуса та Лею, з ними разом пішли й Жанна та Емма. Я скористалася відсутністю нагляду, наче нагородою, та дістала з кишені телефон, з ним у руках я сіла на загорожу, що тягнулася вздовж тераси. Перевірити пошту, ще раз перевірити пошту. Досі нічого не прийшло. Жодного мейла, жодного дзвінка.

— Яель!

То був Марк, друзі нарешті дозволили йому вилізти з води. Вигляд він мав ще той — весь мокрий, з нього текло, джинси й сорочка прилипли до тіла.

— Я не мав змоги витягнути твої пакунки, як ти й сама бачиш. Іди сама їх візьми, не хочу їх зіпсувати.

Я зістрибнула з загорожі та пішла аж до його автівки. Забрала з салону свої речі та збиралася вже йти назад, аж раптом побачила, як Марк намагається побороти свою дорожню торбу, цю сумку я впізнала з першого погляду: та ж сама, що й десять років тому — велика шкіряна коричнева сумка, вона була вже добряче потерта, її лямки точно вже не раз ремонтували.

— Може, дати тобі рушника?

— Я саме намагаюся дістати рушник зі своєї сумки та нічого не намочити, але марно, — зі сміхом відповів він.

Я підійшла ближче й запитально на нього подивилася. Раніше мені би й на думку не спало спитати дозволу, перш ніж залізти в його речі — я би просто туди полізла без зайвих запитань. Та ті часи вже давно минули!

— Можна?

Він мені усміхнувся. Менш ніж за дві секунди я намацала серед речей рушника та простягнула його Маркові. Він витер обличчя.

— Ванна зайнята? Я правильно зрозумів?
— Так, і це буде надовго — поки дівчата закінчать із дітьми.
— Не страшно, я почекаю.

Так я його самого й залишила, не знаючи, що ще сказати.

Я поскладала нові речі в комод у своїй кімнаті, потім пішла на кухню та поставила на тацю посуд для вечері, не забула й про дитячі тарілки. Я все принесла на терасу, але зупинилася на порозі.

Троє хлопців сиділи разом за столом і випивали, не помітивши мене. Марк так і сидів у мокрих джинсах, але зняв сорочку та кросівки. Седрік і Адріан розпитували його про настрій:

— Як ти? Вчора було не занадто тяжко?

Ось, таке і я могла би в нього запитати. Та я про це навіть не подумала. *От нечема!* Марк провів пальцями в короткому волоссі й відкинувся на спинку пластикового стільця. Потім він гірко на них подивився і сумно всміхнувся.

— Та ні... Атмосфера була чудова. Так приємно, коли ніхто ні на кого не верещить... Все одно я нічого не міг би зробити, щоб її втримати. Так склалося, це мине... Але так... Я іншого від життя сподівався... Вам обом пощастило, ви знаєте рецепт, як зробити дружин щасливими.

Він зітхнув і подивився кудись вдалечінь. Те, що я саме збиралася зробити, потребувало від мене надлюдського зусилля, але тільки так я могла довести, що стараюсь і докладаю належних зусиль.

— Марку, — сказала я, виходячи зі свого схову з посудом в руках. — У мене в кімнаті є окрема ванна, якщо хочеш, можеш нею скористатися.

— Точно? Мені не складно ще трохи почекати.

— Ти будеш дурнем, якщо відмовишся, — гукнув йому Адріан.

— Іди, кажу ж, — наполягала я.

Краще йому швидше наважуватися, бо я вже майже пошкодувала, що таке запропонувала. Та шкодувати було пізно, оскільки Марк швидко схопився на ноги, взяв сумку та пішов у мою кімнату.

— Дякую! — сказав мені, перш ніж зникнути в глибині кімнати.

— За це тобі могорич — наллю тобі скляночку, — похвалив мене Седрік.

Я взяла келих розе та сіла, тримаючи в руках телефон — знову. Зв'язок сьогодні був трохи кращий, я скористалася нагодою почитати новини. Я занурилася в читання економічних новин — щоправда, в серпні вони були не особливо захопливими — та не помічала, що за столом зібралися майже всі, аж поки сестра мене не відволікла.

— А де Марк?

— Він у душі, у ванній кімнаті Яель, — повідомив їй чоловік.

— Що ти таке кажеш?

Вона подивилася на мене так, ніби в моєму лобі прорізалосяся третє око. Я ледь стрималася, щоби не показати їй язика.

— Ну ти ж попросила мене бути чемною, хіба ні?

Вона не знайшла, що мені відповісти.

Протягом наступних двох днів я ізолювалася від усіх на терасі, лежачи на шезлонгу обличчям до виноградників, іноді я лягала в тіні кипарисів, хоча погано витримувала містраль, який час від часу здіймався. Попри все, я легко могла розрізнити басейн і його мешканців справа від себе; особливо добре я їх чула. Дні минали в думках про роботу та розгляданні спаленого спекою та сонцем газону, я ні на мить не випускала телефон із рук, сподіваючись на відповідь або дзвінок Бертрана. З іншими я не розмовляла, хіба що вони самі до мене зверталися, моїми єдиними справжніми супутницями були цикади, їхнє сюрчання гупало мені по голові та робило нервовою. Я обмежувалася мінімумом, необхідним, щоби не дратувати сестру: допомагала готувати, продовжила ділити ванну кімнату з Марком, а також носила тільки новий одяг. Мене пожирала нудьга, я все легше дратувалася, так само не могла спати, а якщо й спала, то дуже мало — я тверезо оцінювала свій стан. Іноді мені хотілося вибухнути, кричати, щось стукнути, зробити все, щоби скинути з себе тягар, який пожирав мене зсередини.

Того вечора, коли діти пішли спати, я не забула побажати їм на добраніч. Під час вечері я уважно стежила за тим, щоби вдавати, ніби я вечеряю, і їсти та пити тільки те, що може витримати шлунок, тобто їла я небагато, але це все одно було краще, ніж нічого. Дорослі розмовляли про екскурсії, куди можна було би поїхати. Дівчата хотіли на світлове шоу в центрі Кар'єр-де-Люм'єр у Бо-де-Прованс, хлопцям хотілося піти в копальні вохри, бо їм було цікаво поносити будівельні каски. Звичайно, крім прохання передати сіль, я не втручалась у жодну з дискусій, бо не хотіла ще більше бути не в тему. Марк із усіх сил намагався втягнути мене в розмову. Я відповідала односкладово, тому він облишив ці намагання, хоча продовжував на мене поглядати — стривожено та зацікавлено. Через несподівану, хоча й довгоочікувану вібрацію телефона під столом я аж підскочила та закричала від радості. Потому стало тихо, ніби на службі. Всі погляди були спрямовані на мій телефон. Мейл! Я щойно отримала мейл! Кайдани розкуто! Я знову повернуся до звичного життя!

— А це що таке? — запитала Жанна.

— Це новини з роботи!

Серце калатало, губи розтягнула широчезна усмішка, я вся тремтіла, дихання прискорилось. Це було так приємно, аж мені хотілося, щоби цей стан тривав довше. Екстаз поруч — тільки руку протягни. Я не поспішала. На іконці поштової скриньки на екрані смартфону нарешті з'явилася цифра. Я заплющила очі й пальцем торкнулася зображення конверта. Повільно підняла повіки. А потім мені захотілося блювати, плакати, кричати й битися. То був рекламний лист про приватний розпродаж. Раніше спам мені ніколи не приходив, я все це заблокувала. Чому тепер? Чому цей непотрібний мейл зміг прослизнути в якусь шпаринку захисту, а от листів від Бертрана чи клієнтів досі не було? Я так здурію. Стиснула щелепи, щоби не розкиснути на очах у всіх.

— Там щось важливе? — схвильовано запитав Марк.

Його голос я чула ніби здалеку.

— То пусте, — туманно відповіла я. — Вибачте, я піду спати.

Забрала тарілку, на якій лишилося три чверті їжі, ніж і виделку, поклала їх у посудомийку та забарикадувалась у спальні. Мені знову довелося зустрітися з поглядами друзів, коли зачиняла віконниці на вікні, що виходило на терасу, тоді ж я почула багатоголосе «на добраніч». Я так сильно була ображена, що мені навіть забракло сил побурчати на Марка за те, що він знову залишив свій несесер у моїй ванній кімнаті.

Частину ночі я знову і знову прокручувала все в голові, обличчям прикипівши до подушки. Здається, мені вдалося заснути на дві чи три години. О 5:30 спати я більше не могла, пішла в душ. За пів години вже сиділа на терасі — стояла чудова погода, майже не жарко, як на таку ранню годину — поруч зі мною стояв ноутбук, я була налаштована написати достатньо переконливий мейл Бертранові. Так більше тривати не може. Поклавши руку на клавіатуру, я відчула, що за ці кілька днів згоріли всі мої нейрони; я не знала, що йому написати, тому підготувала дві чернетки, та обидві пішли в смітник. У такому темпі я втрачу всі навички. Точно, відпустка — це не для мене! Вікно вітальні відчинилося, показався сонний Марк.

— Я тебе розбудила? Вибач.

— Не хвилюйся, я завжди рано встаю.

Поруч із моїм ноутбуком він поставив чашку кави.

— Дякую, — сказала я та знову повернулася до екрана.

Марк сів навпроти та, на моє щастя, сидів мовчки. Проте через його присутність я почувалася сама не своя; о цій порі я сподівалася мати спокій, але ні, мене пильнують. Я полегшено видихнула, коли він підвівся та пішов у дім. Відносний спокій тривав недовго, бо за кілька хвилин він повернувся, але вже не в піжамі, а в нормальному одязі, і став біля мене.

— Тобі щось потрібно? — сухо запитала я.

— Думаю, це тобі щось потрібно.
— Все добре. Йди лягай і дай мені спокій.

Раптом він закрив екран мого комп'ютера та схопив його.

— Ану віддай! — закричала я і різко встала, перекинувши стілець.

Він рукою затулив мені рота.

— Цить! Усіх розбудиш... Не знаю, що ти там збираєшся зробити, але я точно знаю, що в тебе не виходить.

Я насупилася, він зареготав.

— Десять років тому в тебе був такий самий вираз обличчя, коли в тебе щось не виходило. Дивись, ось я так само закочую очі до неба та міцно стискаю губи. Чи я помиляюся?

Я заперечно махала головою.

— Не силуй себе. Потім спробуєш ще. Пішли зі мною, погуляємо. Якщо я зараз приберу руку, ти більше не кричатимеш?

Я погодилась. Він наважився, прибрав руку та потягнув мене за собою. Я встигла схопити телефон і заховати його в кишені шортів. Марк знайшов клаптик паперу, на якому лівою рукою нашкрябав, що ми пішли гуляти, і нехай друзі не хвилюються. Менш ніж за п'ять хвилин задирчав двигун його авто.

— А це хіба всіх не розбудить?

Замість відповіді він задоволено всміхнувся. Я повернулася до нього спиною і насуплено розглядала пейзажі за вікном.

— Ти досі на мене ображаєшся? — за декілька кілометрів шляху запитав він, розірвавши мовчанку. — Маю на увазі мій від'їзд без попередження...

— Ні, — різко відповіла я. — Що ти собі таке вигадуєш!

— Але ж ні, ти досі ображаєшся.

— Марку, годі! — кинула я засмучено. — Термін давності вже сплив.

— У мене враження, що ти мене уникаєш, нам ніколи не вдається просто вдвох побалакати.

— Просто ти повернувся в не найбільш вдалий період, от і все. У мене на роботі багато клопотів, натомість на все інше залишається мало часу. Все змінилося. Тобі ж усі про це кажуть! Скоро ти знов увіллєшся до нашого гурту.

Я припинила розмову та дістала з кишені телефон, продовжила працювати над чернеткою, я знову й знову її правила, але була незадоволена результатом. А потім телефон раптом зник з моїх рук, я повернулася до Марка, який, не випускаючи з рук керма, забрав мій телефон. Вікно автівки було відчинене, Марк тримав телефон у долоні просто над дорогою, він широко всміхався.

— Віддай, — закричала я.

— А то що?

— Це не іграшка!

— Але мене це потішає!

Я розізлилася. Марк взагалі не розумів, що робить. Якийсь підстаркуватий підліток, навіть гірше! Я відстібнула пасок безпеки та готувалася переступити ручку регулювання швидкостей і залізти на Марка, якщо він так хоче.

— Яель, не треба, — відповів він, сміючись. — Через тебе ми можемо злетіти з дороги.

— Негайно поверни мені телефон.

Я смикнула його за руку, машину повело вбік. Все сталося за якусь секунду, спершу я побачила, як зник телефон, потім Марк відштовхнув мене на моє місце, потім схопив кермо обома руками, і ось повз нас впритул пролетіла вантажівка, з усіх сил сигналячи.

— Ого! Бляха, та прогулянки з тобою просто збивають з ніг, — кинув Марк, досі з усмішкою на вустах, хоча й ледь напружений, тепер він повністю контролював авто.

Я впала на пасажирське сидіння та з усіх сил заплющила очі. Моє тіло м'яко похитувалося, поки автівка загальмувала та розвернулася.

— Яель? Ти зі мною?

Мені більше не вдавалося розтулити рота, таке враження, що все моє обличчя скам'яніло. Марк зупинив машину, я зрозуміла, що він виходить. За кілька хвилин він відчинив мої дверцята.

— Ось, це все, що від нього залишилося.

Я розплющила очі, просто під моїм носом були рештки телефона. Марк поклав їх мені на коліна, сперся на машину і дістав з кишені шортів тютюн. Я уважно роздивлялася ці уламки електроніки, що мало не вартували нашого життя, зокрема — Маркового життя. Тому що все моє життя вже й так було в цих уламках. *Ця річ*. Світ та інші люди не існували, я втратила розуміння, що є добрим, що є поганим, що є справедливим, а що — несправедливим. Моє існування обмежувалося бездушною призмою *цієї речі*, крізь яку я отримувала інформацію. Я — неначе порожня черепашка, що не зважає на оточення. Я мало не вбила Марка, намагаючись врятувати свій телефон, цей шостий айфон, разом із яким я навіть спала. Виходить, він був моїм найбільшим та винятковим скарбом. Я відчула доторк на своїй руці, повернулася до Марка, який сів навпочіпки, наші очі тепер були на одному рівні.

— Мені дуже прикро за цей жарт, він не мав так закінчитися, — попрохав він вибачення.

Це не мало так закінчитися, але не з Маркової провини. Це я не мала намагатися вихопити телефон, це я не мала втрачати усвідомлення реальності, це я не мала ставати ірраціональною через *цю річ*, це я мала просто посміятися, показати йому язика, це я мала пригрозити, що буде помста і що вдома я кину його у воду.

— Яель... У тебе щось болить? Ти злякалася? Вже все минуло, все в порядку...

Я похитала головою, не відводячи очей від телефона.

— Якщо це через телефон, то не хвилюйся. Ми зараз поїздимо крамницями та пошукаємо інший, я компенсую всі витрати.

Все моє тіло затремтіло, так, ніби я щойно вилізла з крижаної води. Серце аж вилітало з грудей. Мене розривав гнів, я вже себе не контролювала, захотілося вийти на повітря, я грубо відштовхнула Марка та вийшла з машини. Пішла узбіччям, ходила туди-сюди, в руках стискала залишки свого телефона, розбитий екран порізав долоню, та я не зважала. *Ця річ* діяла на моє тіло, ніби анестезія. Раптом я зупинилась і розкрила долоню. Останні залишки залежності змусили мене витягнути тріснуту сім-картку та покласти її до кишені. А потім я кинула ці уламки з усіх сил якомога далі на дорогу, кусала руку, щоб не закричати. Проїхала вантажівка, вона наїхала на те, що залишалося від мого телефона, він розлетівся на друзки.

— Зійди з дороги, — наказав мені Марк, відвівши мене далі від проїжджої частини. — Це вже нікуди не годиться.

Він схопив мене за плечі та повернув до себе обличчям, я вся здригалася, низько опустивши голову. Потім підвела очі, в Марковому погляді не було ні осуду, ні ворожості.

— Пробач, пробач, пробач... — безперервно повторювала я.

А потім відчула, як щоками покотилися сльози.

— Ну ж бо, поплач, відпусти все.

Він обійняв мене, я ридала на повну силу, вчепившись руками в його сорочку. Не знаю, що з мене виходило, але я звільнялася від цього тягаря. Поки все це тривало, Марк мене не відпускав, не віддалявся. Минуло безкінечно багато часу, поки мої схлипування почали слабшати.

— Дякую за адреналін, мені цього не вистачало, — прошепотів він.

Я відірвалася від нього, він усміхнувся та провів долонею по моїй щоці, щоб витерти сльози.

— То що, в машину?

Я кивнула, досі не могла говорити.

— Я би хотів поїхати погуляти на Л'Іль-сюр-ля-Сорг. Якщо хочеш повернутися додому, я тебе відвезу.

— Ні, поїхали гуляти, — відповіла я глухим голосом.

— Поїхали.

7

Телефон розбився, в мене більше не було з собою годинника, тому взагалі не уявляю, як довго ми їхали в Л'Іль-сюр-ля-Сорг. Я мовчки дивилася на дорогу, вдихаючи випари гарячого двигуна та запах шкіри, машина була такою низькою, що здавалося, ніби ми їдемо на рівні землі. Марк чудово знав, де запаркувати автівку. Він зупинив машину на паркінгу поруч із центром міста. Я покірно пішла за ним. Нічого не казала, ні про що не просила, без скарг терпіла важку спеку.

Марк, здається, забув про наш ранковий інцидент. Я ж досі була спантеличена та вражена власною поведінкою, а також тією собою, яку відкрила в собі. Ким я стала? Нечуйною ірраціональною жінкою, яка готова все знищити заради якогось телефона, заради можливості написати мейл босові. Мене мучив страх, я озиралася назад і думала про те, що могло статися з нами, що могло статися з Марком з моєї вини. Мені хотілося тільки одного: лягти десь у землю, щоб мене ніхто не бачив, щоби про мене всі забули.

— Для початку пропоную по каві з круасаном! — весело оголосив Марк.

Як він міг бути до мене таким добрим після всього, що я витворяла? Він сів на стілець першої ж тераси на нашому шляху та зробив замовлення, скручуючи собі сигаретку. Каву та круасани принесли швидко, але свою тарілку я відсунула. Не голодна.

— Я сюди приїжджаю раз на рік, — повідомив він, не припиняючи їсти. — До речі, саме в цей час зазвичай...

— Справді?

— Яель, хіба не ти тут проводила всі літні канікули? — він дражнився. — Це ж місто антикварів! І саме тепер тут відбувається великий міжнародний ярмарок.

— Точно... але якщо ти сюди приїздив щороку, невже тобі ніколи не хотілося заїхати в гості у «Квіточку»?

— Як ти можеш таке в мене запитувати?

— Вибач.

— Годі просити вибачення, дурненька. Ти маєш право ставити це запитання! Знаю, що ти мені не повіриш... але я вас ніколи не забував.

— Не будемо більше про це говорити, Марку, будь ласка.

— Але нам доведеться ще про це поговорити. Та добре, нехай не зараз.

З його погляду я зрозуміла, що він хотів попрощатися з минулим. Захотілося сказати, що я йому вірю на всі сто відсотків, от тільки мені не вдавалося зрозуміти його радіомовчанку після повернення в Париж.

— Пішли? — запропонував він.

— Як хочеш.

Він почав порпатись у кишенях, дістав кілька монеток і залишив на столі. Перш ніж встати, я підсунула до нього свою тарілку, Марк запитально на мене поглянув, я ледь усміхнулася, і він з'їв круасан, якого я й не торкнулася.

З цього моменту я тільки те й робила, що разом із Марком ходила від одного антиквара до іншого, від одного стенда до іншого. Весь центр міста перетворився на табір з ятками антикварів. Вони тут були всюди, навіть перекрили частину вуличок. Марк говорив, що тут міжнародний ярмарок. І це дійсно був ярмарок! Тут було людно, але доволі тихо, учасники ярмарку спілкувалися між собою мовчки, роззяви торгувалися, не піднімаючи голосу, хтось вголос захоплювався особливо вдалою знахідкою. Треба сказати, що товарів тут було чимало, на будь-який смак, ця розмаїтість вражала: від старих — дуже і дуже старих — сімейних меблів до фабричних предметів інтер'єру, а також не забуваймо про предмети культу та цілі порцелянові сервізи. Я навіть бачила, що хтось з землі продає залізні іржаві ворота. Професіонали стояли поруч із продавцями вживаних речей і тими, хто просто вирішив влаштувати гаражний розпродаж — всі вони були в повній гармонії, їх усіх, здається, підживлювала однакова пристрасть до старовини. Часто Марк зупинявся і з кимось розмовляв: сміявся та жартував разом із колегами, підколював їх і на всі боки розмахував руками. В хаосі деяких крамничок він рухався вільно, мов у себе вдома. Як на мене, то все був старий мотлох, який радше годилося викинути на смітник, але для Марка то були дуже цінні скарби. Який сенс проводити своє життя посеред запорошених реліквій? У мить, коли я собі це зауважила, замислилась і про власне життя: про роботу, розтрощений телефон, про наслідки та обставини, за яких він розбився. Дихання прискорилося, шлунок і горло ніби зав'язали вузлом.

— Все добре? — запитав Марк.

Я шукала його поглядом, він визирнув з-за десертного столика.

— Так, все добре.

Я зосередилася на ньому, щоби не зациклюватися на цих думках і не дати панічній атаці, яка наближалася, взяти гору. З незмінним інтересом Марк ходив, заходив у крамнички дизайну та сучасного мистецтва, однаково збуджено він переходив від концептуального ультрасучасного світильника до старих скляних пляшок з якогось старого бістро десь у Бургундії. Зупиняв погляд на деяких знахідках; наприклад, ось він зупинився поруч із вищими за себе меблями з якоїсь старовинної аптеки, ось він пестить деревину та латунні ручки, а ось він уже на колінах, майже лежить і розглядає дно та, як мені здається, потенційні недоліки. Потім він знову підвівся, почухав потилицю та поглянув на мене — дивився й не бачив, — він явно замислився. Я стрималася від зауваження, що така величезна штука ніколи не влізе в його антикварну крамничку. Як і в двох попередніх випадках, він торгувався; тон слів, які звучали, стишувався, чоловіки почали кивати, супити брови, на обличчях з'явилися силувані усмішки. З рук у руки передали готівку. За якийсь час він знову надів сонячні окуляри та підійшов до мене з незадоволеним виразом обличчя.

— Пішли звідси. Якщо не зупинюся, то розтринькаю всі гроші, включно з тими, які відклав на відпустку!

— То скористайся кредиткою.

— У мене її нема.

— Що? Ти як не від світу цього!

— Я просто схильний тринькати гроші, тому вірю тільки в купюри.

— Ти хочеш сказати, що ходиш у банк знімати готівку, якщо тобі потрібні гроші?

Я вухам не вірила, Марк — ніби якийсь прибулець.

— Саме так.

— Просто як пенсіонери! Та ти хворий!

Він вибухнув сміхом.

— Так, у мене навіть є заначка під матрацом! А нам не пора обідати?

На щастя, його запитання не передбачало відповіді, в іншому разі моя відповідь його б засмутила. Та він думає тільки про їжу! Марк швидко обрав столик в тіні, на щастя — на терасі, в ресторанчику «У антиквара», на березі річки Сорг. Йому точно подобалися червоно-білі картаті скатертини! Я недовго вивчала меню, Марк так само швидко обрав, тому покликав офіціанта, щойно зрозумів, що я готова. Дав мені замовити першій.

— Мінеральну воду зі скибкою лимона та... зелений салат.

— А мені пива та стейк. З кров'ю, будь ласка, — продовжив Марк.

Він подивився на мене та знову покликав офіціанта:

— І ще картоплі фрі.

Потім Марк повернувся до мене:

— Сподіваюся, це було не надто довго, я й сам не помітив, як минув час.

Неймовірно! Він же приїхав сюди попрацювати, але чомусь хвилюється, як я. Коли я працюю, все інше для мене не існує.

— Ні, мені було навіть цікаво побачити тебе за роботою, — відповіла я. — Одного не можу зрозуміти... У твоїй крамничці в Парижі є тільки меблі 1950–70-х років...

— Саме так, — перебив він, явно здивований моїми роздумами. — І?

— Оті меблі зі старої аптеки, які ти дивився щойно, ті, що ти купив, вони ж взагалі не схожі на те, що ти продаєш.

— Правда… це не ті меблі, які мені подобаються найбільше, але та річ неймовірна, в неї є минуле, і це видно, це можна відчути, якщо її торкнутися. Знаєш, це ніби шкіра, що розповідає історію свого життя. Це так красиво. А ще в мене є клієнти, які давно вже шукають щось подібне, тому я цю річ для них забронював.

— Але вона в поганенькому стані, — зауважила я. — Тобі колись траплялося реставрувати знайдені речі?

— Загалом я люблю недоторкані речі, саме в соку, хоча так, іноді мені доводиться з ними попрацювати, щоб довести до пуття. Мене навчив *Abuelo*, коли я був ще малим. Якщо я відчуваю, що покупці трохи розгублені, то завжди даю поради, що можна зробити з тим, що вони купують. А іноді так, сам беруся до роботи над реставрацією, це мене навіть тішить.

Він щасливо на мене дивився.

— Ти не нудилася? Правда? — знову почав хвилюватися.

— Та ні, кажу тобі. Та й тривало це не аж так довго, котра там година? Не можу стежити за часом, бо я без свого…

— Вже майже третя.

Ого, я спантеличена. Та не може бути, я була впевнена, що тепер заледве полудень. Але насправді то був зеніт пообіддя. Мій день ніщо не структурувало, я просто ходила за Марком, не роздумуючи.

— Ну, і як тобі жити без графіка? Скажи, непогано?

Я здивовано на нього дивилася, не знаючи, що відповісти.

— Для мене це дивно, — пробурмотіла.

І тут я побачила його зап'ясток.

— Ти це кажеш, а сам носиш годинник! Та ще й який!

Його очі збуджено блищали.

— Бачиш, це ще одна пенсіонерська штучка.

Я спонтанно схопила його за зап'ясток, щоби краще роздивитися: то був розкішний швейцарський годинник «Jaeger-LeCoultre».

— Це «Memovox» 1950-х років, — повідомив Марк.

— То ви не бідуєте! «Porsche», «Jaeger»! Бачу, бути антикваром вигідно!

Він забрав свою руку з моєї руки. Його обличчя напружилося, моя ремарка явно його шокувала. Я щойно сказала якусь велику дурницю.

— Його цінність — не в ціні, а в його історії та в тому, як він до мене потрапив.

Попиваючи пиво, він почав розповідати історію цього годинника. Марків дідусь роками полював на цю модель — то був один із перших «Memovox» із ручним накрутом — і таки добув її. Коли Марк був маленьким хлопчиком, то був просто одержимий зап'ястком *Abuelo*, і єдиний раз, коли Маркові добряче дісталося на горіхи — то було тоді, коли він наважився торкнутися того годинника. Та подія стала точкою відліку його поваги до красивих речей. Після цього дідусь почав тягати онука за собою і в антикварні крамниці, і на блошиний ринок на Сент-Уен, коли Марк разом із батьками приїздили на вихідні в Париж. Звідси й виникла гра в «шукача скарбів», за майданчик правив блошиний ринок, де дід із онуком починали змагання. Саме так Марк успадкував цю пристрасть. Коли він повернувся зі своєї довгої подорожі, знайшов «Memovox» на нічному столику поруч зі своїм ліжком.

— Відтоді я його не знімаю, — завершив він свою історію.

— І що, годинник пережив навіть твоє примусове плавання в басейні?

— Так, я вчасно додумався до вдалого рішення. Коли побачив, що Адріан і Седрік біжать до автівки, то встиг зняти годинник і покласти його в бардачок! *Abuelo* мене б убив, якби з годинником щось сталося.

— Ти би також через це засмутився?

— Так, думаю, що це річ, якою я найбільше дорожу.

Він почав накручувати годинник.

— Думаю, є й більш практичні моделі, — зауважила я.

— Байдуже, ця непрактичність робить цю модель іще красивішою.

Марк взагалі не думав про прикладний бік речей, єдине, що мало для нього значення, — це чуттєвий і сентиментальний вимір кожної речі.

Це дуже мене дивувало, це було таким далеким від того, чим я зазвичай жила... Офіціант нас перебив, коли приніс замовлення. Щойно він пішов, Марк узяв тарілку картоплі фрі та простягнув мені.

— Я цього не замовляла.

— Це тобі, — сказав він із усмішкою.

— Я не голодна, не силуй мене.

Попри це, він таки підсунув до мене тарілку. Я відсунула її назад до нього. Він її тримав. Ми дивилися одне на одного, це був наче двобій.

— Ти думаєш, я нічого не бачив? Ти нічого не їла вчора ввечері, ти нічого не їла сьогодні зранку. І тим салатом ти точно не наїсися. З'їж бодай одну картоплю, від цього не буде шкоди, навіть якщо ти на дієті та боїшся погладшати.

Плечі опустилися. Мені вже набридло за все виправдовуватися.

— Проблема не в цьому. Я просто вже тиждень, як не можу нічого їсти.

— Тиждень? Не обманюй мене. Я ще жодного разу не бачив, щоби ти нормально поїла. Знаєш, як каже народна мудрість, апетит приходить під час їжі. Спробуй себе змусити, і ти...

— О'кей, добре! Тільки відчепись!

Взяла один шматочок картоплі фрі та раз відкусила, щоби тільки Марк перестав мене цим діставати. Взагалі не можу пригадати, коли востаннє я відчувала цей солоний смак фритюру з хрусткою скоринкою. Попри те, чого я боялася, це було смачно, і мене не почало нудити. Скільки часу я вже не відчувала задоволення від їжі, а чи бодай від того, що я сіла за стіл для трапези? Зловила на собі задоволений і насмішкуватий погляд Марка та ледь усміхнулася.

— І хто з нас мав рацію?

— Думаю, я з'їм ще одну чи дві, але не більше.

— Це краще, ніж нічого! Можеш на мене розраховувати, в наступні дні я стежитиму за твоїм харчуванням.

Я наїлася трьома листочками салату та чотирма шматочками картоплі. Марк нічого мені на це не сказав і продовжив обідати. Він з'їв свій стейк, а потім доїв те, що я залишила. Мені ж було цікаво, де це все в нього поміщається, і як йому вдалося зберегти таку ж фігуру, що й десять років тому. Потім Марк попросив рахунок і заплатив, так я усвідомила, що цього ранку він не дав мені змоги взяти з собою гаманець. Водночас я навіть уявити собі не могла отаку поїздку кудись на цілий день, особливо таку неспокійну поїздку. Вже час повертатися. Я дивилась на паркінг і помітила поруч крамницю, де продавали мобільні телефони. Марк це помітив.

— Я зараз знайду банк, зніму гроші та куплю тобі телефон.

— Ні! По-перше, не може бути й мови про те, що ти платитимеш за наслідки моєї дурості. По-друге, в мене з собою немає ні документів, ні кредитки.

— Ось тобі й причина, щоб я за це заплатив.

— Кажу тобі, не треба! А ще... думаю, що можу спробувати протриматися без телефона до завтра. Мені ж вдалося без нього вижити сьогодні... Я позичу телефон Аліси та зайду в інтернет, коли ми повернемося.

— Як хочеш.

Ми залізли в «Porsche», де спека й задуха дали мені змогу за кілька хвилин поміняти тему.

— Припускаю, що твоя машина також занадто старовинна, тому в ній нема кондиціонера.

— А от і ні! Так, ця машина — вже літня пані, але свого часу вона була однією з перших автівок, де був кондиціонер! *Abuelo* купив її 1990 року. Пам'ятаю добре, ніби це сталося вчора.

— Розкажи, як це було! — попросила я, всіма силами намагаючись забути про свій телефон.

А ще маю визнати, що історії про його дідуся допомагали мені розслабитися.

— Коли він овдовів, то рік був у жалобі, можна було подумати, що ми в 19 столітті. Думаю, то пробудилося його іспанське коріння. А коли минули роковини, він знову став самим собою! Та ні, ще гірше! Коли бабуся була жива, вона допомагала йому стримуватися. Після її смерті він ще більше розгорівся. Якось, коли мені було одинадцять, він узяв мене з собою, і ми разом пішли в салон «Porsche». Той день також став важливим для мого виховання. Для дідуся ті машини були синонімом добре зробленої роботи, поваги до якісних матеріалів, синонімом доброго смаку, чистоти ліній, витонченості. Коротше... Уяви, який я мав вигляд, стоячи поміж усіх цих автівок — то ніби тобі подарували мрію, упаковану в красиву коробочку. В тому салоні ми провели все пообіддя, думаю, весь час я ходив з роззявленим ротом.

Я голосно засміялася.

— А що було далі?

— Він обрав саме цю машину, — сказав Марк, провівши рукою по торпеді над спідометром. — Один із моїх найкращих спогадів дитинства — мить, коли він дістав чекову книжку. Мій претензійний дідус, який любив тринькати гроші без ліку, купив це авто, щоби вшанувати смерть любові всього свого життя, за «скромну» суму — 45 тисяч франків.

— Хлопці не знали, що в твого дідуся така машина?

— Ні... Це було б святотатством. Машина була секретом, який я ділив із дідусем.

Я усміхнулася.

— Зараз тільки ти на ній їздиш?

— Так... Заради того щоб успадкувати «Porsche», люди готові на все... І *Abuelo* мені її віддав. У день, коли він віддав мені ключ і коли я вперше його вставив з лівого боку керма... ти навіть не уявляєш, що я відчував...

Він усміхався, погляд був затуманений.

— То як, поїхали? — запитав він, повернувшись на землю.

— Якщо хочеш.

Він рушив, а мене притиснуло до сидіння. Він спеціально не вмикав кондиціонер, натомість відчинив вікна. «Послухай», — сказав мені. Мої вуха аж прокинулися від звуків мотора; він хропів, він гудів. Мої відчуття були більш загострені, ніж кілька годин тому.

Марк неспішно виїхав з міста, а потім натиснув на газ і рвонув уперед. Завдяки його м'якій і розслабленій манері їзди, потужність цієї «літньої пані», як він її називав, була непомітною.

— А як щодо сучасного світу, де є GPS? — я дражнилася. — Ти про таке хоч чув?

— Мені більше подобається мати можливість загубитися та їхати на свій розсуд.

Повна протилежність мені. Думаю, таке життя дає змогу розслабитися.

Коли я помітила, що вже під'їжджаємо до Боньє, то зрозуміла, що їхати нам ще заледве пів години. Мені не хотілося повертатися, відповідати на запитання, знову поринати в реальність, опиратися тому образу, який вони собі про мене намалювали. Марк, здається, мене не засуджував, він завжди був таким, і це, здається, не змінилося — я все краще це усвідомлювала. Поруч із ним я почувалася захищеною від своїх страждань, одержимостей і клопотів, мені здавалося, що тут, у цій машині, яка пахне бензином і гуде, я вільна. Водночас цей день ніби намацав те місце, де мені боліло: космічну пустку й самотність мого життя. Я зітхнула й знову почала дивитися на дорогу; ці пейзажі я знала напам'ять з дитинства, я їх обожнювала, вони були частиною мене, та я їх забула. Що зі мною трапилося, чому я стала такою? Новий вказівник привернув мою увагу.

— Марку, скажи, ти дуже поспішаєш додому?
— Я взагалі не поспішаю. А що?
— То поверни на наступному перехресті направо, в бік Лакоста. Поїхали в гості до маркіза де Сада. З пагорба, де стоїть його замок, відкривається один із найкращих видів на ці місця, сам побачиш.

Він натиснув на газ, машина поїхала. Далі дорога петляла лісом, тому ми їхали то на світлі, то в тіні. Загадковий і всеохопний спокій Лакоста мені завжди подобався, навіть коли я була ще маленькою та не знала про існування Маркіза. Минуло багато часу, перш ніж я зрозуміла веселі, та водночас зничені слова батьків у відповідь на мої вимоги — навіть із тупанням ногами — поїхати до того замку в руїнах. Я запропонувала Маркові зупинитися на невеликому паркінгу біля мерії.

— Ми трохи прогуляємось! — оголосила я, виходячи з машини.

— Веди, ти ж наш гід.

Я пішла вперед, намагаючись не крокувати занадто швидко. Одразу ж оцінила нові сандалі, вони ніби самі мене несли, водночас даючи змогу добре відчувати землю під ногами. Я скористалася нагодою погуляти мощеними каменем вулицями зі старими будівлями. А потім настав час піднятися більш кам'янистою стежкою, що вела повз не відреставровані руїни замку. Проміння сонця, що сідало все нижче, вже не світило на нас — його затуляла замкова стіна, що досі тут стояла, — і від вечірньої свіжості ставало легше. Марк ішов за мною мовчки, а я час від часу на нього озиралася; він ішов, не виймаючи рук із кишень, на носі — сонцезахисні окуляри, він роззирався довкола себе. Я першою піднялася на вершину та чекала на нього.

— Як тут тихо! — прошепотів він мені. — Це що таке?

Він дивився понад моїм плечем на залізну скульптуру «Руки, що благословляють».

— Це просто неймовірно!

Він перетнув еспланаду, щоб підійти та роздивитися ближче, обійшов скульптуру, проліз під гігантськими відкритими світові руками — і навіть здалеку я бачила його усмішку. Я ж неквапно розглядала замок і профіль Маркіза — барельєф на стіні довкола входу. Потім сіла на огорожу, ноги звисали в повітрі над ровом, а я розглядала масив Люберон і гору Ванту. М'язи боліли — це наслідок тиску, на який я їх прирекла протягом попередніх тижнів. Я розслабила плечі, дихали так вільно груди, пахло спекою та природою, цикади наразі мовчали — лишили нас у спокої. За кілька хвилин Марк до мене приєднався — сів так само та глибоко вдихнув.

— Куди ти біжиш? Що ти намагаєшся наздогнати? — запитав він за якийсь час.

— А ти? — відповіла запитанням, не підводячи очі.

— Потім відповім... Ти сьогодні знову знайшла спосіб змусити мене говорити, а сама так нічого й не розповіла. То я ще раз запитаю: куди ти біжиш разом із усією твоєю роботою та іншими штуками?

Я зітхнула. Я не могла та більше не хотіла опиратися.

— Насправді я не знаю... Можливо, я прагну успіху, намагаюся бути найкращою, нікого не розчаровувати. З плином років я усвідомила, що не витримую поразок. І мені завжди хочеться чогось більшого...

— Та невже!

Я повернулася до нього, він дійсно мав здивований вигляд.

— Раніше ти не була такою... Я ж тебе пам'ятаю, колись ти робила тільки необхідний мінімум, щоб сесію не завалити...

— Правда, навіть першу роботу я отримала без якихось особливих зусиль... І мені захотілося довести Бертрану, що він не даремно найняв мене. Спершу я просто перекладала папірці та сортувала досьє, а потім він навчив мене ремеслу перекладачки. Спершу я втикала, а потім втягнулася...

Уже вдруге за короткий час я згадувала свої перші місяці в агенції. Марк насупився і не зводив з мене очей. Потім ледь відкинувся назад і знову подивився вдалечінь.

— Цей типчик, твій шеф, певно, помітив, що ти дуже здібна, інакше ти б цього не досягнула...

— Певно. Поволі в мене ставало все більше завдань, за які відповідала саме я. З часом я полюбила смак адреналіну від роботи, контрактів і перемог. У мене не буває монотонних і схожих між собою днів... У результаті я отримала кабінет поруч із офісом шефа, і за це місце я з усіх сил тримаюся.

Він вибухнув сміхом.

— От правду кажуть — ледачому і лінуватися лінь! Саме тому я ніколи навіть не пробував знайти роботу! На тій роботі я би став аж занадто добрим працівником!

Його жарт нас обох насмішив, але потім Марк знову посерйознішав.

— Але, Яель, я все одно чогось не розумію.

— Кажи.

Він подивився мені просто в очі.

— Я весь час думаю, що ти не була такою раніше. Маю на увазі, що раніше було чути тільки тебе, ти була балакучою, постійно сміялася, до всього ставилася легко... а тепер ти від усіх ховаєшся, робиш усе, щоби сидіти в куточку, а всі про тебе забули... Таке враження, ніби ти всього боїшся.

Невже він дійсно такою мене бачив? Я відвела погляд. Дівчина, про яку він щойно розповідав, мені не знайома. Ніби я зустріла привид тієї, ким могла би бути в іншому житті.

— Марку, я ж не могла залишатися вічною студенткою, — відповіла я, ледь усміхаючись. — Я просто виросла, можливо, це й уся причина...

— Якщо ти так кажеш... Але невже ти дійсно мусиш усім пожертвувати заради цієї роботи?

— Це сталося само собою. Я й не помітила. Мені подобається... Я захопилася цією грою... І обожнюю свою роботу.

Мені подобається поспішати, бути завантаженою, потрібною, бути на зв'язку... Так мені легше дихати.

— Навіщо тобі це? Навіщо постійно бігти? Від чого ти біжиш?

Я трохи поскубла сухий мох на камені.

— Нічого... ні від чого... А ще, знаєш, шеф думав запропонувати мені партнерство.

— Якщо я правильно зрозумів, у цьому — все твоє життя?

— Можливо... У мене дійсно є тільки це... Я й сама вже не знаю, якщо чесно... якщо в мене не буде роботи, я не витримаю, здається... думаю, тут я трохи заплуталася.

Мене саму вразила щирість сказаного, я дійсно вже не знала... Згадуючи, що сказала мені Аліса кілька днів тому, а також власний вчинок через телефон цього ранку, я починала думати, що, можливо, варто переглянути дві-три речі щодо власного життя. Але які саме? І як це зробити? Хіба не я присвятила все життя роботі? Хіба не я відмовлялася слухати інших — їхні запитання та судження про моє життя? Я вже дуже давно почала ледь зносити їхні просторікування...

Я відгородилася від усього, що могло похитнути мою рівновагу, яка видавалася дуже крихкою. Марк, у певному сенсі, більше мене й не знав, але він так швидко перевершив усе, що сестра та інші друзі постійно мені повторювали. Невже всі вони по-своєму правильно сприймали мене й ті речі в моєму житті, яких я сама не бачила? Раптом відчула слабкість, ніби завчасно втомилася від усіх запитань, на які одного дня доведеться дати самій собі відповідь.

— А ти, Марку?

— Я... Я нікуди не біжу.

Він якусь мить подивився в небо та зітхнув.

— Я знаю, чого хочу, і відтоді, як я це знаю, все в порядку. Насправді, немає значення, чи отримаю я те, чого хочу від життя. Головне те, чи я сам дотримуюся лінії поведінки, чи йду своїм шляхом. Ми не можемо знати, що на нас звалиться сьогодні чи завтра. Останні десять років найкраще це доводять. Я живу в злагоді з самим собою, і це головне.

Він не відводив погляду від мене.

— Не було жодного дня, коли я про вас не згадував...

Я розтулила рота, збираючись його перебити. Він це помітив і зробив жест рукою, просячи мене помовчати.

— Дай я закінчу, будь ласка.

Я кивнула, зітхаючи.

— Дякую, — сказав він, ледь усміхаючись. — Так, я знаю, що нічого не зробив, щоби вас розшукати... Все через те, що я думав, що, покинувши вас, зробив дурницю, можливо, одну з найбільших дурниць у своєму житті. Мені залишалося тільки одне — визнати, що я вас втратив, і це моя провина... так я й зробив. Тобі це може видаватися дивним і дурним, але я такий. Я завжди знав, що зробив вам боляче, і я ще більше це усвідомив того дня, коли ти опинилася в моїй крамничці та все як на духу мені сказала. Я собі цього ніколи не пробачу. Якби ви мене остаточно забули, я би отримав по заслузі. Я би взагалі на тебе не образився, якби ти мене того дня не впізнала.

Його погляд і вираз обличчя були повністю щирими. Він щойно сказав, що ніколи не викреслював нас зі свого життя і що сам себе карає за минулі помилки.

— Знову зав'язати стосунки з вами всіма — то була мрія, про яку я собі не дозволяв навіть думати. Та подивися на нас теперішніх. Все це доводить, що не варто загадувати наперед. Я віддаюся плину життя, бо все може статися. З часом я цьому навчився. От сама подумай, коли ми були студентами, то з усіх нас я точно не був схожий на того, хто раптом поїде й буде десь валандатися, в мені не було цього авантюризму... Проте я поїхав і таки десь валандався. Несвідомо я точно хотів уникнути спадку *Abuelo*, бо мені було страшно. Саме тому ви не знаєте про наш антикварний магазин, я про нього просто нікому не розповідав у ті часи. Та бачиш, воно мене все одно наздогнало. Сьогодні саме я веду справи в крамничці, з власної волі. І це робить мене найщасливішим на світі.

Він мав такий умиротворений вигляд. Його тверезий погляд на власне життя свідчив про надзвичайну зрілість. Марк перетворився на чоловіка, який живе в злагоді з самим собою, йому хочеться довіряти, з ним спокійно. Я ніколи й уявити не могла, що він стане таким сильним.

— Яель, але зваж на те, що це не універсальне рішення. Іноді через те, що нічого не плануєш наперед, можна наробити великих дурниць.

— Чому ти так кажеш?

Він сумовито усміхнувся та подивився вдалечінь.

— Я про своє розлучення... Воно не входило ні в мої плани, ні в мої сподівання...

— Що сталося?

— Все дуже просто. Я свідомо вирішив не звертати уваги на перші ознаки того, куди все йде. Заплющив очі на стан нашого подружжя, ми пішли різними шляхами, та я не хотів у це вірити. Думаю, зрештою між нами залишилося мало спільного... Я добре влаштувався в крамничці. Регулярно розмовляв із Жюльєт про намір створити сім'ю. Я хочу мати дітей, це може звучати тупо, але це так. Разом із нею мені б цього вистачило для щастя. От тільки вона — це жінка, якій не сидиться на місці, і я ж про це знав... Вона на п'ять років зупинилась у Парижі, і це рекорд, думаю, вона це зробила, щоби мені було приємно... Та якось увечері, коли я повернувся додому, побачив у коридорі її спакований рюкзак... Вона вилила мені все, що вже багато місяців було в неї на серці, мене їй було мало, я не зміг посіяти в ній бажання залишитися зі мною, вона більше не могла терпіти життя, яке я їй пропонував... було вже занадто пізно, я більше не міг нічого вдіяти, тому ми попрощалися, і я побажав їй щасливої дороги... Цього тижня вона ненадовго заскочила до Франції, щоб розлучитися... Було дивно побачити, що без мене вона щасливіша, ніж зі мною.

Він розповідав про це спокійно та навіть відсторонено. Я слухала з захватом і невідривно. З захватом я також сприйняла його спонтанну манеру звірятися без купюр, визнаючи власні помилки.

— І як ти це пережив?

— Спершу було поганенько... Відтоді, як ти звалилася мені на голову і ви всі знову стали частиною мого життя, почуваюся набагато краще.

Він широко всміхнувся, підвівся й переступив через огорожу.

— Поїхали? — запропонував він і простягнув руку, щоб я й собі могла злізти з правильного боку.

Я вийшла з автівки, щоби відчинити ворота «Квіточки». Марк дуже повільно заїхав, потім запаркувався. Я підійшла, коли він вийшов з машини. Стояла нерухомо зовсім поруч із ним і насолоджувалася бульбашкою, в якій ми були разом цілий день, він також мовчав. А потім тишу урвали. Я зітхнула й на кілька секунд заплющила очі.

— Де ви були? — волала дуже схвильована Аліса, біжучи до нас.

— В Л'Іль-сюр-ля-Сорг, — безтурботно відповів Марк.

— Я з десяток разів намагалася тобі додзвонитися! — кричала сестра. — Чому ти не відповідала? Ти ж весь час не випускаєш той телефон з рук!

— Її телефон упав у річку Сорг, — збрехав Марк. — А свого я не взяв.

Аліса заклякла на місці, всі інші здивовано на мене дивилися.

— Як це сталося?

— Ой, та дуже по-дурному... Я на ходу перевіряла мейли, а потім спіткнулась і... і... плюсь!

— Яель, тобто ти хочеш сказати, що цілий день провела без телефона? І досі жива? Увага, вас знімає прихована камера! — Адріан приколювався.

— Марку, кажи всю правду, — попросила Жанна. — Скажи, чи в неї була істерика, чи вона качалася по землі, чи бігала містом, мов пришелепкувата, щоб одразу ж купити собі інший телефон?

— Зовсім ні. Вона...

— Стоп! — закричала я й стала поміж них, широко розставивши руки. — Досить! Досить говорити про мене так, ніби я хвора! Вам смішно, і я знаю, що заслужила... Але чи могли б ми змінити тему?

Марк усміхнувся першим, потім опустив голову. Адріан закинув мене собі на плече та поніс у бік тераси.

— За це варто випити! Діти вже сплять, усе складається просто ідеально! Ніч — тільки наша.

Він погладив мою шию та поцілував у голову.

— От круто!

Я вирішила не позичати Алісин телефон для перевірки пошти, щоб не псувати їм усім свято. На стіл уже накрили, всі чекали тільки на нас. Нічого дивного, було вже по дев'ятій. Всі цокнулись, і я не без задоволення випила кілька ковтків рожевого вина. Так, ніби мої рецептори знову набули здатність відчувати смак. Аліса сіла поруч зі мною, вона мала співчутливий вираз обличчя.

— Знаєш, того дня, коли я сказала тобі облишити свій телефон, я не просила кидати його у воду.

Я засміялася, вино вже трохи вдарило в голову. Від келиха розе все було ніби трохи в тумані, і цей туман не був позбавлений приємності.

— Ну ти хоч провела приємний день?
— Так...
І я була чесною.
— Точно? Ти якась дивна.

Вона делікатно торкнулася долонею моєї щоки. Її жест мене заспокоїв. Якби ми були тут тільки вдвох, то я залишила б обличчя в її долоні надовше, щоби насолодитися її ніжністю.

— Я втомлена, але день був чудовий... — оголосила я, поглядом шукаючи Марка.

— Я приготувала тобі салат із моцарелою та помідорами — подумала, що тобі мало би смакувати.

— Дякую, — відповіла я, ледь стримуючи сльози.

Сама не знаю чому, але хотілося плакати. Ніби шлюзи відкрилися, і від того ставало легше. Хлопці повернулися до столу з готовим барбекю. Пів сосиски приземлилися на мою тарілку.

— Ти зможеш це з'їсти разом із томатами, — прошепотів мені Марк, а потім продовжив подавати їжу іншим.

Мені вдалося доїсти все, що було на тарілці, і це було надзвичайно. Кілька ковтків рожевого вина все сильніше били в голову, повіки стали важкими, очі злипалися, сил більше не було. Я встала й почала прибирати посуд. Дійшла на кухню, сперлася на стіл, в голові гуло. Почула шепіт Марка: «Йди лягай спати». Озирнулася. Він саме підійшов, теж несучи посуд.

— Це вино мені погано зайшло.

— Ні, це тобі просто потрібно поспати.

— Маю тобі ще дещо повідомити, щоб доповнити мій чудовий портрет: я не можу спати, в мене безсоння! — оголосила я, силувано сміючись.

— Щось мені підказує, що ти цієї ночі спатимеш, тож іди в ліжко, Яель із безсонням!

От би він мав рацію...

— Я здаюся, але тільки якщо ти мені скажеш, чому збрехав про телефон.

— Щоб інші цим не парились.

Я усміхнулася.

— Ти можеш зробити для мене останню послугу — піди до наших і скажи, що я пішла спати.

— Можеш на мене розраховувати.

Віконниці весь день були зачинені, тож у кімнаті було доволі свіжо. Поки я чистила зуби, в тілі й голові розливалася слабкість. Очі злипалися так, що я навіть відмовилася він вечірнього душу. Роздягнулася, одягнула легку піжаму, вимкнула світло, сіла на ліжку, потім голова впала на подушку. Накрилася ковдрою, тканина ніжно торкалася шкіри. Потім я почула, що хтось шкребеться в двері.

— Яель? Ти спиш? Можна, я зайду забрати свій несесер?

— Звичайно.

Світла з коридору було достатньо, щоби Марк дійшов до ванни; я навіть бачила, як він там збирає свої речі.

— На добраніч, — прошепотів він.

— Марку?

Він підійшов до ліжка. Мені вистачило сил розплющити очі й подивитися на нього.

— Дякую за цей день. Дякую...

— Спи.

Він вийшов. Я чула, як він відповідає на запитання друзів, де це я зникла, заспокоював Алісу, яка за мене хвилювалася, а також заборонив їй заходити. Поволі голоси згасали, і я піддалася сну, не мала сил опиратися.

Очі взагалі не вдавалося розплющити, я позіхала й терла їх кулачками, як дитина. Потім потягнула затерплі м'язи. З важкістю підвелася й сіла, ковдра ковзнула вниз — до того лежала на мені нерухомо, як я нею і накрилася. Кліпнула, крізь жалюзі пробивалося сонце, що стояло вже високо. Ані звуку, дім охопила досконала тиша. Я встала, знадобилося кілька секунд, щоби віднайти подобу стабільності, потягнулась, аж у спині хруснуло. Ледь волочачи ноги, дійшла до ванної та подивилась на себе в дзеркало: набрякла після сну, а на щоці — слід від подушки. Вмилася холодною водою; нічого не поробиш, це відчуття загальмованості не зникає. Знову сіла на ліжко, треба щось робити, бо знову засну. Почала шукати телефон на нічному столику. І тут я все згадала... Стиснула кулаки, з усіх сил намагаючись не рознервуватися. Мені хочеться ще трохи побути в спокої. Знову встала й почала порпатись у комоді. Перше, що я там знайшла, — купальник, який мені підібрали дівчата; знадобиться. Потім я взяла рушник, відчинила віконниці та побігла в басейн; захисне накриття з нього вже зняли, це добре, бо мені терміново треба поплавати. Скинула рушник, вдихнула й пірнула з головою. Прохолода води аж кусала шкіру, особливо живіт, бо я відвикла від відкритих роздільних купальників, потім такі ж відчуття з'явилися в зоні декольте, бо раніше закритий купальник плавчині затуляв мої груди повністю, аж до шиї. Першу доріжку я пропливла під водою, потім випірнула та почала плавати кролем — повільніше, ніж зазвичай. Я пропливла ще кілька доріжок, а потім зупинилася. Відкинула волосся назад — воно знову було на свободі, без шапочки для плавання — я відчувала його на шиї, вода з волосся стікала на плечі. Я вчепилась у бортик і відхилила голову назад, щоби знову опустити волосся у воду, хвильки трохи лоскотали вуха. Сперлася ногами на бортик, але замість того, щоб відштовхнутись і продовжити плавати кролем на спині, я зупинилась і просто лежала горілиць. Взагалі не рухалася, лиш ледь розвела руки, заплющила очі, сонце гріло шкіру, я усміхалася. Я мало не сміялася, мало не плакала — настільки всеохопним було відчуття повноти буття. Потім я повернулася з горизонталі у вертикаль і пірнула на дно, звідки дивилася, як на поверхню до світла підіймаються бульбашки. Потім я попливла за ними та вилізла з води. Взяла рушника, витерлась і загорнулась у нього, пішла на терасу, на ходу викручуючи волосся. У цю ж мить я побачила Марка, він сидів із книжкою в руках, його очі ховалися за сонячними окулярами.

— Привіт, — я обмежилася привітанням.

— Привіт. Таке враження, що ти добре виспалася, як на людину з безсонням... — прошепотів він.

Я стала в нього за спиною, а він показав мені годинник на своєму зап'ястку: стрілки показували 11:20. Тобто я проспала дванадцять годин.

— Дякую, — сказала дорогою в спальню, мене дуже здивувала ця ніч сну.

Швидко прийняла душ, одягнула легку сукню, розпустила волосся — нехай побуде на свободі, та й Алісі сподобається. Потім пішла на кухню, там ще була кава, налила собі повну чашку, ще одну — для Марка, повернулася на терасу. Здається, він уже відірвався від книжки, натомість тепер накручував годинник і дивився вдалечінь.

— А де всі?

— Поїхали на ринок.

— А ти не захотів із ними?

— Я вже їздив, але раніше, поки ще було нежарко, так приємніше, бо можна і з продавцями порозмовляти, і кави безтурботно випити, читаючи газету.

— Маєш рацію, о цій порі там просто не проштовхнешся.

Я допила каву та встала.

— Піду спробую їх наздогнати. Хочеш зі мною?

— Ні, я залишусь і розпалю барбекю.

— Як хочеш.

Коли я дійшла до площі Ринок, то стало ясно, що знайти тут невеличку групу друзів буде нелегко, навіть попри те, що їх важко не помітити. Проте мені терміново було потрібно їх знайти, бо мені вже почало здаватися, що мене зусібіч оточили мобільні телефони, які постійно нагадували мені: я — без телефона і зі мною неможливо зв'язатися. Голос сестри, яка за щось вичитувала дітей, повернув мене на грішну землю, я почала роззиратися наліво й направо. Адріан із Седріком саме заходилися дегустувати вино, Жанна разом із Еммою розглядала одяг на одній із яток, а бідолашна Аліса з малими на руках намагалася купити персиків і диню.

Я оминала роззяв і таки дійшла до сестри й малих, Маріус і Лея мене перші помітили. Маріусові очі засяяли, а Лея, більш сором'язлива, потупила погляд. Обох я тихо попросила мовчати — приклала палець до губ і підморгнула.

— Вам допомогти? — запропонувала я й поклала голову сестрі на плече.

Вона аж підстрибнула.

— Це ти? Як ти мене налякала! І...

Тут вона уважно на мене подивилася, погладила по волоссю та широко всміхнулася.

— Ну давай, беру на себе твоїх двох монстрів!

— Та ти просто свята! Дякую! Ми запаркувалися біля замку. Там і побачимось.

Я взяла племінника з племінницею за руки та пішла з ними крізь натовп, ні на мить їх не відпускаючи. Проходячи повз Седріка, я не втрималася від жарту:

— Іди краще дружині допоможи, а ще гроші мені за роботу нянею не забудь приготувати.

— Га?

Я показала йому язика, він голосно засміявся. Вже за кілька хвилин ми з малими прийшли на дитячий майданчик. Маріус побіг і швидко заліз, як черв'ячок, на гірку. Лея не рухалась, вона продовжувала тримати мене за руку. Одна лавочка була вільна, я повела її туди.

— Ти не хочеш гратися?

— *No, stay with you,* — відповіла вона, заперечно хитаючи головою.

Як на трирічну дитину, вона говорила зграбними реченнями. Раптом я відчула, як накотилася хвиля любові до цієї маленької дівчинки, яка вперше заговорила до мене мовою своєї бабусі; Аліса докладала зусиль, щоби розмовляти з дітьми англійською через день, бо мріяла, що вони виростуть білінгвами, як і ми з нею. Лея уважно дивилася на мої ноги — після педикюру в мене були нафарбовані нігті на пальцях ніг.

— Хочеш такі ж?

— Так!

— Запитаємо дозволу в мами, якщо вона дозволить, я тобі зроблю такі ж.

Вона залізла мені на коліна та смачно поцілувала, а потім сиділа на моїх ногах, як на конячці — мовчки й нерухомо.

Коли ми повернулися в «Квіточку», нас зустрів Марк — у плавках, з мокрим волоссям, зайнятий барбекю, з пивом у руках, з уже приготовленим обідом і накритим столом на все наше плем'я. Аліса підійшла до нього й поцілувала.

— Дякую, ти вмієш подбати про жінок, на відміну від декого.

Вона просто вбивчо подивилася на Седріка, бо ніяк не могла забути того, що сталося на ринку. Адріан і собі насмішкувато штурхнув ліктем Седріка.

— А ти не кращий, — і собі сказала Жанна.

— Та я ж нічого не зробив.

— Так отож! Лисину я ще можу пережити, але подивись, який у тебе живіт, особливо якщо порівняти з Марковим. От уже красень! — вона аж присвиснула.

Усі засміялися.

— А після всіх цих філософських розумувань — за стіл! — оголосив Марк, йому явно було незручно чути всі ці компліменти.

Під час обіду Лея від мене не відходила, ми з Алісою часто переморгувалися. Мені вдалося приручити племінницю, мені вдалося говорити до неї так, щоб вона не лякалася. І я почувалася від того щасливою. Раптом я викликалася вкласти її спати — була пора денного сну — неспішно почитала їй казочку вголос, ту саму казочку, яку колись мама читала мені й Алісі.

Повернувшись на терасу з чашкою кави, я було зібралася позичити в сестри телефон, щоби перевірити зв'язок, аж тут втрутився Адріан:

— Яель, минуло вже більше двадцяти чотирьох годин! Ти як? Ручки не тремтять? Потом від ломки не обливаєшся? Дивись, що в мене є!

Він встав і поклав мені просто під носа свій мобільний. Я побачила, що сестра розсердилася, Жанна безнадійно на все це дивилася, а Седріку явно не сиділося на місці.

— Дай їй спокій, — пробасив Марк і розгнівано на нього подивився.

— Вже й пожартувати не можна. Я думаю, що сьогодні вона зірветься.

— Хочеш побитися об заклад? — зневажливо засміялася я.

— На що закладаємось?

— Ти скажи.

Я робила вигляд, що вища за все це, хоча насправді мені було незатишно.

— Якщо ти не користуватимешся телефоном аж до останнього дня відпустки, то куплю тобі новий телефон. Якщо ти не втримаєшся — то запросиш усіх нас у ту операційну, яку ти називаєш своєю квартирою.

— Ого, серйозно! — прокоментував Седрік.

— По руках! — оголосила я, навіть не намагаючись усе зважити.

— Друзі, здається, вона до нас повернулася!

Я подала всім кави, щоби замаскувати свою незручність. Уже можна починати думати про меню вечері в моїй квартирі. Оце в халепу я вскочила. Водночас я відчувала невелику схвильованість — вона росла, щось наближалося здалеку.

— Я тобою пишаюся! — тішилася Аліса.

— Не радій зарано!

Я воліла стояти з чашкою в руках, тепер доведеться розплачуватися за наслідки моєї надмірної пихи.

— Тепер я краще розумію, про що ти мені розповідала вчора, — поруч зі мною з'явився Марк.

— Про що?

— Що ти не любиш програвати.

— Так, потрапила у власну пастку, — засміялася я.

Трохи пізніше пообіді я знову одягнула купальник і дорогою до басейну зустріла Жанну.

— Аліса обрала тобі чудовий купальник, — сказала вона.

— Дякую. Дійсно якось по-новому... Чекай, а можна я трохи подражню Адріана?

— Звичайно, не стримуй себе. Мені тепер шкода, що я тобі передала ті його слова, це було не надто дружньо з мого боку.

— Не хвилюйся. Ти все правильно зробила, я сама на це заслуговувала.

Я їй підморгнула, а потім почала потирати руки.

— Поїхали!

Я вийшла за дитячу загорожу перед басейном, Жанна йшла за мною. Аліса на шезлонгу гортала журнал, Седрік із Марком сиділи на краю басейна та розмовляли, зануривши ноги у воду, Адріан дрімав на шезлонгу, думаю, поверхня добряче нагрілася на сонці та була дуже гарячою.

— Адріане... — прошепотіла я йому на вухо.

— М-м-м-м...

— Ти виграв, я не витримала.

Він підскочив, став переді мною, спиною до басейну.

— Га? Що? Вже?

Мені вистачило одного легенького поштовху, щоби скинути його у воду. Під водою він викашляв усе повітря з легень. Коли виплив на поверхню, я поклала руки на стегна та сказала з якомога більш серйозним і професійним виразом обличчя:

— Ти мав би знати, що східно-німецька плавчиха витриваліша, ніж ти міг би подумати!

Седрік, Аліса та Жанна голосно сміялися. Марк нічого не зрозумів і попросив Седріка пояснити, а потім подивився на мене своїми очима кокер-спанієля та засміявся разом із усіма.

— О, ти мені за це заплатиш! Мала англійка в бікіні отримає по заслугах!

Він одним стрибком виліз із води, я почала тікати, бігла навколо басейну та сміялася, як дурна, почувалася такою легкою, що майже відчувала, як у мене відростають крила. Розбіглась і стрибнула у воду «бомбочкою»! І всіх забризкала, що дуже мене потішило. Весь пообідній час я провела у воді разом із Маріусом, який стрибнув у басейн, щойно там мене побачив. Лея майже одразу прокинулася, почепила надувні нарукавники для плавання та приєдналася до нас.

Весь час вона висіла на моїй шиї. Емма також здалась і приєдналася до нас, їй нелегко було знайти тут своє місце: у дванадцять років ти вже ніби й не дитина, але ще й не підліток. Я пам'ятала її ще у віці Леї, а тепер зі здивуванням побачила, що вона вже носить роздільний купальник, от-от у неї почнуться перші місячні, я усвідомила, що пропустила її дитинство, не бачила, як вона росла. Я пообіцяла собі, що з Леєю не повторю цієї помилки.

Понеділок, я тут уже тиждень, три дні, як я відключилася від паризької реальності та, попри всі очікування, вижила. Після обіду, замість піти басейну, я пригадала прохання батька та вирішила зайти в нашу хижку. Це єдина будівля, що була тут від самого початку — світле каміння, відполіроване сонцем і містралем. У ній було десь зо дві сотні квадратних метрів — рахуючи другий поверх із дірявою підлогою. Під час будівництва нашого будинку ми спершу жили в трейлері, а потім — тут. Від часів дитинства це одне з моїх найулюбленіших місць. Ця будівля була віддалена від будинку та цілком могла правити за окремий незалежний дім. Коли я туди зайшла, то одразу зрозуміла, чому батько просив піти подивитися; він явно розраховував на моє вміння все організувати та складати — будівля всередині ще ніколи не була в такому стані. Всі меблі з паризької квартири опинилися тут, не рахуючи всього, що накопичили батьки за ці роки — речі, папери, одяг, наші дитячі іграшки... Вони навіть зберегли «Minitel»! Одним словом, тут було все наше життя. Поле для роботи вражало; щоб навести лад у цьому великому безладі, мені знадобиться більше одного дня — цілий тиждень.

Я саме намагалася бодай на міліметр посунути старий буфет, коли за спиною рипнули двері.

— Алісо, — закричала я. — Іди допоможи мені посунути цей жах. Я тут усе повикидаю!

— Це я, — я почула голос Марка. — І те, що оце стоїть біля тебе, взагалі не схоже на жах.

Я підвелася, витираючи рукою з лоба піт і пил. Марк натомість став навкарачки, щоб краще роздивитися буфет. Потім підвівся і оглянув весь будиночок — неквапно, посвистуючи від захвату — тоді повернувся до мене.

— Та тут неначе справді рай! — сказав він, очі хитро сяяли.

— А я саме намагаюся розчистити прохід у цей рай! Але для цього треба посунути цю штуку, — відповіла я, знову спробувавши посунути той буфет.

— Не так, ти ж його можеш поламати. Дивись, ти ж ніжки розхитуєш. Я допоможу, треба конче зробити так, щоби всі ці дива не пошкодити. На щастя, тут не вологи, але все одно потрібні певні запобіжні заходи.

І ми почали справжню перестановку меблів, Марк дуже допомагав, окрім випадків, коли натрапляв на якийсь «скарб» — тоді він починав читати мені лекцію. Так і сталося, наприклад, коли я вголос припустила, що старі пластикові стільці — оті, що їх ставлять під час шкільних свят або в актових залах, ті стільці мій батько всюди тягав за собою роками — можна викинути на смітник.

— Яель, думаю, ти й сама цього не усвідомлюєш! Стільці, які ти хочеш викинути, — просто знакові. Це ж «Polyprop». Ти знаєш, що з 1963 року, коли цю модель вперше випустили, було продано 14 мільйонів екземплярів?

Я прикрила рот рукою, щоби не розреготатися йому в лице. Щойно повернулася до Марка спиною — не стрималася.

Мої батьки вже проминули кінець 1970-х, а Марк натомість робив усе, щоб туди повернутися, він був готовий подорожувати навіть у ще давніші часи. Якщо згадати, яка в нього квартира, це не мало би мене дивувати.

Поволі всі меблі опинилися на своїх місцях. Маркові я порадила піти поритися в гаражі, потім він загорнув найбільш тендітні речі та підклав картон під ніжки меблів. Щойно він дозволяв, звільнений простір я використовувала, щоби складати туди решту речей: декор, посуд, гардероб матері та батька. Я довго реготала, коли надибала сховище з їхніми шмотками часів хіпі, ще до нашого народження: оранжеві кльоші та фіолетові сукні матері, батькові сорочки з виложистими комірцями. А ще більше я сміялася, коли натрапила на свій табель із оцінками з випускного класу. З англійської: *«В Яель великі проблеми з визнанням авторитету вчителя. Поводиться нахабно!»*. З французької: *«Якби випускники складали іспити з балакучості, то Яель отримала би "відмінно" з відзнакою»*. З економіки: *«Якби Яель розгортала підручник частіше, ніж раз на місяць, на неї чекало би велике майбутнє»*.

Коли все це стало бодай на щось схоже, Марк сів на крісло, що на моїй пам'яті завжди стояло вдома в батьків. Щоби зробити йому приємно, я попросила його про останню лекцію.

— А про це крісло ти щось можеш сказати?

— Та ти що, знущаєшся? — з усмішкою відповів він.

— Зовсім ні. Я все життя бачила, як батько розвалювався у ньому. Мені дійсно цікаво.

— Це крісло і цей пуфик — просто іконічні! Це ж «Eames» 1956-го! Бачиш — отут вигнуте під дією пари дерево, а тут...

— А тут чорна шкіра, — перебила я. — Шкіру впізнати і я можу!

— Я так і знав, що ти знущаєшся!

Я засміялася, потім простягнула Маркові руку, запрошуючи встати.

— Пішли подивимося, що на другому поверсі. Тут драбина.

Вже нагорі я показала, на які балки можна наступати, щоби не провалитися вниз. Вже не знаю, яким дивом, але мені вдалося відчинити одне з вікон, звідти відкрився незрівнянний вид на виноградники та дзвіницю Лурмарена. Ми сперлися ліктями на підвіконня й довгі хвилини стояли мовчки.

— Як на людину, яка не любить усю цю старовину, здається, в цій хижці тобі добре, — зрештою мовив він.

— Так і є... У дитинстві я завжди сюди ходила, коли на когось ображалася, а також щоб посидіти й помріяти.

— Тій батько ніколи не планував це якось перебудувати?

— Ой, знаєш, у тата завжди стільки проєктів у голові, але до кінця він їх не доводить... До речі, не знаю чому... Треба буде в нього запитати. Головне моє сподівання — що він ніколи не продасть цю хижу. В кожному разі, дякую, — зітхнула я. — Без тебе я би так швидко не впоралася.

Він усміхнувся та поліз на перший поверх. Я востаннє пройшлася другим поверхом, а потім і собі спустилася, перебираючи в пам'яті всі спогади, пов'язані з цим місцем. Спустилася драбиною, Марк чекав унизу. За крок до нижніх поламаних щаблів я відчула його руку на моїй талії — наполовину на футболці, наполовину на голій шкірі. Я смикнулася — не через те, що було неприємно, а через те, що це було несподівано.

— Ти що робиш? — пискнула я.

— Допомагаю тобі не впасти.

— Дякую, — прошепотіла я.

Ніхто ніколи мене не торкався. Я сама уникала тілесного контакту, але цей дотик був приємним. Він ще сильніше мене обійняв та підняв на руках, а потім поставив на тверду землю. Коли він мене відпустив, я вся тремтіла.

Того вечора після обіду мені захотілося продовжити повернення в минуле. Я почала порпатись у шафі, що стояла у вітальні, знайшла там альбоми з фотографіями та повернулася на терасу не з порожніми руками. Повітря було приємне, температура — комфортна, навіть светрик накинути на плечі не хотілося. Відкоркувала ще одну пляшку рожевого вина, почувалася винятково добре. Понад годину я відслідковувала спогади про дитинство та підлітковий вік — разом із Алісою, вона не пропускала нагоди обійти стіл та зазирнути мені через плече. Я знову проживала будівництво та ремонт у «Квіточці», епоху трейлера та спальних мішків у хижці, тоді в нас ще не було басейну, тож мама садовила нас у велику пластикову ванночку, щоби ми там бабралися. Спогади про літні канікули вчотирьох у нашій «Break Nevada», перегони паризькою квартирою в самих лиш трусиках, наші підліткові вечірки, куди ми завжди ходили разом... Не раз у мене на очах проступали сльози, а за столом лунав наш голосний сміх. Розе текло рікою, тим краще — так ми забували про жахливих шершнів, яких приваблювало світло на терасі, просто над нашими головами. Роки минали з кожною сторінкою. А потім я виявила, що альбом має продовження; я й не знала, що Аліса продовжила його нашими студентськими фотографіями та світлинами наступних років. Вона все побудувала так, що на сторінках у хронологічному порядку були всі ті, хто з'являлися в нашому житті.

— Я взялася за це того разу, коли ти вперше не приїхала. Мені тебе бракувало, тому...

Я послала їй повітряний поцілунок і повернулася до Марка, який жваво про щось розмовляв із Адріаном і Седріком. Він теж мав право поринути в наші спільні спогади.

— Марку! Іди сядь біля мене.

Він взяв стілець і сів поруч, знову наповнивши наші келихи. Потім я поклала альбом йому на коліна та поглядом показала, щоби розгорнув першу сторінку. Так разом із ним я побачила першу фотографію: ми стояли пірамідою одне на одному — це наш перший спільний вікенд.

— Ого! — вигукнув він.

Ми так сміялися, що скоро вся банда зібралася навколо, альбоми переходили з рук у руки. Аліса скрупульозно все зберегла, все підписала, навіть ті фото, які я їй колись віддала. Просто я збиралася все повикидати, тож запропонувала їй забрати ті фото, щоб вони не опинилися на смітнику. Згадуючи про це, я не розуміла, як взагалі могла подумати про щось настільки жахливе! Що й казати про ту, кого я відкривала на цих сторінках: завжди усміхнена, завжди жартує чи дуркує, постійно готова до свята, ні до чого не ставиться занадто серйозно. Звичайно, своє обличчя я впізнала — хоча щічки в мене тоді були кругліші — але не могла повірити, що я такою була.

— О, ті канікули були просто неймовірні! — вигукнув Седрік.

Він простягнув мені з Марком альбом, і ми також вибухнули сміхом.

На тій світлині ми ще не знаємо, що то було наше останнє спільне літо. Ми зібрали всі свої заощадження та вирішили разом поїхати в Грецію, Емма також долучилася — з висоти своїх тодішніх двох років. Марк і я виявилися найменш організованими. Квитки на літак ми купили в останній момент, тому не змогли полетіти тим самим рейсом, що й інші, я виходила з принципу, що нам вистачить години, щоби доїхати з аеропорту в Афінах до порту в Піреях, тобто — місія неможлива. Ми загубилися, сіли не в той автобус і мусили сісти на корабель, який прибував десь о п'ятій ранку на острів Аморгос. Ніч була справжньою мукою, ми й очей не стулили через морську хворобу. Прибувши на місце, ми вирішили не розгортати намети та просто пішли на пляж. Друзі нас так і знайшли — ми спали, попадавши одне на одного та покидавши рюкзаки. Вони увіковічнили цю сцену та лишили нас смажитися на сонці.

Марк сміявся, згадуючи про це, а потім почалися фотографії, де його вже не було. Я швидко помітила, як сильно це його зворушило, він хотів про все знати, навіть найменші подробиці. Разом із ним я продовжувала розглядати фотки, я також була зворушена, але з іншої причини. З плином років на фотографіях я віддалялася від об'єктива, я більше не була на першому плані. Якщо уважно до самої себе подивитися, на моєму обличчі можна було розрізнити смуток — все важчий і важчий. На пізніших фотографіях видно, що я відводжу погляд, я ніби деінде. А потім на фотографіях мене не стало. Деякі увічнені на фотопапері події були мені невідомі. А де я була? Що тоді сталося?

— Мені потрібно, щоб ти пояснила, — сказав Марк зовсім тихо. — Виходить, що зник не тільки я.

— Це правда, — тим самим тоном відповіла я.

Навіщо шукати виправдання, в мене їх не було. Я повернулася до Марка.

— Все це вже позаду, — впевнено сказав він.

— Маєш рацію.

У глибині душі я не була в цьому впевнена.

— Сфотографуємось? — запитала Аліса, в руках вона тримала фотоапарат.

Ми стали разом, тулилися одне до одного, усміхалися, кривлялися, дивились одне на одного та реготали. Ця мить була просто чарівною, але що мені по ній залишиться, коли я повернуся в Париж? Чи збережу я бодай рештки спогадів, а чи геть нічого — я ж усі попередні роки позбувалася спогадів.

Спокійно минав другий тиждень відпустки, і я ставала все менш схожою на себе. Яель з агенції віддалялася. Я більше не спала по дванадцять годин, але легко засинала та більше не вставала першою. Я двічі заснула на шезлонгу в пообідній тиші, що стояла біля басейну. З неприхованим задоволенням смакувала загальну легкість. Щодня я відчувала все менше втоми. Шлунок приймав їжу; апетит повернувся до норми, я навіть їла сосиски та домашні бургери, а не самі лиш салати. Навіть навпаки — і мене першу це здивувало. Тепер я з ентузіазмом долучалася до приготування їжі. Проводила багато часу з дітьми — ми плавали в басейні та грали в настільні ігри. Запаси лаку для нігтів танули з кожним днем; Емма та Лея щодня хотіли спробувати якийсь новий колір, на превеликий жаль своїх поважних матусь. Регулярно хтось із хлопців кидав мене в басейн, і це більше мене не дратувало. Думаю, що я навіть сама їх провокувала, й собі штовхаючи їх у воду. Після перших сонячних опіків моя шкіра щодня ставала все темнішою; я успадкувала смагляву шкіру батька, а не веснянки матері.

Я би збрехала, якби сказала, що легко пережила відсутність телефону, інтернету та новин з агенції, але я давала з цим раду, переконуючи себе, що швидко повернуся в робочий ритм, відновлю свої звички, що телефон знову дзвонитиме, а мейлів знову буде чимало. Коли на мене несподівано нападало відчуття стресу, мені вдавалося його каналізувати та зосередитися на чомусь іншому. Саме так я змогла повністю відсторонитися від спогадів про Париж і агенцію. Коли я це усвідомлювала, думки починали ширяти навколо запитання про те, що чекатиме на мене після відпустки, про наслідки мого повного зникнення з усіх видів зв'язку. Марк дуже допомагав не програти те парі. Якось пообіді, поки всі дрімали біля басейну, я спробувала залізти в мезонін, де він поклав мій ноутбук. Хотіла витягнути звідти кілька номерів телефонів, синхронізованих у пам'яті комп'ютера, щоби потім зателефонувати зі стаціонарного телефону — хотіла розпитати про новини в Парижі. То була цілковита поразка: не встигла я подолати й половину драбини, як він уже був внизу та змусив мене спуститися. Марк нічого нікому не сказав, тож Адріан не дізнався, як я планувала порушити умови нашого парі.

Того ранку я прокинулася від спеки. Схопила з нічного столика старий будильник, який знайшла в нашій хижці — ще тільки восьма. Здається, на терасі вже вирувало життя. Я відчинила віконниці та побачила Марка, який саме накривав на стіл.

— О, ти вже встала, — сказав він.

— Так жарко було цієї ночі!

— І не кажи, я сам ліг на кахлях на підлозі у вітальні, а потім взагалі пішов до басейну.

Марк отримав у користування не просто мезонін — то була ще й сауна.

— Певно, ти виснажений!

— Взагалі ні, — відповів він задумано.

Усі страждали через температуру в будинку. За столом тільки про це й говорили: що ж нам тепер робити? Піти гуляти? Залишитися вдома? Піти всім разом? Розділитися на менші групи? Робити, хто як хоче, не займаючи інших? Я не втручалась у суперечки, натомість споглядала інших; Адріан, Жанна, Аліса та Седрік не слухали, що кажуть інші, вони постійно висловлювали свої думки, постійно уривали одне одного, перебивали. Хоч помирай від сміху — здавалося, що це такий спектакль. Вистави — щоденні. Марк сидів поруч і теж нічого не говорив.

— Я піду прогулятися в містечко. Хочеш зі мною? — запропонував він.

— Із задоволенням.

Менш ніж за десять хвилин я була вже готова та повернулася на терасу. Інші й не помітили, що ми ідемо, хіба що попросили привезти хліба та рожевого вина.

Ми швидко все купили, щоби нарешті почати гуляти; знову постали спогади про години, проведені на цих вуличках, було дивно, але приємно. У дитинстві ми тут проводили всі літні канікули разом із мамою, тато приєднувався до нас всього на три тижні.

Під час навчального року Лурмарен був головною моєю точкою опори. Коли саме я вирішила обійтися без нього? Як я могла відвернутися від цього місця та радощів життя, які воно втілювало? Марк зупинявся в численних крамничках декору, потім настала і його черга почекати, поки я зайшла до дизайнерки прикрас у крамничку «Сірий камінь». Мені захотілося якось привезти сюди дівчат і щось їм подарувати, щоби подякувати за той пообідній шопінг; я вже знала, що хочу їм купити, — срібний браслет для Аліси та сережки для Жанни.

— Я візьму кави, — сказав мені Марк, зазирнувши в крамничку крізь прочинені двері.

— Чекай, я з тобою.

Я пообіцяла ще повернутися протягом дня та пішла разом з ним. Марк сів на терасі «Кафе під в'язом», замовив нам два еспресо та повернувся до мене:

— Приємно отак побути в тиші, коли ми тільки вдвох.

— Маєш рацію... Я щаслива, що ти тут, канікули без тебе мали би геть інший смак.

На мить Марк аж закляк.

— Що? Що таке? — запитувала я, його обличчя залишалося суворим і непроникним.

Він видихнув і знову набув нормального вигляду.

— Ти сама помітила, що промовляєш слово «канікули» і не втрачаєш при цьому свідомість?

Я вибухнула сміхом.

— Правда. Здається, я на правильному шляху, щоби виграти парі!

— Ніколи в цьому не сумнівався, — серйозно відповів він.

— Дякую...

Нас перебив офіціант. Марк поклав до кави цукру, розмішав, скрутив собі сигарету.

Я випила свою каву, відкинулася на спинку стільця, заплющила очі, повернулася до сонця; я була такою розслабленою, спокійною, відпочилою, мені вдалося позбутися всього стресу, що кипів у мені. Я задоволено видихнула, потім знову підняла повіки. Марк уважно на мене дивився, я йому усміхнулася.

— Пішли додому, так буде краще, — зітхнув він і похитав головою.

— Чому?

— Твоя сестра знову істеритиме, якщо ми обоє надовго зникнемо, — відповів він, дістаючи з кишені дрібні гроші.

Коли ми повернулися, був уже пізній ранок, всі зібралися біля басейну, хлопці грали в карти, діти плескались у воді, дівчата розмовляли, все, як завжди. Я поклала вино в холодильник, потім одягнула купальник і пішла до Жанни та Аліси. Та не встигла з ними навіть заговорити, бо Маріус потягнув мене за собою у воду, щоб я з ним поплавала; мене тішив прогрес племінника, який щодня все краще плавав. Трохи згодом Адріан оголосив, що «час пити аперитив просто в купальниках біля басейну»: вже майже дванадцята! Я вийшла з води, пообіцявши племіннику продовжити «тренування» сьогодні ж пообіді. Розгорілася дискусія щодо обіднього меню: «Реберця чи шашлик?». Марк із Адріаном билися за перемогу шашликів.

— Та на тих реберцях нічого їсти! — обурювався Марк.

— О, ось хто мій справжній друг! — відповідав його спільник.

Я взяла келих рожевого вина, який хтось мені простягнув, і сіла на краю шезлонга поруч із Марком. Мою увагу раптом привернула близькість і напівоголеність його тіла, я відчула його руку поруч зі своєю, відчула дотик його ноги до моєї. Я сіла поруч із ним, не роздумуючи, це було цілком природно, ніби то було моє місце. Вже майже два тижні я його бачу цілими днями тільки в плавках, наполовину голим. І що ж це коїться? Я вся тремчу, хоча навколо просто пекельна спека. Я опустила обличчя — воно горіло — та подивилася на Марка, знову помітила його годинник.

— Спробуй зробити так, щоб тебе не кинули у воду, — пробурмотіла я, ледь підвівшись, щоб поставили келих на пластиковий журнальний столик.

Моя псевдоспроба посунутися не вдалася, бо я сіла майже так само близько, як і сиділа. Що на мене найшло?

— Чому? — запитав він.

Я не роздумувала й не розрахувала цього руху, просто схопила його зап'ястя, Марк не пручався, його рука тепер лежала на моїй. Він непомітно посунувся, відкинувся назад, обперся правою рукою десь позаду мене, моє плече тепер лежало в згині його плеча.

— Ти забув зняти годинник.

Мої пальці пестили циферблат, шкіру браслета. Потім я вирішила зняти годинника з його руки; повернула зап'ясток, розстібнула ремінець.

— Сам не знаю, про що я тільки думав, — прошепотів він.

Наші погляди сплелися; я ковтнула слинку, живіт стиснувся. Гаразд, от уже багато місяців, як у мене не було навіть інтрижки на одну ніч, але все ж... більше я нічого не контролювала.

— Яель!

— Так, Седріку, — пробурмотіла я, не відводячи від Марка очей, не рухаючись.

Не можна було опиратися тому, що відбувалося в моєму тілі. Його кадик тремтів. Наші руки досі торкалися одна одної, хоча годинник був уже не на його зап'ястку, а в моїй долоні.

— Яель! Телефон!

Знадобилося кілька часток секунди, щоб осмислити сенс цих Седрікових слів. *Телефон*. Дзвонити могли тільки на стаціонарний домашній телефон. Зреагувати я не встигла, Седрік продовжував:

— Яель! Телефон! Там твій шеф!

Всі розмови навколо затихли. Я різко відсунулася від Марка та одним махом підвелася, не переймаючись зауваженнями інших. Попри все це, я таки звернула увагу, що єдиним, хто мовчав, був Марк. Більше я нічого довкола себе не бачила. Моя ціль: вхідні двері в будинок. Седрік поклав телефонну слухавку на столик.

Перш ніж взяти її до рук, я почула, як здалеку когось просять мені не заважати. Я зітхнула та приклала слухавку до вуха.

— Вітаю, Бертране.

— Яель! Як твої справи? Чи ти відпочила?

— Справи дуже добре, дякую.

— Як я бачу, ти на повну насолоджуєшся відпусткою! Дуже добре. Ти навіть телефон вимкнула!

— Насправді він поламався.

— Це не страшно, головне — що я зміг із тобою зв'язатися. Я забронював тобі квиток на поїзд о п'ятнадцятій сьогодні, як прибудеш — їдь одразу в агенцію.

— Звичайно.

Він продиктував мені номер броні, я занотувала на якомусь папірці.

— Бувай, — сказав він.

І поклав слухавку. Я заклякла на кілька секунд, продовжуючи тримати слухавку в руці. Седрік вивів мене з цієї кататонії.

— Що відбувається?

Таке враження, ніби я спустилася на землю, ось я стою в купальнику, і скоро починається робота.

— Котра година?

— Тринадцята.

— Я повертаюся в Париж. Бертранові я потрібна в агенції. Поїзд о п'ятнадцятій.

Він лагідно усміхнувся.

— Іди збирайся, а я скажу іншим.

— Дякую.

Я пішла до своєї кімнати, усвідомлюючи, що в руці досі тримаю наручний годинник, делікатно поклала його на нічний столик. Потім поклала валізу на ліжко, відкрила її, безладно й бездумно напхала туди одягу. Здалеку я чула крики сестри, плач дітей, лайку Адріана. А потім несподівано знову запала тиша. Я саме збиралася піти в душ, коли у вікні з'явився силует Марка, він тримав у руках мій ноутбук. Він щойно пірнав, на його грудях виблискували краплі води.

— Я подумав, що це тобі знадобиться, — він сказав тільки це, поклавши комп'ютер на моє ліжко.

— Дякую. Чекай!

Я взяла годинник і простягнула йому, — коли він його брав з моїх рук, наші пальці торкнулися.

— Седрік збирався відвезти тебе на вокзал, — сказав він. — Але це візьму на себе я. Поїдемо, щойно ти будеш готова.

— Марку, — я знову заговорила, а він саме збирався піти. — Тепер можеш зайняти мою кімнату.

Він нічого не відповів, я залишилася одна. На душ, фен, зачіску-хвостик і одягання знадобилося мало часу. Я кілька секунд розглядала себе в дзеркалі; спідниця більше на мені не висіла, і це мені личило. Якщо не рахувати засмаги, я була такою ж, якою була в день приїзду: строга, серйозна, професійна, але тепер мені ще й здавалося, що я гарна. Я вже давно так не думала, так, ніби щось у моєму погляді змінилося, ніби з'явилася якась нова лелітка. Я глибоко вдихнула та вийшла на терасу — з валізою в руках, в «лабутенах» на ногах — де на мене, сидячи за столом із уже накритим обідом, чекав весь комітет гостинності. Всі сиділи нерухомо та мовчки на мене дивилися. Марк теж вийшов, на ньому були джинси та чорне поло, він також на якусь мить ніби завагався, дивлячись на мене з непроникним виразом обличчя. Потім кивнув головою та взяв у мене з рук багаж. Мовчки він зник за будинком, пішов у напрямку машини.

— Ну ось, ти знову в своїй уніформі, — сумно сказала Жанна.

Потім вона сплеснула в долоні, ніби щоб зібратися.

— Ви ж хоч шматочок вхопіть, перш ніж поїдете, — запропонувала вона.

— Немає часу, — відповіла зі щирим смутком.

Я опустила голову, уникаючи спохмурнілого погляду сестри.

— Вибачте, що я отак вас покидаю... За мною — обід у мене вдома, — сказала я. — Адріане, ти виграв.

— Краще б я програв.

— Яель! — покликав Марк. — То ми їдемо?

— Так... Добре... Ну... А вам бажаю насолоджуватися рештою відпустки.

Підійшла до них і вже збиралася розпочати коло прощальних поцілунків.

— Ми проведемо тебе до авто, — оголосила Аліса.

Вона взяла мене за плечі та пішла, притуливши свою голову до моєї.

— Ти не забуватимеш, що й поза межами роботи існує життя?

— Спробую...

Більше я нічого не говорила, поцілувала їх усіх по черзі, а потім сіла в «Porsche». Марк уже сів за кермо та негайно рушив, на моє превелике полегшення. Щойно ми виїхали з Лурмарена, він натиснув на газ, мотор загарчав; обмежень ми більше не мали. В його манері їзди більше не залишилося нічого м'якого, тепер він їхав спортивно, поривчасто, навіть нервово. Я мала би почуватися цілковито щасливою та задоволеною через цей дзвінок Бертрана. Натомість мене полонив смуток, щойно «Квіточка» залишилася за спиною; не вистачило часу ні ще раз зайти в хижку, ні пофарбувати нігті новим лаком дівчатам, ні навчити Маріуса лежати у воді на спині, ні подарувати прикраси Алісі та Жанні. Ні зрозуміти, що ж сталося між мною та Марком. У підсумку, нічого аж такого особливого. Він дивився на дорогу крізь свої «Persol», зосереджений непроникний вираз обличчя, одна рука на кермі, інша — на ручці перемикання передач, поруч із моїм стегном, він торкався його щоразу, коли змінював швидкості. Так я і думала, нічого аж такого особливого.

Спливали кілометр за кілометром, хвилина за хвилиною, ми мовчали. Марк часто поглядав на наручний годинник, і це мене ще більше нервувало.

— Думаєш, я встигну? — зрештою запитала я.
— Ти сядеш у цей поїзд, якщо це те, чого ти хочеш.

Він знову зосередився на кермі та натиснув на газ. Коли ми під'їжджали до вокзалу, я його направляла, одночасно з тим знімала туфлі.

— Що ти робиш?
— У цьому взутті я не зможу бігти.
— А твій квиток?
— Немає часу.

Марк потягнув ручник о 14:55, ми були на паркінгу, хоча паркінгом назвати це було важко. Він першим вийшов з машини та поквапився, щоби забрати мою валізу. Зі свого боку я ледь вилізла — сумка на плечі, «лабутени» в руці. Марк схопив мене за вільну руку та потягнув за собою, він біг до вокзалу. Пробігаючи фоє, він штовхнув не одного пасажира, а я з усіх сил тримала його руку, поки ми бігли сходами, що вели на платформу. Поїзд стояв тут, провідники були готові подати сигнал відправлення, Марк побіг до найближчого вагона, поклав мою валізу на порозі, а сам посунувся, щоб я зайшла. Я стояла перед ним, моя долоня досі була в його долоні, мої очі дивилися в його очі, я підійшла та губами торкнулася його щоки, в животі завібрували ті ж спазми, що й годину тому.

Свисток віддалив нас одне від одного. Я відступила назад на сходинку. Сигнал — двері зачиняються — і нам довелося розплести руки, натомість наші погляди не розпліталися.

— Побачимося в Парижі, — сказав він.

Двері зачинилися. Марк відступив на два кроки, поїзд рушив і покинув платформу. Я даремно стояла, притиснувшись до вікна, вокзал швидко перетворився на маленьку цяточку десь вдалині, люди, що стояли на платформі, зникли з виду. Плечі опустилися, все тіло ніби ослабло, туфлі впали на підлогу, це й вивело мене зі ступору. Хоча це тільки сказати легко, насправді я лиш підняла туфлі та поплелася до сходів, що вели на другий поверх, там я й впала на сидіння.

Що я казала собі в машині? Нічого аж такого особливого. Чи досі я впевнена в цьому? Дивилася на долоню — ту, що була в його долоні — і я досі ніби відчувала тепло його шкіри, так само й мої губи пам'ятають, як колеться його погано поголена щока. Треба ж було такому статися саме тоді, коли Бертран подзвонив з Парижа, я не могла дозволити собі бути деінде, ламати голову, намагаючись осягнути все, що сталося за ці кілька годин. *Exit* Марк, він і його долоні, вигин його плеча, його шкіра... Я знову взула свої шпильки, глибоко вдихнула та пішла шукати провідника, щоби владнати ситуацію з квитком.

8

О 18:45 я вже стояла на порозі агенції з валізою в руках. Там панувала цілковита тиша, всі вже роз'їхалися, що не дивно, як на п'ятничний серпневий вечір. Мене переповнювало хвилювання через те, що я знову була тут після двох тижнів відпустки. *Я на своєму місці!* Крізь скляну стіну я помітила Бертрана, він говорив по телефону та знаками попросив зачекати. Я скористалася нагодою піти в свій офіс і увімкнути комп'ютер; хотілося нарешті побачити те, що чекало на мене в електронній пошті. Аж раптом — холодний душ. Жодного мейла. Взагалі нічого. Навіщо тоді було просити мене повернутися? Моя поведінка під час телефонної розмови не допомогла з цим розібратися, адже я не поставила жодного запитання щодо терміновості. Зрештою, а хто взагалі мені сказав, що це було терміново? Ніхто, я сама так вирішила. Я відмовлялася думати, що ситуація погіршилася за час мого перебування в Любероні. Я змушувала себе дихати спокійно. Серце калатало. Без паніки! Не тепер! Не так швидко! Й мови не може бути про те, щоби так швидко розгубити всі здобутки відпустки! Та Господи ж Боже мій, як це важко!

— Яель!

Я аж підскочила, бо поринула в страх звільнення. Я різко встала з крісла та простягнула йому руку.

— Добрий день, Бертране.

— Ходімо до мене в кабінет.

Я пішла за ним і знову повернулася в розгардіяш його робочого місця, з жахом пригадуючи останній раз, коли я тут була.

— Маєш чудовий вигляд, — сказав він, сівши в крісло.

— Дякую.

— Я днів на десять поїду, то залишаю тобі ключі від «крамнички». Ти за старшу.

Я не була певна, чи все правильно зрозуміла. Та слухаючи його пояснення про те, як організовано низку зустрічей із нашими головними американськими клієнтами, я мусила усвідомити очевидне: він передає мені всі повноваження на час своєї відсутності. У мене є час протягом вихідних, щоб ознайомитися з усіма досьє, які наразі є в роботі, та бути готовою починати в понеділок вранці, коли в агенцію повернуться всі колеги. У свідомості почало блимати: про партнерство не забуто, Бертран пропонує мені такий тест, щоб перевірити, чи можу я витримати тиск.

— А тепер іди додому. Тобі знадобляться всі сили!

Я встала, він також підвівся, щоби мене провести. Проходячи повз мій робочий стіл, він відкрив шухляду та витягнув з неї коробочку, простягнув мені, там був новісінький шостий айфон.

— Якщо я правильно зрозумів, у тебе були проблеми з телефоном...

— Дякую.

Уже біля ліфта він оглянув мене з голови до ніг.

— Спробуй зберегти цю динаміку, мені би не хотілося знову мусити обходитися без тебе.

— Можете на мене покластися. Щасливої дороги, я регулярно писатиму вам про новини.

Ще цього ранку спека розбудила мене, поки я лежала у своїй спальні в «Квіточці», і я не мала жодних новин з Парижа, не була впевнена у своєму майбутньому. А вже цього вечора від паризької спеки, попри кондиціонер у таксі, я задихалася, пітніла та стала заступницею Бертрана на час його відрядження.

Перше, що я зробила, увійшовши в квартиру — скинула туфлі; ноги боліли, я майже натерла мозолі: дуже швидко відвикла носити «шпильки». Насолоджуючись приємним дотиком паркету до моїх стіп, я пішла до спальні, щоби розібрати валізу. Весь нещодавно придбаний гардероб опинився на дні шафи; я не була готова знову це носити. Поскладавши речі, я повернулася до вітальні, увімкнула ноутбук і дістала з упаковки телефон. Я з усіх боків його роздивлялася; від раптової згадки про те, як зник його попередник, горло стиснуло, у ту ж мить тиша квартири заскочила мене зненацька. Я підхопилася з канапи та пішла на кухню пошукати щось перекусити; холодильник і кухонні шафки були порожні. Я рефлекторно замовила доставку японської їжі та увімкнула телевізор на каналі, де постійно крутили новини: так я почувалася менш самотньою. Потім поринула в налаштування телефона. Коли переді мною опинилася замовлена тарілка сирої риби, апетит десь зник, хоча на смажене на грилі м'ясо в мене точно потекла б слинка. Та я змусила себе поїсти; не можна дозволяти собі ані найменшої слабкості протягом наступних днів. Щойно я налаштувала телефон, зв'язалася з сервером агенції, щоби підключити робочу пошту. Одразу ж запрацював індикатор нових повідомлень — аж до позначки 547 нових мейлів; Бертран щойно відновив мій доступ до листування. Я проглянула обшир того, що на мене чекало; ось і плани на вихідні готові, піду в агенцію завтра якомога раніше. Коли я вже збиралася вкладатися спати, побачила смс від Аліси, певно, вона його надіслала, поки я була в душі: «Думаю, ти вже з телефоном, які новини?». У відповідь я надіслала коротке повідомлення: «Все добре, в перспективах — багато роботи. Дякую за відпустку. Цілую вас усіх». Я ковзнула під ковдру, вимкнула лампу на нічному столику. І думала я не про Алісу та не про канікули, а про Марка й тільки про нього, а також про те відчуття, що виникало, коли я була поруч із ним, про моє тіло, що реагувало на дотики його тіла. До сказу доводить! Усе моє любовне життя обмежувалося одноденними пригодами без майбутнього, від яких у мене ніколи не виникало бажання переспати двічі з тим самим партнером. І це було прекрасно. Нічого іншого я й не хотіла! Все одно на щось більше я не мала часу; мені абсолютно не можна піддаватися хвилюванню через таке, тим паче бракувало хвилюватися ще й через Марка. Нехай, у відпустці я відпочила, посвіжішала, довела, що маю трохи краще дбати про себе та інших, щоби не згоріти на роботі, але й мови не може бути про те, щоб мій розум, як і моє тіло, втратили спокій; я продовжу час від часу знаходити собі якогось чоловіка на одну ніч, цим зможу подбати про власні тілесні потреби. Різко встала та пішла у ванну кімнату, налила води в склянку, щоби випити снодійне. Не хочу, щоб образ Маркового тіла бентежив мій сон. Але наступного ранку, щойно розплющила очі після ночі без снів, я пригадала його останню фразу:

побачимося в Парижі. *Ні! Ні! Ні!* Зістрибнула з ліжка, серце калатало, як барабан. Я знала тільки один спосіб викинути це з голови – робота!

Вихідні я провела в чотирьох стінах агенції, вивчала досьє, готувала графік на тиждень, що заповідався. У мить, коли мало не викинула телефон у вікно після енного дзвінка Аліси, вирішила взяти бика за роги. Не можна допускати, щоби повторилося те саме! Треба все це припинити, інакше я не витримаю. Я написала їй смс на межі правди та брехні: «Будь ласка, припини мені дзвонити, це мене відволікає та бентежить. Цілую, сестричко!». Вона негайно написала у відповідь: «Вибач-вибач. Усі тебе міцно-міцно обіймають». Нарешті дали мені спокій, тепер я можу зосередитися.

У понеділок я прийшла на роботу о восьмій ранку та була готова зустрічати колег. За годину я приймала їх на нашій *kitchen* – з кавою та заварними тістечками. Вони приходили по одному та не дивувалися ні моїй присутності, ні Бертрановій відсутності, всі були явно в курсі покладеної на мене відповідальності. Не було схоже, що всі вони щиро раді мене бачити, вони шепотілися та не надто підбадьорливо перезиралися. А на що я сподівалася? Попри брак ентузіазму, вони розглядали мене – чи то соромилися, чи то кепкували.

— Якісь проблеми? – зрештою спитала я.

— Ні, нічого такого. Відпустка тебе змінила, це точно, – відповів мені керівник відділу перекладів. – Наступний тиждень, можливо, буде не таким уже й жахливим.

— Якщо плануєте відпрошуватися з роботи, на мене не розраховуйте.

Як я взагалі могла таке сказати! Погано все починається!

— Ми й не сумнівалися, але приємніше працювати з людиною з плоті та крові, ніж із роботом.

Усі вийшли та розійшлися по своїх робочих місцях.

*

Тиждень минув зі швидкістю світла. В неділю ввечері мені подзвонила Аліса, вони щойно повернулися з Лурмарена. Решта відпустки минула добре, але спокійніше, якщо вірити моїй сестрі; кожна сім'я ходила гуляти окремо, Марк більшу частину часу читав біля басейну та на день з'їздив у Л'Іль-сюр-ля-Сорг. Я обірвала розповідь про канікули пропозицією провести разом суботу в Парижі, мені так захотілося. Вона аж стрибала від щастя, і так я уникла надміру новин про Марка.

Бертран щойно повернувся, він був задоволений подорожжю, здається, готовий розпочати новий робочий рік. Пройшовся агенцією, з кожним поговорив. Коли закінчив, покликав мене до себе в офіс. Дві години розпитував про роботу тих чи інших, про підписані контракти, виконані завдання та ті, що досі в процесі. Потім я представила проєкт, над яким працювала за його відсутності: пошук клієнтів у нових галузях, почати варто з важливих професійних виставок. Я склала список найбільш цікавих — за галузями, міжнародною значимістю, учасниками. Також я задумала розвивати можливі контакти між деякими з наших клієнтів. Я просто подумала, що Габріель і Шон могли би разом робити бізнес. Загалом, завдяки нашому списку контактів, ми могли би стати ідеальними посередниками.

— Я дуже задоволений, що відправив тебе у відпустку. Ти чудово попрацювала, вітаю.

— Дякую, — з полегшенням відповіла я.

— І я маю на увазі не тільки твій проєкт, його я уважніше вивчу згодом. Уся агенція більш ніж схвально відгукнулася про твою роботу минулого тижня.

Я завовтузилася на стільці, відчуваючи, що червонію.

— Я робила свою роботу, Бертране. Це й усе.

— Я не шкодую, що відсторонив тебе, сподіваюся, це було тобі наукою. Ти повернулася більш продуктивною, ніж будь-коли, і це дуже добре на майбутнє.

— Я вас більше не розчарую.

— Я тобі довіряю, — відповів він збайдужіло, і я не зрозуміла чому. — Перш ніж ти повернешся до роботи, маю попросити тебе про останню послугу.

— Слухаю.

— Заопікуйся тим, щоби запросити всіх колег з агенції на суботню вечерю — так ми розпочнемо робочий рік і оголосимо про наші амбіції. Створімо трохи команднішій дух, скористаймося тим, що ти згенерувала.

Ця неочікувана та несподівана влада ніби привідкрила мені майбутнє, коли я стану партнеркою: сумнівів у цьому вже не було.

Я саме виходила з обіду з нашими американцями, котрі розбагатіли на сланцевому газі та шаленіли від паризької нерухомості. Раніше я перекладала під час підписання контракту про продаж будинку в дорогому шістнадцятому окрузі. Потім вони наполягли на тому, щоби ми разом пообідали. Між двома ковтками шардоне, яким мої клієнти заливалися, я спробувала витягнути з них імена тих, із ким вони працювали. У таких, як ці, обов'язково є контакти інших, яким точно потрібні послуги нашої агенції. Тепер, коли вони були готові буквально їсти в мене з рук, не можна було втрачати такої нагоди. Я просто вчепилася в них мертвою хваткою, а коли відпустила, вирішила пройтися до станції таксі, а не викликати машину телефоном. Поки йшла, скористалася нагодою та зателефонувала Бертрану, бо відчувала ентузіазм і хотіла поділитися своїми успіхами. Раптом я зупинилася та замовкла; помітила Марка, який сидів на терасі. Що він тут робить? Та цього просто не може бути! Як поробдено: я щойно почала менше про нього думати, аж ось він тут, переді мною.

— Яель, ти мене чуєш?

Голос Бертрана повернув мене до реальності.

— Так, перепрошую. Повторіть, будь ласка.

— Кажу, що вийду на зустріч, поговоримо ввечері в агенції.

— Чудово.

Він поклав слухавку. Що робити? Наразі дозволено все: Марк мене ще не бачив, можу розвернутися та піти пошукати таксі деінде. Та десь у глибині я розуміла, що маю піти з ним поговорити — і пересвідчитися, що там, у Любероні, я просто перегрілася і що там усе й закінчилося. Ноги самі пішли в той бік, часу на роздуми я більше не мала. Марк щось писав у молескіні, на носі — окуляри в роговій оправі, він навколо не роззирався й нічого не бачив, тому не одразу помітив, що я підійшла до його столика.

— Якщо й існує місце, де я б ніколи не сподівалася тебе зустріти, то це шістнадцятий округ!

Його ручка «Critérium» припинила писати, він згорнув блокнот, зняв окуляри, поклав їх у внутрішню кишеню замшевої курточки. Потім нарешті підняв голову та усміхнувся.

— У тебе є особливість з'являтися як сніг на голову саме тоді, коли я найменше на це сподіваюся.

— Про тебе я можу те саме сказати!

Він підвівся, ми поцілували одне одного в щоку, стоячи над столом і ледь одне одного торкаючись. *Тим краще.*

— Можливо, ти на когось чекаєш? Можливо, я невчасно, — сказала йому.

— Зовсім ні... Маєш час на каву?

— Так, — відповіла я й сіла навпроти. — І що ти робиш у цих краях?

— Працюю, уяви собі! Мені подзвонили, щоби зробити пропозицію викупити майно з квартири, яку треба звільнити після зміни власника.

— А отой нотатник, що ти там пишеш?

— Рахую ціни, записую характеристики меблів, порівнюю з оцінками експертів. І це теж моя робота.

Офіціант приніс каву й перервав нашу розмову.

— А ти? — запитав він.

— Щойно з ділового обіду.

— Як твої справи?

— Дуже добре.

— Як робота?

— Пречудово...

Він подивився кудись вдалечінь, накрутив годинник. Поклав у чашку цукор, довго розмішував із зосередженим виразом обличчя. Я ж довго крутила чашку на блюдечку, перш ніж надпила ковток.

— З іншими бачилася? — зрештою запитав він байдужим тоном.

— Ні, поки ні, була дуже зайнята.

Знову запала мовчанка. Я допила каву, він скрутив сигарету й закурив. Дим його сигарети мені не заважав, на відміну від інших. Кілька секунд я уникала його погляду, а потім вирішила відповісти, бо Марк уважно на мене дивився. Ми не відводили очей одне від одного. *Тікай!* Я по-дурному подумала, що ця випадкова зустріч принесе полегкість моїм розумові та тілу, та сталося щось геть протилежне. Попри більш ніж явне бажання схопити його зап'ястя, щоб подивитися, котра година, я почала порпатися в сумочці, щоб знайти телефон і чимось зайняти руки: я й так уже занадто забарилася дорогою назад в агенцію.

— Мені пора. Вибач, на мене чекають.

— Звичайно... Я на машині, хочеш, підвезу?

— Ні! — вигукнула я, голос зазвучав доволі пискляво.

Недолугіше не буває! Я відчула, що просто неспроможна опинитися поруч із ним в одній машині.

— Візьму таксі, тут поруч є станція, — продовжила я вже спокійнішим тоном, намагаючись віднайти бодай якусь подобу гідності.

— Та я тут поблизу запаркований.

Ми йшли поруч, мовчки минаючи будинки. Вже видно станцію таксі, чимало вільних машин, одна з них принесе мені спокій. Трохи далі я помітила його стару «Porsche». За десять метрів до цілі Марк взяв мене за лікоть і спинив, я майже не мала часу на нього подивитися, він потягнув мене у відкритий проїзд і обійняв обома руками. Підштовхнув до стіни внутрішнього дворика та впився своїми губами в мої, що цілком природно розтулилися, і наші язики переплелися в затятій боротьбі. Тіло зреагувало інстинктивно, я вся розм'якла в його руках, руки сплелися довкола його шиї, його руки стискали мою талію, вигин спини, стегна. Його губи облишили мій рот і накинулися на мої щоки та шию; я відхилилася назад і почала часто дихати, він застогнав у мою шию, а потім знову почав цілувати, одна долоня — біля мого обличчя, друга — підіймається спиною вгору. Це було так сильно, що ноги в мене мало не підкосилися. А потім він різко все припинив, ніби кинув, стіна мене втримала, і я не звалилася на землю, Марк масував собі скроні.

— Яель, вибач... Забудь про все це.

Глянув на мене й так і залишив, більше нічого не сказав. Я почула, як вдалині загарчав «Porsche»; Марк рушив так, ніби його переслідувала орда фурій. Я провела пальцями по підпухлих від поцілунків губах, тіло досі тремтіло. Вийшла на вулицю, світло видалося сліпучим. Залізла в перше-ліпше таксі, назвала адресу агенції та принишкла в кутку на задньому сидінні.

Коли я доїхала до місця призначення, то впала в своє крісло, втупилась у екран, обхопивши голову руками й так і сиділа, нічого не роблячи, дві наступні години. Щоразу, коли хтось заходив, я відповідала тільки словом «завтра».

— Але ж ми сьогодні мали зустрітися, хіба ні?

— Га? — відповіла я й підвела очі.

Останнє «завтра» я адресувала Бертрану, сама того не усвідомлюючи. Катастрофа! Я зістрибнула з крісла.

— Бертране! Так, звичайно! Я зараз!

Він дивно на мене подивився та пішов до себе. Я взагалі не розуміла, на що спертися. За якусь мить у мене раптом стався провал у пам'яті. Що я робила до того випадку у внутрішньому дворику? Кава з Марком. Але було щось іще.

Сідаючи в крісло перед Бертраном, я продовжувала ламати голову.

— І як американці?

Тих трьох нейронів, які в мене ще залишилися, вистачило, щоб не закричати «Алілуя!». Поволі я все почала пригадувати, тому змогла розповісти про обід і поділитися отриманими контактами. На прощання він побажав вдалого вечора та нагадав про вечерю, що мала відбутися завтра разом із усією командою — про цю вечерю я й думати забула. І де тільки була моя голова? Там, у внутрішньому дворику.

Снодійному знадобилося більше часу, ніж зазвичай, щоб почати діяти; щоразу, як я заплющувала очі, знову бачила наш із Марком поцілунок, таке відчуття, що мене ніколи так раніше не цілували. Коли я прокинулася суботнього ранку, голова досі була не на місці, в животі поколювало від бажання, що виникало щоразу, як губи Марка знову поставали в моїх спогадах. Я почувалася дуже дурною, таке враження, ніби я дівчисько, яке щойно вперше поцілувалося. Треба чимось себе зайняти — обов'язково. Після кави я одягнула спортивний одяг і зібрала сумку в басейн, особливу увагу я звернула на те, щоб покласти свій спортивний купальник для плавання, з бікіні покінчено! І скільки я там його поносила.

Біля бортика басейну я відчула, що чухається голова, волосся явно демонструвало свій смак до свободи. Терпіти я більше не могла, тому, щоб не завдавати собі нової бентеги, зняла шапочку, перш ніж пірнути. Всю годину на своїй доріжці я люто плавала, як колись. Ефект не забарився: нормалізувалося дихання, тіло розслабилося, думки мої повернулися до роботи та вечері з колегами з агенції. За єдину розвагу мені правило уявляти програму пообідньої зустрічі з Алісою, бо відтоді, як я повернулася, мені її бракувало.

Вона подзвонила, коли їй нарешті вдалося запаркуватися неподалік від мене, було десь о пів на дванадцяту. Я захряснула двері квартири та спустилася на вулицю. Сестра стрибнула мені на шию та міцно обійняла. Я так само.

— Якби ти знала, яка я щаслива, що ми проведемо день тільки вдвох! — сказала вона.

— Я теж.

Я взяла її попід руку та повела вулицею Вожірар, потім ми дійшли аж до вулиці Ренн. Я дала їй можливість розповісти про дітей, Седріка, новий навчальний рік. Також у наших розмовах виринули й батьки — вони повернулися в «Квіточку», батько тішився тим, як я впорядкувала все в тій хижці, він, як і матір, постійно вимагали зустрічі зі мною. Скільки вже часу я їх не бачила? Давно, дуже давно. На порозі першої ж крамнички вистачило одного погляду, щоб порозумітися: Аліса обиратиме речі для мене, а я — для неї. Вона тут для того, щоби зробити мій гардероб більш розслабленим, а я натомість робила її — більш жіночним. Я хотіла будь-якою ціною зробити так, щоб Аліса підкреслила свою природну красу.

— І куди я буду це носити? — запитала вона, побачивши сукню та ботільйони, які я для неї обрала.

— На вихідних, як підеш кудись погуляти! А це взуття ти можеш і на роботу взувати, подивись, які тут низькі підбори!

— Добре... але тільки за умови, що ти візьмеш собі оце!

З-за спини вона витягла черевики на пласкій підошві в байкерському стилі, светр із капюшоном і шкіряну куртку.

— Якщо я в такому прийду в агенцію...

Вона по-садистськи мені всміхнулася.

— Одягнеш на вихідних, як підеш гуляти! Коли будеш не на роботі...

Я вирвала все це з її рук, всучила сестрі натомість те, що знайшла для неї.

— У приміряльні!

Ми йшли, навантажені пакетами, та звалилися на лавці біля Сан-Пласід; уже по третій пообіді. Ми замовили собі по омлету з салатом, і я глянула в телефон.

— Яель, будь ласка! — застогнала Аліса.

— Я подивилася на годинник вперше відтоді, як ми зустрілися. І, до речі, ти свій телефон з рук не випускала.

— Я перевіряла, чи діти в порядку!

— А я перевіряю, чи ніхто не скасував свою присутність в останній момент, Бертран це погано сприйме.

Вона пирхнула.

— То твої колеги — то ніби ваші діти, твої та твого шефа.

— Нісенітниця! — відрубала я, закотивши очі до неба й ледь усміхаючись.

Я розповіла їй про програму та важливість цієї вечері з колегами.

— Вибач, Яель, але в людей є й особисте життя... Можливо, комусь хочеться суботнім вечором зайняти себе чимось іншим, а не роботою?

— Ми ж не працюємо, це вечеря!

— Тобі ще вчитися і вчитися... Звичайно, така вечеря — це теж робота, це ж вечеря з колегами та шефом, не думаю, що ви всі потім у нічний клуб підете.

Я вибухнула щирим реготом.

— А в того твого Бертрана що, взагалі немає життя поза роботою?

— Наскільки я знаю, немає.

— От бідака... добре... Дуже тупо, що ти сьогодні ввечері зайнята, ми б могли разом повечеряти вдома, у нас сьогодні Марк в гостях.

— О...

Раптом омлет видався мені неймовірно цікавим, я уважно його розглядала та колупала виделкою.

— Седрік вчора з ним здзвонювався, він ніби в порядку.

То було до чи після того епізоду в дворику?

— Ти мала від нього якісь новини відтоді, як ми повернулися? — зацікавилася вона.

Я би все віддала, щоб тільки мати змогу їй про все розповісти, це би принесло мені полегшення, та я не могла. Щойно Аліса дізнається, що напередодні Марк мене поцілував, вона стане некерованою, особливо якщо вона також дізнається, що він потому втік; а саме це й сталося. Я була одержима тим, що сталося, воліла замовчувати більш ніж брутальний фінал того поцілунку. Сестра піде з'ясовувати стосунки з Марком. Але це не вона має зробити, а я. Маю самостійно дати раду цій проблемі, без сторонньої допомоги. Але до того мені треба таки зрозуміти, що саме мені звалилося на голову разом із тим поцілунком. Від самої лиш думки про нього з грудей вирвалося глибоке зітхання.

— Ти в порядку? — запитала сестра, вихопивши мене з цих роздумів.

Отже, з потаємністю не склалося! Я кинула на сестру скромний присоромлений погляд. Я не можу її в це вплутувати, але, Боже, як же мені хотілося їй звіритися.

— Е... так, так... все в порядку...

— То що там Марк?

— Е... Ні, взагалі жодних новин, — відповіла я та з'їла шматок омлету, що одразу ж пішов не в те горло.

Я забронювала столик у відомому японському ресторані, всі страви готували просто на очах у клієнтів три видатні шефи традиційної кухні. Інтер'єр був найбільш ніппонським з можливих. Все це не могло не задовольнити вимогливість Бертрана. Приїхавши туди, я пообіцяла собі на час вечері викинути Марка з голови та зосередитися на роботі. Подумаю про все це потім.

Аж до самого десерту Бертран дозволив усім спілкуватися між собою про всяку всячину в доволі розслабленій атмосфері, сам він натомість залишався стриманим, застібнутим на всі ґудзики. Мені так само не було про що говорити. Я зі здивуванням виявила, що мені було приємно краще познайомитися з тими, з ким я проводила три чверті свого часу; дотепер я ніколи не цікавилася ні цими людьми, ні їхнім життям, ні їхніми смаками, ні їхнім інтересом до агенції та роботи. На початку вечері мені довелося довго ламати голову, щоби згадати, що керівник відділу перекладів, мій сусід за столиком, звався Бенжамен. Я думала про колег тільки крізь призму їхніх функцій, не називаючи їхніх імен. На моє велике здивування, хоча я завжди вважала його найгіршим із ледарів, розмовляти з ним було легко, і я відкрила, як сильно він теж любить свою роботу. Я регулярно поглядала й на нашого боса; він мало долучався до розмов, щось клацав у телефоні, проте в слушний момент йому завжди було що сказати. Могло видатися, що то він на мейли відповідає, але я готова була битися об заклад, що він нотує все, що тут відбувалося просто на його очах. Найбільше мене здивувало, що він усіх знав. Мене дійсно вразила його здатність адаптуватися до своїх найманих працівників.

Коли подали каву, він підвівся та попросив нашої уваги.

— Перш за все, хочу подякувати кожному з вас за пороблену в першому півріччі роботу. Минуло літо, ви відпочили, і в мене виникло відчуття, що в нас саме зароджується командний дух...

Він непомітно на мене поглянув, але цей погляд, я була певна, всі помітили.

— Та я прошу вас працювати ще більше — вже з понеділка. Наразі я міркую про розвиток агенції. Скажу відверто, не виключено, що я відкрию офіс за кордоном. Рішення я ухвалю до кінця року. Тож ви маєте довести, що можете дати раду стресу, тиску та витримувати необхідний ритм. Наступні чотири місяці я нічого не хочу чути про болячки, дітей, лікарняні чи відгули. Якщо хтось не буде спроможний, ми домовимося про зустріч, поговоримо, проблему буде вирішено. Опиратися — зайве. А для інших — це справжній виклик із численними перспективами на майбутнє, відрядженнями та винагородою у вигляді підвищення зарплатні. Різдвяна премія матиме додатковий бонус, якщо ми всі рухатимемося в одному напрямку.

Він по черзі поглянув на всіх, крім мене. Хтось перезирався між собою, хтось уже напружився та почав тривожитися через період, який на всіх нас чекав.

— У когось є запитання? Чи можу продовжувати?

Ніхто не обурювався, в будь-якому разі, не варто було цього робити.

— Яель нещодавно згадала про можливість розширення нашого поля діяльності. Вона візьме на себе розвиток цього проєкту — на додачу до ведення справ своїх звичних клієнтів. Та кожен до завершення цього періоду матиме докластися до цього проєкту — так чи інакше. Нехай Яель сама вам усе пояснить. Тобі слово!

І знову ще один тест, його таємна зброя. Я не дала себе збити з пантелику, в голові було ясно. Всі погляди спрямовано на мене. Поїхали! Слова самі полилися з мене. Я тримала увагу всіх членів команди протягом наступних п'ятнадцяти хвилин — так само, як і Бертран до того. Це заворожувало та п'янило. Особливо тому, що, попри мої очікування, всі колеги видавалися зацікавленими в тому, що я їм пропонувала.

Я готувалася, що вони будуть розстрілювати мене поглядами, та ні, нічого такого, жодного натяку на гнів чи докори, радше схвальні похитування головами. Невже ми дійсно перетворюємося на команду? Ця думка була мені до вподоби, маю визнати. Мій виступ завершив вечір. Бертран не намагався мене затримати, щоб його обговорити. Кожен після ресторану отримав право на безкоштовне таксі. Всі сердечно побажали одне одному щасливої неділі та повернулися додому.

Свою неділю я провела за роботою вдома, нікуди не виходячи та навіть не одягаючись — це щось новеньке! Те, що я вчора опинилася на авансцені, дуже посилило мою мотивацію, хоча це навряд чи було потрібно. Саме відбувається другий етап руху до майбутнього партнерства. Мені треба тільки зосередитися на своїй цілі та не відволікатися. Однак я марно застосувала всі засоби, що мала, — спогад про поцілунок Марка продовжував мене переслідувати. І він ще мав нахабство сказати мені «Забудь». Так, ніби це легко зробити! Що з ним не так?! Він не мав права так зі мною чинити! Як, на його думку, я мала реагувати? Ці думки мене полонили та поглинули. Результат: я лягла спати сердитою, а безсонні ночі повернулися. Навіть щоденні ранкові запливи в басейні не могли мене заспокоїти. Чому він це зробив? Ще й у найменш слушний час!

Ранок того дня видався катастрофічним. Я була зла як собака, і пішла у свій кабінет, нікому й слова не сказавши. Під час перемовин із організаторкою виставки я переплутала мови й почала говорити з більш британським акцентом, ніж у моєї матері; та бідолашна жінка взагалі розгубилась і подумала, що то телефонний розіграш, коли я перейшла на французьку, тому поклала слухавку. Потім Бертран викликав мене в свій офіс, щоби познайомити з новим клієнтом, зустріч відбувалася бездоганно, доки я не помітила на зап'ястку чоловіка наручний годинник «Jaeger-LeCoultre» — я замовкла та думала тільки про руку Марка, який накручує свій годинник. Та ще й Бенжамен, керівник відділу перекладів, зайшов після обідньої перерви (яку я пропустила й не пообідала), щоби запитати, що я думаю про певні мовленнєві тонкощі. Я проглянула той аркуш, навіть не намагаючись щось там зрозуміти.

— Не знаю, — оголосила я, навіть не зводячи на нього погляд.

— Як муха тебе вкусила? Ти взагалі не схожа на ту, кого ми бачили протягом попередніх тижнів. Як на мене, ти занадто швидко забула про той командний дух, яким ви з Бертраном вихвалялися минулої суботи, це дуже прикро.

Коли я підняла голову, він уже пішов. Я цілковито злетіла з котушок. Мені точно треба не дати ситуації ще більше погіршитися. Марк більше не буде заважати роботі. Я взяла сумку та сказала асистентці, що нарешті піду пообідати. Потім зайшла у відділ перекладів.

— Я не забула командного духу. Вибач. Мені просто треба дати раду з одним клопотом... Коли повернуся, візьмуся за той переклад!

Я вийшла з агенції впевненим кроком і зупинила першеліпше таксі. Водію дісталося через мій поганий настрій:

— Покваптеся, в мене ще справи!

— Жіночко, заспокойтеся, а то я прямо тут стану. Ясно? — відповів він, дивлячись на мене в дзеркало заднього виду.

Я насупилася, сидячи на задньому сидінні. Коли він зупинився, я залишила купюру на пасажирському сидінні та з усіх сил траснула дверима. Я так само різко відчинила двері антикварної крамнички та увійшла.

— Марку! — закричала я.

Він з'явився в глибині крамниці та безтурботно попрямував до мене. Мовчки, не зводячи з мене очей, він зняв окуляри й поклав на якісь меблі, повз які саме проходив. Потім спокійно притулився до стіни, одну руку поклав у кишеню та насмілився самим кутиком губ мені усміхнутися. *Та це мені сниться! За кого він себе має?*

— Я чекав на тебе, Яель. Кажи, я слухаю.

І де ж той боягуз, який втік від мене з того дворика?

— Навіщо ти це зробив? — я почала кричати і вирішила не вестися на ці його спроби справити враження розв'язною поведінкою. — Ти не мав права! Ти заважаєш мені працювати! Я тепер не можу зосередитися.

З огляду на усмішку, він був задоволений, якщо не гордий собою.

— Як бачиш, мені дуже прикро.

Його іронія мене збентежила.

— Це неприпустимо! — я ще більше роздратувалася. — Ще й та твоя фразочка, «забудь про це». Де ти взагалі такого набрався?

— Якби ж я знав.

— У кожному разі, сказати таке — це якось по-дебільному.

Він підняв брову.

— Згоден, це навіть тупо, — заявив він із ідіотською посмішкою на вустах.

Його безтурботне нахабство діяло мені на нерви. Робить казна-що, ще й тішиться!

— Не смійся! — закричала я. — Ми вже дорослі!

— Те, що ми дорослі, нічого не міняє в нашій ситуації, — несподівано серйозно відповів він.

Це заскочило мене зненацька. Він відійшов від стіни та зробив два кроки назустріч, не зводячи з мене очей. І що це він робить? Я вже й сама не знала, що робити, що говорити, я була розгубленою. Готувалася до всього, крім такого. Він такий впевнений у собі. Дивовижа — стоячи на підборах, я марно намагалася випростатися на висоті свого штучного зросту, мене пронизував його погляд, і я почувалася дедалі меншою. Все це стає аж надто небезпечним. Я прийшла сюди, щоби дати всьому лад, а не для того, щоб...

— Ти заспокоїлася?

Від чого заспокоїлася?

— Е-е...

Він ще трохи наблизився, так само не зводячи з мене очей. Я не могла виплутатися, почала дихати все частіше.

— Будемо вважати, що так, — відповів він замість мене, не втрачаючи впевненості в собі. — То що, Яель? Що ти пропонуєш для залагодження проблеми?

Піддатися.

Я кинула сумочку на землю і подолала решту дистанції, що нас розділяла. З губ зірвався стогін полегшення в мить, коли я накинулась на нього й притислася до його губ, а його руки мене обійняли. Я дала собі волю, бо більше не могла себе контролювати й опанувати шал, що охопив моє тіло, щойно я побачила Марка. Він потягнув мене вглиб крамнички, скажено відповідаючи на мої поцілунки, на нашому шляху захиталася етажерка, щось упало на землю й розбилося.

— Пофіг, — сказав він. — Іди сюди.

Він відчинив двері та потягнув за собою на сходи. На щастя, він жив на другому поверсі, бо до третього стримуватися я би не змогла, як і він. Щойно за нами зачинилися двері квартири, він притиснув мене до дверей і тісно притулився сам, пестив моє тіло під шовковим топом, пожирав мої шию та плечі. Я розстібнула йому сорочку, приспустила її на плечах, вкриваючи його груди поцілунками. Нічого іншого не існувало, я про все забула, навіть про те, навіщо сюди прийшла. Як давно я не відчувала такої сильної хіті до чоловіка? Можливо, ніколи. Скинула туфлі, підштовхнула Марка до вітальні.

— Пішли в твою спальню, — пробурмотіла я, розстібаючи спідницю.

Ми поскидали одяг. Впали в ліжко вже повністю голими. Марк і його губи досліджували найменший клаптик моєї шкіри, іноді мої пальці впивалися в простирадло, іноді — в його плечі, очі під повіками закочувалися. Я вже більше не могла терпіти, таке враження, що тіло от-от вибухне через силу бажання.

— Ходи сюди... будь ласка, — попросила я.

За мить Марк підкорився, наші губи знову злилися, поцілунок глушив наші стогони задоволення. Злитися з ним в одне ціле... я отримала свою відповідь; я ще ніколи до того не відчувала такої близькості. Я кінчила, від цього запаморочилося в голові, Марк кінчив майже одразу після мене. Він відхекувався, зануривши обличчя у вигин моєї шиї, а я дивилася на стелю. Руки, що тримали його за плечі, повільно впали вниз, уздовж мого тіла. Він випростався, я стулила ноги й більше не рухалася, Марк накрив мене ковдрою, а потім сам ліг поруч. Він мовчав, я відчувала, що він на мене дивиться, явно чекаючи на якийсь порух, на якесь слово з мого боку, та я взагалі не могла говорити, мене почав охоплювати сором, на поверхні знову проступила реальність. З небес на землю я впала різко. Я ж прийшла розібратися з проблемою. *Повна поразка.* Усвідомила, що не можу мислити раціонально, поки він тут поруч, за кілька сантиметрів від мене, а моє тіло досі відчуває дотики його долонь. Що я наробила? Я різко встала, сіла на краю ліжка спиною до Марка, руками затуливши груди.

— Мушу повертатися на роботу.

Далі були довгі безкінечні секунди, протягом яких я відчувала, що моє тіло все сильніше стискається. Тишу урвало глибоке Маркове зітхання.

— Звичайно, — зрештою сказав він геть тихо.

Як мені встати та знайти всі речі, вони ж розкидані квартирою?

— Не вставай, я піду принесу твої речі.

Я полегшено видихнула, це позбавить мене сорому одягання в нього на очах, отак посеред білого дня. Мені раптом стало так незручно. Таке враження, що моїм тілом заволоділа якась інша жінка, щойно я переступила поріг крамнички. Я почула шурхіт одягу — Марк одягався.

— Ось, все тут, — сказав він мені за кілька хвилин. — Я чекатиму поруч.

Двері спальні зачинилися. Нескінченно повільно я встала. Потім одягнула мереживну білизну й блузу. Вочевидь, я дуже рвучко роздягалася, бо тепер не була певна, чи зможу застібнути блискавку на спідниці. Взула підбори та доволі небезпечно на них захиталася. Поклала долоню на дверну ручку і на кілька секунд зупинилася, щоб зробити кілька глибоких вдихів і видихів.

Марк занурився в свої думки та курив самокрутку у вітальні біля вікна; я покахикала, щоби привернути його увагу:

— Мені треба забрати сумку внизу.

— Я проведу.

Він загасив недопалок у попільничці. Я досі не наважувалася подивитися йому в очі. Він підійшов, делікатно поклав руку мені на стегно, я затремтіла. Потім вивів на сходи. Ми спускалися разом, одне поруч з одним. Потім — коротка пауза, протягом якої я розглядала носаки своїх туфель, поки Марк відмикав крамничку. А потім мені захотілося провалитися під землю; його дідусь був тут і прибирав уламки речі, яку ми до того розбили. Марк увійшов першим і попрямував до дідуся.

— *Abuelo*, облиш, я сам.

— А більше ти нічого не хочеш? Дай і мені помріяти про молодість.

— Чекай.

У Марковому голосі можна було розчути сміх. Поки вони там сперечалися, я забрала покинуту напризволяще сумку та скористалася нагодою, щоб втекти.

— До побачення, — пробурмотіла, підходячи до дверей.

Я спробувала відчинити ці двері якомога непомітніше. *Дзуськи!*

— Яель! Що це ти робиш? — запитав Марк, це заскочило його зненацька.

А що, по-твоєму, я роблю, Марку? Я валю, вшиваюся, тікаю. Я не можу витримати поруч із тобою більше жодної хвилини, бо божеволію. Оте все зробила не я, а якась інша жінка, фурія, якась безвідповідальна особа, яка сама більше не знає, хто вона така.

— Я йду, — відповіла, як я сподівалася, нейтральним тоном.

— Ану чекай, — сухо наказав він.

— Вибач, на мене чекають. У мене немає часу.

Я вибігла з крамниці та благала Бога, щоби не впасти й не розбити носа. У голові — повна паніка. У тілі — виверження вулкану, на шкірі я досі відчувала запах Марка, неможливо це витримати.

Перед тим як за пів години я переступила поріг агенції, довелося мобілізувати всі можливі сили на концентрацію, бо я досі пам'ятала вранішню катастрофу; треба надолужити згаяний час і відкласти на потім аналіз того, що тільки-но сталося, також не варто забувати, що я щойно повернулася з обіду. Піду до асистентки, з'ясую, які були повідомлення. На щастя, Бертран не питав, де я була.

— Яель, — покликала вона, коли я повернулася в свій офіс.

— Так?

— Ви були в перукаря? — запитала вона веселим тоном.

— Ні. А в чому справа?

— У вас волосся... розпущене.

Я торкнулася волосся; вона мала рацію; волосся лежало на моїх плечах, я й сама не помітила, здається, всі заколки та шпильки я розгубила на полі бою.

— От гівно, — спонтанно відповіла.

— Тримайте.

Вона дала мені ґумку, я поквапилася зібрати шевелюру.

— Ну як? — запитала в неї. — На що це схоже?

— На щасливу жінку... але професійну.

— Дякую.

Вона випромінювала втіху; у відповідь я усміхнулася. Перш ніж повернутися до роботи, я зайшла у відділ перекладів і залагодила ту суперечність у тексті Бенжамена.

— Дуже мило, що ти зайшла, — сказав він.

— Прошу.

— А свою проблему ти вирішила?

— Яку проблему?.. Ах, ту проблему! Можна сказати, що так!

Майже бігом я повернулася у свій кабінет і не відлипала від монітора та телефона аж до пізнього вечора. Бертран замовив суші, до своїх я навіть не торкнулася, воліла зберегти цю зосередженість, щоби відгородитися від усього іншого.

О десятій вечора, сподіваючись, що надолужила змарнований вдень час, я вирішила, що пора повертатися додому, і зайшла попрощатися з шефом.

— Все йде так, як тобі хотілося? — запитав він, коли я заглянула в його офіс.

— Так.

— Без вагань делегуй колегам роботу з менш важливими клієнтами.

Можливо, він має рацію, треба про це подумати. Колеги, відтоді, як я краще з ними познайомилася, вже не видавалися аж такими нездарами.

— Подумаю про це. До завтра!

За три чверті години я нарешті була вдома. Доповзла до ванної, роздягнулася, одяг залишився лежати на підлозі, сил більше не було, я цілковито знесилена. Моє оголене віддзеркалення знову нагадало про Маркову спальню, я з дивним відчуттям полегшення згадала безлад наших рухів. Таке враження, що від того, що дозволила собі висловити гнів, а потім — бажання, я звільнилася від тягаря; так само, як у тій історії з телефоном на канікулах. Після того, як ми цілувалися, Марк утік, досі не знаю чому. Тепер моя черга тікати — я запанікувала та не змогла опанувати цю реальність. У цій реальності правил я не знала, ця реальність не мала місця в моєму житті відтоді, як я почала працювати. Щойно я заплющувала очі, одразу подумки поверталася в його обійми, досі відчуваючи дотики його рук і губ на своїй шкірі. Стала, спершись об умивальник, дихання прискорилося, мені було мало. Сьогодні пообіді я відкрила для себе задоволення, незнане за всі попередні десять років. Так, ніби тільки Марк знав спосіб зробити так, щоби я все відпустила, втратила контроль. Проковтнула снодійне, залізла під ковдру, мене розривало від запитань. Чи готова я віддатися плину подальших подій? Точно ні! Ніхто й ніщо, і тим паче не Марк, не мають ставати загрозою для моєї кар'єри, особливо тепер, коли в ній от-от станеться такий довгоочікуваний поворот. *У мене все вийде, я маю перемогти, я хочу стати партнеркою.* Я стільки боролася за те, щоби це стало можливим. Я так близько до цілі, що не маю іншого виходу, ніж закрутити гайки, заглушити бажання та серце, що починало битися частіше, коли я думала про Марка; я взагалі не маю ризикувати. Та що станеться, коли ми зустрінемося наступного разу? Я ж не зможу вічно його уникати. Я щойно повернулася на своє місце в нашій дружній банді, віднайшла добрі стосунки з сестрою, навчилася викроювати для них місце у своєму житті, черпати своє життя — в їхньому, і я не буду через Марка відмовлятися від нової рівноваги, якої мені так бракувало останнім часом.

9

— Цієї ночі я розібрався з виставками, — задоволено сказав Бертран раніше, ніж я встигла сісти в крісло в його кабінеті.

— Але я ще не закінчила дослідження ринків, — дозволила собі відповісти.

— Я це зробив замість тебе, бо все це тривало надто довго, а мені хотілося поступу. Треба бути реактивними, тримати команду в бойовій готовності.

Він таки перебільшував, лише два тижні тому він дав мені зелене світло, лише чотири дні тому вся агенція дізналася про проєкт. Щось це мені не подобається.

— У тебе лишилося мало часу на отримання акредитацій.

— Чому?

— Тому що ми братимемо участь у виставці водного спорту «Salon Nautique» та запропонуємо свої послуги експонентам.

Та він знущається!

— Що? Але, Бертране, це ж уже за два місяці, я одразу виключила цю виставку зі списку. Цілила на весну.

Він повів бровою та зручніше вмостився в кріслі.

— Ти не почуваєшся спроможною? Попередь одразу, якщо це так, я комусь іншому доручу це завдання.

— Ні-ні! Я не це мала на увазі. Я лиш хотіла, щоби колеги не перепрацьовували, ще й під тиском, але добре, я чудово з усім впораюсь.

— Це мені до вподоби. А тепер іще одне. Обери двох осіб, які підуть працювати на цій виставці, ти туди не підеш. Маю для тебе інші задачі. Ти забереш частину моїх клієнтів, опікуватися якими я більше не маю часу, тому сконцентруйся на всьому іншому.

Він випрямив спину та зосередився на своєму екрані; отже, розмову закінчено.

— Яель, — покликала моя асистентка. — Ви не підете обідати? Вже 13:30.

— Що? Вже?!

Я зітхнула та вмостилася в кріслі, спантеличено дивлячись на помічницю.

— Нині в обід ви не підете до того перукаря? — запитала вона й по-змовницьки на мене подивилася.

Тільки не це! Невже я вчора втратила весь свій авторитет? У мене не було ні часу, ні енергії, які я могла би присвятити спогадам про пообідню зустріч із коханцем. Але асистентка намагалася бути милою, я ж не буду через це дратуватися. Та, попри все це, вона не мала би бути аж надто розкутою, ми ж не подружки, зовсім ні!

— Немає часу, Бертран хоче поступу, — відповіла я, підводячись.

— То підіть перекусіть щось із нами на *kitchen*.

— Зараз буду, дякую.

Вона вийшла. Я трохи почекала. Невже я дійсно щойно сказала «зараз буду, дякую»? На перший погляд, так, бо я взяла з собою планшет і пішла за асистенткою. Велика частина команди обідала тут, панувала розслаблена, навіть життєрадісна атмосфера. На мій великий подив, тут пахло кухнею, спеціями. І навіть жиром! Ніхто не їв страви, які доставляли постачальники Бертрана. Щойно вони помітили мою присутність, сміх припинився. Мовчки посунулися, щоби я могла сісти за столом. Хтось посунув до мене тарілку суші. Я паличками взяла одне та продовжила щось шукати в інтернеті. Як мені з усім дати раду?

— Ви мені потрібні, — раптом оголосила я колегам.

У них аж щелепи відпали. Вони були такі здивовані, що я мало не озирнулася, щоб перевірити, чи ніхто не заховався в мене за спиною.

— Кажи, — відповів Бенжамен.

— Дообідаймо всі спокійно, а потім у конференц-залі зберуться ті, в кого немає запланованих зустрічей. Підходить?

Мене підтримували кивками замість відповіді. Вже на виході з *kitchen* мені захотілося розсміятися, коли колеги дістали освіжувач повітря, щоби приховати запахи кухні. В нашій агенції я помітила навички подвійного життя.

Коли трохи згодом вся команда зібралася за одним столом, я оголосила їм рішення Бертрана та повідомила про короткі строки, які залишилися нам для окреслення нового плану атаки. Зазвучало незадоволене бурмотіння. А потім я зробила те, від чого завжди відмовлялася як від чогось неприйнятного:

— Ось мій графік зустрічей на цей тиждень, як бачите, тут чимало: аукціон, переговори, конференц-кол тощо. Я знаю, що Бертран скоро делегує мені чимало своїх задач. А хто міг би взяти на себе мої?

Колеги ховали очі, ніхто не виявляв бажання допомогти.

— Ви що, всі зайняті?

Мовчання...

— Постійно? — запанікувала я.

Бенжамен глибоко зітхнув і сперся ліктями на стіл, роззирнувся наліво й направо, а потім уважно на мене поглянув.

— Ні, слухай, це не через це, — сказав.

— А через що?

Він востаннє поглянув на інших, всі ошаліло на нього дивилися, так, ніби він щойно вийшов з психлікарні.

— О'кей, я це скажу. Я поясню тобі, що нас стримує... Якщо ми тебе підмінимо, ти нависатимеш, і ми житимемо в пеклі.

На війні як на війні.

— Розумію. Але присягаюся, такого більше не буде. Прогляньте досьє клієнтів, щоби дізнатися про їхні звички. Якщо бракуватиме якоїсь інформації, звертайтеся до мене, я допоможу. Також обіцяю, що дам вам спокій і не буду діставати... Будь ласка?

— Неймовірно, ти сказала це чарівне слово, — по-доброму подражнив мене Бенжамен. — Все, давай це сюди!

Він простягнув руку, я передала йому свій розклад, він жестом запросив інших підійти. Кожен по черзі сором'язливо розбирав собі завдання.

— Дуже дякую...

Яке полегшення! Я повірити не могла, що зробила це, ще й без особливих труднощів.

— Тепер переходимо до вивчення ринків. Це не може бути тільки мій проєкт, я не зможу вчасно все підготувати без мобілізації кожного з вас, ви мені потрібні, прагну, щоби це була колективна робота. Чекаю на ваші ідеї, ваші знання — коротше, на все, що ви можете запропонувати! Почнімо з виставки. Ви щось знаєте про водні види спорту та яхти?

— Я з дитинства під вітрилом, думаю, щось можу про це розповісти, — оголосила перекладачка з російської, вона явно була собою задоволена та горда.

Вперше я побачила, що вона усміхнулася в моїй присутності.

— Геніально! Тоді я знаю, де ти будеш на початку грудня.

Імпровізований брейнстормінг дозволив трохи розібратися в темі, всі озвучили свої ідеї — зосереджено та в доброму настрої. Працівники, які взагалі не мусили цього робити, весь пообідній час провели зі мною. Я відчула полегшення, усвідомивши, що можу спертися на всю команду, тож працювала разом із ними, не приховуючи задоволення від перебування в їхньому товаристві. Я почувалася енергійною, мігреней не було, попри те, що розмова велася безладно.

Я ще довго могла би продовжувати, якби хтось не зауважив, що вже по восьмій і багатьох уже чекають вдома.

— Перепрошую, сама не помітила, як минув час. Дякую всім, до завтра! Я триматиму вас в курсі того, який фідбек отримаю від Бертрана. Всім бажаю доброго вечора.

Раптом агенція стала порожньою. Я майже почувалася самотньою; через це я аж усміхнулася. Щоб я та й почувалася самотньою без колег — просто смішно! Надіслала Бертранові звіт, потім накинулася на мейли, які отримала протягом дня і на які не могла відповісти раніше. Між цими двома справами послухала голосове повідомлення від Аліси: «Привіт, сестричко, я хотіла щось запитати. У нас усе добре. Ми тут вирішили на суботній вечір викликати няню, щоби всім разом піти в ресторан. Ти будеш? Передзвони швидше. Цілую». Дуже швидко я опинилася в ситуації, якої так боялася. Всі — це значить і з Марком теж. Я вже завчасно відчувала втому від усього, що на мене чекало, тому опустила голову на клавіатуру зі словами «от гівно».

— Щось не так, Яель?

— Упс...

Ці слова самі собою вирвалися. Я зашарілася та підскочила. Бертрана явно насмішила моя поведінка, він увійшов у конференц-залу та сів на краю стола, як годиться підсмикнувши костюмні штани.

— Ні-ні, все в порядку. Ви отримали мій мейл?

— Саме тому я зайшов побачитись, чудова робота! Ти швидко зреагувала, залучивши всю агенцію, прекрасна ідея.

Yes! Яель: two points! Мені раптом захотілося увімкнути музику й потанцювати від радості. *Мені нічого нині в обід не підмішали в каву?*

— Чудово. Сподіваюся наприкінці тижня отримати наші акредитації.

— Дуже добре. А за рахунок вивільнених годин уже починай готуватися до наступної виставки навесні, обери щось із тих, які ти собі запланувала.

Які ще вивільнені години? Масив роботи зростав експоненціально. Шеф підвівся та пішов до виходу, але зупинився та озирнувся на мене, його погляд був сповнений іронії.

— Ти делегувала роботу... і вчинила правильно... З часом усьому навчишся...

Партнерство, партнерство.

Колеги з усім впоралися просто дивовижно. Мені не було потрібно хвилюватися, тим краще. Я це пережила радше добре, сподіваючись із часом повернути своїх клієнтів. Попри втому, без снодійного обійтися не могла: не хотіла, щоб у голові паразитували інші думки. Не намагалася зв'язатися з Марком, все можна звалити на роботу. Він так само не намагався мені дзвонити. Алісу задовольнила моя обіцянка постаратися прийти. З Адріаном і Жанною — геть інша справа. Вони погрожували, якщо я не прийму запрошення, приїхати до мене додому в повному складі, нагадуючи про моє програне парі під час канікул. У п'ятницю ввечері я взяла телефон і надіслала всім таке повідомлення: «Привіт, завтра буду!». Телефон дзенькнув наступної ж секунди, всі висловили радість, що я прийду. Всі, крім одного. О, відчуваю, вечір буде вдалим!

Що я робитиму, коли зустрінуся з Марком? А він? Добре, що ми будемо там усі разом; так мені вдасться уникнути прямого контакту, а чи щось вдати. Має вийти, якщо ми не опинимося поруч за столом... Я вигребла з гардеробу всі речі, щоб обрати, що вдягнути — відкинула одяг, який для мене підібрала Аліса минулого тижня: мені потрібні всі засоби, які допоможуть почуватися сильною та дати раду кільком наступним годинам — і зупинилася на опції костюма вихідного дня — вузькі джинси та «Pigalle». Я зазвичай дуже пунктуальна, але таки прийшла з запізненням. Втім, я не так уже й запізнилася, бо, відчинивши двері ресторану, побачила всіх на барі — вони чекали, поки звільниться наш столик, тому розмовляли з келихами в руках. Що ж, так я бодай зможу сама обрати собі місце за столом. Марк був тут, однією рукою він тримав закинуту на плече куртку, рукави сорочки були підкасані, він сміявся разом із Седріком. Марк першим мене помітив і подивився мені просто в очі. Мене охопили спогади про наші поцілунки та пестощі, все тіло затремтіло, раптом забило подих. На якусь мить мені здалося, що ресторан порожній і ми тут самі. Я змусила себе відвести очі.

Все виявилося складнішим, ніж я очікувала. Я торувала собі шлях до друзів, вони зустріли мене захопленими вигуками.

— Вау, ти тут! Як там твій шеф? — Адріан жартував саркастично. — О котрій він тебе забере?

— Я запросила його на десерт, ти не проти?

Він зареготав. Я почала по колу з усіма цілуватися, не поспішала. А потім, поки я ще не встигла дійти до Марка для поцілунку, сталося диво; офіціант оголосив, що наш столик готовий, за це я була готова кинутися йому в ноги та розцілувати їх. Ніхто не помітив, що ми з Марком уникаємо одне одного, принаймні я на це сподівалася. Щоби ще більше відволікти від цього увагу, я схопила сестру під руку та зауважила, який сяючий вигляд вона нині має:

— У тебе просто чарівний вигляд! Нічого не маєш мені розповісти?

— Нічого такого, я просто щаслива, от і все, — сказала вона та широко усміхнулася.

Ага, Алісо, не думай, що я ідіотка. Вона точно щось від мене приховувала, я планувала весь вечір від неї не відставати, щоби вона хоч трохи розкололася... до того ж, якщо я зосереджуся на ній, мій погляд не надто притягуватиме Марк. Через те що він був так близько, мої відчуття просто кипіли; нестерпно знати, що я така безсила перед дією гормонів! Жанна оголосила, що ми не будемо розсаджуватися на «жіночу» й «чоловічу» половини столика. *Бінго!* Це єдине, чого я воліла б уникнути. Вечеря буде пекельною, бо, мов навмисно, я опинилася поруч із ним. Я наважилася на нього поглянути, коли цей вирок було оголошено; він опустив обличчя, потер перенісся, потім надів окуляри. Я обійшла стіл, щоби сісти на своє місце, він підсунув мені стілець, жодного слова, жодного погляду, почекав, поки я сяду, потім також сів на своє місце. З цієї миті я розмовляла, сміялася, відповідала на запитання, які мені ставили, цілковито усвідомлюючи, що якщо хтось завтра спитає, про що ми нині розмовляли, я нічого не пригадаю. Та я була в порядку, разом із друзями я плавала, наче риба в воді. Подумати тільки, я без цього жила місяцями, роками. Ми з Марком не обмінялися жодним словом, у нас обох була відпрацьована хореографія, згідно з якою ми не зверталися одне до одного напряму. Коли він клав руку на стіл, я відкидалася на спинку стільця — і навпаки. Єдиним, що дало мені змогу відчути, що він теж напружений, було те, що він час від часу накручував свій наручний годинник; що ж, принаймні не стане! От тільки після основної страви він почав жестикулювати і більше не міг всидіти на місці. Я ледве стрималася і не поклала руку йому на стегно, щоб його спинити. Ми даремно намагалися сісти на якомога більшій фізичній дистанції одне від одного — я відчувала, що його тіло все ближче й ближче до мого, терпіти більше не було сил. Мені хотілося тільки одного; хотілося, щоб усі зникли і я залишилася з ним сама, щоби розібратися з усією цією історією, а чи накинутися на нього — щодо цього я не була певна. Він здався першим:

— Відійду на п'ять хвилин.

Нахилився й почав порпатись у кишенях своєї замшевої куртки. Я не стрималась і озирнулася; наші обличчя опинилися зовсім поруч, я уважно дивилася на його губи, а він — на мої. Жваво підвівся, тримаючи в руках тютюн для самокруток, пішов на вулицю. Я проковтнула решту червоного вина зі свого келиха та помітила зацікавлений і веселий Алісин погляд. Мені терміново потрібен був аварійний вихід. Щоки палали, я звернулася до Адріана:

— Тобі ж наступного року буде сорок! Плануєш вечірку?

— Аж дві. Дату майже призначено!

— Вже?

Залишалося тільки схрестити пальці й сподіватися, що я зможу туди піти, не могло бути й мови про те, щоби пропустити цю вечірку. Мені потрібні були друзі, я знову згадала, як добре бути з ними разом, я любила їх, і вони віднайшли своє місце в моєму житті.

— Яель, ти не жартуєш? Ти прийдеш? Я частково через тебе так завчасно все планую! Хочу побачити, як ти танцюєш на столі!

— Зроблю все можливе... обіцяю... От тільки без танців на столі...

— Це ми ще побачимо!

Адріан продовжив говорити, загальна увага перейшла на нього, я відкинулася на спинку стільця. За кілька хвилин відчула присутність Марка — ще до того, як він повернувся й сів на своє місце. Він запаху його тютюну мені паморочилося в голові, захотілося міцно до нього притиснутися.

— Тебе це теж стосується! — наказав йому Адріан. — Хоча я й так знаю, що ти будеш, бо ви прийдете разом із Яель.

Він одразу ж змінив тему, зате Седрік аж подавився вином. А от Жанна з Алісою захихотіли так, ніби їм обом було по п'ятнадцять. Я залишалася незворушною.

— Це він про що? — запитав Марк, нахилившись до мене та поклавши руку на спинку мого стільця.

Чого ти хочеш, Марку? Ти мене провокуєш?

— Він говорить про свій день народження, йому буде сорок, — відповіла я, не дивлячись на Марка. — Це буде наступного року...

Я знову сіла рівно, щоби повернутися до розмови з усіма. Марк позиції не міняв і собі приєднався до дискусії.

Доведеться сидіти прямо, бо якщо я знову відкинуся на спинку, це матиме вигляд, ніби я сиджу в його обіймах.

Завершення вечері було надто довгим, у ресторані ми залишилися одні, останні клієнти. Поволі я почала випадати з розмови, продовжуючи усміхатися, і хоча нерви були вже на межі, мені не хотілося втекти. Присутність Марка була ніби сигналом тривоги, водночас мені було добре, я майже почувалася на своєму місці, коли він був так близько. Але в глибині душі я знала, що треба тримати себе в руках, щоби не надто до цього всього призвичаїтися. Якщо мої сподівання справдяться і я стану діловою партнеркою Бертрана в кінці року, тобто за два місяці, в мене залишиться ще менше часу на родину та друзів, доведеться обмежитися геть короткими зустрічами, як кіт наплакав. У цьому — весь парадокс ситуації; під час відпустки я дізналася, що самої роботи мені недостатньо, щоб почуватися добре та на своєму місці і більше не ризикувати нервовим зривом, як це було в липні. От тільки для того, щоби стати партнеркою Бертрана, треба віддати все й не відволікатися. То один, то інший нагадував мені про колишню Яель, і я відчувала, що вона прокинулася, ніби хотіла, щоби ми тепер були одним цілим, однією і тією ж жінкою. Та Яель не могла бути цією Яель із агенції, вона би розчарувала Бертрана. Я повернулася до Марка, який знову повернувся за стіл. Що робити з ним і з тим, як він на мене діє? Певно, він відчув, що я на нього дивлюся; поглянув на мене та відвернувся, зітхаючи.

— Пора додому, — оголосив Седрік, поглянувши на стомлене обличчя моєї сестри.

— От халепа! Вже так пізно! — відповіла Жанна. — Ще й наша няня сваритиметься!

Наступної миті всі підвелися, крім мене, я продовжувала дивитися на Алісу; вона точно щось від мене приховує. Я неуважно повернулася та зіштовхнулася з Марком.

— Пробач, — пробурмотіла я, не дивлячись на нього.

— Ну, і де ви з босом зустрічаєтеся? — запитав Адріан.

— У понеділок на роботі, — зі сміхом відповіла я. — Викличу таксі.

Вийшла на вулицю, щоб подзвонити. Марк вийшов за мною та закурив.

— Облиш ти те таксі, я тебе підвезу, — сказав він, зазирнувши просто мені в очі.

— Я дам собі раду.

Він насупився.

— А я тобі кажу, що підвезу, — сухо відповів.

Підійшов ближче на два кроки, що нас розділяли.

— Ні...

— Я вам не заважаю? — невинно перебила нас Аліса.

— Зовсім ні, — відповів Марк. — Я саме запропонував підвезти Яель додому.

— Чудова ідея, — сказала вона, а потім взяла мене за руку та відвела вбік. — Завтра тебе викликають до нас додому на курку з горошком, сімейний недільний обід!

— Ем... не знаю...

— Цить! Здається, я не все знаю про життя молодшої сестрички!

Я підняла очі до неба.

— Добре, я сяду з тобою за стіл, але я тут не єдина щось приховую! — відповіла я.

Вона мене обійняла, це було дивно. Седрік подав сигнал відправлення.

— Все, пора спати!

Адріан, Жанна, Седрік і Аліса поїхали в одному напрямку, а я з Марком — у іншому. Вони з нами попрощалися. Адріан показав великий палець — ніби знак перемоги — і постійно підморгував. Жанна його заспокоювала, а нам сказала: «Не зважайте на нього».

Усі четверо засміялися та поїхали. Марк мовчки на мене подивився та пішов, я — за ним. Він сповільнив крок, щоби мені було зручніше йти, ми мовчки йшли пліч-о-пліч. Він увійшов у підземний паркінг. Під час цієї мовчазної ходи я почала закипати, сповільнила крок за кілька метрів від його «Porsche».

— Це нікуди не годиться! Викличу таксі, — сказала я, зупинившись.

Він не зреагував і продовжив іти. Біля машини він відчинив дверцята пасажирського сидіння та жестом запросив сідати. Кілька секунд я нерухомо постояла, потім здалася та підійшла. Зупинилася на мить, коли опинилася поруч із ним, потім сіла та вмостилася на сидінні, вдихаючи запахи шкіри та бензину. Марк сів на своє місце, засунув ключ запалення, але не рушав.

— Які ми з тобою смішні, Яель! Ти це усвідомлюєш?

Я зітхнула й подивилась у вікно.

— О'кей, нехай це буде моїм монологом... Я тебе поцілував і втік, як кретин. Я облажався та запанікував... Три дні по тому ти об'явилась у крамничці, як та фурія, ми кохалися, а потім ти втекла, а я й пальцем не поворухнув, щоби тебе зупинити та про все поговорити. А потім — нічого, жодного контакту. Ти розумієш, що ми цього вечора поводилися на очах у всіх друзів, як дурні? Тут я сам собі заперечу — це взагалі не проблема. Але нам із дечим треба розібратися, так далі тривати не може...

— Зробімо вигляд, що між нами ніколи нічого не було, — обірвала я його порив.

— Ти що, знущаєшся?

Я перебирала пальцями, низько опустивши голову.

— Подивись на мене, — наказав він. — Яель, подивись на мене і скажи, що ти взагалі про все це не згадувала і що для тебе не має значення те, що між нами сталося.

Я глибоко вдихнула, перш ніж відповісти, я була впевнена, що зможу вдало збрехати. Він був так близько до мене, я відчувала, як він дихає, і тому раптом усі сили мене покинули.

— Марку, я розгубилася. У мене в голові всього забагато, натомість так мало часу для... Я не знаю, як дати раду...

— Думаєш, я не розгублений? — він нервувався. — Я вас знову знайшов, і це все в мені перевернуло... А потім, бляха! Яель, я ж щойно два місяці, як розлучився... Не думав, що так скоро опинюся в подібній ситуації...

Я ковтнула слину та відвернулася; він похитав головою та завів авто, від звуку мотора, що відлунював у стінах паркінгу, я аж підскочила.

— Я не знаю, де ти живеш, — пробурмотів він.

Я назвала йому адресу, всю дорогу ні він, ні я навіть не намагалися сказати бодай ще одне слово. Я сиділа, притиснувшись до вікна та не зводячи очей з вулиці, ніби насуплена дитина. Потім я відчула на собі його погляд і вся затиснулася. А тоді сталося диво, і Маркові вдалося запаркуватися біля мого будинку, він заглушив двигун. Було страшно, що почнеться нова розмова, яка нікуди не приведе, тому я вирішила не дати йому нагоди й рота розтулити, одразу ж відчинила дверцята:

— До зустрічі, — сказала пошепки.

Вийшла з автівки та поквапилася до входу в під'їзд, не озираючись. Піднялася сходами, перестрибуючи через сходинки, та зачинилася на два замки вдома. Не вмикаючи світла, пройшлася квартирою і підійшла до вікна вітальні, звідки було видно вулицю; «Porsche» був на місці, а Марк — ні. Він вийшов з машини та курив, сидячи на капоті. Схопила телефон, знайшла його номер, довгі секунди тримала палець над екраном, де була кнопка виклику. Не зводячи з Марка очей, натиснула ту кнопку. Усміхнулася, коли побачила, як він шукає мобільний у кишенях куртки.

— Третій поверх, двері справа, код на домофоні 27А13, — просто сказала я, коли він зняв слухавку.

Відійшла від вікна та поклала телефон на журнальний столик. Що це я щойно зробила? Скинула туфлі, підходячи до вхідних дверей, квартиру освітлювало тільки світло ліхтарів на вулиці; я почала дихати частіше. Мені здалося, що час довго тягнеться; в якусь мить я сказала собі, що вчинила помилку, водночас я просто вмирала від бажання бути разом із ним. А потім у двері постукали двічі, я відчинила; Марк із непроникним виразом обличчя підійшов і зачинив за собою двері ударом ноги; я відходила, була поневолена його поглядом, сповненим запитань. Він схопив мене за зап'ястя, притягнув до себе та поцілував, чекати більше було несила. Я чекала цього цілий вечір.

— Це тільки все ускладнить, — сказав він, не відриваючи своїх губ від моїх і йдучи за мною через вітальню.

— Ще лиш раз, востаннє, — пробурмотіла я, коли ми були вже на порозі спальні.

Він ледь усміхнувся — вперше з моменту, коли ми опинилися самі.

— Головне — що ти в це віриш...

— А ти ні? — я так само усміхнулася.

Він повільно й щедро мене цілував, руки вже нишпорили всім моїм тілом, я ж марно намагалася зняти з нього куртку. Ми впали на ліжко.

— Вірю, звичайно, — відповів, його губи на моїй шиї. — Цього більше не повториться.

Трохи згодом я, обважніла і сонна, лежала в його обіймах, кожен сантиметр шкіри, кожна частина тіла пам'ятали його пестощі. Я знову виявила, що мій епідерміс має чутливість. Я би хотіла, щоби ця ніжність і це відчуття не закінчувалися ніколи; я забула про інше, відчувала полегшення та приємність від того, що не треба було перейматися тисячею речей, розум був спрямований тільки на щастя. І мені взагалі не хотілося, щоби це було востаннє.

— Тільки подивись на нас, — сказав Марк.

Я підняла обличчя, глянула на нього, він усміхався, дивлячись на мене.

— А нагадай мені, — продовжив він. — Ти дійсно сказала «лиш раз, востаннє»?

Я засміялася, потім знову посерйознішала. Нічого не змінилося, все дійсно ускладнювалося. Я відсунулася від нього й сіла, ковдрою прикривши груди.

— Це досі складно. Не знаю... не маю... Що нам тепер робити?

Він підвівся й одягнувся. Потім сів на край ліжка поруч зі мною, погладив мою щоку.

— Спробуймо не намагатися зрозуміти, що відбувається, спробуймо сприймати речі такими, якими вони є, згода?

Я кивнула. Він встав, я теж, з гардероба дістала довгу футболку. Вже біля дверей Марк мене цьомнув.

— Зідзвонимось? — запитав він.

— Так.

І пішов. Я повернулася до спальні тим самим шляхом, що й дві години тому, знову стала біля вікна у вітальні. Кілька секунд по тому Марк відчинив дверцята авто. Перш ніж сісти, він підняв голову; помітивши мене у вікні, усміхнувся, а потім поїхав.

Аліса тішилася, дивлячись, як я поїдаю її курку з горошком та краду підсмажену скоринку з тарілок дітей. Я прокинулася запізно, тому не поснідала, тож, коли приїхала до них, помирала з голоду. Сестра дала мені поїсти й ні про що не запитувала; поглядала на мене кожні дві хвилини й підтримувала розмову, говорила зі мною про батьків, погоду та про всяку всячину. В кожному разі, якщо вона почне, то і я почну. Я не була певна, що стіл у їдальні, довкола якого сиділи діти й Седрік, підходить для звіряння. Я знала, де саме все це закінчиться: на кухні біля раковини, де вона митиме посуд, а чи на канапі, після кави. За двадцять хвилин вона натякнула на свій вибір:

— Я зараз піду вкладу Лею, саме час денного сну, а потім зустрінемось у вітальні.

Вона не дала мені жодного шансу поставити під сумнів її рішення, бо з собою прихопила й Маріуса, запропонувавши йому піти в кімнату й подивитися мультики; тобто вона вирішила отримати повний спокій на наступні півтори години! Я поприбирала посуд разом із Седріком, який ледь міг стримати сміх.

— Подивись, яка жвава, — сказала я, кидаючи засіб для миття в посудомийну машину.

— А, ти про це. Та вона як з ланцюга зірвалася, все заводить своєї.

— То що це з нею?

Він звів руки до неба.

— Не сподівайся на мене як на інформатора. Якби я був на твоєму місці, то поквапився би й виклав їй усе, що маю сказати. Минулої ночі вона постійно говорила про свої припущення, навіть коли я вже захропів. І щойно я прокинувся вранці, як все знову почалося!

— О, ні...

— А отак, — відповів він і засміявся.

Коли я побачила, як він заварює в чайнику чай для Аліси, то лиш підтвердила сумніви, що йдеться про щось дійсно серйозне. Я попросила зробити собі еспресо, Седрік і собі зробив кави. Ми сиділи у вітальні й пили каву, аж ось прийшла Аліса. Стала поруч із чоловіком, руки в боки, уважно на нього подивилася.

— Ну добре, я пішов.

Похитав головою, встав із крісла, поцілував дружину в губи. Поплескав мене по плечу, проходячи повз, прошепотів «удачі». Потім зник десь у будинку, не стримавшись, проте, від сміху людини, яка вийшла на свободу. Аліса вмостилася на кріслі, поклавши собі подушку під спину, тримаючи в руках чашку чаю.

— Ви з Марком вчора добре доїхали?

— Так, так... а ти взагалі про що?

Вона зробила ковток чаю та поблажливо на мене подивилася.

— Того разу ти нічого не помітила, тому що була надто заклопотана роботою. Цього ж разу ти нічого не помітила через Марка — я так думаю, а ти мене виправиш, якщо я помиляюся...

— Говори ясніше, я нічого не розумію. Хочеш погратися в загадки?

— Ось тобі підказка: нам тут доведеться робити перепланування.

Я насупила брови; дім надто маленький, Аліса аж сяє від щастя, Седрік ще більше, ніж зазвичай, про неї дбає... тобто моя сестра...

— Вагітна! Ти вагітна?!

— Цього разу ти зрозуміла швидше, ніж зазвичай.

Я міцно її обійняла, хоча на якусь мить щось ніби стиснулося в серці, та я це затамувала.

— Розкажи мені все! Коли ти народжуєш? Добре почуваєшся? Не занадто втомилася? Хлопчик чи дівчинка?

— Іди сядь, ти мене задушиш!

— Добре, добре...

Я сіла на місце і подумки надавала сама собі ляпасів; як я могла не помітити? Аліса була матір'ю в розквіті сил — розпроміненою та всемогутньою, округлою та делікатною, як і під час кожної зі своїх вагітностей.

— Народжую наприкінці квітня чи на початку травня, почуваюся чудово, а ще ми, як і завжди, не питали про стать, нехай буде сюрприз.

— Розкажи ще...

— Та ми просто божеволіємо від радості, що тобі ще сказати...

— Батьки в курсі?

— Скажу їм на Різдво, а то мама приїде сюди вже завтра!

Я засміялася, наша матір ставала гіршою за вовчицю, що стереже своїх вовченят, коли Аліса вагітніла.

— Тепер твоя черга розповідати!

О ні... Не тепер... Для проформи я спробую уникнути цих неприємних запитань, хоча й сама чудово знала, що це не допоможе.

— Та що я... Все добре... Робота... Рутина...

— Ну ж бо, не заговорюй зуби. Що відбувається з Марком? Навіть не сподівайся відмовчатися, ви таку виставу влаштували вчора, що це було би смішно. До речі, це було дуже смішно!

— Добре, — зітхнула я. — Почну з самого початку!

Аліса уважно слухала, поки я розповідала, що сталося між мною та Марком — починаючи з останнього дня відпустки в Лурмарені аж до минулої ночі.

— І коли ви знову побачитесь? — запитала вона, щойно я договорила.

— Уявлення не маю.

— Тобто?

— Ну... отак.

— Чекай, Яель, я чогось не розумію... ви одне для одного хто?

— Не знаю...

— Не кажи, що все тільки для... задоволення? — ледь вимовила вона, піднявши брову.

— Е... не буду від тебе приховувати, що це більш ніж приємно...

— Стоп! Не розказуй мені подробиць свого сексуального життя, будь ласка!

Я ледь стримала сміх. Але він таки вирвався на волю, коли я побачила, як Аліса змінилася в обличчі.

— Для тебе це проблема? — запитала я.

— Слухай... Марк щойно розлучився, думаю, йому це далося нелегко, він говорив про це з Седріком під час нашої відпустки... Він ніколи не був із тих, хто зустрічається з жінками для забави, але, зрештою, за десять років він міг і змінитися, не знаю... Сподіваюся, він із тобою не тільки для розваги...

Я про це не подумала. Було б непогано, якби сестра про це не говорила... Хоча нехай, зрештою...

— То й що? Я зі свого боку нічого не очікую.

Вона спантеличено стукнула по підлокітнику.

— Не може бути, Яель... Коли ти нарешті розплющиш очі?

— На що?

— Та годі! Чесне слово, ото ти дурна! На твої почуття до нього!

Я напружилася:

— Ти про що?

— Ти завжди була закохана в Марка, визнай це...

Через вагітність Аліса геть здуріла. Просто маячня! Та чим більше я на неї дивилася, тим більше вона мене лякала своїм сповненим переконаності поглядом. Вона впевнена в собі та явно вірила в ті дурниці, які говорила.

— Ні! Зовсім ні!

Здається, це її прикро вразило, здається, я сказала щось грубе.

— Хочеш, щоби я освіжила тобі пам'ять?

Я схрестила руки на грудях і відвернулася, щоб її не бачити.

— Не ображайся та послухай!

— Буду ображатися, якщо захочу, а слухати не буду!

— Ото вже неслух, як упрешся!

Я не хотіла чути того, що вона збиралася мені сказати.

— Наше життя перевернулося після зникнення Марка, але тебе це вразило більше, ніж усіх нас, разом узятих...

— Неправда! — перебила я, опустивши очі.

Не можу терпіти розмов про той період.

Вона саркастично засміялася.

— Ти ба, дивно! Тоді більше не розраховуй на мене, коли треба все розрулити! Годі дурниць! Хочеш, я нагадаю, як ти ночами ридала в нас на канапі, бо Марка більше нема? Хто щовечора сидів біля його факультету після завершення пар? Хто мало не завалив випробувальний термін на роботі через зникнення Марка?

Я різко підвела очі.

— Неправда!

— Тобто мені наснилося, що якось шеф тебе викликав через те, що ти не прийшла на призначену зустріч, бо стовбичила біля будинку Маркового дідуся?

— Можливо, але *все це* було дуже давно! Ми були друзями, і це все! Я діріла від хвилювання, крапка!

Вона підвелася з канапи та підійшла до мене, височіла наді мною з висоти всього свого зросту, а я скрутилася на кріслі.

— Та ти просто сліпа, коли йдеться про Марка! І так було завжди! Для всіх нас завжди було очевидно, що між вами щось є. Ви були гірші, ніж сіамські близнюки! Щойно один ворухнеться — другий робить так само...

— То й що! Ми були дітьми, нам було по двадцять п'ять!

— Чесне слово, Яель... вам небагато часу знадобилося, щоби все розпочати знов!

Я й собі встала та злостиво посміхнулася.

— Це взагалі про інше. Сьогодні це просто для задоволення, от і все!

Я спеціально намагалася вивести її з себе, але не діяло, вона забила останній цвях:

— Не ховай голову в пісок... Будь уважною до себе, а також трохи й до нього, це все, про що я прошу...

— Ти в нас уже кухонний психолог? — зіронізувала я.

— Може, це й кухонна психологія. Але я бодай живу, відчуваю, люблю — і визнаю це.

Я не мала, що відповісти. Аліса раптом пішла подивитися, як там її сімейка. Я скористалася нагодою та й собі вийшла. Басейн дав би змогу вивільнитися: в голові всього забагато. Насамперед вагітність Аліси, через яку я, хоч і була щасливою, подумки поверталася до чогось усе більш і більш далекого в моєму житті та майбутті. Треба бути чесною; схоже, що я ніколи не пізнаю цього світла, цього прекрасного стану очікування на малюка, так само я не пізнаю того майже тваринного захисту з боку власної матері. Коли я матиму час на те, щоб завести дитину? І з ким? І як її ростити? До того ж, чи я взагалі на те надаюся? Звичайно ж, ні. А ще слова Аліси про Марка, мої гадані почуття до нього, мій смуток після його зникнення, все це мене бентежило — від кого я маю себе захистити? Від Марка? Чи від себе самої?

Вранці о 9:30 з навушниками в руках я готувалася до звичної наради з Бертраном, аж тут задзвонив телефон і розбив мій псевдоспокій:

— Так, — відповіла я, не перевіривши, хто телефонує.

— Яель, це Марк.

— Привіт, — таки відповіла після багатьох секунд мовчання.

— Відволікаю?

— Я на роботі.

— Я теж!

— Вибач, мені…

— Тобі пора, я знаю. Але не хвилюйся, я ненадовго. Хотів спитати, чи ти вільна сьогодні ввечері, можна піти разом повечеряти, тільки вдвох.

О... зрештою!

— Із задоволенням, але я не знаю, коли звільнюся. Думаю, не раніше восьмої чи восьмої тридцять.

— А якщо ми поїмо в тебе, а все інше я візьму на себе — підходить?

— Так...

— Можу по тебе заїхати на роботу, коли закінчиш?

Все ускладнюється... Марк в агенції...

— Е... не знаю...

— Та це ж просто, ні?

Я побачила, що Бертран виглянув з дверей свого кабінету. *Тривога! Чому він постійно тут? Я не можу мати спокій навіть на дві хвилини, бодай на маленькі дві хвилинки.* Відповіла Марку, не роздумуючи:

— Надішлю смс, коли закінчу, із адресою агенції.

— До вечора, цілую.

Чому в невинних розмовах з ким завгодно слово «цілую» не означає нічого більшого за простий знак уваги між друзями, типу «цьомчики», але тут, коли саме Марк вимовив це, я заплющую очі, тілом і думками прагнучи того, що точно відбудеться між нами? Серйозний вираз обличчя Бертрана, що прямував до мого офісу, подіяв на мене як холодний душ.

— Я тебе теж, — раптово сказала я Марку та поклала слухавку.

Відірвала слухавку від вуха та аж підстрибнула в кріслі.

— Бертране? Можемо зустрітися зараз?

— А я думав, що ти про мене забула, — сказав він із виразом, який годі й було розшифрувати. — Вже п'ять хвилин на тебе чекаю, але якщо в тебе щось термінове...

О двадцятій, як і планувала, надіслала смс Маркові, він одразу ж відповів: «Буду хвилин за двадцять». Виняткова пунктуальність. Він чекав на мене із сигаретою в зубах, спершись на припарковану біля будівлі автівку. Я не змогла стримати усмішки. Та усмішка одразу розтанула, щойно за кілька метрів від себе я помітила Бертрана, він повертався в офіс. *Ото така моя доля.* Марк уважно на мене дивився, хитро усміхався, стояв нерухомо, він і не знав, що саме відбудеться в наступні секунди, все треба зробити швидко, я наближалася до нього, на ходу помахавши шефові:

— На добраніч, Бертране! До завтра!

Бос більш явно попрямував до мене, мій порив сповільнився.

— Яель, ти що, вже йдеш додому?

Сам того не помітивши, він став між мною та Марком.

— Так... Я вам була ще потрібна сьогодні ввечері?

— Звичайно.

— Тобто...

Я подивилася на Марка, це помітив Бертран — він завжди все помічає — та озирнувся. Він роздивився Марка з ніг до голови, швидко кинув оком на «Porsche». Марк натомість підняв брову, не втрачаючи ні іронічного виразу обличчя, ні безтурботної пози. На якусь мить я розгубилася: чи потрібно їх один одному представити? Навіщо? Бертран полегшив мені цю задачу, бо вже за десять секунд втратив інтерес до Марка та знову зосередився на мені.

— На тебе чекають, здається, в тебе є якісь плани на вечір.

— Якби я знала, що ви...

— Не вимикай телефон.

Більше жодного слова, ані погляду, він пішов у офіс. Я видихнула все повітря, що затримала в легенях, і похитала головою.

— Привіт, — сказала я Марку.

— Все добре?

— Сподіваюся.

— Можемо їхати?

Коли дверцята зачинилися, а мотор загарчав, ми з Марком обмінялися довгими поглядами. Зустріч із Бертраном мене збентежила.

— Можна? — запитала я в Марка, торкнувшись пальцем автомагнітоли.

— Якщо це тебе потішить!

Я натиснула на кнопку, хоча потім взагалі не звертала уваги на звуки з динаміків. Стримувалася, щоб не полізти по телефон у сумочку, та це було не так уже й складно, мій водій постійно на мене поглядав і не втрачав нагоди торкнутися мого стегна, коли перемикав швидкості.

— З ким це ти говорила? — запитав він за деякий час.

— Це мій шеф.

— Не може бути! Це знаменитий Бертран?

— Так, — я наполовину розсердилася, наполовину розвеселилася. — Всі наші просто здуріють від заздрості, ти єдиний його бачив, нехай і мигцем!

— От тільки доведеться їм пояснити, чому це я чекав на тебе після роботи...

Я повернулася до нього та сперлася на скло.

— Теж правда... Але ж ми вже ніби дорослі та можемо робити те, що забажаємо? Хай собі думають, що хочуть.

— Це точно, ми ж не будемо надсилати їм брошуру з описом того, що саме ми вдвох робимо!

На світлофорі музика, на яку я не звертала уваги, змінилася. Я не здивувалася, впізнавши Генсбура, та іноді випадок прецікаво все повертає, тепер уже співала Джейн Біркін, пояснюючи нам «Декаданс». *Повернися. — Ні. — Поруч зі мною. — Ні, не так. — І танцюй декаданс. Так, добре. Рухай стегнами. Повільно, поруч із моїми. — Стій тут, позаду. Розхитай декаданс...* Марк дивився прямо перед собою, з усмішкою на губах. А я натомість не змогла стриматися: зареготала. *Боже, як це приємно!*

— Ти це спеціально?

— Та ні! — він зі сміхом усе заперечував. — Клянуся, це не я! Це ж ти увімкнула музику!

Я скористалася тим, що авто зупинилося, і наблизилася до Марка. Взяла його обличчя в свої долоні й поцілувала. Спершу він здивувався та облишив кермо, взяв мене за талію. Машини навколо почали гучно сигналити, це спустило нас обох із небес на землю, і ми знову почали реготати.

— *Отче наш, одпусти нам провини наші, декаданс...* — співав Марк у відповідь на знервовані погляди інших водіїв.

— Дякую, — сказала я, коли він знову рушив.

— За що?

— За те, що я розслабилася, відволіклася, забула про роботу та пожила чимось іншим.

— До ваших послуг, — відповів він і підморгнув.

Після того як ми з боєм припаркувалися, спокійно пішли до мене, Марк ніс пакети з їжею.

— Ти не проти, якщо я окупую твою кухню?

— Хоч раз вона пригодиться.

Я саме відчиняла двері в під'їзд, коли телефон завібрував.

— Не може бути, — пробурчала я.

— Що таке? — запитав Марк.

Я показала йому екран свого мобільного.

— Ясно, зрозумів...

Він притримав двері та дав мені вийти у внутрішній дворик.

— Так, Бертране, — я зняла слухавку.

Марк ішов за мною, ми піднімалися сходами, я тримала телефон плечем, одночасно намагаючись дістати ключі на дні сумочки.

— Програма помінялася. Як я і думав, тобі треба скасувати всі плани на завтра, — оголосив він без прелюдій.

Я різко зупинилася, Марк на мене наштовхнувся, я захиталася, але він підхопив мене за талію, перш ніж я впала. Мозок розірвався надвоє; одна половина намагалася дати раду відчуттю Маркового дотику на тілі, друга половина так само непросто аналізувала сказане Бертраном.

— Навіщо? Це неможливо!

Марк мене відпустив, ми дійшли до дверей моєї квартири. Він притулився до стіни та запитально на мене дивився, я знизала плечима та засунула ключ у замок.

— Завтра вранці ти підеш на переговори замість мене.

— Неможливо. У мене вранці нарада з усією командою щодо пошуку нових клієнтів. Я не можу так із ними вчинити і все скасувати.

— Тоді перенеси, проведеш нараду ввечері.

— У мене конференц-кол пообіді на іншому кінці Парижа.

— Слухай, Яель! Та ти навіть не намагаєшся! Це ж не складно, викличеш усіх на нараду о восьмій вечора, в них не буде іншого вибору. Бути шефом — це ще й це! Треба знати, чого хочеш.

— Добре, — здалася я, заходячи додому.

Марк зачинив двері та стояв позаду, так близько.

— Щось іще, Бертране?

— Завтра приїзди якомога раніше, я тебе пробрифую.

— Буду рівно о восьмій.

— О сьомій тридцять.

І він поклав слухавку. Безкінечно повільно я опустила руку, одночасно віддаляючи думки про Бертрана.

— Пробач, — пробурмотіла.

Я відчула його руку на своїй руці — на тій, що тримала телефон.

— Можна?

Не чекаючи на відповідь, він взяв мій телефон і поклав на столик.

— Не хвилюйся, я не намагатимуся викинути його у вікно. Мені просто хочеться, щоби ми залишилися тільки вдвох і щоби твій шеф із нами разом не вечеряв.

Марк торкнувся губами моєї шиї; відрухово я ще більше її підставляла, відчуття вже кипіли.

— Це ти про кого? — прошепотіла я.

Трохи згодом ми лежали в моєму ліжку обличчями одне до одного, по пояс вкриті ковдрою, Марк неуважно гладив мою руку.

— Здається, пора тобі вже показати мені квартиру. Не те щоб мені не подобалася твоя спальня й твоє ліжко… але мені цікаво побачити й усе інше.

— Не моя вина, що ти не можеш себе стримати, — зі сміхом відповіла я.

Він заліз на мене, притиснув до матраца та поцілунком змусив замовкнути.

— Добре, сам усе роздивлюся.

Стрибнув у джинси та пішов досліджувати мою квартиру. Я потягнулася, а потім перевернулася на живіт, поклавши руки під подушку. Чула, як він насвистує у вітальні, поруч, так близько. Я раніше терпіти не могла жодного вторгнення в свою квартиру, а тепер мені подобалося знати, що Марк — тут і що він розглядає мої речі, торкається їх, захоплює нові території. Ніхто й ніколи раніше не мав цього права, натомість тепер видавалося природним, що це право має саме Марк. *Яель, та ти здуріла*. Я не мала відчиняти двері надто широко, не мала давати розростися чуттєвій залежності від нього, я стану від цього вразливою. В трусах і довгому светрі я пішла до Марка на кухню. Заклякла на порозі та не змогла стримати сміх. Моя кухня, що зазвичай так блищала, не мала жодної плямки і де все завжди було в ідеальному порядку, тепер перетворилася на поле битви. Таке враження, що він усе повитягав із шаф, всюди панував безлад. Ось він кинув у мийку ложку сметани, на металеву робочу поверхню полетіли бризки. Який нечупара!

Та сердитися на нього було неможливо, бо він знову наспівував — і знову фальшивив — щось із Генсбура, поглядаючи на плиту: *Слухай мій голос, слухай мою молитву. Слухай, як б'ється моє серце, розслабся. Прошу, не лякайся, коли в мене потече слинка. Я хочу, щоб ти довірилася, та відчуваю, що соромишся. Я хочу, щоб ти була покірною, та відчуваю, що ти боїшся...* Він робив усе, щоб мене добити. Підійшла ближче та стала поруч із ним. Здається, його щось розвеселило, але я не могла збагнути, що саме. Хай там як, але пахло просто дивовижно смачно; він готував для нас свіжу пасту з овочами, які саме тушкувалися на сковорідці.

— Ну як? — він дав мені спробувати соус.

Я аж очі заплющила від задоволення, смакувало так само добре, як і пахло.

— Божественно!

— Розвій мої сумніви, ти всім цим хоч раз користувалася? — він показав на моє кухонне начиння.

— Ніколи! Ти перший!

— Нагадай, як давно ти тут живеш?

— Вже чотири роки. Чому ти питаєш?

— Просто неймовірно!

— І як це розуміти?

Він своїми губами ледь торкнувся моїх.

— А й правда, соус вийшов непоганий... ти мене смішиш, — додав він.

Коли все було готове, я сіла на канапу по-турецьки, поставивши тарілку на коліна. А Марк сів на підлозі, тарілку поставив на журнальний столик, але спершу він побурчав, що моя канапа — то не канапа. Вся вечеря минула в ритмі наших розмов і кількох поцілунків. Сама того не помітивши, я з'їла величезну порцію пасти, яку Марк поклав мені в тарілку.

В мойій квартирі ще ніколи не було такого розгардіяшу: дивно, але я на це не зважала. Невже я раптом опинилась у якійсь паралельній реальності?

— Знаєш, я ще ніколи не бачив такої впорядкованої та чистої квартири, — сказав Марк, поклавши голову мені на коліна. — Все під лінієчку!

— Ти смієшся? Я саме подумала, що треба попросити домогосподарку про позачергове прибирання!

— Все краще й краще! — він зареготав. — Коли ти стала такою маніакальною? У тебе тут клінічна чистота. Все біле, знезаражене, в тебе немає меблів, немає нічого особистого. В тебе так чисто, що не ясно, чи тут хтось взагалі живе. Серйозно, клянуся, це могла би бути взірцева квартира, як у журналі! Тепер я краще розумію, чому наші друзі називають твоє помешкання лабораторією.

— Ти вже закінчив наді мною знущатися?

Він голосно засміявся, потім заліз на канапу та ліг на мене.

— Але я ж тут буваю зовсім мало, — я почала захищатися. — Я вже думала, чи не залишатися ночувати в офісі час від часу. Це би дуже полегшило деякі речі!

Він підвівся, спершись на руки та подивився на мене інквізиторським поглядом.

— Ти вже з босом переспала?

Я на якусь мить насупила брови, перш ніж відповісти.

— Ні! — сказала, скривившись від огиди. — Ти що, ненормальний?

— Ви так багато часу проводите разом...

— Мені це ніколи не спадало на думку. Хоча він симпатичний, як на свій вік...

Я замовкла й уважніше подивилася на Марка; він не мав аж надто серйозного вигляду, але його лице було майже стривоженим. *Неймовірно.*

— Ти що, ревнуєш?

— Зовсім ні!

Я захихотіла, як підлітка.

— Маскулінна брехня! Не можу повірити.

— Я просто довідуюся, що ти робила в попередні роки, от і все, — сказав він із усмішкою хлопчака, якого впіймали на шкоді. — Таки є дві-три речі, які я про тебе не розумію.

Я обійняла його за шию, притягнула до себе та поцілувала. Поцілунки ставали все інтенсивнішими, я міцно тримала його між ногами, нас обох аж трохи судомило від бажання. Та Марк відірвав свої губи від моїх і ліг щокою мені на груди.

— Вже пізно, — зітхнув він, перш ніж підняти голову й знову на мене подивитися. — Тобі завтра рано вставати, я піду, а ти поспи.

У глибині душі мені хотілося сказати йому, щоб лишався на всю ніч, але я стрималася. Я сама падала в прірву — якщо продовжу в такому ж дусі, звідти буде складно вибратися.

— Маєш рацію, — сказала я та звільнилася з його обіймів.

Він підвівся, пішов у мою спальню, одягнувся. За цей час я прибрала залишки нашої вечері. За кілька хвилин я провела його до дверей.

— Я провела неймовірний вечір, Марку.

Обсмикнула светр, щоби прикрити ноги. Він усміхнувся та провів долонею по моєму розтріпаному волоссю, а потім поцілував у щоку.

— Солодких снів.

Пішов. Ледь стоячи на ногах, я вимкнула світло в квартирі й одразу ж лягла і негайно провалилася у сон.

10

Наприкінці жовтня Бертран доручив мені піти на зустріч із бухгалтером нашої агенції. Ніхто й ніколи раніше не мав доступу до фінансових справ і рахунків. Тобто я єдина отримала привілей мати певність у тому, що агенція не в стані кризи! Попри тиск, який, за моїми відчуттями, тільки наростав, я як ніколи пишалася Бертрановою довірою.

Хоч він і не був із тих, хто згадує про особисте життя інших чи цікавиться секретиками своїх найманих працівників, я постійно боялася, що він запитає про Марка й те, як я проводжу свій вільний час. Я марно отак постійно тривожилася, бо й гадки не мала, що відповіла б на таке запитання. Та це його й не стосується! Я дуже помилялася, Бертран жодних ремарок не зробив, і його ставлення до мене не змінилося ні на йоту. Та лиш вечорами, в ліжку під ковдрою, я могла відпускати думки на волю, міркуючи, як там Марк, уявляючи його в антикварній крамничці разом із дідусем. Хотілося б знати, чи він думає про мене, і куди все це нас приведе. Він не дзвонив, я ж якомога далі відсувала момент дзвінка, щоби створити між нами трохи дистанції, щоби перевірити мою власну стійкість перед впливом, який Марк уже, здається, на мене мав. Але коли я, лежачи в ліжку, заплющувала очі, коли більше не мала сил боротися й обманювати себе, то думала тільки про нього, мені його бракувало; і це було недобре. На диво, от уже багато років я так добре не спала.

Тієї суботи я без поспіху поверталася з басейну. Сама не знаю, чому, але мій погляд привабила родина, вони саме робили закупи, діти пустували, батьки були трохи пом'яті, в їхньому погляді змішалися любов до дітей і гнів через надто ранній підйом вранці вихідного дня. Певно, жінка відчула, що я на неї дивлюся, вона також на мене глянула, її погляд був не надто добрим і заздрісним; мені плюс-мінус стільки ж, скільки і їй. Певно, вона подумала, що я тут красуюся в модному спортивному костюмі дорогою в квартиру з дизайнерським ремонтом та ідеальним порядком, де можу спокійно прийняти душ, і в душі я можу бути хоч би й годину, і ніхто мені не заважатиме, а потім, якщо захочу, я можу скористатися останніми осінніми променями сонця та з'їсти крок-мадам на якійсь терасі, пройтися крамницями та витратити всі ті гроші, які назбирала, вбиваючись на роботі. Можливо, вона думала, що ввечері я піду в модний ресторан у чудовому дизайнерському одязі разом із друзями — красивими, вільними, без жодних тривог — і що я навіть знайду собі партнера на одну ніч, із яким опинюся просто на сьомому небі від задоволення. Вони ж цілий день бігатимуть від одного до іншого, потім скупають дітей, на підлогу наллється більше води, ніж залишиться у ванні; вона дратуватиметься на чоловіка, який на час перетворення ванної кімнати на басейн вирішить зробити собі перерву з «Turbo» в руках, а ще їх на вечерю чекають друзі, ті ж друзі о цій порі вже в паніці, бо нічого ще не готово. Вона зрештою прийде у вітальню й кричатиме на любов свого життя, бо їй тепер треба збиратися в гості на четвертій швидкості, і що вона страшна, а він відповість, що їй і так дуже гарно і що не треба нічого такого робити, вона відповість, що не вірить жодному його слову, і все закінчиться вибухом сміху. Ввечері в гостях у друзів вони розмовлятимуть про дітей, як завжди, але також про пошук місця, куди варто поїхати кататися на лижах, ділитимуться планами трохи зекономити, бо ростити дітей у Парижі — це «о, в мене враження, що я тільки те й роблю, що постійно за щось плачу!..» А ще вони згадають про свої роботи, критикуватимуть шефів, мріятимуть про пенсію, рахуватимуть дні відпусток і відгулів. Коли повернуться додому, то усвідомлять, що вже дуже пізно, хоча вони й провели чудовий вечір, і що завтра діти знову рано встануть, і ранок перетвориться на пекло. Він запитає в неї: «Ти ж сказала няні, що їм можна дивитися телевізор? Завтра я хочу трохи поспати!». Вони заснуть в обіймах одне одного, сміючись, що надто лінуються кохатися, обіцяючи зробити собі любовний вікенд, де вони будуть тільки вдвох і не виходитимуть з готельного номера, а ще говорячи, як не хочеться знову на роботу в понеділок.

Та жінка і я дивилися одна одній просто в очі; вона явно бачила таке ж кіно. Вона усміхнулася, ніжно подивилася на дітей і чоловіка, похитала головою та повела їх за собою. І хто кому заздрив? Я не могла відповісти на це запитання.

Щойно увійшла в квартиру, що здалася мені геть порожньою, я стала на порозі та схопила мобільний. Я здалася. Після багатьох гудків я почула автовідповідач: «Привіт, Марку, як ти? Е... Я хотіла запитати, чи ти не хочеш зустрітися... сьогодні ввечері? Чи завтра, якщо хочеш? Передзвони...

Я... Я тебе цілую». Поклала телефон на столик біля входу як об'єкт найбільшої спокуси та пішла у ванну, говорячи сама до себе:

— Блін, яка я дурепа!

Я дуже неквапно помилася, потім у гардеробі обрала речі, які для мене вибрала Аліса в день нашого спільного шопінгу після відпустки — і нарешті одягнулася. Ходила колами по вітальні, міркуючи, чим зайняти решту дня. Вхідні двері, чи то пак столик біля них, вабили мене, як магніт; я регулярно туди підходила та стривожено перевіряла телефон, чи нічого там не пропустила — та Марк не передзвонив. Водночас, я подзвонила й залишила йому повідомлення не так уже й давно. Зголодніла й подумала, що крок-мадам, про який я оце згадувала раніше, здається, був не такою вже й поганою ідеєю. Звичайно, я опинилася поруч із агенцією, я тільки в тому районі знала добрі заклади. Та в цьому діловому кварталі є й переваги — мені вдалося знайти місце на терасі. Сидячи під сонячним промінням, згадала про «Квіточку» та про батьків. Перш ніж мені принесли їжу, перш ніж я витягнула планшет для роботи, подумала, що хочу почути голоси батьків. Голос матері змусив мене усміхнутися, та водночас до очей підступили сльози.

— Моя *sweet* Яель, як ти?

— Все добре, мамо.

— У тебе голос якийсь дивний. Точно все добре?

Перед батьками я завжди мала враження, що припиняю бути дорослою і перетворююся на маленьку дівчинку Яель — без сумніву, це одна з причин, чому я уникала телефонних дзвінків і зустрічей з ними.

— Так-так, кажу тобі. Просто скучила, от і все.

— О... А ми вже взяли квитки, приїдемо на Різдво.

— Чудово!

— Заїжджай до нас у гості на вихідних!

Я аж вмирала, так хотіла туди приїхати, я вже більше шести місяців їх не бачила. Збиралася в гості, та в останній момент довелося все скасувати — робота.

— Кінець року дуже завантажений, мамо... Та я приїду навесні.

— Бережи себе... Крихітко, передзвони нам завтра, а то твій батько на мене вже зачекався, ми збираємося на обід у гості до сусідів.

— Поцілуй тата від мене.

— Цілую!

Поклала слухавку. В цю ж мить мені подали крок-мадам — дуже апетитний, — але мені його більше не хотілося. Поколупалася в ньому виделкою. Марк не передзвонював; може, не побачив моє повідомлення. Зрештою, мобільник, здається — то останній його клопіт, до того ж сьогодні субота, він у крамничці, працює... Залишається тільки йти за його прикладом, тож я попросила рахунок і вже за п'ять хвилин була на роботі.

Поставила сумку, пішла на *kitchen* приготувати дві кави. Свою залишила біля комп'ютера, а з другою кавою в руках я постукала у відчинені двері кабінету Бертрана, який сидів, схилившись над досьє.

— Добрий день.

— Яель, не сподівався тебе тут побачити сьогодні.

— Та ось і я!

Наша розмова не продовжилася, я простягнула йому чашку кави, він подякував кивком голови та знову зосередився на тому, чим був зайнятий. Години спливали, та мені так і не вдалося по-справжньому зосередитися, я постійно поглядала на мобільник і кілька разів перевіряла, чи він не у беззвучному режимі, і чи не розрядився. Така поведінка викликала прикрий сміх; востаннє я так пильнувала телефон у Лурмарені, коли марно чекала на новини від Бертрана. Того самого Бертрана, який сидить і працює за кілька метрів від мене. Сьогодні ж мені не відповідає Марк. Невже я все своє життя отак без надії сподіватимусь на телефонні дзвінки, яких не буде? Мене відволік голосний сміх Бертрана; він ходив туди-сюди своїм офісом із гарнітурою у вухах та розмовляв чистісінькою американською англійською. Який ще блискучий маневр він задумав? Коли закінчив розмову, пішов до мене. У мить, коли збирався розтулити рота, дзенькнув мій телефон.

— Бертране, секундочку!

То була смс від Марка, він пропонував зустрітися «У Луї», в ресторані, де ми вечеряли, коли вперше побачилися після довгої розлуки. Я стрималась, щоб не захихотіти; обіцяла собі більше туди ніколи не повертатися! Відповіла: «Із задоволенням, побачимося там о 20:00».

— А тепер я до ваших послуг, — з широкою усмішкою сказала я незворушному Бертрану.

— Як там зустріч Габріеля та Шона?

— Все добре! Вона наступного тижня.

Він задоволено кивнув. *Отак, Бертране, я вмію наполегливо працювати!* Останнім часом я не завжди розуміла, як себе з ним тримати. То я отримую всю його довіру та навіть більше, то вже наступного дня він дивиться на мене згори вниз — так, ніби думає, що я не справляюся!

— Сьогодні в агенції повечеряєш?

— Е... Ні, я попрацюю ще годинку та піду.

— Чудово!

Він вийшов і замкнувся в своєму офісі. Наступні шістдесят хвилин я працювала ефективніше, ніж усі ті попередні години пообіді, які я провтикала в телефон.

Попри те що вечеря з Марком минула просто дивовижно, як і візит на каву до нього додому, я мусила втекти до себе, щоби не ночувати тут, у нього, — хоч він дуже наполягав, щоб я залишилася на ніч. Але він сам подарував мені золоту відмазку, оголосивши, що вранці-рано встає, бо йде з дідусем на блошиний ринок Сент-Уан. Мене лякала перспектива спати разом із ним, прокидатися поруч із ним — я сама собі встановила ці кордони, переконавши себе, що за цим рубежем я вже нічого не зможу контролювати.

5 листопада. Великий день! Я опинюся між двох вогнів — між наших найкращих заклятих клієнтів. Їх треба буде представити один одному та все зробити так, щоби вони почали спільний бізнес. У ліфті, що вів до офісу Габріеля, мені захотілося сміятися — певно, я за ці дні розвинула мазохістські нахили. Ті двоє чоловіків терпіти мене не могли, та я сама з власної волі кинулася вовкові в пащу. Дивно, але це мене заводило. Поки ми чекали на рецепції, Шон видавася мені навдивовижу мовчазним, він розглядав це місце та співробітників Габріеля, які нарешті хоч раз у житті зняли з облич звичні вирази збоченців. У сумці завібрував телефон. Повідомлення від Марка: «Ти ввечері вільна? Заїхати по тебе після роботи? Цілую». У мене стався вибух адреналіну, відповіла на ходу: «Так, гадаю, десь о 20:30. Цілую». Я вже взялася ховати телефон назад у сумочку, аж тут раптом щось згадала: надіслала Маркові ще одне повідомлення з адресою Габріеля, уточнивши, що в мене зустріч із клієнтом

першочергової важливості. Коли підняла голову, продовжуючи усміхатися на всі тридцять два, зловила на собі погляд Шона, якого, здається, не цікавило нічого навкруги, окрім мене. Він скривив губи в посмішці.

— Що це з вами? Ви нечасто тішитеся аж до такої міри.
— У мене є свої секретики, Шоне.
— Яель! Яель! Яель!

На сцену виходить Габріель. Шон непомітно напружився. Я повернулася до господаря цього офісу з найбільш приязним виразом обличчя, вирішивши грати на його полі та не дозволяти взяти над собою гору. Він не спішив, на мить зупинився, подивився мені просто в очі, трохи нахилив голову вбік та пробурмотів «цікаво». Потім підійшов до нас. Я представила їх один одному; вони обмінялися енергійними рукостисканнями та недовірливими поглядами. В ту ж мить я зрозуміла, що доведеться дати раду війні двох еґо, і війна ця гідна бійки на шкільному подвір'ї. Вони стояли, розглядаючи та оцінюючи один одного. *Ми ж не будемо тут стовбичити цілий день, у мене є плани на вечір!*

— Панове! — втрутилася я. — Можемо починати?

Габріель усміхнувся кутиком вуст.

— Мені це подобається, — прошепотів він, кинувши на мене оком. — Прошу за мною.

Не звертаючи уваги на Шона, він поклав руку мені на спину, запросивши йти за ним далі по коридору. Мій британський клієнт не відставав і став із іншого боку. Тож я йшла офісом із таким ескортом. Вони були жалюгідні, аж смішно. Ми сіли за круглим столом у кабінеті Габріеля. Вони сіли один навпроти одного, я ж сіла рівно посередині між ними, обох це явно збентежило. *О так, панове, вам доведеться мене між собою якось поділити!* З цього моменту почалося казна-що. Ввічливість була лиш позірною. Шон тримав дистанцію, був холодним і зверхнім. Габріель — нахабним, нетерплячим, неуважним. Я даремно намагалася синхронно перекладати, вони не слухали один одного, сперечалися, по черзі мене звинувачуючи. Та я просто час марную з цими клоунами. Хоча я все одно була впевнена, що обоє мали би бути зацікавлені в спільному бізнесі. Однак у такому темпі затія приречена на провал. Неприпустимо. Про це й мови не може бути.

Я відчула, що розправила крила. Вперше я скористаюся всіма знаннями, які накопичила за ці роки про цю особливу породу, ділових чоловіків — марнославних, зневажливих, впевнених у собі та владних, — і вони швидко зрозуміють, що мають справу з новою Яель, і що цього разу я розраховую спрямувати ці перемовини в правильному напрямку. Годі цієї надмірної шанобливості з Шоном і звички захищатися перед Габріелем. *Зараз я вам покажу, де козам роги правлять!* Я підвелася, вони одразу замовкли. Походила кімнатою, потім стала, схрестивши руки, на рівновіддаленій від цих двох дурнів дистанції. По черзі на обох подивилася.

— Панове, ви можете негайно припинити так себе поводити? Ви як два півні в курнику, просто жалюгідні.

— Що це з вами, Яель? — здивувався Шон.

— Все краще й краще, — саркастично засміявся Габріель. — Мені подобається!

— Ми ні про що не домовимося, якщо продовжуватимемо в тому ж дусі. Я знаю вас обох — і краще, ніж ви собі думаєте.

Я зверталася до Шона англійською, знаючи, що Габріель цілком спроможний зрозуміти те, що я скажу.

— Ви погодилися зустрітися з Габріелем. Чи не так? То припиніть вдавати з себе патріарха, йому не потрібен ментор, слухайте, що він каже, — він імпульсивний, відважний і не боїться ризикувати.

Потім я повернулася до Габріеля, котрий пишався, мов павич, після моєї прихильної тиради.

— А ви зніміть з обличчя цей самовдоволений вираз і не вдавайте з себе хулігана, перед вами сидить *Capital Risk* із реноме, це мислитель, який може залучити вас до найвигідніших проєктів. Ясно? Добре. А тепер почнемо з початку.

Я затишно сіла в своє крісло. Габріель захоплено присвиснув. Його грубість не мала меж.

— Ви приховували від нас просто вибуховий темперамент! Ви жінка, справжня жінка! Нарешті щось у вас забриніло!

Я не змогла стримати усмішки від задоволення своїм виступом та, треба це визнати, від зворушення щойно сказаними словами.

— Дорога Яель, — заговорив Шон. — Переходьте працювати до мене! Я більше, ніж будь-коли, хочу, щоб ви стали однією з моєї команди. В мене є ще декілька осіб, яким потрібна така ж прочуханка.

Йому я також усміхнулася, а потім недбало махнула рукою — ніби змітаючи їхні зауваження. Якимось дивом зустріч одразу ж стала більш продуктивною, ми нарешті взялися до роботи. В глибині душі я тріумфувала, я знала, що це спрацює. Я майже не була їм потрібна, бо Габріель щось лопотів англійською, в нього була якась базарна вимова, Шон із усіх сих намагався його зрозуміти, вони розмовляли про майбутні проєкти, мені вже майже не потрібно було втручатися.

Було вже темно, коли ми вирішили зупинитися — досить, як на перший раз. Викликаючи таксі для Шона, я усвідомила, що вже пізно, та помітила десять пропущених викликів від

Марка. Але ж він знав, що в мене важлива робоча зустріч, я його попередила, та й він сам постійно запізнювався. Габріель, тримаючи в руках шолом від мотоцикла, провів нас до виходу. Я вийшла з будівлі, знову в оточенні обох чоловіків. На Шона вже чекало таксі.

— Вас підвезти, Яель? — запитав він.

— Е...

Я почала роззиратися й побачила за кілька метрів від нас «Porsche», спершись на який стояв і курив Марк із байдужим обличчям.

— Ні, Шоне. Вибачте, на мене чекають...

— Ви розбиваєте мені серце, — весело сказав він.

Потім він поцілував мені руку. Потім я відчула руку Габріеля на моїй спині, він ледь нахилився до мене:

— Тепер я зрозумів. Насправді ви мала пустунка, Яель! Добре розважтеся цієї ночі!

Я повернулася до нього. Він помітив Марка та уважно й безсоромно його розглядав.

— Тримайте себе в руках, Габріелю, — ввічливо прошепотіла я.

Він засміявся.

— Я радий за вас, Яель. От бачите, я завжди маю рацію.

— Переказуйте вітання вашій дружині. Я сподіваюся скоро завітати в її Ательє. Чесне слово.

— Вона буде дуже рада.

Я трохи відійшла від обох. Вони потиснули один одному руки.

— На добраніч, панове. До зустрічі!

Розвернулася та пішла до Марка, який так само стоїчно чекав. Усміхнулася, у відповідь — немов скам'янілий вираз обличчя. *Нічого собі настрій.* Щойно я підійшла, він сів у машину. Не буде ж він мені тут сцену влаштовувати! Я просто божеволіла від радості через свою перемогу, мені хотілося це з ним розділити, розповісти, як я їх обіграла, і це задоволення він мені не зіпсує. Я ледь встигла зачинити дверцята, він негайно рушив, агресивно влившись у потік автівок. З інших машин почали сигналити. Після довгих хвилин мовчання я заговорила:

— Мені прикро, що я запізнилася.

— Сподіваюся, що тобі дійсно прикро! Я там годину стовбичив! Нормальне тобі моє таксі, підходить?

Я зітхнула.

— Слухай, це було дуже важливо, я не могла тобі передзвонити.

Він холодно на мене глянув. З усіх сил стиснув кермо — певно, це його спосіб вихлюпнути гнів.

— Не могла чи забула?

Туше!

— Мені прикро. Чесно... Я на цій зустрічі просто застрягла.

— Застрягла? О так, ти дійсно мала страждений вигляд поміж тих двох мужиків, які тебе там обмацували!

У мене аж очі вилізли на лоба. *Що це на нього найшло?*

— Що? Ану чекай, та ти здурів! Що це за напад ревнощів?

— Та це ти щось чудиш! До мене ще й не одразу дійшло! Ми зібралися разом провести вечір, а ти змусила мене чекати, взагалі не зважаючи ні на мене, ні на наші плани. І коли нарешті мадам зволила вийти, то почала квоктати з якимись двома чоловіками, котрі вдають із себе набобів!

Він із цим своїм інстинктом альфа-самця починав діяти мені на нерви! Я була голова просити вибачення за запізнення, але точно не за свою роботу.

— Зупинись і висади мене тут, я викличу таксі. А ти їдь на кільцеву, якщо треба випустити пару. В мене немає сил на твої дитячі вибрики. Як, на твою думку, я зазвичай працюю? За три метри від клієнтів і в паранджі?

— Ти колись думала про повагу? — заперечив він.

— Тобі я можу поставити таке ж запитання!

Далі я їхала мовчки й не дивлячись на нього. Він зупинився біля мого будинку. Повернулася до нього, він уважно на мене дивився, стиснувши щелепи. Нахилився до мене. Я ухилилася. *Отак, мій хлопчику! Це було б надто легко!*

— На добраніч, — кинула я.

— Чекай, Яель!

Я вийшла з машини, траснула дверима та пішла додому, не подавши й знаку. Він одразу ж рушив.

Весь наступний ранок я вагалася, чи надіслати Маркові повідомлення з пропозицією пообідати разом. Мені не хотілося, щоби все ще більше погіршилося. Вчора ми були просто жалюгідні. Опівдні я гукнула Бертрана, який проходив повз мій кабінет:

— Відзвітувати вам про зустріч між Шоном і Габріелем?

— Не сьогодні. Завтра о восьмій ранку. В мене весь день зустрічі поза офісом.

Що він задумав? Все частіше десь пропадав, все менше бував у офісі. Та в мене не було часу міркувати, що він там крутить. Ритм роботи був таким інтенсивним, що в деякі дні мене ніби охоплювала паніка, спогад про досвід липневого вигорання мене переслідував. Єдина, хоча й дуже вагома, різниця, полягала в тому, що тепер уся агенція опинилася в одному човні. Тож мені було непотрібно, щоби до цього всього додалися ще й неприємності з Марком. Я все владнаю.

— Піду на обід, — сказала я асистентці.
— До перукаря?

Я ледь стрималася, щоб не засміятися.

— Так, до перукаря теж варто записатися...

Вона мені підморгнула та повернулася до роботи. Ця дівчина мені таки дуже подобалася. Якщо чесно, вона професійніша, ніж я в її віці! Чим більше часу минало, тим частіше я запитувала себе, як узагалі раніше обходилася без цього порозуміння з колегами. В наших стосунках превалював добрий настрій, це було мені до смаку, так усе було не таким тяжким. Тобто раніше жахлива атмосфера на роботі мене не турбувала.

Невже я змінилася? Це запитання мене часто бентежило, бо мені все важче було впізнати деякі свої реакції. Все це пробуджувало в мені щось приховане, я відчувала, що колишня Яель все сильніше бореться та відвойовує територію. Хто я така, зрештою?

Трохи згодом, штовхнувши двері крамнички, я несподівано — а чи, краще сказати, присоромлено та зі смутком — зустріла там Маркового дідуся.

— Моя маленька Яель! Якби я знав, що ти зайдеш!
— Добрий день... Я до Марка, він тут?
— Я так і думав, що такий старий скнара, як я, тебе не зацікавить, — зі сміхом сказав він.

Я також засміялася. *Abuelo* був милим стариганем, мушу визнати. У нього був дар усім подобатися.

— Його немає вдома, і я й гадки не маю, коли він повернеться. Знаєш, коли він виходить прогулятися, то ніколи не знає, куди це його приведе.

Він якось уже так пішов одного разу. І як я могла забути?

— Не страшно.

— Не стій на порозі! Заходь, погрійся, ти, здається, замерзла.

Він не помилявся, я замерзла — раптом відчула, що хапаю дрижаки.

— Не буду вам заважати, — сказала, вже беручись за дверну ручку.

Він узяв мене за руку та потягнув за собою вглиб крамнички. Він досі такий самий красивий — кучма сивого волосся, та й зморшки йому просто навдивовижу личать. З блиску його очей можна було здогадатися, яким спокусником він був колись. Мене вразила його подібність із Марком. Одне лице — тільки на сорок років старше.

— Ти ж не хочеш позбавити такого старого чоловіка, як я, розмови з такою красивою жінкою, як ти?

Онук слухав Генсбура, а дід — Джанго Рейнарта та Стефана Грапеллі. Така радість і легкість! Він провів мене до одного з клубних крісел «Le Corbusier» і знаком запросив сідати і не рухатись, а сам пішов, похитуючи головою в ритмі гітари, та всівся в палісандрове крісло в стилі ар-деко. Я тамувала сміх, хоча ситуація була дійсно кумедна: я прийшла попросити вибачення в Марка, а опинилася поруч із *Abuelo*, який причаровував мене під звуки джазу-мануш. Він сів навпроти мене, поставив на журнальний столик два келихи і налив туди сюз. Це допоможе мені розслабитися, поза сумнівом!

— Ми навіть подзвонити йому не можемо, щоби сказати, що ти прийшла!

Я напружилася.

— Чому?

Ледь торкнулася губами напою. *Боже, яке воно гидке!*

— Він телефон забув. Ото буде йому наука, якщо прийде й тебе не застане. З'їж щось!

Я знову почала дихати. Він простягнув мені кришталеву вазочку від «Baccarat» з горішками та сухофруктами, я опустила туди руку й взяла жменьку, одразу ж з'їла; все якесь масне, то й добре, бодай шлунок не спалю. Поки я намагалася непомітно витягнути родзинку, що застрягла між зубами, він мені розповів, що дуже радий час від часу повертатися до праці в крамниці, та найбільше любить неділі, коли Марк бере його з собою на блошиний ринок Сент-Уен. Він вважав себе надто старим, щоби ходити туди з онуком у п'ятницю, день для професійних відвідувачів, та особливо йому не хотілося заважати незрівнянному нюху онука. Він обожнював знову занурюватися в цю атмосферу, пригощати Марка обідом і за кілька годин повертатися в свою машину, щоб його відвезли додому. За якусь мить я вже уявляла, як вони разом їдуть у «Porsche».

— Ви скажете йому, що я заходила?

— Звичайно!

Раптом ми почули, що двері відчинилися, в мене всередині все перевернулося. Збудження негайно минуло, то був не Марк, а якісь двоє клієнтів.

— Посидь тут! Спокійно допивай, моя маленька Яель, а я піду заробою трохи грошей.

Він з великими труднощами відірвався від крісла й не надто рівно пішов, похитуючись, я ледь не кинулася його підтримати, але стрималася, щоби не ранити його самолюбство. Почекала трохи більше п'яти хвилин, викликала таксі та вирішила їхати, попри те, що в цьому місці я почувалася добре, тут я ніби мала прихисток від тиску, була захищена коконом дідуся, до якого так легко прив'язатися. Дві хвилини я розглядала безлад на Марковому секретері на коліщатах. То був творчий безлад, йому це личило, і від самої думки про це я усміхнулася, мені ще більше захотілося перемотати плівку назад, щоби вчорашньої сварки ніколи не ставалося. Потім я пішла до головної зали крамнички та помітила сміховинну сцену; *Abuelo* саме заново вигадував мову Шекспіра, щоби порозумітися з туристами, які ледь стримували сміх та не розуміли нічого з того, що він хотів сказати.

— *Abuelo*, дозвольте, я допоможу.

А потім звернулася до клієнтів:

— *Good afternoon madam, good afternoon sir...*

Вони подивилися на мене так, ніби я посланниця з небес. А в погляді Маркового дідуся я побачила вдячність і гордість. Я знову відчула просту радість людини, яка допомагає порозумітися іншим людям; слова лилися делікатно, щедро, спокійно, без труднощів, вони ніби пересміювались одне з одним завдяки моєму голосу, слова та голос, більш нічого, і цього разу я брала участь у розмові, а не була просто комп'ютером/перекладачем. Я уважно слухала те, що *Abuelo* пояснював про меблі — дизайнер, його улюблена епоха, я дізнавалася щось нове та віднаходила ту ж пристрасть, що оживляла Марка під час нашої мандрівки в Л'Іль-сюр-ля-Сорг. І той, і інший бриніли любов'ю до своєї роботи та смакували її щомиті. Дід і онук, мисливці за скарбами. На це приємно дивитися, і мені це було на користь. Я не збентежилася, коли несподівано прийшов Марк і сів у куточку, щоби спостерігати за нами. Туристи вийшли з крамнички з повними руками та дещо схудлим гаманцем. Я мало не плескала в долоні від радості! Зате почав плескати Марк, він підійшов до нас, і його очі блищали — так само, як і в дідуся.

— З вас обох вийшов чудовий дует!
— Вона просто неймовірна, бережи її!

Ми з Марком обмінялися присоромленими поглядами.

— Мені пора бігти, — сказала я *Abuelo*. — Дякую, я чудово провела з вами час.

— Ти така симпатична.

Я цьомнула його в щічку. Марк вийшов за мною.

— Яель.

— Марку, — сказала я одночасно з ним.

Ми усміхнулися одне одному й разом зітхнули.

— Забудьмо про вчорашній вечір, гаразд? — попросив він.

— Саме тому я сюди прийшла опівдні.

— Якось розкажеш, як ти опинилася в цій ситуації з *Abuelo*.

— Про це й мови бути не може, це наш із ним секрет, — оголосила я з таємничим виглядом.

— Неймовірно, я тебе ревную навіть до свого рідного дідуся... Якби ж я тільки знав, що зі мною таке станеться! Що ти зі мною робиш, Яель?

Я розсміялася.

— Нічого я з тобою не роблю... Але мені дійсно пора йти.

— Побачимося ввечері?

— Я взагалі не уявляю, о котрій сьогодні закінчу роботу, попереджаю одразу. Але я дуже постараюся...

— Приїзди потім до мене. Жодних сцен, обіцяю. Я дочекаюся.

Серце почало битися швидше.

— Добре.

Я поцілувала його в щоку та пішла, мені стало легше. Все сталося не так, як я собі уявляла, та мені було добре, я почувалася бадьорішою. Залізла в таксі й озирнулася: Марк стояв на порозі крамнички й не зводив з мене очей; я ще ширше усміхнулася.

Я приїхала до крамнички вже по 22:30, там ще світилося, двічі постукала в двері, Марк одразу ж відчинив. Він чекав на мене. Як у це взагалі можна повірити? Таке дивне, делікатне, спокійне відчуття... і заспокійливе, особливо після вчорашньої сварки.

— Привіт, — сказав він і потягнув мене в свої обійми.

Це вперше він так зробив, я зарилася обличчям у вигин його шиї, посунувши носом комір його сорочки — хотілося його шкіри, його запаху. Я б так стояла годинами, але він вирішив інакше: взяв у долоні мою шию та поцілував так, що це мене спантеличило, це було ніжно й сильно водночас; я вчепилася в його зап'ястя, відчуваючи його годинник у моїй долоні.

— Піднімемось до мене? — прошепотів на вушко.

— Так.

Марк опустив ролети на вході до крамнички та замкнув все на ключ. Потім узяв мою долоню, і ми піднялися у його квартиру на другому поверсі. Щойно ми увійшли, відпустив мою руку, щоб увімкнути дві лампи біля канапи. Я зняла тренч і взуття, потім розпустила волосся та підійшла до нього. Він погладив мою щоку та уважно подивився на моє обличчя.

— Мені подобається, коли ти стаєш такою низенькою... хочеш випити?

Я тихенько засміялася.

— Я досі не перетравила сюз, яким мене пригощав твій дідусь...

— Не може бути! Він це з тобою зробив? Мені він про це не розповів. Як ти взагалі змогла це проковтнути?

— Батьки мене добре виховали!

— Це точно! То як, чогось хочеш?

— Якщо в тебе є, з чого зробити чаю... я би не відмовилася.

Він поцілував мене в губи та попрямував на кухню. Я згорнулася калачиком на канапі та неквапно роздивлялася його квартиру — повну протилежність моїй. Не те щоб тут був безлад, але було живенько. Так, це правильне слово — живенько. Його бібліотека займала окрему нішу в стіні та повнилася красивими книжками з декоративного мистецтва, книжками про видатних дизайнерів, годинники, старі машини — всі були розставлені не за розміром, а абияк — а його пожовтіла колекція кишенькових видань із загнутими кутиками сторінок, де було все: від класики до шпигунських романів — стояла так, ніби от-от впаде, вініли лежали один на одному, і я не здивувалася, побачивши там платівку його ідола — Генсбура — поруч із «Supertramp» і «Rolling Stones». Раптом пригадала наші суперечки студентських часів, бо, попри те, що я обожнювала все, що він слухав, мала свій список пісень, за які могло би бути соромно — наприклад, могла голосно підспівувати «Wannabe» разом зі «Spice Girls», тоді це дуже його бісило. Цей життєрадісний творчий безлад шокував би в мене вдома, але тільки не тут. Жодних меблів із сучасних матеріалів; плексиглас і пластик на цих вісімдесяти п'яти квадратних метрах були заборонені. Я бачила тут лиш дерево, наприклад, акажу, а також оксамит, шкіру... В кожного елемента був свій запах, була своя історія. На його канапі хотілося просто розлягтися з книжкою в руках; звичайно, та канапа була красивою, але її головним призначенням були приємність і зручність, вона була тут для того, щоби в ній було добре сидіти. Раптом я згадала про свою канапу — несподівано вона перестала мені подобатися — та її чіткі лінії без зайвих деталей, подумала, що навіть якби мала час там полежати, що навряд чи станеться, то ніколи б не змогла знайти положення, в якому могла би розслабитися. І коли Марк до мене приєднався з великою чашкою, де парував чай, коли він сів поруч зі мною та поклав ноги на журнальний столик, я могла притулитися до його плеча і витягнути ноги на шкірі дивана.

— Дякую за те, що допомогла *Abuelo*, він був вражений твоєю роботою. Він уже готовий звільнити мене й найняти тебе!

— Все було просто чудово, ми добре посміялися. Ти навіть уявити не можеш, як мені було добре.

— Ти дійсно любиш мого *Abuelo*? Коли ви разом працювали в парі — це було неймовірно.

Так ми й сиділи, я спокійно пила чай, ми розмовляли та розповідали одне одному, як минув день. Я дозволила собі подумати про немислиме; то це таким є життя в парі, коли ввечері маєш, із ким поговорити та об кого потертися, коли є руки, що можуть огорнути, розрадити та заспокоїти. Я ніколи не думала, що це може бути приємним. А потім мене охопили спогади про наші студентські роки; кілька місяців до свого зникнення Марк більшу частину вечорів проводив у мене вдома, ми разом сиділи на підлозі та їли макарони з консервованим тунцем, постійно розмовляючи, уявляючи наше майбутнє життя та цілий світ. Як часто він засинав у мене? Я знову згадала слова Аліси: «Ти завжди була в нього закохана». Частинки пазлу поволі почали складатися докупи. Невже роботою я закрила глибоку прірву, що залишилася в мені по його зникненню? Його відсутність дала мені змогу зрозуміти, наскільки все моє існування крутилося довкола нього. Окрім того, що нас єднало, в ті часи більше ніщо на світі мене не цікавило. Коли він зник, мені стало необхідно випустити пару. Бертран, можливо, відчув, що я — майбутня акула, тому відкрив шлях до агенції та в світ роботи. Я міцно закрутила всі емоції, відмовляючись знову визнати існування тієї порожнечі й того болю, тілу я пунктуально дозволяла розрядку, в якій не було ні задоволення, ані чуттєвості. Навіщо він знову з'явився в моєму житті саме тоді, коли внаслідок його зникнення моя робота нарешті почала давати плоди і коли вже от-от, як я сподівалася, в моєму житті не мало залишитися місця ні для кого іншого? Чим більше таких ніжних моментів разом ми проживемо, тим гірше буде для мене, тим більше я віддаватимусь, тим тендітнішою ставатиму. Та мені це було необхідно, я так його хотіла, аж до болю. Навіть не уявляла, чого шукав у стосунках зі мною він — той, хто ревнував мене до клієнтів, той, хто не припиняв жити протягом усіх цих років, той, хто любив, той, хто ще так недавно був одружений. У пам'яті спливли його слова; він хотів сім'ю, я відчувала, що на це не спроможна.

— Ти тут? — почула, що він до мене звертається.

— Так... так...

Підвелася, поставила чашку на журнальний столик, повернулася до Марка; він розслаблено та щасливо не зводив з мене очей.

Я скористаюся тим, що він мені дає, та спробую захиститися всіма доступними засобами. А там побачимо, що буде. Хіба не він якось сказав, що речі треба приймати такими, якими вони є, без зайвих роздумів? Можливо, це значило, що він ні на що особливе не сподівається, ні на що більше за те, що є... За ці десять років я змінилася та стала сильнішою. Сіла на нього, зняла светр і поцілувала з усією пристрастю, що кипіла в мені.

— Яель...

Ми заснули на канапі під фланелевим пледом. Я й гадки не мала, котра година.

— Ходімо в ліжко, там буде зручніше, ніж тут...

Я ледь продерла очі та схопила Марка за зап'ясток, стрілки показували другу ночі.

— Викличу таксі.

— Щоб довезло тебе до спальні?

— Щоб поїхати додому, мені завтра рано вставати.

Марк відсунувся від мене, поклав руку за голову та зітхнув. Я ледь змогла відірватися від канапи та пішла дістати телефон із сумочки. Замовивши таксі, почала одягатися. Марк не ворушився, він просто стежив за мною поглядом і мав дуже незадоволене обличчя.

— Я позичу тобі зубну щітку.

Я сіла на край дивана з туфлями в руках.

— Бертран викликає мене на нараду о восьмій ранку, я не можу дозволити собі запізнитися. Краще мені піти.

З багатьох причин, захотілося мені додати... Його обличчя пронизав гнів.

Він різко встав, надів труси, скрутив сигарету. Він курив і мовчки ходив кімнатою. Дзенькнув телефон, значить, машина вже чекає біля будинку. Марк провів мене до дверей і зовсім несподівано обійняв.

— Я просто думаю, що було би приємно провести кілька ночей разом...

Як і я.

— Наступного разу...
— Біжи, водій не чекатиме довго.

Ми поцілувались, і я пішла.

Наступного ранку я приїхала в агенцію о 7:58 та спантеличено побачила, що Бертрана ще не було. О 8:30 я досі стовбичила в агенції сама, як ідіотка, ще й невиспана до того ж, всередині все в мені кипіло, я гірко шкодувала, що не залишилася в обіймах Марка. Ото я дурна! Сама ж хотіла зберегти холодну голову! Щоби відволіктися, я написала кілька мейлів, гнівно стукаючи по клавіатурі. О дев'ятій я була вже майже готова піти з офісу, купити круасани й поїхати снідати разом із Марком у його крамничці, та мені забракло самовладання, щоби кинути такий виклик Бертранові. О десятій ранку *месьє* спокійно заявився в агенції.

— Добрий день, Яель, — сказав він, підійшовши до мого робочого столу.

— Добрий день. У нас була запланована зустріч на восьму, чи я щось не так зрозуміла?

— У мене в останню мить намалювався діловий сніданок.

Просто пречудово! Міг би мене попередити! *А попросити вибачення — то діло не царське?*

— Я не забув, що в нас запланована зустріч. Перенесімо на вечір, я буду десь о 19:30 чи 20:00. Сподіваюся, це не проблема?

О ні, Бертране, це зовсім не проблема! Яель завжди тут і завжди в зоні досяжності. Як ти мене задовбав! Я більше не хочу бути твоєю служницею, якій ти доручаєш усю брудну роботу!

— Зовсім ні.

У ту ж мить задзвонив його телефон, Бертран вийшов, втративши до мене інтерес, і зачинився в своєму кабінеті.

Я пішла на *kitchen*: треба випити кави, хоча, з огляду на мою знервованість, це було не найрозумнішим рішенням, але мені все одно треба було чимось зайняти руки. Я просто божеволіла від гніву. Я вже сита по горло своїм шефом, захотілося дати йому ляпаса, йому треба, щоб я постійно була тут і не мала особистого життя. А що він сам робить у цей час? Бували дні, коли він отак красувався й ішов на зустрічі поза офісом, і ніхто в агенції й гадки не мав, що він там виробляє. А от у чому точно можна бути певними, так це в тому, що за його відсутності я з усім чудово впораюся. Весь день розриватимуся між різними досьє, чудово знаючи, що відбудеться ввечері: Бертран прийде не раніше восьмої, наша нарада затягнеться допізна, він замовить суші, від яких уже навіть мене нудило, та попросить мене ще трохи попрацювати — перевірити досьє, а чи новий клієнт вигулькне казна-звідки, і мені доведеться гратися в *babysitter*!

— Гівняна машина! — роздратувалася я, коли капсула не піддалася.

— Ану заспокойся! — вигукнув Бенжамен. — Ця штука не зробила тобі нічого поганого.

Став на моє місце, ніжно й спокійно запустив машину і почав варити мені каву.

— Що сталося? Якісь проблеми з клієнтом?

— З Бертраном.

— У тебе?! У тебе проблеми з босом?

— Не смійся! Він цього ранку не прийшов на призначену зустріч, а тепер хоче, щоб я чекала на нього до пізнього вечора, от чесно, що він собі думає? У мене ж і своє життя є!

Він зареготав, аж присів. У цій агенції неначе люди подуріли!

— Вибач, Яель, але це смішно. Ти як бджоли проти меду! Чесне слово, зараз помру від сміху!

— Якщо ти хочеш наді мною познущатися, то не маркуй сил.

— Зовсім ні! Стій на місці! Нічого не руш! Я піду в Нотр-Дам свічку поставлю і подякую Богу та всім святим за це диво!

— На що ти натякаєш?

— В агенції ми всі ставали жертвами таких імпровізованих нарад — і часто це ставалося через тебе!

За кілька секунд я пригадала місяці, що передували відпустці, тоді я накинулася на колег, вимагаючи від них іти додому пізніше, приходити на роботу раніше, в той час я надсилала їм мейли в будь-який час доби, у вихідні, під час лікарняного, посеред ночі... Так само я вчинила всього кілька днів тому, щоби задовільнити Бертрана.

— Еге ж, незвично бути жертвою? — цією ремаркою він висмикнув мене з роздумів.

— Мені так прикро, я й сама не усвідомлювала...

— Дай мені адресу твого хлопця, ми всі скинемось і надішлемо йому ящик вина, — сказав він із усмішкою.

— Це що, так помітно? — здивовано вигукнула я.

— Навіть більше, ніж ти думаєш... Усе, до роботи! — підморгнув він.

Партнерство між Габрієлем і Шоном просувалося пречудово, та й до виставки водного спорту «Salon Nautique» залишалося майже три тижні, і вже майже все було готове. Довелося багато й тяжко попрацювати, але все розрулили. Я була дуже задоволена своєю волею до перемоги, іноді мені здавалося, що я дуже реактивна, що вмію переходити одразу до головного та не губитися в деталях. Так, ніби мені вдалося перетворити тиск на позитивну енергію. Я регулярно розмовляла по телефону з Алісою, щоби розпитати її про новини. Здається, вона вирішила не діставати мене запитаннями про Марка, мовляв, я сама до неї прийду, якщо захочу. Це було в її стилі, хоча я відчувала, як вона себе стримує, але не поступалася, бо вже сама собі поставила достатньо екзистенційних запитань, тільки запитань сестри тут не вистачало. Все це не завадило мені прийняти нове запрошення на недільний обід, до того ж були запрошені Адріан із Жанною, Марк не прийде, відмовився під приводом поїздки на блошиний ринок разом із *Abuelo*. Ми проводили разом вечори по кілька разів на тиждень; разом вечеряли в нього вдома, в мене вдома, в ресторані, якось навіть вечеряли разом із його дідусем, із яким я знову дуже повеселилася; також одного разу ми влаштували обідній пікнік просто в крамничці. Наші стосунки розвивалися; ми більше не кидалися одне на одного, як це було на початку, тепер ми не поспішали, насолоджуючись кожною миттю, кожні обійми з ним допомагали мені все краще розкривати того чоловіка, яким він став, а також ту жінку, якою стала я. Та іноді мені здавалося, що він закривається та майже сердиться, коли я відмовлялася залишитися на ніч або пізно поверталася з роботи. Час від часу мала таке враження, ніби на мене тиснуть з усіх боків, ніби я застрягла, відтак з'являлося неприємне передчуття, що одного дня мені ще доведеться пожинати плоди цієї ситуації. Я вже нічого не контролювала й більше не могла стримати своїх бажань.

Початок грудня. Того п'ятничного вечора я рахувала години до зустрічі з Марком, от тільки навколо панувала атмосфера атомної війни. В агенції всі були вже на межі,

Бертран — на ножах, а я — на нервах. Ніхто не наважувався піти додому без бодай якогось натяку на зелене світло від шефа. Ми з асистенткою саме щойно розгребли все гівно, що вилізло в останню хвилину. Здається, нарешті все готове. Телефон задзвонив, коли ми ще сиділи в конференц-залі.

— Привіт, — сказала я Маркові, знявши слухавку.

Мені хотілося забути, що Бертран може зайти будь-якої миті. Я зловила погляд асистентки, яка мені підморгнула та встала, щоби тихо причинити двері та стати на шухері.

— Ти знаєш, о котрій закінчиш роботу? — запитав Марк.

— Сподіваюся, що скоро зможу втекти, я так стомилася... а як подумаю про наступний тиждень...

— То я по тебе заїду, а потім поїдемо до тебе?

— Добре, цілую.

— Я тебе теж.

Поклала слухавку, подумки я вже була з ним поруч.

— То це той перукар?

Я засміялася, асистентка теж.

— Антиквар... Він антиквар.

— Дякую, Яель.

— За що?

— За те, що поділилися частинкою свого життя. Атмосфера на роботі останнім часом так покращилася. Хотіла сказати, що раніше я вас боялася. А тепер ви даєте мені можливість робити речі, до яких я раніше не мала доступу, навчаєте мене та дозволяєте брати на себе відповідальність. Приємно працювати на таку щасливу людину, як ви.

Я була готова до всього, крім цього. Ця маленька жінка, над якою я раніше так знущалася, щойно все в мені перевернула. В яких хмарах я літала, що була з нею такою жорстокою, попри те, що вона дуже старалася та робила для мене максимум всього, що тільки могла зробити?

— О... дякую. Ви чудово працюєте, Анжеліко. У вас — чудове майбутнє, можете бути в цьому певні.

У неї аж очі засвітилися.

— Хочу вас попросити про послугу, а потім можете йти додому.

— Скажіть, що я можу для вас зробити.

— Зберіть усіх.

— Без проблем.

Я подякувала їй, а сама одразу ж пішла до Бертранового кабінету. Двері були відчинені, я постукала, він відірвав ніс від екрана.

— Все готове?

— Можете вийти на хвилинку?

Він зручно відкинувся в кріслі та уважно на мене подивився.

— Хочеш підняти бойовий дух?

— Можна й так сказати.

Я вийшла й побачила всю команду, яка чекала на мене, всі були стривожені тим, що буде далі. Бертран вийшов за мною та сперся на мій стіл, склавши руки на грудях. Я глибоко вдихнула та почала:

— Хочу подякувати вам за роботу протягом цих тижнів. Подякувати всім без винятку. Це був мій проєкт, але мені хотілося, щоби він став колективним. І я би нічого не досягнула без вас, ви чудово мені допомогли дати раду з постійними клієнтами, тепер дехто з них воліє працювати з вами, а не зі мною.

Кілька облич зблідли.

— Без паніки! Я ні на кого за це не ображаюся, навпаки! Такі вже правила гри в нашій роботі. А також я хотіла кожному та кожній з вас побажати вдалого вікенду. Повертайтеся додому, відпочивайте, насолоджуйтеся товариством рідних, бо вже наступного тижня пауз у роботі не буде, кінець року буде напруженим. До зустрічі в понеділок!

— Ми підемо, якщо й ти підеш, Яель, — сказав Бенжамен.

— Я також іду додому. Дякую!

Колеги не змусили себе просити двічі, почали збирати речі й одягати пальта. Я задоволено пішла до свого офісу та відчула, що Бертран не спускає з мене очей, його обличчя скривилося в незрозумілій гримасі.

— Чудовий виступ, — сказав він, коли я підійшла ближче.

Він підвівся та дивився на мене з висоти всього свого зросту.

— Вдалих вихідних, Яель!

— Дякую, вам також, Бертране.

Він не рушив, стояв тут і дивився, як я взяла сумочку й куртку.

— До понеділка, — сказала я й подивилася на нього на прощання.

Потім долучилася до всієї команди, що чекала біля вхідних дверей. Ще ніколи не випадало, щоби я йшла з роботи одночасно з усіма. Ми разом вийшли на вулицю у вологе вечірнє грудневе повітря, трафік на вулиці був напружений, світло ліхтарів і фар віддзеркалювалося в калюжах. Колеги розкрили парасольки, один із них і мене закрив від крапель дощу.

— Тобі куди? — запитав Бенжамен.

— За мною заїдуть.

— О... То це ж чудово!

Я зашарілася.

— Ти нас познайомиш?

— Ні, — зі сміхом відповіла.

Я почула «Porsche» раніше, ніж побачила. Широко усміхнулася всім колегам.

— Мені пора. Всім зичу чудових вихідних!

У мить, коли я вимовляла ці слова, Марк зупинився, вийшов з авто та побачив мене. Я побігла до нього, все це супроводжував свист і захоплені ремарки про його старенький болід. Я не змогла стриматись і поцілувала його, байдуже на всіх навколо та на Бертрана, який точно все це бачив крізь вікно агенції.

— Поїхали? — запитала я в Марка.

— Ти щаслива, що почалися вихідні?

— Ти навіть не уявляєш, як сильно!

Він обійшов машину та відчинив мені дверцята. Перш ніж сісти, він помахав усій команді, що досі стояла біля будівлі.

Цього разу ми обійшлися без куховарства та вечері, гідної Пантагрюеля; Марка вдалося переконати, й ми обмежилися тарілкою сиру та м'ясної нарізки зі свіжим хлібом — здається, йому це підійшло. Після вечері сиділи на канапі й розмовляли за келихом червоного вина.

— Я так розумію, на цих вихідних тобі треба розслабитися?

— Точно!

Він хитро на мене подивився.

— І ти не будеш працювати? Справді? Зовсім не будеш?

— Не буду! Тобто я на це сподіваюся.

— Які плани на неділю?

На що він натякає?

— Нічого такого... Думала піти поплавати. Чому ти питаєш?

— Пішли зі мною на блошиний ринок.

— А як же *Abuelo*?

— Один раз побуде вдома, а якщо я скажу, що натомість тебе запросив, то він ще й розгорне червоний килим біля моїх ніг. Якщо тобі туди хочеться, звичайно!

— Звичайно! — відповіла я й широко усміхнулася. — Мені дуже хочеться. Чесне слово, я би дуже хотіла піти туди з тобою. Дякую!

І що це ти робиш, Яель? Ти вже на краю прірви, одна нога вже зависла над цим проваллям. Він наблизився, обійняв за шию, лобом торкнувся мого лоба й заплющив очі.

— Мені тебе бракувало, — прошепотів.

Він не дав змоги відповісти чи подумати про сказане; почав пристрасно цілувати, я вся тремтіла, обійняла його шию, намагаючись усе сильніше до нього притиснутися. Він взяв мене на руки та поніс у спальню, в ліжко. Ліг на мене, я подивилася йому просто в очі. Здається, я ще ніколи так не кохалася — повільно, ніжно, чекаючи та віддаючи навзаєм ще більше пестощів і поцілунків, наші тіла притягувалися та липли шкірою одне до одного.

— Ти засинаєш, — прошепотів він згодом, коли я притулилася до нього. — То я вже піду.

— Залишайся.

От і все, я полетіла в прірву. Вилізла з ліжка, обійшла квартиру, всюди вимикаючи світло й не забувши вимкнути телефон. Поруч із ліжком на нічному столику помітила його наручний годинник; цей простий факт мене вразив, виходить, Марк почувався тут, як вдома. Я потішилася, що в напівтемряві не видно, як на мої очі навернулися сльози, та пірнула під ковдру, де віднайшла місце, яке любила — згин його плеча, він мене обійняв, долонею пестячи шкіру, наші ноги переплелися.

Поцілунок у лоба, другий, третій. Не розплющуючи повік, я усміхнулася. Прокинулася в тій самій позі, в якій і заснула, поруч із ним.

— Доброго ранку, — прошепотів Марк.
— Доброго ранку.

Я потерлася носом об його шкіру та глибоко вдихнула. Його долоні пестили мою спину, ноги, все моє тіло. Те, що відбувалося, було просто неймовірним — я почала день, суботній ранок, у його обіймах. Облишила його шию, підвела очі — його очі були ще сонні, та вже усміхалися.

— Я б залишився тут на весь день, — сказав він. — Але таки треба відчинити крамничку.

— Котра година? Ти вже запізнюєшся?

— Нічого страшного, в мене немає точного розкладу роботи. До того ж я не хочу позбавляти себе можливості поснідати в ліжку разом із тобою.

Цьомнув мене в кінчик носа.

— Не вставай. Я піду по круасани.

— Дозволиш хоч кави приготувати?

Він вдав, що ображено насупився, потім його обличчя прояснило:

— Нехай, один раз можна.

Ніжно мене поцілував, потім встав з ліжка. Я нерухомо лежала на подушці, спостерігаючи, як він одягається. Перш ніж вийти зі спальні, глянув на мене.

— Я скоро.

Я слухала звуки його кроків на паркеті, раптом мені аж подих забило — від паніки, від щастя, від непевності, від бажання. Кинулася до того місця, де він лежав, глибоко вдихнула його запах; думки просвітліли. Підвелася та пішла до ванної кімнати. Не поспішаючи, кілька довгих митей розглядала себе в дзеркалі; волосся скуйовджене, очі блищать, губи порожевішали. Віддзеркалення мене потішило, мені здалося, що я сама на себе схожа — такого вже давно не траплялося.

За чверть години, коли я саме ставила на нічний столик поруч із ліжком дві чашки кави, клацнули вхідні двері. Менш ніж за дві хвилини всю спальню заполонив запах свіжих круасанів, такого ніколи раніше не бувало. Я ковзнула під ковдру, Марк кинув на ліжко паперову торбинку з випічкою та ліг на мене, руками поліз під футболку, яку я одягнула раніше. Я скрикнула:

— Ти весь холодний!

Він почав мене лоскотати, я голосно реготала. Потім він зупинився й сів поруч зі мною, запропонував круасан. Я взяла, відкусила шматок, потім простягнула Маркові каву.

— Наступну ніч переночуєш у мене? — запитав він, коли зі сніданком було покінчено, а я вмостилася в його обіймах.

— Так... О котрій мені прийти?

Він поклав мене на спину, заліз на мене й поцілував.

— Щойно захочеш, щойно будеш готова... чекатиму на тебе, — сказав він, не відриваючи своїх губ від моїх.

Недільного ранку я наново відкрила для себе блошиний ринок — раніше ходила туди з батьками, але все забула; алеї, лабіринти, таємні переходи, закапелки, притулені одна до одної ятки, що більше нагадували печери Алі-Баби. Майданчик для ігор мисливців на скарби. Антиквари, сидячи у вінтажних кріслах, очікували на клієнтів, тихо між собою перемовлялися, іноді їхні розмови переривалися вибухами сміху. Як і Марк, усі вони були дуже спокійними та терплячими, вони не бентежились і не нервувалися через дрібниці, цього вимагала їхня професія. Такий стан душі виявився заразним — мені теж захотілося нікуди не поспішати й уважно розглядати все навколо. Одна деталь мене розвеселила: щойно антиквари опинялися на самоті, кожен втуплювався поглядом у екран свого смартфона. Я скористалася нагодою подражнити Марка — виходить, я не єдина, хто страждає від цього відростка на руці. Ми понад дві години гуляли рядами ринку Поль-Бер і, якщо вірити Марку, побачили заледве половину. Нічого дивного, він же зупинявся біля кожного стенда... Він тут усіх знав, мав, що сказати про всі меблі, про кожну нову знахідку, щоразу погоджувався пригоститися кавою, а ближче до обіду нас почали пригощати червоним вином і скибочками ковбаси. Він усім мене представляв: «Яель... Це Яель», у відповідь на ці слова починалися плескання по плечу та змовницькі підморгування. На відміну від Л'Іль-сюр-ля-Сорг, тут, на Сент-Уен, він був, як вдома, в Марка тут було своє життя, якого ні я, ні наші друзі не знали. Ми бачили в ньому тільки продовжувача справи дідуся й людину, що вміє знаходити всілякі цікавинки — натомість його з дідусем репутація ширилася далеко поза межі їхньої паризької крамнички. Марк мав талант, але не вихвалявся ним, так само, як не вихвалявся своїми «удачами» — ні лотами, які перехопив під носом у інших, ні статтею про свою роботу, про яку я щойно почула.

— Що то за стаття? — запитала я, відвівши його вбік.

— Нічого такого. Журналіст із «Côté Paris» прийшов у мою крамничку, ми поговорили, а за кілька місяців вийшла стаття.

— Ого, «Côté Paris», — закричала я від божевільної радості. — Це привабить до тебе поважну клієнтуру, це дуже добре для твоєї справи!

— Знаєш... Мені небагато треба, справи йдуть — і мені цього досить...

— Не прикидайся, ти ж один із найкращих, якщо вірити твоїм друзям, ти можеш розширити бізнес!

Він поблажливо на мене подивився.

— Навіщо хотіти більшого?

— Але...

Він зазирнув мені просто в очі та делікатно погладив щоку.

— У мене є все, що мені потрібно.

На мить серце завмерло. *Що він має на увазі?* Він відійшов і пішов далі.

— Ще трохи прогуляємось перед обідом? — запитав, озирнувшись через плече.

Я кивнула й побігла наздоганяти. Коли наздогнала, вхопилася за його руку, взяла його долоню, наші пальці переплелися й більше не розпліталися.

Трохи згодом він зміг пробити нам дорогу крізь натовп до кафе «Поль-Бер», їдальні блошиного ринку, тут обідав ще *Abuelo*, тепер тут обідає Марк. Не встигли ми й попросити, як нам знайшли маленький столик поруч із кухнею, мені дістався вид на закулісся. Цього разу жодних картатих скатертин, натомість тут стояли дерев'яні столи, що просто дихали справжністю та доброзичливістю — в найкращих традиціях бістро. Шеф кричав на офіціантів, але як ефективно! Імпозантний чоловік із рушником на плечі уважно перевіряв кожну страву, з одного лиш погляду було ясно, що в нього всі клієнти мають однаково страждати — і цей постійний, і цей допитливий, і навіть цей американський турист, який у цьому ресторані точно мав враження, ніби опинився в якомусь п'ятому вимірі. Разом із Марком я знову опинилася дуже далеко від суші-барів — знеособлених і прісних. Я спробувала бодай на мить уявити його в тих місцях, куди ходила разом із агенцією, і це було так само, як уявити, що лева, який вийшов просто з савани, замкнули в клітці притулку Служби захисту тварин, ще й насипали в мисочку сухого корму замість нормальної їжі. Натомість тут, із цими своїми окулярами, тютюном для самокруток і кросівками року десь так 1975-го — хоча вони мали сучасніший вигляд, ніж усі нові кросівки моїх колег — він пускав слинку від думки про яловичину по-бургундськи, був на своєму місці та дихав на повні груди. Та я сама собі пообіцяла, що якось таки змушу його взяти в пальці палички — суто для розваги. Над столом він схопив мою долоню, погладив її великим пальцем, я вся затремтіла.

— Якби мені хтось десять років тому сказав, що зі мною таке буде, я б не повірив...

— Я так само.

— Ти, я, ми тут, ми разом... Можеш у це повірити?

— Заледве, — усміхнулася я.

— Мені цього тижня телефонував Седрік, він потай подзвонив розповісти про твою сестру.

Я засміялася.

— А якщо серйозно, то він оголосив, що вони чекають на третю дитину. А ти мені й не казала.

— *Sister secret!*

— Приємно чути про їхнє щастя, тут їм можна позаздрити.

— Це правда.

От тільки такі бажання покидали мене тієї ж миті, щойно уявляла вираз Бертранового обличчя у відповідь на мої слова про декретну відпустку. Нас перебив офіціант, який приніс замовлені страви. Обід минув тихо, його час від часу переривали тільки крики шефа на кухні, та я тут же про них забувала. Марк розповідав смішні історії про блошиний ринок і кар'єру *Abuelo*. Цей день був просто чарівним, я думала тільки про те, як ще більше ним насолодитися, як чути й дивитися так, неначе не існує ні роботи, ні друзів — неначе взагалі більше нічого не існує. Наш обід затягнувся, ми самі так хотіли; спершу замовили по каві з десертом, потім взяли по другій каві, нам тут було добре й тепло; іноді ми навіть не розмовляли між собою, просто роззиралися навкруги, я відчувала легкий дотик, ніби пір'їнкою хтось торкнувся долоні, усміхалася. Шеф особисто підійшов нас зганяти з насидженого місця, ще й запитав у мене, як мені сподобалася вистава з кухонного життя — Марк був тут звичним відвідувачем і цього персонажа добре знав. В усьому ресторані робота кипіла: щойно одні клієнти вставали, звільнивши столик, той самий столик негайно штурмували нові відвідувачі. А я й не помічала. Тепер я легко могла уявити, як сильно ми мали діяти на нерви всім офіціантам. Чайові, що їх залишив Марк, мали б усіх заспокоїти! Коли ми вийшли, з рядів блошиного ринку повіяло холодним протягом, я скулилася. Заховала руки в рукава куртки, а ніс — у комір.

— Ходи сюди, — сказав Марк і взяв мене у свої обійми.

Я притулилася до нього, хоча Марк, певно, й сам закоцюб від холоду — на ньому була вічна замшева курточка та благенький шалик.

— А як ти тримаєшся й не мерзнеш? — запитала я, піднявши до нього обличчя.

Він нахилився й поцілував кінчик мого носа. Потім лобом притулився до мого лоба й усміхнено подивився мені в очі.

— То що, поволі будемо повертатися додому? Думаю, ти хочеш приготуватися до наступного тижня.

— Так.

Він добре читав мої думки. Мене заспокоїла відсутність докорів у його голосі.

Він саме щойно припаркувався біля мого дому, було вже темно — зима, я відстібнула пасок безпеки та повернулася до Марка.

— Дякую за чудовий день, мені дуже сподобалося.

— Правда? Тебе не дуже бісила вся ця старовина?

— Ні.

— А знаєш, чого мені хотілося?

— Кажи.

— Мені захотілося, щоби ми тільки вдвох зірвалися кудись на два-три дні та поїхали далеко від усіх і щоби там такі дні, як цей, не закінчувалися.

— Не спокушай, — прошепотіла я.

Він глянув на мене:

— А ти не змушуй мене про це мріяти...

— Можливо, якось іншим разом...

Наблизилася до нього, взяла в долоні його щоки, щоб поцілувати, а він притиснув мене до себе.

— Я тобі зателефоную, — сказала я й поцілувала його востаннє. — Скоро побачимось?

— Це від тебе залежить...

— Ну... то я піду...

Відчинила дверцята, стала ногами на асфальт і озирнулася:

— Залишишся зі мною сьогодні на вечір і на ніч? Я знаю, що це не схоже на спільну мандрівку, та це краще, ніж нічого, правда? А на вечерю я запропоную тобі щось суперекзотичне...

— Не кажи, що ти збираєшся замовити...

— Так, суші!

— Думаю, краще мені їхати додому, — насмішкувато відповів він.

Я знову залізла в салон авто й пристрасно його поцілувала.

— Нехай, суші так суші! — оголосив він, коли я припинила душити його поцілунками.

Трохи згодом ми сиділи на канапі, притулившись одне до одного, аж тут на журнальному столику завібрував телефон. Я взяла подивитися.

— Це Аліса, — сказала Марку.

— І ти не відповіси?

— Алло!

— Я телефоную, щоб розпитати, як справи. Ти вже декілька днів не подаєш ознак життя.

— Зайнята була...

Марк аж рота затулив рукою, щоб не засміятися.

— Добре, добре, — продовжила вона. — Все, як завжди, робота, але ж це не причина мені не дзвонити.

Я увімкнула гучний зв'язок.

— Я провела ці вихідні з Марком. До речі, він тут, поруч зі мною.

— Що?

— Привіт, Алісо, — сказав він у слухавку.

— А... і... і що ви там поробляли?

— Та всяке, — відповіла я.

— Цить, більше нічого не хочу чути! Ви якось на тижні зайдете до нас повечеряти?

Ми з Марком обмінялися поглядами.

— З радістю, — він узяв на себе відповідальність і відповів.

— То приходьте в середу!

Вона поклала слухавку. Я повечеряю в гостях у сестри разом із Марком — як нормальна парочка. Можливо, це звучатиме тупо, та вся ситуація мене лякала, попри те, що друзі знали Марка як свої п'ять пальців — мені було страшніше, ніж було би знайомити його з батьками. Я ще ніколи нікого не знайомила з Алісою та Седріком, бо ніколи раніше не опинялася в такій ситуації. Це був серйозний поворот, і я не могла дати йому ради; втрачала контроль над частиною свого життя. Марк у машині поділився ідеєю кудись спонтанно поїхати, та він не знав, що відтоді, як він знову захопив усе моє існування, я мала враження, що все роблю спонтанно; доходило навіть до того, що телефон із усіма новими мейлами я відправляла на дно сумочки. І, схрестивши пальці, сподівалася, що Бертран не намагався зі мною зв'язатися на вихідних, інакше завтра мені дістанеться. Я глибоко зітхнула.

— Щось не так? — запитав Марк.

— Ні-ні, все в порядку.

— Точно? Бо за останні три хвилини в мене склалося враження, що ти там всередині вся кипиш, — сказав він і торкнувся пальцем мого лоба.

Я засміялася й одразу ж стала краще почуватися.

— Це все через вечерю в твоєї сестри?

— Ні, але приготуйся, це буде смішно.

— Вона що, не повірить у це, поки на власні очі не переконається?

— Можливо.

— Можеш на мене розраховувати, я надам їй докази. Почнемо з цього.

І поцілував мене в шию.

— А ще я можу зробити отак.

Узяв мене за талію та посадив собі на коліна.

— А й справді, ти міг би так зробити.

— От тільки на якомусь етапі доведеться перейти до дійсно серйозних речей, щоби в неї більше не залишилося жодних сумнівів про те, що ми разом поробляємо.

Пристрасно поцілував мене в губи.

— І смертельний номер: ми швидко підемо, пояснивши їй, що нам уже пора в ліжечко.

Я згорнулася в його обіймах.

— Так-так, підемо в ліжечко, бо буде вже дійсно дуже й дуже пізно. До речі, зараз теж уже пізно. Можливо, нам варто трохи порепетирувати?

11

Я відчула його губи на своїй шиї та всміхнулася крізь сон. Притулилася до нього тісніше, стиснула його руку, яку він поклав мені на талію. Прокидатися не хотілося, натомість хотілося залишатися в цьому сховку цілий день.

— Як ти виспалася? — прошепотів він мені на вушко.

Я повернулася до нього; захотілося його побачити.

— Дуже добре. А ти?

— Спав як немовля.

Він перевернув мене на спину та потягнувся до лампи, взяв годинник; скривився й знову поклав його на нічний столик. Поклав голову мені на груди, я гладила його волосся.

— Котра година?

— Сьома тридцять.

— Не може бути... Я планувала прийти на роботу о восьмій, але забула поставити будильник.

— Не страшно, прийдеш о дев'ятій, від цього ще ніхто не помирав.

— А й справді.

Це я таке щойно сказала?

— Можна, піду з тобою в душ? — запитав він і зібрався вставати.

— Не гаймо часу!

Він поцілував мене, і це було сильніше за мене — я повисла в нього на шиї. Він встав і, не уриваючи нашого поцілунку, виліз із ліжка.

— От бачиш, я, на відміну від декого, не ніжусь у постелі, — сказав він і зник у ванній.

Я дивилася на стелю й усміхалася. Потім і собі встала та пішла до нього під душ. Було дуже складно тримати себе в руках, та я була налаштована рішуче, часу на забаву немає, пора до роботи. Обсохнувши після душу, Марк стрибнув у свій вчорашній одяг і запропонував зварити кави. Ще ніколи я так не розпочинала робочий день; до агенції ще досі тисячі льє! Та поволі, поки одягалася, відчула, що розум потрохи приходить до ладу, так, ніби моя уніформа — штанний костюм і шпильки — стала стіною між відпочинком вихідного дня та професійними обов'язками. Останній штрих — макіяж і високий хвіст, обов'язкові для роботи. Вже збиралася виходити зі спальні, аж тут помітила на нічному столику Марків наручний годинник. Сіла на ліжко, взяла його в долоні; торкалася його кінчиками пальців, милуючись витонченістю стрілок, ніжністю шкіри, формою ремінця, що набув обрисів зап'ястка. Глибоко зітхнула, встала, пішла на кухню.

— Дивись, що ти забув, — сказала я Марку, поки в чашку наливалася друга кава.

Він повернувся до мене й уважно дивився з таким виразом обличчя, який годі було розшифрувати.

— А ось і твоє друге «я», — сказав.

І він не помилявся; чим більше хвилин спливало, тим міцніше засинала Яель вихідного дня, готувалася до зимової сплячки на довгі дні, поступаючись місцем Яель із агенції. Нічого не могла з цим зробити, бо так є, і навіть якщо я трохи вибилася зі свого внутрішнього розкладу, мені подобалося влізати в цю другу шкіру. Я підійшла до Марка, взяла його зап'ясток і не поспішаючи почепила на нього годинник.

— Дякую, — прошепотів він і простягнув мені каву.

«Porsche» стояв поруч із агенцією, я відстебнула пасок безпеки.

— А оце вже дійсно кінець вихідних, — сказав Марк.

— Так... У мене сьогодні багато роботи, але...

Він закрив мені рота поцілунком.

— Приходь до мене в крамничку ввечері, якщо захочеш, навіть якщо працюватимеш допізна.

— Триматиму тебе в курсі, — видихнула я, відірвавшись від нього.

Вийшла з машини, кинула на нього останній погляд, зачинила дверцята. Тепер мені треба зосередитися на робочому дні й більше не думати ні про Марка, ні про проведені разом із ним миті на вихідних, відволікатися заборонено. Попри це все, я не змогла себе зупинити й озирнулася, штовхаючи важкі двері, що вели в будівлю; зітхаючи, усміхнулася Маркові, він рушив і поїхав. Тиша на сходах мене заскочила; зазвичай о цій порі тут було жваво — зокрема, й через голоси колег. Подив мій тільки зріс, коли я зайшла в офіс. О 9:05 досі не горить світло, не увімкнений жоден комп'ютер, анічичирк, ніщо не говорить про присутність бодай однієї живої душі. Жалюзі закриті, холодно. Я натиснула на вмикач і пішла в *open space*, обхопивши себе руками та намагаючись зігрітися. Хто взагалі додумався вимкнути опалення зараз, на початку грудня? Кабінет Бертрана занурений у темряву. Мені це не сподобалося, до того ж я дійсно не розуміла, що відбувалося. Непевним рухом взяла до рук телефон, перевірила мейли, на вихідних я так мало читала пошту, що могла й щось проґавити. Та ні, нічого особливого в скриньці не було, все спокійно.

— Я тут, Яель.

Я аж підскочила та озирнулася, схопившись за серце.

— Бертране, ви мене налякали! Це якась манія — з'являтися отак зненацька.

— Іди сюди.

На ньому не було ні краватки, ні піджака, рукави сорочки він підкасав. День сьогодні точно якось дивно починається. Що відбувається? Що він від мене приховує? Мені це не подобається. Я ще кілька секунд постояла, а потім пішла за ним у залу зібрань.

— Сідай, — наказав він, щойно я зайшла.

Я зробила, як він сказав. Він зачинив за мною двері та почав мовчки ходити кімнатою туди-сюди. Здається, він глибоко задумався. Мав виснажений вигляд. Я майже ніколи його таким не бачила.

— Я всій команді дав пів дня вихідних, — оголосив він, не дивлячись на мене.

І давно він почав таке виробляти? За моєю спиною, ще й на початку такого завантаженого тижня? Здається, проблема дійсно дуже серйозна. Він став перед вікном і дивився за вулицю, засунувши руки в кишені.

— Пригадуєш? У слушний момент я мав повернутися до розмови про партнерство.

Партнерство... я була така зайнята, що думки про це заховала десь глибоко, ще й замкнула на подвійний замок.

Раптом дихати стало важко, здалося, що на плечі впав якийсь свинцевий тягар.

— Відтоді, як ми про це розмовляли, багато всього змінилося. І я ухвалив рішення...

Серце виривалося з грудей. З руху Бертранових плечей я зрозуміла, що він глибоко зітхнув. Повернувся й сів навпроти мене. Стиснув долоні в кулаки, поклав їх на стіл, не зводив з мене очей. Я ще ніколи не бачила його таким серйозним. Думаю, я взагалі його таким ще ніколи раніше не бачила. Він був страшенно зосередженим.

— З агенцією покінчено. Я починаю інший бізнес.

Кілька секунд ця інформація доходила до мого мозку, неможливо! *Ні!* Як він міг таке зробити? Зі мною, з усіма іншими. Ми для нього жили рвали місяцями, роками. А він тепер наважився покинути корабель! Кинути нас. Викинути після того, як виссав з нас усі соки. Я різко встала.

— Ви не маєте права! Ви хочете все тут закрити й під килимком залишити ключ, але ж справи ще ніколи не йшли так добре, в нас стільки проєктів! Як...

— Це для мене з агенцією покінчено. Але не для тебе й не для інших.

Мені аж подих перехопило.

— Але... Але... Що це означає? Хтось буде замість вас?

Це було радше твердженням, аніж запитанням. Я забула про манери й просто гепнулася на стілець, поклала лікті на стіл і схопилася руками за голову. Я вміла працювати тільки разом із ним, він усьому мене навчив, він був моїм провідником і моїм вчителем. Моєю опорою. Потреба йти й шукати нову роботу заскочила мене зненацька. Моє професійне майбутнє щойно завалилося, немов картковий будиночок, я була спустошена, раніше я думала, що опинилася на самому дні, коли Бертран відправив мене у відпустку, але ні — період, який оце заповідався, гірший за все інше.

— Яель, подивися на мене.

Я підвела голову, проте уникала його погляду; дивилася направо, наліво, розглядала стелю, потім — килимове покриття, зрештою почала розглядати дрібненький пил, що літав у повітрі.

Бертран стукнув кулаком по столу, я аж підскочила й подивилася йому просто в очі. Його холодний гнів нагадав мені перші дні на роботі.

— Ти це спеціально чи що? Подорослішай! Ти будеш замість мене!

Мені перехопило подих. Він сидів на краю стола — неочікувано спокійний, ніби скинув тягар з плечей.

— Але... Бертране... Ми ж мали бути партнерами... Ви мені потрібні.

Він скривив рота в посмішці.

— Я вже кілька місяців тебе готую та кілька тижнів тестую твою спроможність керувати самостійно. Повір мені, якщо я вирішив так вчинити, то тому, що ти вже готова, я не дам занепасти цій агенції, заради якої я віддав усе до останньої сорочки. Те, що ти обіймеш моє місце, — заслужено, і це логічний наслідок.

— Але...

— Від цієї хвилини ти стаєш моєю наступницею, а в мене ж на думці інші проєкти. Я залишаюся власником цієї нерухомості, а ти платитимеш мені майже символічну оренду. Поступаюся тобі 49% власності, також я раз на рік забиратиму свої дивіденди. В усьому іншому ти — шефиня. Тобі самій належить віднайти тут рівновагу.

Рівновагу в житті...

— Пообіді оголосимо про це всій команді, щось мені підказує, що багато хто зрадіє цій новині. Ти довела, що даєш із ними раду краще, ніж я. Я допомагатиму місяць чи два за потреби.

А? Що? Ні! Не так швидко! Що відбувається? Чому я в такому стані? Я розгублена, в паніці, на спині аж сироти виступили, руки змокріли, у скронях болить.

— Бертране, мені треба більше часу, — тихо благала я.

— Одного дня тобі таки доведеться увійти в цю воду.

*

Коли мої колеги — *чи мої підлеглі?* — прийшли пообіді, я втекла та зачинилася в туалеті. Сперлася на умивальник і уважно подивилася на своє віддзеркалення. З дзеркала мене запитали: *От гівно! Яель, що відбувається? Це ж мрія всього твого життя! Агенція тепер твоя. Та коли тобі її піднесли на блюдечку, ти вдаєш, що соромишся, що тобі страшно, і ти забула, що ти — найкраща. Ти — та, хто готова весь світ підім'яти під себе заради влади, та, хто поставив на цю карту все своє життя. Нічого не змінилося. Чи я помиляюся?*

— Візьми себе в руки, — сухо сказала я віддзеркаленню.

А й справді, я саме така. Я була про це попереджена, я гарувала як віл, щоби сьогодні опинитися на цьому місці. Тепер час кинутися в цю печеру з левами. Колеги сиділи за великим столом, Анжеліка подбала про вільне місце і для мене, але я подивилася на неї та заперечно похитала головою, помітивши впевнений погляд Бертрана; відтепер мені треба наважитися звикати до нової ролі та по-чесному стати поруч із шефом, на його рівні. Він був абсолютно розслаблений і почав:

— Ще у вересні я всіх вас попередив, що в майбутньому тут стануться великі зміни. Отже, я починаю нову справу. Тож ви працюватимете під керівництвом когось іншого — включно з усіма змінами, які це може принести. Думаю, ви й не сумнівалися, що це Яель.

Він подивився на мене, відійшов на два кроки назад і жестом запросив зайняти його місце.

— Добридень тим, із ким я ще не віталася...

Глибоко зітхнула й на кілька митей заплющила очі. Десятки спогадів пронизали мій розум — аж від першого дня, коли я тут опинилася, також я згадувала, як думала, що мене звільнять одразу після зникнення Марка, потім перші перемоги з контрактами, а також вимушену відпустку. Я знову побачила незграбну й без смаку одягнуту студентку й усвідомила, ким стала сьогодні — потужною діловою жінкою. Мені таки вдалося. Реальність мене вразила; я саме проживала один із найважливіших моментів свого життя. Жваво підняла голову. Описала колегам у загальних рисах мої плани та амбіції розвитку агенції. Потім повернулася до Бертрана.

— Хотіли би щось додати?

Він заперечно похитав головою. Потім я знову подивилася на команду.

— Маєте запитання?

Мовчання.

— У такому разі — до роботи!

Всі встали, по черзі привітали Бертрана, побажали йому успіхів, потім привітали мене та повернулися на свої робочі місця. Коли в залі стало порожньо, я видихнула і різко опустилася на стілець. Я була спустошена, та все минуло радше добре.

— Ти чудово впоралася.

— Дякую, Бертране. Ви впевнені, що не хочете ще трохи довше тут попрацювати?

— Крісло шефа для двох затісне.

Було вже по дев'ятій вечора, в агенції порожньо; навіть Бертран пішов. Я б ніколи не наважилася його розпитати про причини того рішення, проте це знання було б мені дуже потрібне.

Сиділа за столом і розглядала все навколо; офіс уже став моїм домом, скоро він ще більше ним стане. Я нічого не просила, та щойно отримала те, про що ніколи не наважувалася мріяти, краще не буває. От тільки за мрії, відданість роботі й прагнення досконалості треба платити. Я знала, що коли береш у свої руки підприємство, треба ухвалювати рішення — іноді складні, іноді треба різати по-живому. Це непевно, але необхідно. Я завжди це знала.

Взяла телефон, щоб замовити таксі. Знову зайшла в туалет і побачила в дзеркалі свою фізіономію. Цей день залишив свій відбиток.

*

Світло на вході в магазин було вимкнене, та всередині ще світилося. Марк саме щось лагодив. Штовхнула двері, мене охопила музика. Ненавиджу випадковості — він слухав «Supertramp». Останні ноти «Don't leave me now» прозвучали в мить, коли він повернувся до мене, й усмішка осяяла його обличчя. Він підійшов, знімаючи окуляри, — як і вперше, коли я його зустріла шість місяців тому.

— У тебе втомлений вигляд, — сказав він, підійшовши ближче, я ж продовжувала стояти на порозі.

— Дійсно важкий день.

— Ходи сюди...

Його усмішка зникла, коли він побачив, що на вулиці на мене чекає таксі, що стало на «аварійку».

Насупився.

— Ти не залишишся?

— Ні.

— Чому?

Він був збентежений, зупинився за метр від мене, зазирнув мені в очі.

— Яель, що відбувається?

— Нам треба це припинити. Це все нікуди не годиться.

Він ступив на крок назад, так, ніби я його вдарила. *Зберігай спокій.*

— Ти про що?

— Слухай, ми останнім часом добре одне одного розважили, але в нас нема... ми надто різні.

Він випростався.

— Ти що, знущаєшся? — кинув він, підвищуючи голос.

— Подивися правді у вічі, ми з тобою на різних хвилях. У мене є амбіції, тобі ж усього достатньо, і я цього не можу збагнути. Я не можу марнувати часу, та й місця для зайвих речей у мене немає...

— Для зайвих речей?! Але ж...

— Не вдавай, що ти здивований. Я одразу попередила, що постійні стосунки, любов та сімейне життя мене не цікавлять... Мені до всього того немає діла, це не мрія всього мого життя. Якби ти був тут останні десять років, то знав би, що в мене це не триває більше двох-трьох ночей.

Він підійшов ближче та схопив мене за руку, я не піддалася й не опустила очей. *Зберігай спокій.* Він ще ніколи не видавався мені таким високим.

— Де ти, Яель? Ця сучка — це не ти.

Його руки піднялися аж до моєї шиї — він так любив це робити, коли ми цілувалися. Уважно дивився на моє обличчя, волосся, його погляд ставав усе суворішим, щелепа — все напруженішою, подих — усе більш уривчастим; його руки все сильніше стискали мою шию. Я ж стояла непохитно. *Зберігай спокій.*

— Це якась маячня, — сказав він глухо й втомлено.

— Коли ми тільки почали, ти сам мені сказав, що оскільки ти щойно після розлучення…

Він мене відпустив — ніби дотик до мене його обпалював. Почав відходити назад, поки між нами не встановилася неподоланна дистанція, він не зводив з мене очей, його погляд ставав усе більш розгніваним. Я відчувала, що він прискорено думає. Поволі його гнів наростав, тіло напружувалося, він стиснув кулаки, билася жилка на скроні. Здається, він озвірів. Я ще ніколи не бачила, як він злітає з котушок — він завжди був таким спокійним і безтурботним. Добре, що я вирішила не відкладати це рішення на потім. *Зберігай спокій.*

— Якщо ти подумав, що мені треба не тільки…

— Не тільки спати зі мною? — загуркотів він. — Бляха! Як я міг на це купитися? З найгіршою з усіх можливих дівуль. То ось ти яка: береш, використовуєш і викидаєш? Ти вбила ту Яель, яку я знав, ти її розтоптала й спопелила. За кого ти взагалі себе маєш?

Він махнув рукою та з огидою на мене подивився. Я витримала цей погляд. *Зберігай спокій.*

— Ти в дзеркало на себе дивилася? На що ти схожа на цих підборах? Ти ж просто дівчисько, яке тішиться, бо її впустили погратися разом із дорослими. Ти дозволяєш собі судити життя інших і вважати їх дурнями. Та сама нічого не варта. Ти нічого не поважаєш, навіть сама себе не поважаєш. Ти готова себе продати — все заради тієї гівняної роботи. Я мав сам це зрозуміти ще тоді, коли побачив, як ти виходиш з тієї зустрічі й красуєшся перед тими одержимими баблом дядьками. Ти холодна й порожня. Якщо постукати, звук буде дзвінкий — там всередині нічого нема. Ти мертва.

Не було сенсу залишатися, це лиш погіршить ситуацію. Все було ясно. *Зберігай спокій.*

— На мене чекають, мушу попрощатися.

— Ага, давай, валі! Залазь у те таксі й повертайся до свого гівняного життя, — кинув він сповненим гіркоти голосом. — Подумати тільки, я мало не посварився з Адріаном, бо захищав тебе, знаходив тобі виправдання! Та ти сама шкодиш всюди, де проходиш, ти все псуєш, Яель.

Він потер обличчя долонями. Я востаннє поглянула на крамничку, а потім — на нього. Й пішла.

— Мені шкода, що ти сюди того разу прийшла, — сказав він, коли моя долоня була вже на дверній ручці. — Мені краще жилося зі спогадом про тебе, ніж із тією жінкою, якою ти стала. Ніколи більше не хочу про тебе чути, Яель.

Зберігай спокій. Не озираючись, гордо й професійно я повернулася до таксі, водій не вимикав лічильник. Таксист відчинив переді мною дверцята, я сіла, поруч із собою поставила сумочку, дістала телефон, щоб перевірити мейли. Стало трохи темніше — в крамничці саме вимкнули світло.

— Все без змін? Їдемо на вулицю Камброн, у п'ятнадцятому окрузі?

— Так, поїхали.

Я заплющила повіки, щойно він рушив. *Зберігай спокій*. От і все. Можна переключитися на щось інше. Ми вже добряче від'їхали, зо три квартали, аж тут *спокій* у моєму тілі несподівано перемкнувся. Я кинула мобільний у сумочку, нахилилася до крісла водія й вчепилась у його підголовник.

— Зупиніться, будь ласка! Негайно!

Він став, я одразу ж відчинила дверцята, вийшла з машини і трохи відійшла, щоби проблюватися над решіткою дощової каналізації. Я трималася за живіт, який охоплювали все сильніші спазми: оце така ціна. За кілька хвилин перед моїм носом уже були вода й паперові носовички. Я злила трохи води, витерла рот, знову сіла на заднє сидіння таксі. Водій явно злякався за свій шкіряний салон, тож простягнув мені паперовий пакетик.

— Дякую, — глухо сказала я. — Мені це не знадобиться. Вже минулося... Все...

Вдома я не вмикала світла й довгі хвилини нерухомо стояла біля дверей. Руки почали тремтіти, це й змусило мене діяти. Різко зняла й повісила пальто. З другої спроби налила собі велику склянку крижаної мінеральної води. Прийшла в спальню, поставила «лабутени» на місце в гардеробі. Перш ніж подивитися на досі незастелене ліжко, я мусила кілька разів стиснути і розтиснути пальці — щоб руки перестали тремтіти. Потім педантично перестелила ліжко: мені потрібна чиста постіль, щоб пахла порошком. Я завзято смикала ковдру, щоб якомога тугіше її запнути, аж тут серце до болю стиснулося, на мить перехопило подих, я ледь стримала крик. Заплющила очі, щоби прийти до тями, почала бити кулаками по матрацу. *Зберігай спокій! Зберігай спокій! Зберігай спокій!* Запхала простирадла на дно корзини для брудної білизни. Туди ж поклала й сьогоднішній одяг. Від холодної води в душі шкіру аж обпекло, я стиснула зуби й почала енергійно терти себе губкою, навіть обличчю дісталося трохи цього абразиву. Потім, не заглядаючи в дзеркало, я заходилася коло зубів: спершу електрична зубна щітка, потім — зубна нитка. Одягнула чисту піжаму, потім відчинила шухлядку, звідки дістала упаковку снодійного, випила одну таблетку, запивши повною склянкою води.

Потім я лягла, тримаючи в руках телефон. *Зберігай спокій.* Треба було заопікуватися списком контактів; видалила один номер, тільки один. Поставила будильник, уже в темряві лежала нерухомо, піднявши ковдру аж до шиї, дивилася в стелю.

Горбатого й могила не виправить. Такою була моя перша думка, коли я розплющила очі о 6:28. Все, я вже працюю. За дві хвилини задзвонив будильник, я встала, застелила постіль, одягнула спортивний костюм. О сьомій я вже переступила поріг басейну, чим дуже здивувала менеджера.

— Панно Яель, радий вас бачити! Давненько вас не було!
— Треба було дати раду одному старому досьє. Та не хвилюйтеся, то вже в минулому.
— Ви певні, що все в порядку?
— Е... добре... все дуже добре, — відповіла я, зітхаючи.

О 8:57 я вже сиділа за робочим столом і була готова до початку робочого дня. За десять хвилин підійшла Анжеліка:
— Думаю, тепер ви не ходитимете попити кави з усією командою?

— Чому ж? Ходитиму, — відповіла я, встаючи.

Я пішла за нею, мене зустріли широкими усмішками, простягнули кави, я стала, спершись на стіл по центру *kitchen*.

— Привіт, шефине! — жваво вигукнув Бенжамен. — Це круто! Певно, ти вчора влаштувала грандіозну вечірку! Ти тільки подивися на себе! Це що, бодун?

Якби ж ти тільки знав...

— Можна і так сказати...

— А якщо серйозно, ти плануєш якісь великі зміни після того, як Бертран піде?

В очах досі туманиться, і я повторювала свою нову мантру: *зберігай спокій*. Впевнено на нього подивилася.

— Звичайно, зміни будуть. З кожним із вас я матиму індивідуальні зустрічі.

— То це добрі новини?

— Сподіваюся.

Я підвелася:

— Мушу вас покинути.

Коли я була вже в *open space*, озирнулася.

— Анжеліко, в мене сьогодні зустрічі поза офісом.

— Звичайно, я прийматиму повідомлення для вас.

— Ні, ви підете зі мною.

Всю решту тижня я виснажувала себе роботою. Ходила на всі зустрічі, що були заплановані протягом останніх тижнів, майже на кожну з них мене супроводжувала Анжеліка — її я підвищу однією з перших. Я вже почала співбесіди з персоналом. Була уважною до їхніх думок і бажань щодо розвитку кар'єри, проте повідомляла й про ухвалене мною рішення. Часу не марнувала. Маю все контролювати всіма доступними способами, тому всі дзвінки, що не стосувалися роботи, автоматично відправляла в автовідповідач. Додому я поверталася все пізніше. Коли я зрештою падала в ліжко — ковтала улюблену цукерку — снодійне.

У п'ятницю вранці до мене в кабінет прийшла Анжеліка.

— Яель, здається, у вас щось із телефоном.

— Та ні. А що?

— Перепрошую, але здається, що більше ніхто не може вам залишати голосових повідомлень — скринька переповнена.

— Добре... Я розберуся. Дякую.

Схопила телефон, відкрила скриньку автовідповідача. Коли почула голос сестри, то вже й пошкодувала, що взагалі туди полізла. Перше повідомлення вона залишила вранці у вівторок: «Сестричко, то все в силі на завтра? Я дуже хвилююся від самої думки, що в нас в гостях ти будеш разом із Марком. Не турбуйся, всю нашу кавалерію я не запрошувала. Передзвони, цілую». Я заплющила очі. Ранок середи: «Яель, я хвилююся, ви ввечері будете? Седрік набере Марка». Долонею я затулила рот. Третє повідомлення, вечір середи: «Ми щойно телефонували Марку. Що це за історія? Негайно мені передзвони!». Четвер, обід: «Що це за дурниці? Нічого не розумію! Ти взагалі здуріла? Що на тебе найшло? Передзвони! Це наказ!». Знову четвер, але вже вечір, я зі здивуванням чую голос Седріка: «Яель, не в моєму стилі втручатися в те, що мене не обходить, але я щойно був у Марка... Ми з Адріаном змусили його з нами поговорити... Було непросто, але він таки нам усе розповів. Я тебе не впізнаю. Навіщо ти гралася з його почуттями? Як ти могла?». Наступні повідомлення я видалила, навіть не слухаючи.

Здалеку почула голос Анжеліки:

— Уже час наступної зустрічі. Хочете, нехай трохи почекають?

Я підняла очі, все ніби розмите.

— Ви плачете?

Щокою скотилася сльоза.

— Ні, — відповіла я, провівши долонею по щоці.

Аліса ще кілька разів намагалася мені додзвонитися протягом дня, телефонуючи з регулярними інтервалами, а я щоразу перенаправляла її дзвінок на автовідповідач. Потім подзвонив Адріан, його можна навіть не слухати, я й так знала, що він мене шпетить і що Жанна на його боці. Як довго мені вдасться їх ігнорувати й уникати прямого протистояння? Натомість я знала точно, що не хочу їх чути — не хочу чути ні їхніх докорів, ні звинувачень. Мені вистачає роботи з власним сумлінням. Сестра, яку я саме, здається, втрачала, мусила обмежитися смс від мене: «Алісо, ти мене не зрозумієш, але я зробила вибір і готова нести за нього відповідальність — я не могла вчинити інакше. Сподіваюся, що принаймні ти мені пробачиш. Дай мені трохи часу. Цілую». Швидко натиснула кнопку «Відправити», поки не здалася й не почала розпитувати, як справи в Марка. Як я взагалі могла дозволити нашим стосункам зайти так далеко? Я ж із самого початку знала, що не зможу виділити йому те місце в моєму житті, на яке він заслуговував, і що я не та, хто зробить його щасливим. Якщо десь справді існують *wonderwomen*, яким вдається встигати все, то я точно не одна з них. Висновки болючі: я відпустила ситуацію, відкрила йому шлях до свого серця, я покохала його всіма порами своєї шкіри, я просто його кохала. Так довго на нього чекала, але тепер я вже зайнята, хоча хотіла би бути вільною, за будь-яку ціну. Коли я про нього думала, всюди відчувала біль; горло стискалося, я більше не могла говорити, хоча мовлення було основою моєї роботи, всі м'язи судомило, і мені хотілося все облишити. Біль міг прийти будь-коли — тіло, серце, голова боліли аж до крику. Більшість часу я намагалася кудись заховати руки, бо вони майже весь час тремтіли. До мене повернулися блювота й зав'язаний у вузол шлунок, знову не могла нічого їсти. Таке враження, ніби я наркоманка і в мене ломка. Щойно заплющувала очі — згадувала його обличчя в той останній вечір нашого розриву, його погляд, сповнений ненависті та огиди, знову чула його сердиті слова. Всередині себе я зламалася. Немає потреби витрачати на це зайві години. Аліса відповіла мені за хвилину: «Більше тебе не впізнаю. Я втратила молодшу сестру. Не можу зрозуміти...».

Наближалося Різдво, разом із ним наближався й приїзд батьків, а біль закапсулювався. Всі дні та частину вечорів я проводила в агенції. Ночі я поки проводила вдома, снодійне було вже не потрібне, бо я таки засинала після того, як поплачу; але сльози не приносили полегшення, а ночі не приносили спочинку, мені снилися кошмари, в мене були мігрені, болів живіт. Із Алісою ми обмінювалися тільки тими повідомлення, що були необхідні для підготовки свята: хто що робить? Де? Що дарувати? Яке меню? В агенції мені вдавалося зберігати добру міну, в кожному разі, я на це сподівалася. Іноді я відключалася просто посеред наради. Коли я знову поверталася на землю, вже й сама не розуміла, де опинилася. Я ніколи з нею про це не говорила, та Анжеліка, яка ні на мить від мене не відходила, завжди легко все підхоплювала. Я все менше зверталася до Бертрана, це сталося з єдиної та головної причини — я його уникала, бо не хотіла, щоб він усвідомив, яка я нещасна. Я чіплялася за агенцію, я ж так цього хотіла, дійсно хотіла, я все заради цього зробила.

23 грудня, батьки щойно приземлилися в аеропорту Орлі, але я не там і їх не зустрічаю. Зазвичай у моєму графіку завжди було для цього «вікно», і я завжди приєднувалася до Аліси, й ми разом їхали в аеропорт по батьків. Цього року я втекла від сестри, намагаючись якомога далі відтермінувати конфронтацію, тому сама себе підставила золотою відмазкою — в мене робота. Хоча цього вечора й у наступні дні я єдина в агенції працюватиму; вся команда отримала від мене три вихідні. Всі роз'їхалися, настрій їм також суттєво покращила щойно отримана премія. Щойно за останнім із колег зачинилися двері, моя фасадна усмішка стерлася з обличчя, я пішла, збираючись повернутися на своє місце за комп'ютером, аж тут зустрілася поглядом із Бертраном.

— Яель, зайди в мій офіс!

Я зітхнула. *Він досі тут...* Таке враження, що він збирається до останньої хвилини зберігати свою владу. Я повільно й ледь волочачи ноги дійшла в його кабінет і сіла навпроти.

— Турбуватися про команду — це чудово. Та якщо ти хочеш, щоби все добре працювало в довготерміновій перспективі, маєш потурбуватися й про себе.

Я напружилася.

— Не розумію, на що ви натякаєте! Не хвилюйтеся за мене, — відповіла я, ніби змахнувши долонею зі столу це зауваження.

— О, про твою роботу тут навіть не йдеться! За майбутнє агенції я не хвилююся, але хвилюватимуся, якщо ти й далі блукатимеш, як неприкаяна душа, і будеш патологічно одержима результатами. Стережись. Раніше колеги тебе боялися й відмовлялися разом із тобою працювати. А тепер вони ходять до мене, щоби запитати, чим тобі допомогти. Думаєш, ніхто не помічає, які в тебе червоні очі щоранку? І ніхто не бачить, як ти притьмом вибігаєш і зачиняєшся в туалеті?

Мене попалили. Я виснажена. Хочу бути деінде. Будь-де, аби тільки не тут.

— Нічого страшного, мине.

Я відвернулася, не хотіла зустріти його погляд, відчувала, що от-от заплачу.

— Я ніколи не втручався в особисте життя нікого з працівників агенції, та в твоєму житті трапилося щось таке, від чого ти стала ще кращою, найкращою, а потім так само несподівано цей вогонь у тобі згас. Це сталося одразу після того, як я оголосив, що йду.

— Я відмовляюся про це говорити, — сказала я, збираючись встати й піти.

— Твій... твій друг... отой, котрого я якось зустрів... погано сприйняв твоє підвищення?

Я знову впала на стілець і скулилась.

— Ні... Це не через це... Він навіть не знає, насправді ніхто ще про це не знає, — відповіла я, сама цього не усвідомлюючи.

— Не розумію.

— Я вирішила, що краще його кинути...

Воно саме собою сказалося. Я впала так низько, що готова звірятися Бертранові.

— Навіщо ти це зробила?

— Тому що інакше в мене нічого б не вийшло! — відповіла я, піднявши тон, я вже не могла себе опанувати.

— Хто тобі таке сказав?

— Ви!

— Я? Оце точно найсмішніший жарт! Коли це я казав, що ти мусиш обирати поміж кар'єрою та особистим життям?

Я вже втратила контроль і аж підскочила. Що це він мені розповідає?

— Та постійно! *Будь зосередженою, Яель!* — я його передражнила, безумно шарпаючись перед його столом. *Ніхто й ніщо не має заважати твоїй кар'єрі!* Скільки разів ви це мені казали?

— Але це не значить, що ти маєш бути самотньою.

Я зупинилась і кинула на нього вбивчий погляд. *Як мило з його боку! Добре йому про це говорити, в нього ж єдина пристрасть — робота!*

— Значить! Ви ж самотній! Це, певно, обов'язкова умова для тих, хто хоче досягнути успіху.

— Я не конче є взірцем для наслідування й...

— Не знущайтеся, Бертране! Ви ж покинули дружину заради кар'єри?

— Чому ти так вирішила? — занервувався він. — Ми розійшлися, бо більше не рухалися в одному напрямку, це не значить, що я її покинув заради кар'єри.

— Це одне й те ж...

— Ти помиляєшся.

Я стояла навпроти нього, руки в боки, й боролася з бажанням його вбити. Він не спускав з мене очей.

— Годі, Бертране! Припиняємо цю гру. Я побудувала своє життя за взірцем вашого. Їжте тепер, — наказала я, і мій голос бринів від гніву.

Він глибоко зітхнув.

— Коли я казав, що ніщо не має тебе відволікати, то мав на увазі, що ти не мусиш відмовлятися від амбіцій через того, з ким живеш. Ті, хто так роблять, потім мусять пожинати плоди свого рішення, а потім звинувачують у своїй поразці іншу людину. Про питання вибору між кар'єрою та особистим життям тут не йшлося.

— А що ваші діти? — наполягала я.

Мені було потрібно знайти причину, бодай одну, якою можна було би виправдати скоєне. Не може бути, щоби я так сильно помилялася! Якщо так, це буде нестерпно.

— Тепер мої діти дорослі, в них своє життя. Кар'єра не завадила мені опікуватися ними й бачити, як вони дорослішають — хоча й трохи здаля. Але й не менше, ніж половині всіх розлучених чоловіків. Я не кажу, що це найкраще рішення, але доводилося виходити з того, що було, та й дітей я ніколи не покидав заради роботи. За кого ти мене маєш? Ти нічого не знаєш про моє життя!

Ми дивилися одне на одного. Я ще трималася. Та я відчувала, що певність моя поволі розсіялася.

— Не роби мене відповідальним за свою помилку, Яель. Ти вже доросла дівчинка. Ти десь щось недочула та щось по-своєму інтерпретувала, щоби знайти собі виправдання. А ще коли це я казав, що в моєму житті нікого немає? Все є питанням довіри та поваги.

Я впала на стілець, мої професійні підвалини щойно впали, мов картковий будиночок. Тобто я даремно мучилася? Я порожня й самотня намарно.

— А тепер ти мене послухай. Коли я запропонував тобі партнерство, то мав сумніви. Потім сталося саме те, чого я боявся — ти здуріла, тобі немов зірвало різьбу. Самотня людина такого ритму витримати не може, ніхто не може. Я тримаюся, тому що маю свою бульбашку з киснем, яка чекає на мене й підтримує, я також про неї не забуваю — в неї теж блискуча кар'єра, і це її вибір, який я поважаю. Амбіції не означають самотність. Буду з тобою чесним: поки ти була у відпустці, я розглядав інші варіанти партнерства. Та я вирішив дати тобі останній шанс. Яель, я завжди в тебе вірив. Я думав, що сил тобі вистачить, чекав, що в тебе станеться прорив. І сталося диво — ти була на шляху рівноваги. Справи йшли все краще й краще, і я подумав, що ти вже готова. Хіба я бодай чимось тобі докорив, хіба я хоч чимось натякнув на твою роботу відтоді, як зрозумів, що в твоєму житті з'явився чоловік?

— Ні, — визнала я, майже плачучи.

— А ти все зруйнувала, не подумавши до ладу.

— Він би страждав через мене...

— Він щось не надто схожий на хлопчика, якого легко образити. Ти ж у нього навіть не запитала. Думаю, що так і було, навіть гірше — ти не залишила йому вибору. Якби ти не вирішила робити вибір між кар'єрою і ним, то він мав би право погоджуватися чи не погоджуватися підтримувати тебе.

Я не думала, що взагалі можливо почуватися гірше, ніж я почувалася протягом останніх днів, але Бертран мене щойно добив. Я так боялася поразки, що все в житті пропустила. Сьогодні вже нічого не виправити. Надто пізно.

— Попереджаю, Яель, така розмова між нами вперше та востаннє, — продовжив він, не давши мені часу все це перетравити. — Не я маю вирішувати, що тобі далі робити. Але якось віднови свої сили.

Підвівся та одягнув куртку.

— Веселого Різдва!

Проходячи повз мене, поклав руку на моє плече і трохи стиснув. Потім вийшов. Я стоїчно сиділа на стільці, слухала, як стихають звуки його кроків, як відчинилися й зачинилися двері агенції. Протягом довгих хвилин у кататонії я знову пережила розрив із Марком — жахи, що їх змогла йому наговорити для обґрунтування нашого розриву, й такі жорстокі, такі правдиві, такі справедливі слова, які він сказав мені у відповідь — та знову пригадувала слова Бертрана, уявляла своє самотнє майбутнє. А потім я різко підвелася. Кинулася до свого столу, зібрала речі. Траснула дверима агенції, побігла сходами. Зупинила таксівку, дала водію адресу крамнички. Там на мене чекали опущені ролети, в квартирі також не світилося, від того всього в мені зародилася непевна тривога, ожили болісні спогади; я попросила водія відвезти мене в той ресторан, «У Луї». Також зачинено. Скулилася на задньому сидінні, схопила телефон, була вже готова йому телефонувати. Раптом згадала, що в пориві шалу витерла його номер зі списку контактів. Моя тотальна залежність від айфону дорого коштує, бо пам'ять не може втримати жодного телефону.

— Куди їхати? — намагався з'ясувати шофер.

Залишалося єдине місце, куди можна було поїхати: до його дідуся. Я занурилася в закапелки пам'яті, видобуваючи звідти його адресу. Таксі знову поїхало на інший кінець Парижа; десять років тому я їхала туди ж на метро, натомість мій нервовий стан не змінився, я так само тремтіла, а очі так само повнилися сльозами. Сьогодні мене пожирало почуття провини та нудило від усвідомлення утрати. Вже біля потрібного будинку я почала почуватися якось по-дурному; не знала коду домофона, як мені потрапити всередину?

— А далі що? — запитав таксист, бо я не зрушила з місця.
— Чекатимемо.

Знайдеться ж якийсь простак, хто впустить мене.

— От зараз усе кину й буду тут з вами чекати!
— Ваш лічильник не скаржитиметься. Ані руш! — наказала я, поквапливо вилазячи з авто.

Хтось наблизився до дверей, я скористалася нагодою та встигла увійти. Роззулася й побігла на четвертий поверх.

Мене вразили спогади про це місце, вони не стерлися з пам'яті. Подзвонила, потім почала стукати в дерев'яні двері.

— *Abuelo*! *Abuelo*! — кричала я. — Відчиніть! Це Яель!

За кілька хвилин почула, як клацають замки. Двері відчинилися, за ними стояв старий. Від ридань я вся затремтіла. Він розкрив переді мною руки, прийняв у свої обійми, я в них заховалася, вхопилася за його вовняну жилетку, що пахла нафталіном. Дідусеві руки делікатно гладили моє волосся.

— Заходь, моя маленька Яель, — тихо сказав він.

Він, як завжди, гостинний. Взяв мене за плечі, повів довгим коридором. Допоміг сісти на стілець за столом їдальні.

— Від тебе лишилися тільки шкіра й кості, а ще ти змерзла, — сказав він, прямуючи на кухню.

Я підняла голову й побачила буфет, де стояли фотографії Марка. Ось він маленький, тут — підліток, а тут йому двадцять, і він на блошиному ринку. Також я побачила стару чорно-білу світлину, що пожовтіла від часу, на ній *Abuelo* з дружиною, любов'ю всього свого життя, як казав мені Марк.

— Вона була просто чарівною, — сказав *Abuelo*. Він саме повернувся до кімнати та став поруч зі мною. — Просто янгол...

Спостерігаючи, як він на неї дивиться, я була вражена любов'ю, що читалася на його обличчі.

— Перш ніж ти сама спитаєш, кажу одразу: не хвилюйся, він не зник і не поїхав. Він просто намагається, як може, дати з цим раду. А тепер їж, — сказав він.

Поставив переді мною тарілку супу, поруч поклав велику срібну ложку. Суп — домашній. Від запаху овочів я ніби знову повернулася в дитинство. Він простягнув мені картатий носовичок. Я витерла ніс і щоки. Потім опустила ложку в тарілку. *Abuelo* сидів поруч і дивився, як я їм — аж до останньої краплі. Їжа не тамувала біль, але від кожної ложки мені ставало тепліше. Коли я доїла, він підвівся, забрав тарілку й за кілька хвилин повернувся з десертною мисочкою в руках — там лежав порізаний кружальцями банан.

— Від цього тобі стане краще.

І знову. Він сидів і дивився, як я їм десерт. Мовчав, поки на тарілці не залишилося жодного шматочка.

— Моя маленька Яель, я ніколи не забуду твоє лице в ту мить десять років тому, коли я сказав, що Марк не повернеться. Цей спогад мене переслідував. Я би волів більше ніколи нічого подібного не бачити.

Він торкнувся моєї руки й додав:

— Вибач, що я так із тобою вчинив. Мій онук тоді не дізнався, як сильно ти страждала. Йому треба було подумати про власне майбутнє... Мені дуже прикро...

— Ви тут ні до чого. Облишмо минуле в минулому.

— Кажуть, що найпрекрасніші історії — найскладніші. Та я би волів, щоби вас ця доля оминула.

— Це все я винна, *Abuelo*.

— Всі мають право на помилку.

Кілька довгих хвилин ми сиділи мовчки, його долоня досі на моїй руці, моя — на його, моїми щоками котилися сльози.

— А тепер ти повернешся додому, відпочинеш і даси вам обом трохи часу.

— Дякую, що прийняли мене.

— Для тебе мої двері завжди широко відчинені.

Я одягнула пальто, взяла сумочку, що лежала на підлозі. Потім дозволила собі допомогти *Abuelo* встати зі стільця. Тримаючи одне одного попід руки, ми дійшли до дверей. Уже на сходах я подивилася на нього, стало страшно, що я його більше ніколи не побачу. Він мило усміхнувся.

— Бувай, моя маленька Яель. Будь обережна дорогою додому.

— Так...

Горло стиснулося, дідусь зачинив двері, я почула, як він замикає численні замки. Спустилася сходами, що були вкриті килимом, досі була боса, взулася аж перед дверима, що вели на вулицю. На мій превеликий подив, таксі досі чекало. Я знову сіла на заднє сидіння.

— Перепрошую.

— Ваші вибачення мене не цікавлять. Але якщо не заплатите — поїдемо в поліцію.

— Віддам я ваші гроші.

— Куди їдемо?

І я назвала адресу, але не свою, а сестри; мені потрібні були і вона, і Седрік, і діти, і батьки. Мені треба попросити вибачення. За все. За все лихо, що я чинила всі ці десять років.

Двері відчинила Аліса, ми довго одна на одну дивилися. Потім у очах щось ніби затьмарилося, сестра простягнула до мене руки, а я кинулася в її обійми.

— Пробач, Алісо. Не знаю, що на мене найшло.

Вона мене ніби колисала й пестила моє волосся.

— Ти тут. Все добре. Заходь.

Вона потягнула мене в дім і взяла в долоні моє обличчя.

— Я вчинила найбільшу в житті дурницю.

— Та ні... все владнається. Та спершу тобі треба заспокоїтися...

— А якщо він більше ніколи про мене й чути не захоче?

— Тоді твій батько поїде й привезе його будь-якою ціною!

Татку! Аліса мене відпустила, і я кинулася в обійми батьків. Я була немов маленька дівчинка, яку мають приголубити та трохи покартати тато й мама.

— Моя *sweet* Яель, — пробурмотіла матір мені на вушко. — Все владнається, от побачиш.

— *I don't know, mum, I don't know...*
— *What's happening?*

Я зітхнула й звільнилася з їхніх обіймів. Потім зустрілася поглядом із Седріком.

— Мені так прикро, — сказала я і йому.
— Оце ти клопоту наробила. Нумо, ходи сюди.

Седрік взяв мене за плечі й повів у прикрашену до Різдва вітальню. Аліса й мама підхопили якийсь однаковий вірус, таке враження, ніби ми у вітальні бабусі й дідуся, материних батьків, — тут і гірлянди, й свічки, й дуже багато ліхтариків. Мама зникла на кухні й за кілька секунд повернулася з чашкою чаю та сконами — вона вже встигла напекти їх ціле деко, хоча приїхала всього кілька годин тому! Навіть після дев'ятої вечора ці булочки до чаю, з її точки зору, були чарівним засобом від усіх турбот. Вона сиділа на канапі поруч зі мною, намазуючи булочки маслом і домашнім джемом — так, ніби мені знову п'ять років. Певно, на мене того вечора було дійсно страшно дивитися, раз усім хотілося мене нагодувати. Аліса сіла поруч, з іншого боку, а тато й Седрік влаштувалися в кріслах навпроти.

— З початку місяця я керую агенцією, шеф поступився мені частиною своєї частки, — оголосила я, щоб не тягнути.

Я вже не могла більше це приховувати.

— Чудово! — вигукнув батько. — Твоя робота дає плоди, цей чоловік — не невдячний. Думаю, ти просто шаленієш від радості!

— Дякую.

Бідолашний татку, якби ти тільки знав, які жахіття я робила, щоб отримати цю роботу. Ця обожнювана робота призвела й до моєї втрати.

— То цього року нам є, що святкувати! — продовжила мама. — І малюк, і твоє підвищення! Я так пишаюся обома своїми донечками.

Ні, мамо, не кажи так. Не порівняй дитину любові з моїми дурницями, самотністю та втратою Марка.

— Дякую, мамо. Зосередьмося краще на малюкові й Алісі... Я зовсім вас покинула через роботу, через агенцію. Всі ці роки я жила, викресливши головне. Обрала не ті пріоритети. Я вас покинула... я... Пробачте мене за все, що я вас змусила пережити...

— Ти вже телефонуєш нам частіше, ніж колись, — перебила вона. — Ти не помітила? Ми й цьому раді. Маріус і Лея постійно говорять про тебе й про те, що ви поробляли влітку...

— Так і є! — підтвердив тато. — Відтоді, як ти з'їздила у відпустку разом із сестрою, нам із мамою здається, що ти справляєшся краще, навіть дуже добре, зі своїми обов'язками та всім іншим...

— Так, ми від самого літа вже й забули про те, як ти від нас тікала, — оголосив Седрік. — Саме тому ми так і не зрозуміли тієї твоєї безумної поведінки...

Від самого літа, від самих канікул у Лурмарені, мені ще хотілося додати — від часів Марка. З ним я стала кращою, він повернув мені людяність, допоміг думати не тільки про роботу, і водночас я ще ніколи не відчувала стільки щастя від роботи — так, ніби той факт, що усе моє життя більше не обертається тільки навколо агенції, дав змогу багато речей побачити по-новому, докласти зусилля правильно, а не патологічно, не заради компенсації якогось браку. На цьому етапі роздумів повернулися давнішні спогади. Габріель, клієнт, який робив мені нерви, якось сказав, що маю додати в своє життя трохи пристрасті, він передбачав, що від того я стану тільки кращою. Тоді я нічого не зрозуміла. Проте сьогодні мушу визнати, що цей поганець, який був, здається, не таким уже й поганим, мав рацію. Все так і сталося.

Я завжди думала, що в Бертрановому житті була тільки робота — та ні, в нього була жінка, яка чекала на нього, підтримувала, приймала його амбіції. Марк за весь той короткий час, який ми розділили, ніколи нічим мені не докорив. Ніколи не казав, що моя робота заважає нам бачитися. Бог свідок, Марк точно мав через це страждати. Всі завжди думали, що шеф промив мені мізки, та це я сама собі промила мізки — сама, як доросла.

— То це все тому? — запитала Аліса, взявши мою долоню в свою.

Я дивилася на неї, вона усміхалася.

— Я запанікувала, подумала, що не впораюся, я ж знаю, якою буваю через роботу, тому... я подумала...

— Залиш ці пояснення для нього. Ми завжди поруч. Добре?

— Я цього не заслуговую...

— Заслуговуєш...

— Я можу у вас переночувати?

— Якщо тебе влаштує канапа і якщо ти не проти того, що тебе розбудять діти, то я тільки за!

— Я теж.

— А що завтра? На роботу? — запитав Седрік.

— Е... Ні... Це ж Різдво.

Він ледь стримав насмішкувате хихотіння. Так мені й треба.

— То ти всі ці дні будеш не на роботі?
— Сподіваюся... Повертаюся в офіс 26 грудня, не раніше. Обіцяю.
— Тоді ти залишишся тут аж до сніданку вранці 26 грудня!
— Дякую, та завтра мені треба буде заїхати додому.

12

Я позичила стару Алісину «Clio», щоб заїхати додому й взяти з собою деякі речі, зокрема гору подарунків, які треба покласти під ялинку наступної ночі. Мені не хотілося надовго затримуватися в квартирі, що тепер мені видавалася такою ж гостинною, як хірургічне відділення лікарні. Хотілося тільки одного — віднайти тепло сестриного дому. Я нашвидкуруч закинула трохи одягу в сумку та перевдягнулася в щось зручніше за офісний костюм. Всього за пів години все було готове, а багажник — повний. Але я не поїхала на кільцеву; мусила ще раз випробувати долю, спробувати все йому пояснити, визнати свої помилки, я відчувала, що це не змінить ситуації, та я винна йому це пояснення, мені це було потрібно.

Коли проїжджала повз крамничку, помітила, що там світиться: значить, він там. Запаркувалася казна-як, замкнула дверцята та побігла до крамнички. Трохи часу знадобилося, щоби заспокоїти дихання, потім я штовхнула двері. Ця тиша мене розривала. Він завжди слухав тут музику, незалежно від того, чи були клієнти, чи ні. А тепер — жодної ноти, жодного слова, жодного звуку.

— Вибачте, у нас зачинено, — почула голос із глибини крамнички.

Його голос був іще сумнішим, ніж зазвичай, ще глибшим. Я не заходила далі, стояла на порозі, перебирала пальцями, аж тут помітила поруч із собою його дорожню сумку. *О ні, тільки не це!* Мене ніби в живіт ударили — невже він їде?

— Повертайтеся після свят, — продовжував він. — Я їду вже за...

Ну от. Він підійшов. Як завжди, зняв окуляри, протер очі, помасував перенісся. Мені так подобалося, коли він це робив...

— Що ти тут робиш? — сухо запитав. — Треба розважитися перед Різдвом? Вибач, але я зайнятий.

— Я хотіла поговорити.

— А я не хочу більше про тебе й чути! Ти не лише шльондра, а ще й глуха?

Боляче.

— Марку, будь ласка, — я почала белькотіти. — Потім... чесне слово, я зникну.

— Я вже й так знаю, що ти мені скажеш, твоя сестра, якою ти, здається, дуже серйозно зманіпулювала, вже мені подзвонила й за тебе заступалася.

Мене заскочило зненацька те, що Аліса стала на мій захист після всього, що я зробила. І це свідчило про те, наскільки вона краща за мене.

— Вона не мала...

— Чому ж не мала? Щоб ти й далі могла мені розповідати всі ці дурниці? Чи ти й справді збиралася мені розповісти, що тепер стала сама собі начальницею? Коли ти взагалі планувала мені про це розповісти? До чи після того, як принизила мене?

Кожен його погляд був важким, холодним, сповненим ненависті, від того мені ставало все болячіше.

— Я була сама не своя, мені дуже прикро. Пробач... Жодне сказане того дня слово не було правдою...

Він завмер, плечі опустилися, подивився на стелю, видихнув. Потім знову подивився на мене.

— Тоді чому ти це зробила? Чому ти так *із нами* вчинила? — знову запитав, підвищивши голос.

— Тому що боялася!

— Чого ти боялася?

— Боялася, що в мене нічого не вийде і що ти страждатимеш...

— Я міг би допомогти, підтримати, іноді було б нелегко, та ми могли б спробувати...

Відійшов, став до мене спиною, глибоко зітхнув.

— Ти не дала мені вибору, обрала замість мене, і ти, Яель, обрала роботу. Думаєш, я зможу тобі це пробачити?

Менш ніж за добу я вже вдруге чую це зауваження.

— Знаєш, Бертран сказав мені те саме.

— Як? Ти говорила про нас із шефом? — закричав він, знову повернувшись до мене обличчям.

Я опустила голову. Однозначно, я все роблю неправильно.

— Ти хоч сама розумієш, що кажеш?

— Не розумію, я кажу стільки дурниць, тому що... тому що...

— Тому що що? — він нервувався.

— Тому що мені страшно знову тебе втратити! — закричала я.

Мені не вдалося тримати себе в руках. Він відійшов і мав розчарований вигляд.

— Що за гівно, Яель! Я думав, ми це вже давно пройшли. Ти ще досі маєш, що мені закинути?

Самі собою потекли сльози, я не змогла їх стримати. Байдуже, це має з мене вийти, я роками тримала це в собі, це пожирало мене зсередини, це те, через що я сама від себе відмовилася.

— Ти покинув мене! — я кричала. — Покинув мене саму!

— Та це ж було багато років тому!

— Коли ти зник, я думала, що збожеволію! Про це ти знав? Ні, не знав... тому не суди ту, ким я є сьогодні, Марку. Відтоді, як ти пішов, я вся спорожніла. Без тебе я була ніким, мені більше нічого не хотілося, тому що тебе не було. Мене тоді врятувала робота, вона дала мені змогу існувати, дала причину щоранку вставати. Все, чим ти мені дорікаєш, з'явилося в мені як захист від твоєї відсутності! І що мені тепер із цим робити? Я така, як є, і не можу повернути все навспак. Я змінилася, виросла завдяки роботі, я робила такий вибір, який не давав би мені потонути.

На його обличчі гнів поступався місцем смутку. Він блідішав просто на очах. І я вже не могла зупинитися.

— По-твоєму, чому я всі ці роки залишалася самотньою? Я нікому не дозволяла з собою зблизитися, щоби знову цього всього не переживати. Ніхто з чоловіків не міг би посісти твого місця. Мені шкода, що я запанікувала, та мені стало страшно, що я не зможу дати раду. Те, що ти зі мною робиш, те, що ти в мені пробуджуєш, — це більше, ніж я. І я вирішила рятуватися. Бо якби ти знову мене покинув...

Не було сенсу продовжувати. Марк глибоко зітхнув. Видавався розгубленим, слабким.

— Як жаль... Якби ти сьогодні знову мене спитала, чому я після повернення не намагався з вами зв'язатися, я би відповів щось геть інакше.

— Ти про що, Марку? Нічого не розумію. Ти не все мені розповів?

— Не все... Є щось, у чому я не наважився тобі зізнатися.

Він потер долонями обличчя, а потім знову заговорив, дивлячись мені просто у вічі.

— Я не намагався вас знайти через тебе. Завжди був у тебе закоханий... я одружився, думаючи про тебе. Ти говориш про якогось сучого сина! А я ж тебе ніколи не забував... Ти завжди була тут, зі мною, десь у закапелку моєї голови...

Долонею затулила рот. Боже... Як ми могли втратити одне одного десять років тому? Сьогодні все було б зовсім інакше.

— Коли я повернувся в Париж із Жюльєт, то знав, що в мить, коли тебе зустріну, мій шлюб потоне... а ще мені було страшно, що ти вже вийшла заміж, стала матір'ю, щасливо живеш і про мене не згадуєш. Саме тому я не намагався дізнатися, що з вами стало і що стало з тобою... Коли ти несподівано звалилася мені на голову, я вирішив, що краще вже твій гнів і докори, ніж байдужість, якої я так боявся... Та в ту саму мить, коли побачив тебе, зрозумів, що біжу назустріч своїй погибелі...

Він глибоко вдихнув, ступив на крок ближче, але далі не пішов, ніби передумав. Моїми щоками й далі котилися сльози.

— Та, кого я зустрів, була ніби ти, а ніби й не ти... ти змінилася, це точно. Виявилося, що я знайомий із потужною діловою жінкою холодної краси — от якою ти стала. Та я також побачив, що ти палаєш, як колись. Я повірив, що десь там у глибині ховаєшся колишня ти. Не зміг тобі опиратися. О... Я спробував, та це виявилося повною поразкою. Думав, що за ці роки вже дізнався, що таке кохати, та ні, насправді те, що було в минулому, не можна навіть порівняти з тим, що я відчуваю до тебе сьогодні... Я вже кілька місяців сам себе не впізнаю, і це все через тебе. Все стало сильнішим, більшим — любов, біль, а також гнів...

Ми стояли, не зводячи очей одне з одного — нерухомо, мовчки, довго.

— Чому ми ніколи про це не говорили? — тихо запитала я.
— Певно, щоразу нам не випадало такої нагоди...
— Певно.

Я наважилася ступити до нього на крок ближче.

— Що будемо робити, Марку?
— Нічого. Тут уже нічого не поробиш. Надто пізно.

Він знову надів окуляри та пішов углиб крамнички. По черзі згасли всі лампи, я почула, як дзвенить його зв'язка ключів. Марк повернувся, на плечах — замшева курточка, на ходу він узяв дорожню сумку й глянув на мене.

— Вибач, на мене чекають.
— Що ти робиш?
— Їду святкувати Різдво разом із батьками, дорогою маю заїхати по *Abuelo*, і я вже запізнююся.
— Хіба ти можеш отак просто взяти й поїхати?
— Яель, це все...
— Ні...

Він знову поставив сумку та подолав ті кілька кроків, що відділяли нас одне від одного. Я затремтіла, відчувши так близько від себе тепло його тіла. Підняла обличчя до нього. Він усміхався — я на це вже й не сподівалася, — та усмішка його була сумною, що підтвердило мої найбільші страхи. Він делікатно поклав свої руки мені на плечі, я заплющила очі, насолоджуючись кожною секундою його дотиків, коли наша шкіра знову ставала одним цілим.

— Яель... Тепер я більше нічого не хочу... Я так довго на тебе чекав, і коли нарешті мені здалося, що ти тут... ти втекла...

— Ні, — перебила я його, знову розплющивши очі.

Я відчувала, як його великий палець пестить мою шкіру, я вчепилася в його руку, під моєю долонею — його годинник.

— От уже десять років, як більшість часу ми змушуємо одне одного страждати, самі того не усвідомлюючи. Так жити не можна... Ми постійно одне одного в чомусь звинувачуватимемо, закидатимемо тим, хто що пережив у минулому. Коли ми віднайшли одне одного, я подумав, що ти — та, з ким я проведу решту свого життя... Я помилився... Я не той, хто тобі потрібен...

— Марку... ні... не кажи так... будь ласка... Я кохаю тебе, кохаю тебе... Ти так сильно мені потрібен, аж до болю... Ми разом збудуємо... віднайдемо одне одного... закреслимо все інше... Не чини з нами так... прошу... Дозволь нам спробувати... Ти ж казав, що ми могли б...

— Так, то було раніше... До цього всього... У твоєму житті немає місця для мене, я знаю, чого хочу, і хочу я не цього... Мені треба побути самому, трохи відійти... більше не можу... хочу, щоби все це припинилося...

Він нахилився, на якусь мить мені здалося, що він от-от мене поцілує. Та ні, він своїм лобом притиснувся до мого лоба, заплющив очі й зітхнув.

— Ну ж бо, іди, — прошепотів.

— Марку, будь ласка...

— Поважай мій вибір.

Відпустив мою шию, знову взяв сумку, відчинив двері крамнички. Я вийшла й нерухомо стояла на тротуарі, поки він усе замикав і опускав ролети.

— Не забудь подбати про себе, — сказав.

— Обіцяю. Побажай від мене щасливого Різдва дідусеві.

Він ледь усміхнувся.

— Його це потішить, йому тебе бракуватиме.

Він кілька секунд дивився мені просто в очі, а потім пішов, на ходу закуривши. Я дивилася, як він іде, аж поки він не зник за рогом. Притулилася до зачиненої крамнички й почала опускатися, поки не сіла просто на землю, заплющивши очі. Це кінець... десять років чекання заради цього всього. Марка та Яель більше не існує. Сторінку мого життя перегорнули. Він — це він, я — це я, ми могли би бути нами, але це кінець. Я була спустошена, зламана, розірвана на шматки.

13

Протягом наступних тижнів абсолютно спонтанно й неочікувано я повернулася до життя і почала змінювати деякі свої звички. Все почалося одного ранку, коли продзвонив будильник, я встала о 6:30 та відчула, що мені ліньки йти в басейн. Натомість мені захотілося поніжитись у піжамі в теплі й затишку під ковдрою, перш ніж збиратися на роботу. Відтоді щоранку я нікуди не поспішала. Я зрозуміла, що та гіперактивність у минулому нічого мені не давала, була пустою й марною. Так само, як і занадто затята робота. Навіщо? Коли я працювала, як дурна, мені це нічого не давало. Це все також не надто й допомагало наповнювати моє життя. Звісно, ця констатація була гіркою на смак. Я завжди так працювала, не рахуючи робочих годин. Натомість змінилося моє ставлення до слабкості й утоми. Я не намагалася з ними боротися, зате слухала своє тіло, зважала, коли воно просило мене зупинитися. Більше не намагалася контролювати мігрені. Коли починався головний біль, я просто поверталася додому перепочити. Часто я заїжджала повечеряти разом із сестрою та Седріком, іноді також разом із друзями. Мені таки вдалося віднайти дружні стосунки з Адріаном і Жанною, які силою якогось Святого Провидіння більше ні за що на мене не ображалися; Аліса зізналася, що Марк про все з ними поговорив і попросив ні в що не втручатися і мене не засуджувати. Миті в компанії друзів давали мені життєву силу, я їх смакувала, я їх любила, вона заповнювали порожнечу мого життя, я ними насичувалася більше, ніж будь-коли насичувалася роботою. Разом із ними мені вдавалося усміхатися, іноді навіть сміятися, хоча це було складніше. Завжди випадало кілька хвилин, коли я почувалася щасливою, коли мені вдавалося все інше ніби трохи віддалити. У такі вечори, повертаючись додому, я почувалася менш пригніченою.

Протягом свят я довго розмовляла з батьками, вони приділили мені багато часу. Було чимало таких вечорів, коли вони заходили по мене в агенцію, і ми разом вечеряли. Це стало нагодою знову включитися в життя одне одного. Я так довго не зважала на батьків, що вони ніби наново відкривали для себе власну доньку, та я й сама ніби знову відкривала для себе батьків. Я мало що знала про їхні життя на пенсії. В глибині душі мені хотілося відновити такі ж сильні зв'язки, які ми мали до того, як я стала одержима роботою. Мені хотілося більше дізнатися про їхнє повсякдення, і щоб вони більше дізналися про моє. У день, коли я запросила їх до себе додому, я була в шоці, коли побачила, що тато не дуже впевнено стоїть на ногах і тяжко дихає після підйому сходами. Весь той вечір я спостерігала за батьками, уважно їх розглядала. Вони постаріли, а я й не помітила. Вони не житимуть вічно. Треба більше з ними спілкуватися. Після цього усвідомлення я затягнула батька в дещо безумний проєкт, який більше не можна було відкладати, він і так надто довго чекав свого часу: ішлося про відновлення тієї хижки в «Квіточці». Мені хотілося розділити з ними щось важливе, щось разом із ними збудувати. Мені хотілося докластися до цієї справи та проводити там кожну вільну хвилину. Наша «Квіточка» стане затісною, щойно Аліса народить малюка. Для зустрічей у родинному колі нам знадобиться більше місця. Хижка в моїх дитячих мріях була будиночком щастя. Я хотіла привести її в той стан, у якому вона зможе нас приймати, зокрема мене. Так і батьки житимуть із більшим комфортом, коли переїдуть до моєї спальні з власною ванною кімнатою.

Наприкінці січня ми з татом там і зустрілися, він підготував план робіт і зібрав бригаду знайомих місцевих майстрів. Він на очах помолодшав, коли повернувся до улюбленої праці. Ми провели разом вихідні, даючи всьому лад. Звичайно ж, мама кудись поїхала! Вона зосередилася на своїх справах і дала нам змогу замурзатись у хижці та відшліфувати плани щодо будівництва. Проте загалом вона не спускала з нас очей, одного її погляду було досить, щоби нас заспокоїти, коли амбіції починали виходити з берегів. Робота мала розпочатися наступного тижня, і я прийняла радикальне несподіване рішення: треба стежити за будівництвом на місці, і мені видалося цілком природним, що саме я маю на себе взяти цю частину. З різних причин усі робітники були друзями батька, тож він їх не підганятиме так, як я, до того ж вони не зможуть мене ні ігнорувати, ні дурити якимись пустими виправданнями затримки робіт. А ще мені не хотілося, щоби тато занадто втомлювався частими переїздами з Лісабона й назад. Тож я сюди приїжджала раз на місяць, щоби контролювати, як просувається робота, а також для того, щоби трохи перевести подих. Такі візити допомагали провітрити голову та перезавантажити батарейки. Це місце було наповнене позитивними вібраціями, воно завжди було моїм сховком у часи дитинства, то чому ж не скористатися цим у дорослому віці?

На початку лютого Бертран покинув агенцію. Два місяці перехідного періоду закінчилися. Хоч він і наполягав, щоби ми нічого такого не робили, я таки подбала про прощальну вечірку. Всі присутні по черзі ділилися своїми смішними історіями, відверто насміхаючись із тиранії та маній свого ексшефа; вони згадали про все: і про суші, і про тиск, і про наради о сьомій тридцять п'ятничного вечора. За ширмою цих жартів було приховане й пряме попередження, адресоване вже мені: щоби зберегти наш бойовий настрій, мені варто не тиснути та забути про своїх старих демонів. Як усе чудово складається, мені й самій не хотілося до цього повертатися, сама я вже почала жити інакшим життям. То був перший і останній день, коли я побачила тріщини в Бертрановому панцирі. Йому було незручно, він був майже зворушений. Всі присутні тут завдячували йому частиною своєї кар'єри, і вони це усвідомлювали та щиро дякували. Для кожного з них він знайшов добре слово, щоб підбадьорити чи привітати. Я зрозуміла, що його переповнюють емоції, коли він відправив усіх додому, щоби всі ці прощання не тривали занадто довго.

— Яель, до мене в кабінет!

Не роздумуючи, я пішла за ним, от тільки не чекала, що він сяде на моє звичне місце в кріслі: на місце відвідувача.

— Що це ви робите?
— Тепер це твій кабінет. Іди, сідай за стіл.

Я з усмішкою сіла на шефове місце, а він натомість затишно вмостився в кріслі й подивився на мене з ледь помітним усміхом.

— Чудово, — сказав він після кількох секунд мовчання. — Ти чудово даси всьому раду.

— Дякую.

— Це я тобі дякую, Яель. Для мене було задоволенням тебе навчати та працювати разом із тобою всі ці десять років. Мені бракуватиме нашого тандему. Та мені й так пощастило, що я тебе знайшов і що ти залишилася на чолі агенції. Бідолаха Шон ніяк не оговтається!

Він вибухнув сміхом, я ж обмежилася усмішкою. Його компліменти мене зворушили, хоча життя я йому не полегшувала. А ще я була йому всім зобов'язана, про це я не забувала. Згодом Бертран заговорив уже серйозно.

— Ти дуже сильно доклалася до цього успіху.

— Ні...

Він подивився мені просто в очі.

— Інакше ти би не сиділа в цьому кріслі, мусиш це усвідомити. Маю враження, що з усім іншим ти даєш раду.

Я кивнула, не могла вимовити жодного слова. Насправді це мене охоплювали емоції. Бертран випрямив спину, поплескав себе по стегнах та підвівся.

— Пора.

Він уважно роздивлявся свій кабінет — востаннє. Його погляд зупинився на етажерці, де стояли всі досьє, на канапі, де він, певно, ночував незліченну кількість разів. Глибоко зітхнув і вийшов. Уже коли він стояв біля дверей агенції, я наважилася:

— Маю до вас одне запитання — перш ніж ви підете. Це мене вже якийсь час бентежить.

Він усміхнувся самими кутиками губ.

— Слухаю.

— Чому ви вирішили піти?

— Я вже все знаю про цей бізнес, у мене не залишилося нових ідей, натомість у тебе їх багато. Я не хочу, щоби агенція, яку я сам створив власними кров'ю та потом, перетворилася на рутину, я відмовляюся ставати збайдужілим. Мені захотілося мати новий виклик, щось бентежне для завершення кар'єри. Розумієш?

— Звичайно...

— А тепер і я хочу попросити про послугу.

І що тепер мені звалиться на голову?

— Слухаю.

— Тепер, коли ієрархічно ми стали рівними, ти нарешті перейдеш зі мною на «ти»?

— У жодному разі!

Він зареготав. Я простягнула йому руку, він потиснув її та подивився мені просто в очі своїм сталево-синім поглядом. Мені бракуватиме Бертрана, він усьому мене навчив, він мене розбудив, іноді аж надто суворо трусячи, але все тільки для мого блага. І його останній урок викликав сейсмічні коливання в моєму світосприйнятті. Також не забуваймо, що він — єдиний, хто по-справжньому розуміє мою прив'язаність до роботи та успіху. Горло стиснулося.

— Дякую за все, Бертране, — спромоглася сказати, попри те, що голос тремтів.

Він зітхнув і сильніше стиснув мою руку.

— Бувай, — сказав зовсім тихо.

Він пішов і не дав мені часу відповісти, двері за ним зачинилися. Я підійшла до вікон і стала, щоби побачити, як він виходить, за кілька хвилин він уже був на вулиці та підійшов до жінки з вишуканим силуетом. Я не звернула уваги, що вона там і раніше стояла. Неймовірно, але факт — у його безумному житті дійсно є хтось інший. Тобто це можливо.

Вони обмінялися кількома словами, вона погладила його щоку, Бертран обійняв жінку за плечі. Вони пішли, хоча на ходу він таки востаннє озирнувся на агенцію.

Від самої нашої розлуки, тобто вже понад два місяці, мене не відпускало дуже сильне бажання зателефонувати Марку чи прибігти до його крамнички та розповісти, як минув мій день. Щовечора, коли я виходила з агенції, мріяла зустріти його на вулиці, ось він стоїть, спершись на авто, та чекає на мене, щоби провести разом зі мною вечір і ніч. Я все б віддала за те, щоб почути, як він фальшивить, співаючи Генсбура, щоби знову згорнутися калачиком на канапі в його обіймах, слухати, як він жваво розповідає про справи в крамничці, ніжно — про *Abuelo*, а ще про останню знахідку шукача скарбів на блошиному ринку. Відтоді як ми більше не мали нічого спільного, я міркувала про доцільність, чи то пак про недоцільність усього, що я робила не разом із ним. Мене розривало поміж власним бажанням боротися й спробувати його повернути та повагою до його вибору.

Ліжко щоночі видавалося все більш порожнім і холодним; я так і не почала знову пити снодійне, і навіть тоді, коли вже висохли мої сльози, я все одно засинала, уявляючи його поруч із собою, уявляючи, що його годинник лежить на моєму нічному столику. Проте я не впадала у відчай, не сумувала; якщо точніше, то я не почувалася людиною на дні. У мене не було вибору, я мала дати раду з цим усім, щоби наш розрив і непоправна втрата Марка зробили мене кращою, сильнішою та слабшою водночас. Колись же я мала примирити тих двох жінок, які жили в мені. Стурбовані погляди стали все рідше з'являтися на обличчях колег, аж поки за кілька тижнів геть не зникли, спогади про Марка не так сильно наступали, коли я була в агенції. Двічі чи тричі я дозволяла собі поплакати на руках у сестри; вона щоразу мене втішала і казала, що все владнається. Та я не вірила жодному її слову, бо не уявляла, як це взагалі могло би владнатися, адже Марк робив усе, щоби мене й надалі уникати; Аліса з друзями, до речі, про це жартували та говорили, що ми ходимо на зустрічі позмінно — тиждень через тиждень. Щоразу, коли його в гості запрошувала моя сестра чи Андріан із Жанною, Марк спершу запитував, чи буду там я, а потім давав відповідь. Тут я нічим йому не дорікаю, сама робила так само, теж поважаючи його вибір. Боляче, та це такий етап рубцювання, від цього я тільки подорослішаю. Але мені не хотілося додавати до цього нових жалів. Ще не почувалася достатньо сильною, щоби знову його побачити чи порозпитувати, як там його справи — тому я ніколи про це й не запитувала. Воліла не знати, що з ним відбувається без мене.

Ось і весна показалася, робота в «Квіточці» просувалася. Під час кожного приїзду я тішилася, що все так придумала. Я керувала будівництвом залізною рукою — ніби перемовинами щодо контракту. Маленькі егоїстичні радощі шефині — щоп'ятниці я виїжджала о третій пообіді, а поверталася в агенцію не раніше одинадцятої ранку в понеділок, але я не єдина користувалася цим привілеєм, бо раз на місяць кожна людина в команді мала право на такі подовжені вихідні. В поїзді я не втрачала нагоди попрацювати, та й вечори в Любероні я часто проводила перед екраном свого ноутбука — себе не переробиш! Але перед роботою я ходила за покупками: місцева тапенада, підсмажений хліб, італійське прошуто, солодкі хлібці жібасьє та, звичайно ж, пляшка улюбленого білого! Я працювала під музику, з келихом у руках, під'їдаючи щось смачненьке. Мій вечір завершувався в ванні з піною, де я лежала з якимось старим романом, знайденим у маминій бібліотеці. Під час одного з саме таких вечорів щось на мене найшло, і я написала Габріелю — мейлом запитала, коли його дружина могла би прийняти мене в своєму Ательє. Зустріч було призначено на наступну середу — після того, як я зайду в офіс до Габріеля щодо досьє, над яким ми наразі працювали.

Близько 19:30 я подзвонила в двері Ательє. Іріса з широкою усмішкою на вустах відчинила мені менш ніж за дві хвилини. Делікатно поцілувала мене в щоку.

— Вітаю в Ательє, Яель! Я така рада, що ви прийшли.
— Дякую, я також дуже рада.
— Прошу за мною.

Вона пішла вперед, показуючи мені дорогу. Я була вражена її дванадцятисантиметровими шпильками, такої висоти мені досягти ще не вдавалося. Вона витончено цокала підборами по паркету, досконала хода, гідна манекенниці. Хто навчив її так ходити? Вона провела мене через хол — зараз тут було порожньо, та зазвичай точно мали працювати чиїсь рученята, бо весь простір було облаштовано навколо десятка швейних машинок, дерев'яних манекенів та іншого устаткування, про існування якого я раніше навіть не здогадувалася. Все це освітлювала величезна кришталева люстра.

— Всі вже пішли? — здивовано запитала я.
— Звичайно, в дівчат робочий день закінчується о 17:30, звісно, крім гарячої пори, коли багато роботи. Я їх бережу.

Я опустила голову, ніби щось цікаве роздивлялася на підлозі, мені було соромно за свої старі звички. Берегти підлеглих! «Яка кумедна думка!» — так я подумала би раніше. Та сьогодні я вже знала, що вона мала рацію.

— Яель, ви йдете?

Вона вирвала мене з задуми.

— Ходімо сядемо в будуарі, нам там буде затишно.

Будуар... А це ще що таке? Ця кімната виявилася концентратом чуттєвості та втіх — пурпуровий та чорний оксамит, дзеркала, отоманка... Тут точно мало відбуватися *всяке*, як сказала б Аліса!

— Сьогодні я просто зроблю обміри та подивлюся на вас, ми поговоримо, а потім я кур'єром надішлю вам свої ескізи. А ви оберете те, що вподобаєте. Вам це підходить?

— Звичайно! Але, Ірісо, я не хочу зловживати вашим часом.

Вона підійшла й подивилася мені просто у вічі.

— Коли ви трохи краще зі мною познайомитеся, то знатимете, що тепер мене більше не можна примусити робити нічого, крім тих речей, яких я сама глибоко прагну.

Наступні чверть години вона пурхала довкола мене з сантиметром у руках. Усі мої мірки вона нотувала в записнику, який поклала на підлогу. Розговорила мене і про роботу, і про агенцію, і про сестру, і про сім'ю... Я звірялася їй, сама того не усвідомлюючи.

— А як поживає ваш коханець?

Я аж підскочила.

— Мій хто? — я мало не вдавилася.

Іріса повернулася до мене.

— Я знаю, що ви незаміжня, але, якщо чесно, для такої жінки, як ви, Яель, термін «хлопець» звучить якось ніби обмежено. Вибачте, якщо я вас шокувала.

Якби між мною та Марком ситуація не була би такою безнадійною, я би посміялася над цим зауваженням. Хоча Маркові, думаю, було би менш смішно.

— Ні-ні, зовсім ні. Але...

— О, хочете спитати, звідки я знаю? Все дуже просто: коли Габріель повернувся додому того вечора, як бачив вас з тим чоловіком, то був дуже щасливий, ви навіть не уявляєте, наскільки! Ще щасливіший, ніж дитина, яка отримала подарунок на Різдво! До речі, йому дуже сподобався «Porsche»!

Якби він тільки знав, що в ту саму мить ми з Марком сварилися та жорстоко ранили одне одного... Проте тепер я би будь-що віддала за те, щоби знову пережити ті хвилини. Принаймні була би поруч із ним. Горло стиснуло, я опустила голову, підступили сльози. Маю встояти перед спогадами, що летять просто мені в обличчя, як бумеранг. Відчула палець на своєму підборідді. Іріса делікатно підняла моє обличчя, подивилася в очі.

— Розказуйте.

— Це надто складно!

Вона засміялася.

— Гірше, ніж у мене, точно не буде!

Її добрий настрій заразний, тож і я трохи розслабилася.

— Чому? — дозволила собі запитати.

Вона взяла мене за руку та повела до отоманки.

— Яель, щоби бути разом із Габріелем, нам довелося подолати численні перешкоди: мій шлюб, коханку мого першого чоловіка, всіх коханок Габріеля, а також патологічну й деструктивну любов нашої менторки Марти*...

Якусь мить вона була ніби не тут.

---

* Про це читайте в романі «Щастя в моїх руках». — *Прим. авт.*

— Та ми все це подолали, — безтурботно продовжила вона. — Якщо він помре — і я помру. І навпаки.

У мене аж щелепа відвисла. Іріса знову засміялася.

— Я описала вам своє життя в загальних рисах геть не для того, щоби вразити, а щоб ви зрозуміли, що безнадійних випадків не буває. Слухаю.

За наступні пів години я вивалила все, нічого не приховуючи. Я про все їй розповіла, про все звірилася. Мені полегшало від того, що я про це з кимось поговорила, це ніби примирило мене з самою собою. Зрештою, я ніколи та ні з ким не дозволяла собі так про це говорити. Навіть із Алісою. *Мені потрібні друзі.*

— Яель... ви сильна, і ви дасте з цим раду, я впевнена.

Вона уважно на мене подивилася, так само широко усміхаючись. Потім несподівано підвелася.

— Зараз повернуся, побудьте тут.

Вона блискавично зникла. Дуже скоро я знову почула цокання її підборів.

— Станьте перед дзеркалом, — сказала вона.

Я зробила, як вона сказала. Вона стала позаду. Я дивилася на своє відображення.

— Вашому щоденному образу для досконалості бракує хіба лиш однієї звабливої деталі.

І як їй вдасться змінити мій чорний штанний костюм-двійку з небесно-блакитною сорочкою чоловічого крою?

— Перепрошую, — сказала вона, знову стаючи переді мною.

Я не мала часу, щоби зреагувати, — вона швидко й зграбно розстібнула три верхні ґудзики моєї сорочки. Мені одразу здалося, ніби я стою з голими грудьми. Потім довкола моєї шиї вона обплела тоненьку чорну краватку та зав'язала її так, що вузол прикрив надто відверту частину мого декольте. Потім вона стала позаду й розпустила моє зібране в кінський хвіст волосся. Делікатно, з незмінною усмішкою на вустах підняла моє підборіддя.

— Подивіться на себе, Яель. Припиніть себе шмагати за те, що сталося з тим вашим Марком. Не схиляйтеся. Від покори нічого не виграєш. Чоловікам це не подобається, повірте моєму досвіду.

Десь далеко грюкнули двері.

— Ірісо, моя любове! Ти вже закінчила?

— Ми тут, — відповіла вона Габріелю.

Вона відійшла від мене. Я востаннє глянула на себе в дзеркало; я зробила вже все, що могла. Я віддалася волі Марка, я багато місяців тому все йому пояснила. Попросила вибачення. Віднайшла баланс. Я була готова в нас повірити та за нас поборотися. Та якщо він не приймав мене такою, якою я була, то більше я себе цим не виснажуватиму. Очі наповнилися слізьми. Водночас мені захотілося сміятися. Враження, ніби я вперше за кілька тижнів вдихнула на повні груди.

І я засміялася. Нарешті собі це дозволила. Я сміялася. Сміялася. І знову сміялася.

— У цій кімнаті точно якісь дивні речі відбуваються.

Я взагалі не зрозуміла, що цим хотів сказати Габріель, і мені було байдуже. Я повернулася до них — розвеселена, зі сльозами на очах. Іріса обіймала кохання свого життя, притиснувшись до його плеча. Вона пристрасно на нього глянула, а потім повернулася до мене й осяйно всміхнулася.

— Запрошую вас на вечерю, — запропонувала їм я.

Габріель із більш сороміцьким, ніж будь-коли, виглядом, простягнув мені вільну руку.

Квітень, останній місяць вагітності Аліси. Вона все більше втомлювалася. Вільний час я проводила з нею та особливо з дітьми; я підміняла сестру, граючись із ними в добру тітоньку, яка все дозволяє. З Маріусом я переважно пожинала синці: він вирішив разом зі мною навчитися кататися на роликах! Тепер я з певністю могла стверджувати, що це взагалі не схоже на їзду на велосипеді, бо я переважно падала й лежала лапками догори... Світ Леї, де були ляльки й принцеси, мене натомість розслабляв, от тільки племінниця стала справжньою язикатою хвеською, вона без упину говорила, з приголомшливою легкістю переключалася між мовами — настільки, що іноді навіть я не знала, як їй відповідати! На превелике полегшення сестри, це допомогло стримати матір від приїзду й управління домашніми справами. Моєї присутності та допомоги Алісі наразі вистачало, щоби тримати її на певній дистанції.

Та ми усвідомлювали, що мама вже чекала на низькому старті, це дуже засмучувало Седріка: «Обожнюю свою тещу, дівчата, ви ж знаєте, та я не можу її тут терпіти цілий місяць, це неможливо!».

Телефон задзвонив раз, другий, третій. Я ледь змогла розплющити очі, навпомацки знайшла його на нічному столику.

— Алло...

— Це дівчинка! — кричав мій зять у слухавку так голосно, що мені довелося трохи віддалити телефон від вуха. — Її звати Елі.

— Вітаю! Як Аліса?

— Ти ж її знаєш, вона вже за три години буде свіжа, немов троянда.

Я звела очі вгору, щоби прогнати сльози радості. Раптом почала нервуватися.

— А немовля?

— Дуже добре, вона в порядку, але маленька, як та креветочка. Важить всього два кіло сім грамів.

Я засміялася.

— А де Маріус і Лея? Хочеш, я за ними пригляну?

— Ні, дякую, хоча це дуже мило з твого боку. На ніч ми залишили їх у моїх батьків, я скоро їх заберу.

— Коли мені можна приїхати?

— Коли завгодно. Вона чекає на тебе. Тобто ні, не так — *вони обидві* на тебе чекають.

— Я приїду пообіді та, якщо хочеш, можу трохи побути у вас ввечері, допомогти з дітьми.

— Так і зробимо. О, я забув... завтра вранці приїздять твої батьки! — весело додав він. — Цієї ночі твоя матір була готова орендувати приватний літак, щоб долетіти вчасно! Звучить багатообіцяюче!

Він поклав слухавку. Я сиділа на ліжку, підібгавши ноги і підборіддям спершись на коліна. Аліса вже втретє стала мамою — так починається зовсім не звичайний день. Сім'я щойно знову стала більшою, в мене серце вже стискається від думок про це немовля. Попри те що сестра тепер буде ще більш зайнята, я знала, що це народження нас зблизить. Я не пропущу перші роки життя Елі, не повторю помилки, яку зробила, коли народилися Маріус і Лея. Водночас на серці було сумно — я знову думала про власну самотність.

Перше, що я зробила, коли приїхала в офіс, — замовила доставку квітів у пологовий, хоча Анжеліка наполягала й хотіла сама все організувати. Народження Елі дуже її схвилювало:

«Я обожнюю немовлят!». Її збудження мене потішало і трохи відволікало, хоч я вже й так — навіть без допомоги Анжеліки — не могла зібрати думки докупи. О другій пообіді я покинула справи, так і не давши ради терміновій роботі. Тим гірше, до завтра я поза зоною досяжності.

— Анжеліко, я піду, мені треба з нею побачитися.
— Ідіть, звичайно, ми самі розберемося! Завтра покажете фото?
— Звичайно!
— Я на місці, підстрахую, якщо щось станеться, — позаду я почула голос Бенжамена, моєї нової правої руки.
— Знаю, що можу на тебе покластися! — щасливо та безтурботно відповіла я.

Сцена, що відкрилася моїм очам, була такою чарівною, що я аж зупинилася на порозі, подих перехопило: Седрік лежав поруч із Алісою, обійнявши її, обоє дивилися на колиску — а поруч із колискою були Маріус і Лея, мов гвардія на сторожі. Я прикрила долонею рот, щоби стриматися; Боже, сім'я — це так красиво! Сестра, певно, відчула мою присутність, бо підняла очі й побачила мене. Її втомлена й осяйна водночас усмішка — то одна з найкрасивіших речей, які мені взагалі судилося бачити в житті. Підбори видалися мені тут недоречними, і, щоби не руйнувати весь цей шарм, далі я пішла босоніж. Мене помітив і Седрік, усміхнувся, підводячись.

— Маріусе, Лею, привітайтеся з Яель.
— Яя!
— Тихенько! — сказала я дітям, нахиляючись, щоб обійняти Лею.

Після того як ми розцілувалися, Маріус узяв мене за руку.

— Пішли подивимося на сестричку!

— Ні, це я її покажу! — перебила його Лея.

Її слова змусили нас — дорослих — пирснути сміхом. Я припинила сміятися, щойно нахилилася над колискою.

— Вона гарненька, — хором сказали старші братик і сестричка.

— Так, вона гарненька... і білява.

Потім я весело подивилася на сестру.

— Знову мимо! Думаю, тобі вже пора подумати про четверту дитину! — сказала я.

— Як пороблено, в мене ніколи не буде дітей із таким рудим волоссям, як у тебе!

— Дівчата, ви не зупиняйтеся, говоріть про волосся, — перебив нас Седрік, — а я поведу дітей прогулятися, ми скоро повернемося.

— А потім я пригляну за ними у вас вдома, щоб ви могли побути тут удвох, — запропонувала я.

— Дякую, — сказав він і обійняв мене. — Добре, що ти з нами.

І пішов, тримаючи старших дітей за руки. Я сіла на ліжко поруч із Алісою, вона взяла мою долоню в свою.

— Я й не думала, що це взагалі можливо. Моя молодша сестра, суперзайнята *working girl*, тут, у пологовому, в будній день пообіді, і їй, здається, це ще й до вподоби. Коли народилися Маріус і Лея, ти приходила сюди наприкінці прийомних годин, прилипнувши вухом до телефонної слухавки, а ще ти кричала на медсестер!

— Я цього ранку ледь трималася, не могла більше чекати, мені так сильно хотілося вас обох побачити.

— Візьми її.

— Точно? Мені не хочеться їй якось зашкодити.

— От боягузка! Крім Седріка та мами, ти єдина, кому я це дозволяю. Тому ну ж бо. Скористайся нагодою.

Я взяла цю малу тендітну істоту, яка швидко дихала в моїх руках, притиснула її до себе, нахилила до неї голову; кінчиком носа погладила її делікатну шкіру на лобі.

— *Welcome, baby Elie...*

Аліса підвелася й обійняла мене, потім притиснулася до мого обличчя, пальчиком провела по малюсінькій щічці своєї доньки.

— Ти в порядку? — прошепотіла.

— Так, — видихнула я.

— Тоді чому ти плачеш?

— Не знаю.

— Та ні, ти знаєш, але не хочеш мені казати...

— Я щаслива, от і все... Я тут, з тобою, з вами... Відчуття, що я так багато всього пропустила... і...

Вона ще сильніше мене обійняла.

— З тим усім покінчено, не хвилюйся... І в тебе також буде, колись...

— Ні... Мій час уже минув... годинник-то цокає... І не страшно, натомість я стану найкращою на світі тітонькою...

— Не кажи дурниць. У тебе ще все життя попереду...

Я поцілувала Елі в лобик.

— Обіцяю, що буду поруч і з тобою, і з твоїм братиком, і з твоєю сестричкою, назавжди, на все життя...

Аліса поцілувала моє волосся й теж заплакала.

— Ти тут... Ти справді тут, — прошепотіла вона.

— Ми, напевно, маємо дурнуватий вигляд! — зрештою сказала я. — Покладу її назад у ліжечко.

Поклала немовля в колиску, Аліса теж лягла, наступну годину ми провели, притиснувшись одна до одної, трохи розмовляли, шепотіли одна одній секретики — так само, як колись робили в дитинстві.

Почули, як хтось шкребеться в двері.

— До тебе прийшли, — сказала я, приводячи себе до ладу та сідаючи на ліжку.

— Заходьте, — покликала Аліса.

Прочинилися двері — спершу я побачила його годинник, а потім і його самого. Вся затремтіла, від ніг аж до маківки, перехопило подих. У наступну мить він увійшов до палати та завмер. Наші погляди зустрілися. Я не бачила його вже чотири місяці... вир емоцій, які він у мені викликав, не стих, мені захотілося встати й побігти в його обійми, щокою відчути замшу його куртки, почути поруч із вухом цокання його наручного годинника, тремтіти від того, як він пестить мою шию. Все знову вийшло на яв, а мене саму немов накрило хвилею. І як я взагалі кілька тижнів тому могла вирішити, що з ним уже все покінчено? Я так само його хотіла — більше, ніж будь-що на світі. Чому сталося так, що ми зустрілися в пологовому? Певно, десь там нагорі хтось на мене розгнівався, раз таке мені влаштував!

— Марку! — весело покликала Аліса. — Так мило, що ти прийшов.

Він відвів погляд.

— Двох я вже пропустив, але третю не міг...

Я підвелася, обійшла ліжко та пішла на інший бік, до вікна, щоб бути якомога далі від нього. В цей самий час Аліса підійшла до ліжечка й узяла доньку на руки. Марк більше не звертав на мене уваги, пішов до них. Нахилився до сестри, поцілував її щоку, ніжно подивився на немовля. Я не могла на це дивитися, тому дивилась у вікно.

— Таке маленьке, — сказав він.

Вони засміялися.

— Для мене за честь показати тобі, що таке немовля, — відповіла йому сестра.

Наступні чверть години я намагалася зрозуміти, звідки Аліса черпає енергію. Вона підтримувала розмову з Марком і навіть знаходила спосіб її пожвавити, коли Марк несподівано замовкав. Через нас вона опинилася в нестерпній ситуації, але майстерно вмілою рукою дала цьому раду. Я не змогла б навіть переповісти, про що саме вони розмовляли. Сама я рота не розтуляла. Уважно дивилася на Маркову спину, бо це було єдине, що він мені показував — у ті кілька разів, коли здалося, що він от-от озирнеться на мене, він ніби передумував і не озирався. Я відчула на собі доброзичливий й заспокійливий погляд Аліси. Та це нічого не змінювало, мені було досі так само погано. Я тонула. Він тут, менш ніж за два метри від мене, та я не могла наблизитися, між нами ніби пролягав непроникний кордон. Мені хотілося кричати: «Я існую! Я тут! Подивися на мене!». Звичайно, можливість його побачити трішки заповнювала порожнечу, що залишилася в мені по тому, як він вдруге пішов із мого життя, та все це геть не послаблювало болю. Думаю, що було навіть гірше; зіткнулися мої жалі й мої бажання.

— Ну добре, залишу вашу жіночу компанію, — заявив він, підводячись. — Бережіть себе.

Ні! Не йди! Хоча ні, йди звідси, мені надто сильно болить!

— Не сумнівайся, ми про себе подбаємо, — відповіла Аліса.

Він востаннє усміхнувся сестрі та пішов, навіть не глянувши на мене. В ту ж мить відчинилися двері, там були Седрік і діти. Кімната раптом видалася навдивовижу великою. Я побачила, що Аліса аж видихнула від полегшення, тепер весь тиск візьме на свої плечі її чоловік. Вони з Марком обмінялися обіймами та поплескуваннями по плечах, діти ж пішли до сестрички.

— Не хочеш заїхати до нас на вечерю? — запропонував йому Седрік. — Адріан і Жанна заїдуть сюди під вечір, а потім до нас додому, ми щоразу так робимо.

— Я буду.

— Як нам пощастило, — відповів Седрік.

— А хто та бідолашка, що залишиться на самоті в палаті? Я! — втрутилася в розмову Аліса.

— Якщо хочеш, я можу з тобою побути, — тихо сказала я.

— О ні... ти ж сказала, що глядітимеш моїх дітей! — відповіла вона й показала мені язика.

Я теж показала їй язика й усміхнулася. Потім наші з Марком погляди зустрілися; він похитав головою, востаннє помахав сестрі та пішов до виходу, Седрік — за ним.

— Це мало колись статися, — сказала Аліса, побачивши мій вираз обличчя. — Можливо, навіть добре, що це сталося саме тут...

— Мене би влаштувало, якби це сталося якомога пізніше. Бачити його — справжня мука. Як я з цим впораюсь? — плакала я, ховаючи обличчя в долонях.

Сестра у відповідь захихотіла.

Кілька годин по тому, сидячи на кухні в домі сестри разом із Жанною, я ставила собі все те ж запитання, не знаходячи на нього відповідь. Седрік і Адріан зустріли Марка, який щойно приїхав.

У мене більше не було відмазки, ніби маю сидіти з дітьми — діти вже поснули.

— Йдеш? — запитала Жанна. — Все буде добре, не хвилюйся.

Все було й справді добре — тією мірою, що ми знайшли спосіб сісти за стіл якомога далі одне від одного. Кожна мить нагадувала боротьбу з самою собою, з бажанням поглянути на Марка, до того ж, коли я таки на нього дивилася, то незмінно зустрічалася з ним очима. А потім Адріан запитав, як справи з ремонтними роботами в хижці, і я саме мала відволіктися від Марка. Вже була готова відповідати, аж тут задзвонив мобільний. І це був не мій, бо мій лежав на дні сумки біля вхідних дверей. Усе ще гірше — то був Марків мобільний. Але ж Марк — це людина, яка забуває телефон, губить його, яка взагалі на це не зважає. Та найгірше було попереду... Він підвівся, попросив вибачення, зняв слухавку та широко всміхнувся, перш ніж відійти. Жанна опустила голову, Седрік налив іще вина. Адріан повернув мене до теми ремонту в хижці. Я подивилася на нього сповненим вдячності поглядом, мені треба було відволіктися від сцени, що саме розгорталася. Мій безкінечний ентузіазм геть не був удаваним. На щастя, бо в іншому випадку я би точно мала вигляд якоїсь бідолашної дурепи!

— Я за два тижні туди поїду, на Вознесіння. Не певна, що вже зможу там заночувати, та всі роботи мають закінчити до літа! Це просто чудово, бо тато підготував досконалі креслення, а в робітників золоті руки! Треба тільки трохи підфарбувати, кухня вже в майже робочому стані, а ванною кімнатою вже можна користуватися! Я скоро зможу почати все облаштовувати. Вже не можу дочекатися! Ви, коли приїдете до нас у відпустку, будете просто в шоці! Гарантую!

— Чекай, ти ще не в курсі, — перебила мене Жанна. — Чоловік хоче поїхати *на море*, як він це називає.

— Навіщо?

— Вирішив спробувати сапсерфінг! — помпезно оголосив Адріан.

— Що ти вирішив спробувати?

— Сапсерфінг! На роботі всі вже таке робили, треба й мені спробувати!

— І ти це називаєш відпусткою! — бурчала Жанна. — Весь той час мені доведеться дивитися, як він вправляється з веслом!

Усі засміялися. В цю мить Марк сів на своє місце.

— Відколи це ти відповідаєш на телефонні дзвінки під час вечері? — запитав Адріан і сердито на нього подивився.

— Ти зробила ремонт у хижці? — запитав Марк, щоб змінити тему.

Перші промовлені ним до мене слова збентежили — більше, ніж усе інше, що я відмовлялася аналізувати. Страшно, що буде занадто боляче. Нарешті я дозволила собі подивитися йому в очі, мені стало краще, стало легше дихати.

— Я й не знав, — визнав він.

Ага, бо ти навіть не намагався дізнатися, як у мене справи.

— Так, ми з татом затіяли все це одразу після Різдва...

— Ти ще минулого літа про це говорила.

— Точно, коли ми там були... Сам побачиш, тепер, коли там є справжня підлога, все стало супер... Знаєш, будівельники думали, що зі мною здуріють, бо я їх змусила акуратно перемістити меблі так, щоб їх не пошкодити, — все, як ти рекомендував.

Він ледь усміхнувся та опустив голову.

— Уявляю, думаю, це було щось, — відповів він.

Потім він знову подивився мені в очі, а я стрималася й не сказала, як мені хотілося б ці роботи провадити разом із ним, і що облаштування будинку неможливе, поки Марка немає поруч зі мною, і що я уявляла, як він почувається там, як удома, як він кладе свій годинник на нічний столик біля ліжка в нашій спальні, і що я вирішила їздити туди так часто, як тільки могла. Я відвела очі, боялася, що зараз здамся отак на очах у всіх; я знала, що знову побачитися з ним — надто тяжко. Я перевела погляд на Седріка, який саме позіхав, і скористалася нагодою:

— Може, ми тебе відпустимо спати, ти вже ледь сидиш.

— Друзі, не буду відмовлятися. До того ж за три дні я забуду про сон!

Всі почали прибирати зі столу й допомогли все поскладати, щоб завтра вранці було менше клопотів із посудом. Я полізла в сумочку в пошуках телефона, аж тут відчула, що Марк стоїть позаду.

— Я тебе підвезу.

Чому, Марку? Навіщо? Ти вирішив мене помучити? Ти не бачиш, наскільки мені боляче? Тобі цього мало? Хочеш мене добити?

— Не думаю, що...

— Та просто смішно, що ти викликаєш таксі, якщо я на машині...

Мені буде ще болячіше, нехай. Попри все, можливість на кілька хвилин довше побути з ним вартувала того, щоби заснути в сльозах. Адріанові вистачило такту не робити ремарок сумнівного характеру, коли всім стало ясно, що Марк підвезе мене додому. Седрік стиснув мене в обіймах і подякував, що я нині була тут заради Аліси. Я з ностальгією впізнала запах шкіри й пального *його* старого «Porsche», потім — звук мотора. Якомога тісніше тулилася до дверцят і дивилася на дорогу. Та вже за кілька хвилин я здалася, хотілося знову почути його голос, а ще мені дійсно бракувало *Abuelo*.

— Як поживає твій дідусь? — запитала я Марка, не дивлячись на нього.

— Чудово.

— А як справи в крамничці?

— Потихеньку, у вдалі дні заходять люди.

— Добре.

— А що в тебе, агенція рухається так, як ти хочеш?

— Так.

Я знову здалася й подивилася на нього: суворе обличчя, напружені щелепи мене спантеличили.

— Знаєш... я прийшов до Аліси пообіді, тому що був певен, що тебе там не буде в такий час... я не хотів тебе бачити... а потім я побачив тебе... ти була там, просто посеред робочого дня, сміялася разом із сестрою, дивилася на її доньку. Я погодився прийти сьогодні ввечері тільки тому, що не хотів образити Седріка. Так я й дізнався, що ти тепер регулярно навідуєшся до Лурмарена і що ти не в Парижі в ті дні, коли я думаю, що ти гаруєш на роботі, і коли я щонеділі ходжу на блошиний ринок із *Abuelo*.

Машина несподівано для мене зупинилася; ми вже приїхали до мене додому. Він потягнув ручник, але двигун не вимикав. Марків погляд був важким.

— Виходить, ти вирішила, що я дурень! Тепер усе ясно. Ти мене не хотіла! Ти тепер знайшла в своєму житті місце для всіх, але тоді для мене ти місця не мала!

Я відкинулася на сидінні, схопившись за голову й зітхаючи.

— Досить... Усіх цих сварок мені вже досить, я втомилася. Я попросила вибачення та все пояснила. Я сама з собою боролася, щоби нарешті віднайти в житті рівновагу. А тепер ти мені цим докоряєш!

Він зітхнув і відвернувся, його обличчя було таким самим суворим. Я вийшла з «Porsche». Мотор загарчав. Щойно за мною почали зачинятися вхідні двері будинку — він рушив на повній швидкості. *Кінець фільму, титри.*

14

За два тижні я була в Лурмарені, починалися довгі святкові вихідні, хоча я залишалася тут навіть іще довше, бо домовилася про зустрічі з місцевими агенціями нерухомості, чиїми клієнтами були переважно іноземні багатії — росіяни, шведи, нідерландці, американці, англійці, — щоби запропонувати їм партнерство з агенцією. До того ж у понеділок у «Квіточці» буде великий день — тут з'явиться інтернет!

Та наразі я планувала насолодитися двома днями відпочинку. Приїхала, зустрілася з виконробом; я була задоволена роботою бригади, залишалося хіба що дрібнички доробити. В тому, щоби не йти на компроміси, були свої переваги. Щойно виконроб пішов, я скинула туфлі — вони мені тут більше не потрібні — та взула старі кросівки, вони саме кілька місяців тому знайшлися та пригодилися. Я пішла просто в свою нову спальню, де милувалася світлим паркетом із ніби необробленого дерева, який я сама обрала. Потім відчинила вікна, щоби перевітрилося від запахів свіжої фарби, ліктями сперлася на підвіконня і милувалася видом. Дихала на повні груди. Потім, не приховуючи задоволення, вперше застелила своє нове ліжко, не надто туго заправляючи ковдру.

Надіслала смс Алісі, щоб повідомити, що я доїхала, подзвонила батькові, потім пішки пішла в містечко, мене вже кликав аперитив, який я планувала випити на терасі. На вузьких вуличках я зустрічала знайомих, віталася з ними. Поволі я поновила свої знайомства часів дитинства та підліткового віку. Мені це подобалося. Не без щему в серці добирала декор у місцевих антикварних крамничках, куди звикла заходити протягом останніх місяців. У хижці бракувало ламп і рамочок — мені хотілося розвісити фотки на стінах. І не забуваймо про свічки. Як це часто траплялося, все, що треба, я знайшла в «La Colline» і «Apothicaire de Lourmarin». Потім я купила хліба і свій звичний хлібець вихідного дня — жібасьє — та нарешті змогла спокійно влаштуватися на терасі кафе «Під в'язом». Зробила перший ковток білого фонвера, а тоді аж зітхнула від задоволення, втішаючись травневим теплом. З усмішкою роззирнулася; офіціанти незмінно зграбні, родини насолоджуються вихідними, сидять парочки пенсіонерів. Всього за кілька тижнів людей тут побільшає, я тішилася нагодою насолодитися спокоєм, поки не почався літній сезон. Цього вечора я засну без сліз і без снодійного — просто тому, що мені добре. Звичайно, мені когось бракувало. Я чекала на нього десять років, і ще могла би чекати, до того ж я розпробувала, яким чарівним чоловіком він став. Але я вже дійсно почала звикати до думки, що він не повернеться. Він не приймав мене такою, якою я була. Раніше я змушувала всіх на мене чекати через роботу, що ж, тепер моя черга навчитися чекати. Я пройшла довгу дорогу за цей рік і більше не повернуся до тих вибриків. Тепер я живу не тільки агенцією, у мене є своє життя, я надолужую втрачений час, насолоджуюся спілкуванням з родиною та чекаю; можливо, настане день, коли своя сім'я буде і в мене.

Можна мати і те, і те, мені нарешті вдалося поєднати родину та роботу. Обидві важливі складові мого життя могли підживлювати одна одну; я стала ще кращою в своїй роботі та приязнішою до колег відтоді, як моє життя більше не обмежувалося тільки агенцією. Для мого життя успішної жінки потрібно було знаходити вільний час і приділяти його тим, кого я люблю. Від останньої думки я усміхнулася. Я так старанно шукала вільний час, що аж забула телефон у хижці.

— Перепрошую, ви не підкажете, котра година? — запитала я в офіціанта.

Просто під моїм носом — зап'ясток. Я кілька довгих секунд на нього дивилася, не намагаючись розрізнити, котру годину показують стрілки чарівного наручного годинника, що прикрашав цей зап'ясток, а потім схопила й стиснула цю всесильну руку й поклала її собі за шию. Марк нахилився, зануривши обличчя мені у волоссі.

— Вибач, що змусив тебе чекати, — прошепотів він.

Подяки

Дякую Маїте, моїй видавчині, яка так делікатно допомогла мені оприявнити те, що я приховувала десь у глибині. Наша робота, рольова гра, твоє постійне перебування в зоні досяжності дали мені змогу переверши́ти те, що я собі уявляла. Той зв'язок, який ми зіткали одна з одною, а також із усією невеличкою командою, — це те, що надає мені крила.

Дякую Крістіні, маленькій і скромній добрій феї. Твоя дружба та незмінна присутність у мої миті сумнівів, вибриків і капризів дуже для мене цінні.

Дякую перекладачкам Марині Готьє-Дюбеда, Міріам Стерлінг та Інні Солодковій... Ви троє дозволили мені увійти в спілкування зі світом, який мене оточував. Ваша професія мене захоплює. Міріам та Інно, пробачте, що не розповідала вам про Яель, коли ми були разом, але я дуже інтенсивно проживала наш такий особливий зв'язок. Ви були моїми вустами й моїми вухами. Марино, той обід, під час якого ми разом розмовляли, неначе подружки, залишається для мене незабутнім, а твої історії та роздуми стільки всього принесли Яель.

Дякую Ніколя Брієну, який запропонував особисто познайомитись із міфічною моделлю 911 та щедро подарував прогулянку на своїй машині. Ви талановито вмієте ділитися своєю пристрастю. Поки я слухала ваші оповідки, одночасно уявляла собі *Abuelo* та Марка, знаючи, що інстинктивний вибір на користь «Porsche» був правильним.

Дякую Гійому Манюелю, який дозволив нам окупувати свою крамничку «Au Bon Usage». Ото було пообіддя! Відтоді я частенько поглядала на вашу візитівку та читала написану там чудову фразу: «Прекрасні речі живуть вічно». Марк та *Abuelo* теж могли б так сказати.

Дякую читачам і читачкам, які пішли за мною з вірністю, що спантеличує. Ви навіть не уявляєте, як сильно мене зворушують наші зустрічі, розмови, сльози та усмішки. Часто поруч із вами, вашими життями, вашими радощами й вашими бідами я почуваюся геть маленькою. Мені ніколи не стане слів, щоби вам подякувати.

Дякую зарубіжним читачам і видавцям, дякую перекладачам... завдяки вам я та мої персонажі можемо подорожувати. Мене зачаровують стосунки, які ми зав'язали, попри те, що не розуміємо мов одне одного — адже нас єднає погляд і гортання сторінок роману.

Бар «El Pais» існував насправді, я там провела чимало годин разом із друзями та моїм «ти», я точно знаю, що таке наздоганяти останній 69-й автобус! Іноді він «прогулював» просто на порозі нашого генштабу (ці слова зрозуміють ті, кому треба). А от щодо концерту Бена Гарпера, то ми не залишилися сидіти на сходах Берсі, нам є що згадати! Боже, ті часи були чудові, як нам пощастило! Кажу ці слова з ностальгією, бо з великим щастям поринула в ці спогади, щоби змалювати студентське життя описаних у романі друзів. Тож я думаю про вас, друзі, хоч ви тепер і розсіяні по всіх сторонах світу та в усіх куточках Франції.

Натомість «Квіточки» не існує. Проте існують інші миті, проведені разом із друзями, — у швейцарському Сальвані, один тиждень у передгір'ї Піренеїв у департаменті Жер, ще тиждень у Дордоні, що в Новій Аквітанії, і ще один тиждень на Реюньйоні. Музика, стрибки «бомбочкою» в басейн, денний сон дітей і всі ці «поставимо на стіл усе, що є, а кожен нехай пригощається тим, чим захоче», а також фотки, сміх і разом з тим сльози під час надто відвертих вечорів — то все через зайвий келих розе! Отже, друзі, я недостатньо часто про це кажу, тому напишу: «Я вас люблю».

Ще мені би хотілося бодай словом згадати всіх продавців, рестораторів і антикварів Лурмарена та блошиного ринку на Сент-Уен. Ви про це не знаєте, та я за вами спостерігала, вживаючись у вашу роботу, усмішки, привітання. І спробувала звідти дистилювати щось для історії про Яель, Марка та всіх інших... Сподіваюся, ви не будете за це на мене ображатися.

Також я думаю про Ірісу та Габріеля і дякую їм за те, що постукали в мої двері, щоби поділитися новинами. Наша нова зустріч була грандіозною! До наступного разу!

І насамкінець звертаюся до вас, мої хлопчики, Сімоне-Адеро та Ремі-Таріку. Ви — мій адреналін, ви пробачаєте мені, коли чуєте: «Вибачте, мама працює». Ви — моє життя, моє все, моє серце б'ється заради вас, без вас я би з усім цим не дала ради.

Зміст

1	9
2	26
3	41
4	74
5	100
6	131
7	164
8	213
9	241
10	274
11	316
12	347
13	355
14	381
Подяки	384

Літературно-художнє видання

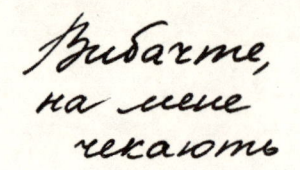

Вибачте, на мене чекають

Аньєс Мартен-Люган

Переклад з французької *Ірина Славінська*
Дизайн обкладинки *Оксана Йориш*

Головна редакторка *Мар'яна Савка*
Відповідальна редакторка *Ольга Горба*
Літературна редакторка *Галина Листвак*
Художній редактор *Іван Шкоропад*
Технічний редактор *Дмитро Подолянчук*
Макетування *Альона Олійник*
Коректорка *Ольга Шевченко*

Підписано до друку 15.11.2021. Формат 84×108/32
Гарнітура «Diaria Pro». Друк офсетний. Умовн. друк. арк. 20,58
Наклад 3000 прим. Зам. № 21-523.

ВИДАВНИЦТВО СТАРОГО ЛЕВА

Свідоцтво про внесення до Державного реєстру видавців
ДК № 4708 від 09.04.2014 р.

Адреса для листування: а/с 879, м. Львів, 79008

Книжки «Видавництва Старого Лева»
Ви можете замовити на сайті starylev.com.ua
 0(800) 501 508   spilnota@starlev.com.ua

Партнер видавництва

iFEST холдинг емоцій

Віддруковано на ПрАТ «Білоцерківська книжкова фабрика»
Свідоцтво серія ДК № 5454 від 14.08.2017 р.
09117, м. Біла Церква, вул. Леся Курбаса, 4.
Тел./Факс (0456) 39-17-40
E-mail: bc-book@ukr.net; сайт: http://www.bc-book.com.ua